KB216874

빛들의 환대

빛들의 환대

전석순
장편소설

제21회
세계문학상
수상작

나무옆의자

차례

빛들의 환대 7

1

"오늘은 당신의 첫 번째 기일입니다."

음산한 목소리가 진득하게 흘러나왔다. 대기실에 모여 있던 체험객들이 서로 눈을 맞췄다. 이내 여기저기서 웅성거리는 소리가 울리더니 더디게 가라앉았다. 잠시 뜸을 들이던 추모사가 이어졌다.

"무심한 세월은 덧없이 흐르고 흘러 이제 영원히 이별해야 할 차례가 왔습니다."

왜소한 노인이 뒤로 주춤 물러서는 사이 한쪽에서 더 가까이 붙어 서는 앳된 남녀가 눈에 들어왔다. 그들은 접수할 때 왜 둘이 들어갈 수 있는 관은 없는 거냐고 따졌다. 우리는 어떤 순간에도 떨어지지 않을 거라면서. 죽은 다음에도. 발랄한 목소리였다. 미연은 임종 체험관 운영 지침서에 예시된 답변 중 적절한 것으로 골라 건조하게 말했다.

"죽음은 온전히 혼자만의 몫입니다."

여자애의 얼굴에는 시큰둥한 기색이 역력했다.

둘은 그럼 영정 사진이라도 함께 찍겠다고 나섰다. 유영은 얼굴이 잘리지 않도록 자세를 수정해준 다음 카메라를 조절하다가 무춤했다. 예전에 말했던 사람이 떠올랐는지도 몰랐다. 언젠가 함께 임종 체험을 해보는 건 어떨까 싶었던. 인생의 전환기를 맞이한 이들을 위한 임종 체험 기획이 한창일 때였다. 견고한 관계를 위해 애썼지만 어느 순간 회복할 수 없을 만큼 멀어지고야 말았다고 했다.

"부고는 늦지 않게 도착했을 겁니다. 정성껏 준비한 빈소가 마음에 드실지 모르겠습니다."

한숨 소리가 길게 늘어지더니 체험객들이 하나둘씩 자리에서 일어났다. 재수학원에 등록하기 전에 들렀다고 밝힌 남자도 무뚝뚝한 얼굴로 느릿느릿 자리를 옮겼다. 모처럼 휴가를 왔다가 일정이 비어 찾게 되었다던 피서객이 남자의 뒤를 종종걸음으로 따랐다. 무명천으로 만든 리본을 머리에 꽂은 미연은 체험객들의 대열이 흐트러지지 않도록 신경 썼다.

체험객들은 지칫거리며 자꾸 돌아서서 입구 쪽을 기웃댔다. 마치 다시는 돌아오지 못할 사람들처럼.

이제 오늘의 임종 체험 1회 차가 시작될 참이었다.

무더위가 기승을 부리자 얼마간 뜸했던 체험객도 다시 들끓었다. 여름방학과 휴가철이 겹치면서 부랴부랴 심야 체험까지 추가로 개설했지만 대기자는 좀처럼 줄어들 기미가 보이지 않았다. 기관과 1인 가구 단지 단체 예약부터 인성 교육 담당자에 이혼을 앞둔 부부 동반이나 중독치료센터까지 문의는 다양했다. 이만하면 지자체가 기대했던 효과로는 충분한 듯 보였다. 얼마 전 사업 책임자는 관장에게 아낌없는 격려를 보내왔다. 더도 말고 이대로만 쭉 운영해달라고. 으스대던 관장은 걱정하지 말라며 너스레를 떨었다.

확실히 예전과는 다른 분위기였다.

최근에는 체험단이 남긴 후기에 관심이 쏠리면서 더 바빠졌다. 생생하게 죽어볼 수 있었다고. 일상이 무료한 사람들에게 무조건 추천한다고. 살면서 한 번쯤 죽어볼 필요가 있다는 조언까지.

그중 관장의 마음에 든 문장은 따로 있었다.

진짜 죽은 줄 알았어요. 여러분 저 지금 살아 있는 거 맞겠죠?

이제껏 관장은 학생을 대상으로 하는 논술학원과 독거노인 가구를 위한 맞춤형 배달 서비스를 거쳐 인근 부대 군인이나 대학가 학생들을 상대하는 식당까지 줄줄이 말아먹었다고 밝했다. 큰 사이즈 여성화를 전문으로 하는 쇼핑몰 결과도 별반 다르지 않았다. 가까스로 본전을 건지기도 했지만 손해가 막심해 빈털터리일 때가 대부분이었다. 따라갈 새도 없이 유행은 재빠르게 바뀌었고 처음과는 달리 경쟁자가 늘었거나 수입이 생길 만하면 대기업이 끼어들었다. 소문으로만 돌던 부대 이전이 식당을 연 지 얼마 지나지 않아 별안간 확정될 때도 있었다. 타 업체에서 생긴 문제에 엉뚱하게 불똥이 튀어 매출이 급감한 적도 있었다.

그사이 주변 사람들은 혀를 차며 돌아섰고 그다음부턴 관장을 거들떠보지도 않았다.

이어서 야심 차게 남성 전문 요가교실을 기획하다가 이번에도 엇비슷한 이유로 어그러질 게 분명하다는 예감에 휩싸였다. 어쩐지 누군가 설치해놓은 얕은 함정에 계속 빠지는 듯한 기분이 든 것도 그즈음이었다. 그래서 이번에는 특정 대상이 아닌 모두에게 적용될 수 있는 사업을 구상해야겠다고 마음먹었지만 망설여지기만 했다.

얼마 지나지 않아 사업 책임자를 통해 신설될 기관의 운영자를 모집할 거라는 소식을 접했다. 지자체에서 오랫동안 방치되어 흉물로 불리던 건물을 뜯어고쳐 마련한 자리였다. 고민 끝에 관장은 죽음이야말로 누구에게도 예외 없다고 역설했다. 과거와는 달리 절대 실패하지 않을 거라는 강한 확신이 들었다.

그 말까지 들었을 때 미연은 관장과 눈이 마주쳤다.

"그게 바로 임종 체험관이야."

예정보다 일찍 도착한 단체 체험객들이 우르르 몰려왔다. 앞줄에 선 장정 둘은 입을 모아 투덜거렸다.

"죽여주는 데 가자더니 겨우 여기였어요?"

뒤따라온 사람들은 안내 데스크에 바짝 다가서 비데가 설치된 화장실을 애타게 찾거나 뜨거운 물이 나오지 않는 정수기에 불만을 품고 목청껏 소리쳤다. 지침서에 나오는 대로 전한 사과나 다음부터 개선하겠다는 약속에도 한 번 부풀어 오른 목소리는 잦아들 줄 몰랐다. 끝까지 마음에도 없는 사과를 받아야 하는 거냐고. 이 찜찜한 데를 또 오라는 뜻이냐고. 체험을 앞두고 대개는 몹시 움츠러든 채 겁에 질렸지만 점잖아 보이던 태도가 돌연 개차반이 되는 쪽도 많았다. 불뚝거리며 이 와중에 예의 차리게 생겼냐는 듯이.

"안내한다는 사람이 살가운 맛이라곤 눈곱만큼도 없네. 이래서야 원!"

괴팍한 목소리에도 불구하고 미연은 내내 메마른 표정으로 일관했다. 체험객을 불러 모으고 비상구를 안내하면서 실수로라도 웃지 않도록 주의했다. 관장은 여기서만큼은 사람들을 사근사근하게 대하지 않아도 된다고 했다. 임종 체험이 너무 상냥하게 진행되는 것도 괴상망측하지 않냐며. 그건 미연이 여기서 일하기로 결심한 이유이기도 했다. 한빛과 틀어진 다음부터는 희미한 웃음에도 상대방이 깔보고 짓밟을 것만 같았다.

"어차피 곧 저세상으로 갈 마당에 비데가 다 무슨 소용이야. 넌 찬물 좀 마신다고 뒈져?"

뒤에서 노파가 외치자 사방에서 우렁찬 웃음소리가 터져 나왔다. 그들 중 체험 시 주의 사항이나 진행 순서에 귀를 기울이는 사람은 없었다. 대놓고 삶을 마감하는 순간까지 그놈의 규칙을 준수하고 경고까지 새겨들어야 하냐고 종알댔다. 위반이 죽음을 앞둔 사람에게 부여된 특권인 줄 아는 듯했다.

"죽기 전에 점장이 멋모르고 조잘댈 때 입을 한번 틀어막았어야 했는데."

"난 우리 남편 주둥아리를 확!"

우는소리들 사이에 숫제 지긋지긋하다는 얼굴도 끼어 있었다. 야단법석을 떨다가 흩어지는가 싶더니 짝을 지어 밖으로 나가거나 사진을 찍는 무리도 많았다. 말릴 틈도 없이 한쪽에서는 떡과 과일까지 꺼내 우적우적 씹어 먹기 시작했다. 미연이 굳은 얼굴로 체험관에서는 음식물 섭취가 금지라고 하자 심드렁하게 대꾸했다.

"공복이면 오늘 무슨 힘으로 죽어?"

"뭘 하든 배가 든든해야지."

사과 한 쪽을 나눠 먹더니 양쪽에서 키득거리며 맞장구를 쳤다. 그때 맞은편에서 포도주스를 꺼내다가 쏟는 바람에 아침에 닦은 바닥이 엉망이 되었다. 퍼질러 앉아 있던 체험객들은 벌떡 일어나 까치발로 일제히 뒷걸음질 쳤다. 그러다 리듬이 뒤엉키는 바람에 몸이 기울어지다가 옆 사람과 부딪치거나 우스꽝스러운 자세로 나뒹굴기도 했다. 멀리서 보면 지구 반대편에 사는 부족의 전통 의식처럼 보였고 한편으론 잔칫날 흥에 겨워 추는 춤 같기도 했다. 어쨌든 죽기 직전 행동으로는 보이지 않았다. 틈틈이 고성과 비명이 치고 들어왔다. 한가하게 어슬렁거리면서 시간이나 때우면 그만일 거라는 미연의 짐작은 한참 빗나갔다.

서둘러 대걸레를 가져오던 미연은 지금이라도 안에서 누가 나와줬으면 싶었다. 하지만 저승 입구는 이쪽과 선을 그은 듯 고요하기만 했다.

누구든지 순식간에 집어삼켜버릴 것처럼.

"대체 언제 시작하는 거예요? 성질 급한 놈은 기다리다 숨 넘어가겠네."

"맨날 지각하는 주제에! 오늘도 또 늦었지?"

노파의 나무라는 소리에도 남자는 별로 위축되지 않았다.

남자의 볼멘소리에 미연은 관 뚜껑을 열었을 때의 남자 얼굴을 상상해봤다. 언젠가 승인이 들려준 대로 눈물범벅일 수도 있고 도리어 잠잠하거나 가벼운 미소를 지을지도 몰랐다. 혹은 더러 볼 수 있는 분노에 찬 듯 잔뜩 일그러진 얼굴일 수도.

승인은 찾는 얼굴이라도 있는 것처럼 번번이 관 속에 누운 체험객들을 유심히 바라보곤 했다. 후기에 승인과 눈이 마주치는 순간이 가장 무서웠다고 꼽는 체험객들도 많았다. 딱히 죄지은 것도 없는데 저절로 지나온 삶을 반성하게 되었다고 했다. 관장은 나쁘지 않은 반응이라고 생각한 듯 승인에게 더 힘껏 쏘아보라고 부추겼다.

불만만 늘어놓는 남자는 유서에 뭐라고 쓸까. 건성으로 한두 줄 휘갈겨 쓴 다음 종이가 부족하다는 사람들을 닦달할 것만 같았다. 진짜도 아닌데 대충들 끄적이고 나가서 밥이나 먹자면서.

이제껏 가령은 단 한 문장뿐이거나 혹은 대여섯 장에 걸쳐 장황하게 쓴 유서까지 유형별로 다 봐왔다고 자부했다. 짧은 유서 안에도 그 사람 인생이 통째로 담겼고 책 한 권 분량으로 써도 살아온 날의 반의반도 못 드러낸 경우도 허다했다고 했다. 이어서 임종 체험관에서 일하며 깨달은 건 겨우 그런 것들뿐이었다고 덧붙였다. 그때까지만 해도 미연은 가령이 체험객이 쓴 유서를 갈기갈기 찢어발길 줄은 몰랐다.

"확인만 끝나면 곧바로 임종 체험이 시작될 겁니다."

몇몇이 동시에 하품을 해댔다. 건성으로 주의를 주던 노파가 주위를 휘둘러보다가 입을 열었다.

"오늘 경로우대로 할인받은 사람 손 들어봐."

"임종 체험관 우대면 우대 맞아? 홀대 아냐?"

"천대일지도 모르지."

맹렬한 야유가 로비를 가득 채웠다.

예약 시간이 가까워지는데도 준비가 끝났다는 메시지는 오지 않았다.

지금쯤 유영은 조명과 삼각대를 정비하고 있을 것이다. 최근 영정 사진에 관한 항의가 끊이지 않았으니 신경을 곤두세우고 있을지도 몰랐다. 유영이 예고 없이 플래시를 터뜨리는 바람에 소동이 일었던 적도 있었다. 영정 사진에는 눈도 제대로 뜨지 못한 채 한껏 찡그린 얼굴이 담겼고 결국 고성이 터져 나왔다. 유영이 몇 번씩이나 다시 찍어드리겠다고 했지만 체험객은 한사코 거절했다. 그때 관장이 나지막한 목소리로 지시했다.

저 사람 체험이 끝날 때까지 허튼짓하진 않는지 잘 살펴봐.

그동안 유서를 담당하는 가령은 종이와 필기구가 부족하지 않도록 여유 있게 챙겨야 했다. 유서를 적다가 멈추면 감정의 흐름이 끊기고 그만큼 체험이 주는 감흥도 떨어질 수 있었다. 언젠가 중간에 볼펜이 나오지 않아 울음을 터뜨린 체험객 때문에 잠시 진행이 중단된 적이 있었다. 미연은 그때 체험객이 하소연하듯 내뱉던 혼잣말을 아직도 기억했다.

죽을 때까지 나한테 허섭스레기만 주는구나. 나도 새 물건 쓸 줄 아는데…….

승인은 벌써 분장을 끝내고 도포를 차려입은 다음 술띠까지 매화매듭으로 마무리 지었을 것이다. 이제 관을 소독하고 탈취제까지 뿌릴 테지. 수의를 넣어두는 오동나무 함에 좀약이 넉넉한지 확인하고 수의 상태도 꼼꼼하게 점검하고. 관 옆에 티슈가 빠지진 않았는지도. 암막 커튼이 제대로 쳐졌는지도 놓치지 말아야 했다. 죽음에 빛이 새어 들면 곤란하니까. 언젠가 입관 체험실을 돌며 모든 확인 항목에 브이 표시를 하던 승인은 예전에 봤던 조사표 속 환경 평가 항목과 비슷하다고 중얼거린 적이 있었다. 미연이 그게 뭐냐고 물었지만 승인은 그쯤에서 입을 다물었다.

다들 오늘 임종 체험도 완벽하게 끝날 수 있도록 최선을 다하는 중일 터였다. 이들 중 누가 준비를 덜 끝낸 건지 알 수 없었다.

미연은 예약자 명단을 훑어봤다. 임종 체험관에서 미연의 역할은 접수를 확인하고 한 사람도 빠짐없이 안으로 들여보낸 후 동선이 엉키지 않도록 안내하는 것이었다.

문득 처음 일을 시작할 때 관장이 당부했던 말이 떠올랐다.

"단 한 사람도 임종 체험에서 벗어나지 않도록 신경 써야 해."

그간 자잘한 실수는 있었지만 크게 문제 될 만한 일은 없었다. 다들 잘 죽어본 다음 한껏 해사해진 얼굴로 임종 체험관을 나섰다. 지자체의 기대에 확실히 부응하는 얼굴이었다. 그 얼굴은 시간이 흘러도 달라지지 않을 것처럼 몹시 단단해 보였다.

오늘이라고 다를 바 없을 터였다.

"성함 좀 확인할게요!"

관장은 분장하는 승인을 빼고 나머지는 시커먼 가면을 쓴 채 헤드 마이크를 통해 변조된 목소리로 음울한 분위기를 잡으라고 했지만 그러면 이름을 제대로 알아듣지 못하는 체험객들이 많아 진행이 더뎠다. 결국 가면을 벗어 구석에 던져놓고 앙칼지게 쏘아붙이듯 불러야만 했다. 게다가 괴상하게 생긴 가면은 미연의 얼굴과 맞지 않아 턱을 당기고 눈을 치켜떠야 겨우 시야가 확보되었던 터라 여간 불편한 게 아니었다. 대체 누구 얼굴에 맞춘 가면인지 도통 알 수 없었다.

다른 구성원들 사정도 고만고만한 것 같았다. 상복을 차려입고 가면까지 쓰고 나면 다들 그림자처럼 보였다. 한데 뭉쳐있으면 몇 사람인지조차 구분하기 어려웠다. 그저 하나의 검은 덩어리에 불과했다.

"네! 여기요!"

명단에 적힌 이름을 부를 때마다 명랑한 대답이 이어졌다. 대답 끝에 경박한 휘파람이 질척하게 따라붙기도 했다. 아주 잠깐 진짜 저승에 갈 때도 저럴까 싶었다. 이번 체험객들은 방송을 보고 찾아온 친목회원들이었다. 나이대도 차림새도 제각각이라 어떤 친목 모임인지 종잡을 수 없었다.

"우리가 얼마나 끈끈한 사인지 알아요? 죽을 때도 다 같이 죽겠다고 다짐할 정도예요."

미연은 그게 정말 끈끈한 사이인지 아닌지 헷갈렸다.

절반쯤 이름을 불렀을 때 노파가 옆에 바짝 붙어서 속삭였다. 맨날 먹고 놀고 마시기만 하다가 의미 있는 일을 좀 해보자는 취지로 찾아왔다고. 연말에는 십시일반 돈을 모아 불우이웃돕기 성금을 낼 거고 다음 주에는 자원봉사도 갈 예정이라고 했다. 아무래도 모임의 대표로 신청한 회장인 듯싶었다.

말하는 내내 노파에게서 군내가 났다. 미연은 건성으로 고개를 끄덕이며 명단에서 눈을 떼지 않았다. 노파 때문에 같은 이름을 두 번 부르기도 했고 건너뛴 이름도 생겼다. 노파가, 자기가 벌써 다 세어봤으니 확인할 거 없다고 해도 못 들은 척했다. 문제가 생기면 고스란히 미연의 책임이었다. 마지막 이름을 불렀을 때 대답하는 사람이 없자 미연은 여봐란듯이 노파를 흘겨봤다. 이것 보라고, 결국 빠진 사람이 나오지 않았냐고 따지는 것처럼.

"아, 그건 내 이름."

노파가 한쪽 눈을 찡긋했다.

체험객들을 한자리에 모으고 대기실로 안내할 때까지 노파는 쉬지 않고 떠들었다. 친목회의 오랜 역사와 어디서나 사회에 모범이 되는 구성원들의 면면에 관해서. 게다가 어려울 때마다 한마음이 되어 얼마나 똘똘 뭉쳐 헤쳐 나가는지에 대해. 우리가 힘을 합치면 이 세상에 못 할 게 없다고까지 했다. 미연이 시선을 틀고 걸음을 재게 놀려도 노파는 눈치도 없이 계속 말했다. 나중에 저승 갈 때도 주절대느라 제 차례를 모르고 지나칠 것 같았다.

미연이 아무래도 이쯤에서 한 번은 제지해야겠다고 결심한 순간 눈에 띈 건 플라스틱 간이의자였다. 편의점이나 행사장에서 흔히 볼 수 있는. 지난주 후기에서 체험객이 불편함을 호소했던 그 의자. 체험객은 의자 다리 길이가 제각각이라 넘어지지 않으려고 내내 긴장해야 했다고 덧붙였다. 그러니까 관리 좀 똑바로 하라고. 미연은 관장의 지시에 따라 이른 시일 내에 교체하겠다는 약속 대신 다른 댓글을 남겼다. 관이 너무 딱딱해 누워 있기 힘들다는 불평에 대해서도 마찬가지였다.

원래 임종이란 게 괴롭고 긴장되죠. 여기는 편하게 쉬려고 오는
휴양지가 아닙니다.

예전에는 저승사자가 너무 무섭게 생긴 데다가 불친절하다는 후기에 그러면 아름답고 친절할 줄 아셨냐고 받아치기도 했다. 사업 책임자의 우려와 달리 처음에는 쌀쌀맞은 대처가 입소문을 타고 도리어 호응을 얻었다.

여긴 찐인 것 같아! 임종 체험에 진심이라고!

지금까지 가장 많은 추천을 받은 댓글도 전체적으로 조잡해서 실망만 했다고, 진짜 죽고 나면 이럴지 의구심이 든다는 후기에 반박한 답변이었다. 그때 관장은 미연의 보고를 받자

마자 그 자리에서 직접 답변을 남겼다. 오랫동안 품고 있던 말인 듯 조금의 망설임도 없었다.

혹시 죽어보셨습니까?

이후 한동안 시시하다는 후기는 올라오지 않았다.

이런 식이라면 임종 체험관을 향한 어떤 비판에도 항변할 수 있었다. 드라마나 영화에 나오는 것도 현실이 아니라 죄다 상상 아니냐고. 저승이 정교하고 깨끗할 거라는 생각은 그쪽의 바람일 뿐이라거나 하늘나라가 깔끔한 최신식 설비를 갖췄다는 보장이 어딨느냐고 우기면 그뿐이었다. 거기에 제대로 반문하는 것은 불가능했다.

누구도 죽어본 적이 없으니까.

하지만 최근 분위기는 사뭇 달라졌다. 여전히 평점 만점에 호의적인 후기가 넘쳤지만 그 가운데 그래도 엄연히 서비스 업종이 아니냐, 내가 왜 내 돈 내고 죄인 취급을 받아야 하느냐고 따져 묻는 목소리가 점차 늘었다. 작년과 비교하면 확실히 증가하는 추세였다. 자기들이 뭔데 사람을 가르치려 드는 건지 모르겠다거나 진짜 신이라도 된 듯 거들먹거린다는 댓글의 추천 수도 심상찮았다. 그래봐야 전부 가짜들 아니냐면서. 대책 없이 손 놓고 있다간 조만간 베스트 댓글로 올라설지도 몰랐다.

문틈으로 사업 책임자에게 굽실거리는 관장이 보였다. 사업 책임자가 한 소리 하자 관장이 얼른 재발 방지를 약속했다. 이어서 앞으로 더욱 발전하겠다는 의지까지 내비쳤지만 냉담한 기운은 쉽게 가라앉지 않았다. 그도 그럴 것이 늘 덧붙이던 '체험도 실전처럼 모시겠습니다'라는 결의는 어느새 명백한 조롱으로 읽혔고 많은 체험객들이 이에 동조했다. 관장이 요즘 들어 낮은 평점에 부쩍 신경을 쓰는 것도 그 때문이었다. 진짜 저승에 가서도 서비스가 형편없다며 인색한 평점을 매길 사람들이라고 구시렁거리기도 했다. 사람이 죽을 때만이라도 좀 너그러워져야지, 쯧. 이어서 구성원들에게 다들 후기 좀 챙겨 보면서 반성하라고 다그쳤다.

대기실 간이의자는 한눈에도 부족해 보였다. 앉을 자리를 찾아 두리번거리던 친목회원들은 일제히 미연을 노려봤다. 자칫하면 또 평점이 깎일지도 몰랐다. 아침 조회 때 붉으락푸르락하던 관장의 얼굴이 떠올랐다.

"어째 갈수록 평점이 낮아지는 거지? 응? 관이 딱딱한 거야 어쩔 수 없지만 먼지 제거는 신경을 써야 할 거 아냐! 비염이 심해졌다는 체험객 불만 확인했지? 그리고 수의는 어떻게 됐어? 이제 구멍 나거나 찢어진 건 없겠지?"

관장 맞은편의 승인은 분장을 덜 끝내 반쪽만 검은 입술로 없다고 대꾸했다. 이어서 저 얼굴이야말로 꼭 저승사자 같다고 속닥거렸다. 승인도 본 적은 없다고 했다. 다만 건너 들은 적이 있을 뿐.

"지금 체험객 많다고 방심하면 안 돼. 이러다 한순간에 폐관되는 수가 있어."

폐관 운운은 사업 책임자가 관장의 하소연에 능글맞게 맞받아치다가 자리를 뜨면서 마지막에 얹은 말이기도 했다. 지자체 지원이 끊기면 임종 체험관 운영은 사실상 불가능했다. 보잘것없는 후원금이나 체험권 판매 수익만으로는 턱없이 부족했다. 연결된 업체를 통해 들어오는 푼돈을 더해봐도 사정은 달라지지 않았다.

"위기는 언제든 또 찾아올 수 있다고!"

말끝에 관장이 쯧쯧거리는 순간 유영의 표정이 어두워졌다. 과거의 사고를 고백했던 그때처럼. 그날 유영은 누군가에게 허리와 어깨를 차례차례 짓밟혔다고 털어놓았다. 나중에는 자기도……. 그때쯤 흉터가 자리 잡은 유영의 눈가가 파르르 떨렸다. 통증은 완전히 사라지지 않은 채 미약하게 맴돌다가 잊을 만하면 불쑥 온몸을 들쑤신다고 했다. 미연은 흐트러진 자세를 바로잡았다. 언제 어디서든 비집고 들어올 만한 여지를 주고 싶지 않았다.

최근에는 사업 책임자도 임종 체험관 후기를 주기적으로 살피는 눈치였다. 위에서 임종 체험관 문을 닫자고 결정 내리면 사업 책임자도 별수 없을 것이었다. 그 때문인지 조회 때마다 평점이 깎인 원인과 관련된 지적은 끊이지 않았다. 청결하지 못한 화장실과 누린내가 나는 듯한 수의에 성의 없이 찍는 영정 사진까지. 유서 쓸 시간이 너무 짧았던 것도, 미리 피워놓은 향 때문에 나오는 기침과 뿌예진 시야도 문제였다.

후기에 답글을 남기는 관장은 여전히 대수롭지 않게 넘기는 것처럼 보였다. 원래 죽음이란 더러운 것이며 얼굴을 알아볼 수 있다면 영정 사진으로 충분하다고. 이어서 시간이란 결코 우리 마음대로 되는 게 아니고 죽음은 본래 선명하지 않은 법이라고 둘러댔다. 하지만 조회 시간에는 하나하나 꼬집어 확실히 걸고넘어졌다. 어느 날은 체험객 중 거동이 불편하고 폐소공포증이 있는 사람이 참여한다는 정보를 공유할 틈도 없이 지적만으로 조회가 다 끝나기도 했다.

사업 책임자가 관장실에 걸어준 액자 속 문구가 눈에 들어왔다. 조회가 끝날 때마다 한목소리로 외치는 구호이기도 한.

다시 살고 깊이 감사하고 많이 생각하는

사소한 문제라도 사업 책임자에게는 중대한 결격사유처럼 보일 수 있었다.

그 때문에 체험 전후 확인 사항은 점점 늘어만 갔다. 점검 간격은 세 시간에서 두 시간 단위로 바뀌었고 얼마 전부터는 조명이 너무 밝거나 어둡진 않은지에 대한 내용에 이어 핸드폰을 제출하지 않고 촬영하는 사람은 없는지 확인하는 항목도 생겼다. 중간에 플래시를 켜거나 관에 들어갈 때까지 인증 사진을 남겨 SNS에 올려야 한다고 난동을 피운 체험객 때문이었다. 체험객은 개인 촬영을 위한 공간이 따로 마련되어 있다고 해도 막무가내였다. 사진을 찍을 수 없는 줄 알았다면 절대 오지 않았을 거라고 끝까지 버텼다. 그때 다 같이 달려들어 막느라 애를 먹었다.

작년 연말에는 칼을 소지한 체험객으로 난리였는가 하면 꾀죄죄한 몰골의 할머니가 주머니에 햄스터를 넣은 채 관에 들어가기도 했다. 그들이 전하는 사정은 분명했다. 한시라도 손에 칼이 없으면 제대로 움직일 수 없다거나 이건 그냥 햄스터가 아니라 자신의 분신이라고. 몰래 담배를 피우는 사람들은 말할 것도 없었다. 향냄새랑 다를 게 뭐냐면서 실실거리다가 곧 죽을 사람한테 너무 야박하게 구는 거 아니냐고 따졌다.

예상치 못한 체험객 때문에 새로 생긴 점검 사항은 또 있었다.

☑ 수상한 체험객은 없습니까?

다들 이 항목이 생긴 진짜 이유를 잘 알았다.

도보로 임종 체험관에 오려면 일단 다리부터 건너야 했다. 이 지역에서 가장 오래된 다리는 여러 차례 진행된 보수공사 덕에 여전히 남아 이쪽과 건너편을 이어줬다. 매년 안전 문제 때문에 해체하고 새로 지어야 한다는 의견이 제기됐지만 반대쪽에서는 전쟁의 의미를 되새길 만한 가치가 충분하니 끝까지 보존해야 한다고 맞섰다. 양쪽이 옥신각신하다 보면 어느새 갈등은 흐지부지되고 말았다. 그저 차량 통행을 엄격하게 제한하고 정밀안전진단을 강화하는 정도로 문제는 마무리되었다.

　다리를 건너면 맞은편에 비죽 솟은 신호등이 보였다. 관리를 한다고 해도 항상 가로수에 반쯤 가려진 신호등이었다. 울창한 숲 너머의 주거지역과는 달리 인적이 드문 거리다 보니 예전에는 보행자가 직접 버튼을 눌러야만 신호가 바뀌었다. 그러지 않으면 종일 빨간불만 볼 수도 있었다. 언젠가 이를 모르고 무작정 기다리던 체험객이 한참 만에 홀린 듯 돌아서서 다시 다리를 건너간 적도 있다고 들었다.

　아직은 죽어보지 말라는 뜻인 줄 알고.

　횡단보도를 건너 보도블록 사이마다 돋은 잡초를 피해 곧장 샛길로 들어서는 게 빨랐다. 하지만 샛길은 풀숲에 가려 좀처럼 눈에 띄지 않았다. 제초 작업에 신경을 쓴다고 해도 어느 순간 무성하게 자라 입구를 완전히 가리고야 말았다. 이쪽에서 포기하고 시간이 걸리더라도 큰길로 돌아가는 쪽도 많았다. 하지만 이게 정말 길이 맞기는 한지 의심될 만큼 좁은 입구를 지나 대여섯 걸음만 들어서면 그제야 비로소 언덕으로 이어지는 길이 나왔다.

언덕 아래에서 임종 체험관까지 오르는 길은 지도에도 명확하게 나와 있지 않았다. 고개를 한껏 젖히고 바라봐도 빽빽하게 늘어선 나무뿐, 임종 체험관은 보이지 않았다. 체험객들은 대개 여기서 전화를 걸기 마련이었다. 그러면 미연이 무미건조한 목소리로 안내했다.

"비석 뒤에 난 길로 쭉 올라오시면 됩니다."

언덕 아래에는 비석이 비스듬히 세워져 있었다. 누가 떼메고 가다 중간에 힘이 달려 얼떨결에 메다꽂은 듯한. 비석은 크지 않은 데다 귀퉁이가 여기저기 깨져 있었다. 게다가 아무것도 쓰여 있지 않아 그저 쓸모없는 돌덩어리처럼 보였다.

관계 기관에서는 전문가까지 초빙해 조사를 진행 중이지만 정확한 결과가 나오기까지는 시간이 걸릴 듯했다. 다만 처음부터 비어 있던 비석이 아니라 세월이 지남에 따라 새겨놓은 글씨가 지워졌다는 건 분명하다고 발표했다. 하지만 그동안 거센 폭풍우에 장마와 폭설까지 오롯이 견뎌온 탓에 마모된 흔적을 완벽하게 복원하는 일은 영 어려워 보였다. 기관 관계자는 일단 비석이 세워진 시기부터 명확하게 조사할 계획이라고 밝혔다. 어쩌면 역사적 가치가 큰 비석일지도 몰랐다. 이에 따라 지역문화에도 적잖은 영향을 끼칠 수 있었다. 그렇지만 해가 지날수록 부풀었던 기대는 어느덧 사그라들었다.

조사가 끝나기 전까지 비석 근처에는 이렇다 할 안내판조차 세우지 않은 채 가장자리에 낮은 울타리만 쳐뒀을 뿐이었다. 아이들이 쉽게 타고 넘어가 비석 주변을 아장거려도 어른들은 제자리에서 말로만 건성으로 타일렀다.

"비석이라고요? 뭐라고 쓰여 있죠?"

"아무것도 없어요."

그제야 길을 헤매던 체험객은 눈앞에 우두커니 선 돌을 두고 비석이라 부른다는 걸 깨달았다.

언덕으로 올라서 숨을 고르면 임종 체험관이 한눈에 들어왔다. 예전에는 사람들로 북적였다지만 장기간 비었던 터라 원래 용도를 정확하게 아는 이는 드물었다. 앞에는 꽤 너른 주차장이, 주차장 입구 근처에는 검은 띠를 두른 영구차 한 대가 서 있었다. 영구차 문은 늘 조금 열려 있었다. 누구든 안으로 들어올 수 있다는 듯이. 관장은 매일 아침 출근해서 영구차를 닦는 걸로 일과를 시작하곤 했다.

주차장을 돌아 막다른 길에 다다르면 임종 체험관 입구가 나왔다. 근처에는 시원한 물줄기를 쏟아내는 폭포가 있었다. 체험객들이 임종 체험 전후로 단체 사진을 찍는 장소였다. 처음에는 옷과 머리에 물이 튀지 않도록 주의했지만 대부분 조금 더 가까이 다가서려다 결국 온몸이 흠뻑 젖고야 말았다. 몇몇은 폭포의 정체를 알고선 항의하기도 했으나 대부분은 맑

은 함성을 내지르며 까르르 웃었다. 임종 체험을 해보기 전에
는 죽음이 뭔지 몰라서, 끝내고 나서는 다시 살아난 듯한 기쁜
마음에.

그 자리에서 올라온 길을 내려다보면 조금 전 건넌 다리가
가마득하게 보였다. 그러면 왜 전쟁의 의미를 되새길 수 있는
다리라고 하는지 쉽게 알아차릴 수 있었다.

전쟁 당시 이 지역을 연결하는 하나뿐인 다리에서 침략하
는 세력과 대항하는 세력 사이에 치열한 전투가 벌어졌다고
했다. 그러다 보니 다리 위에서 수많은 사상자가 속출했다. 그
때 교각에 생긴 총탄 자국은 지금도 그대로 남아 있었다. 그
교각이 밤에는 마치 강에 반쯤 잠긴 달처럼 보여 다리 이름도
월교月橋였다. 밤이 깊어질수록 총을 맞아 움푹 팬 흔적이 마
치 달 표면의 분화구처럼 보였다.

관장은 시간이 날 때마다 월교를 건너오는 사람들을 바라
보곤 했다. 그들 중 누가 임종 체험관에 들어설지 가만히 가늠
해보는 눈치였다. 얼마간 그러고 있으면 얼굴에 핏기가 가신
채 몸서리를 쳤다.

최근 월교는 난간을 높이는 공사와 함께 CCTV 추가 설치
가 한창이었다. 동작감지센서가 달린 CCTV였다. 명목상으
로는 주민들의 안전을 위한 장치였지만 다들 쉬쉬할 뿐이지
속내를 모르진 않았다. 얼마 전 누군가 월교를 건너다가 멈칫
하는가 싶더니 난간에 바짝 다가섰다. 다행히 재빠른 신고로

아무 일도 일어나지 않았지만 사정을 두고선 소문이 분분했다. 공식적인 발표는 술에 취해 비틀거리다 걸음이 꼬인 게 원인이었지만 스스로 목숨을 끊으려던 시도로 오해하는 이들이 많았다. 몇몇은 목소리를 잔뜩 낮춘 채 숙덕거렸다.

아무래도 진짜 사정은 숨기지 않았겠느냐고.

예전에도 월교 위를 여러 번 왕복하던 중년 남성을 주민이 발견하고 겨우 막았던 터라 지역 분위기는 침울하게 가라앉았다. 이참에 월교를 아예 폐쇄해야 하는 게 아니냐는 목소리도 쏟아졌다.

그러면 죽을 일도 없지 않겠냐고.

그때 사고 조사 과정에서 임종 체험관과는 관계가 없는 것으로 결론 났다. 관장은 조회 시간에 가슴을 쓸어내리며 안도의 한숨을 내쉬었다. 그럼에도 월교 중간쯤 기어이 사람이 떨어졌다는 자리에서 임종 체험관 쪽을 바라보면 예전과는 확실히 다른 느낌이 들었다. 나뭇가지 끝에 슬쩍 드러난 임종 체험관 모서리는 마치 기묘한 손짓처럼 보이기도 했다.

작년 상황은 달랐다. 근처 소도시에서 스스로 삶을 마감하려다 실패한 여자가 임종 체험을 했다는 사실이 밝혀졌기 때문이다. 자살 시도 직전, 손수 발송한 부고 문자가 임종 체험관에서 유서와 함께 작성한 것으로 알려지면서부터였다.

"돈 들여가며 임종 체험관을 만든 취지가 뭔지…… 잊은 건 아니시죠?"

사업 책임자의 목소리는 로비까지 흘러나왔다. 딱히 나무라는 말투가 아니었지만 관장은 연신 머리를 조아렸다.

체험한 시기와는 제법 차이가 나 간단한 참고 조사만 이뤄졌지만 임종 체험관은 한동안 사람들 입에 오르내렸다. 처음부터 미심쩍었다거나 언젠가 이 사달이 날 줄 알았다는 목소리가 끊이지 않았다. 나중에는 가뜩이나 지역에 인구가 줄어가는데 세금으로 사람을 죽인 꼴 아니냐고까지 떠들어댔다. 여자는 지속적인 관리를 받아 일상에 복귀했지만 잡음은 끊이지 않았다.

그날 체험을 마친 여자는 용기를 얻었다는 소감을 남겼다. 관장이 떠올린 건 삶을 살아갈 용기였다고 했다. 그렇게 보면 앞으로 가족에게 짜증 내지 않고 잘해야겠다는 각오나 겁먹지 말고 일단 부딪쳐보겠다는 결심처럼 지극히 일반적인 소감일 뿐이었다. 별로 특별할 것도 인상적인 것도 없는. 홍보에 이용해도 자기가 쓴 소감이라고 생각할 체험객이 수두룩할 듯한.

이후에도 소란은 끊이지 않았다.

성적을 비관해 극단적인 생각을 했던 학생이 들렀고, 얼마 전 유산한 임부와 온 세상이 자기를 따돌린다는 여인도 마음을 다잡고 찾아왔다. 다행히 모두 행동에 옮기기 전 적절한 치료를 받았지만 그때마다 관장은 죄인이 된 기분에 휩싸인 듯 보였고 날카롭게 캐묻는 질문 공세에 시달렸다. 가족이나 친구로부터 때론 처음 들어본 단체나 협회에 이어 전혀 상관 없어 보이는 익명의 사람들에게까지. 사업 책임자는 잔뜩 달 궈진 얼굴로 핏대를 세웠다. 이상한 낌새가 있었는데 놓친 건 아닌지. 체험관에서 종용한 정황이 있진 않은지.

"이런 일이 자꾸 생기면 내 입장이 아주 곤란합니다."

그때마다 관장은 '생각'과 '체험' 사이에 존재하는 시간차와 삶에 대한 긍정적인 태도를 얻은 체험객이 훨씬 많다는 점을 강조했다. 하지만 체험관에도 책임이 있다고 보는 분위기는 쉽게 누그러들지 않았다. 결정적인 원인을 제공하진 않았어 도 최소한 슬쩍 부추기기는 했을 거라고 입을 모았다. 하필 명 칭도 다사 임종 체험관이라는 사실이 퍼지면서 '다사'가 다른 뜻이었냐는 악담이 나돌았다. 관장이 기획한 건 '다시 사는 공 간'에서 '깊이 감사'하고 '많이 생각'하는 곳이라는 의미였다. 사람들은 그 의미를 가볍게 무시했다.

사고 이후 체험객 개인정보가 지자체나 경찰로 넘어가 특 별 관리 대상에 들어간다는 헛소문까지 퍼지면서 관장은 더 욱 곤경을 겪었다. 원래도 꺼림칙해서 엉뚱한 이름을 쓰는 신 청서가 더러 있긴 했지만 그때부터 가명을 쓰는 체험객이 부 쩍 늘어 확인 절차가 추가됐다. 그들은 체험 중에 가명으로 불 리면 기억하지 못하고 한참을 멀뚱거리거나 화들짝 놀라 움 찔했다. 이따금 누구 이름을 대신 적은 건지 궁금할 만큼.

좀처럼 소문이 잦아들지 않자 기부단체나 상담센터와의 연결에 차질이 생겼다. 수의 판매업체뿐만 아니라 상조보험 회사와의 긴밀한 관계도 어그러질 위기에 처했다. 간간이 이어지던 방송 촬영이나 기관장들의 발길까지 뜸해졌다. 인성 교육을 기대했던 학부모들의 반발에 부딪혀 학교 단체 예약마저 줄줄이 취소되었다. 회사 신입 사원 교육과정에서도 빠졌고 노인복지관의 방문도 완전히 끊겼다. 그나마 간혹 장례지도사 교육원생들의 견학만 이어졌을 뿐이었다. 관장이 강조하는 위기는 이때를 두고 하는 말이었다.

결국 사업 책임자는 진지하게 폐관까지 고려해야 할 것 같다고 통보해 왔다. 사회적으로 긍정적인 효과가 크지 않다면 온당한 조치라고. 지역 주민들의 여론도 마냥 무시할 수만은 없었다. 사업 책임자는 조금만 더 두고 보겠다고 했다. 관장에게 주어진 시간은 그리 길지 않았다.

하지만 얼마 지나지 않아 임종 체험관에는 다시 사람들이 슬금슬금 모여들었다. 빚에 시달리던 청년이나 돌아가신 할머니 생각에 밤잠을 못 이루는 손녀부터 결혼을 약속한 연인까지. 차별화된 구성으로 신규 프로그램을 도입하면서부터였다. 때마침 유력한 지자체장 후보자가 선거유세 중에 들러 체험하고 인기리에 방영 중인 드라마에서 헤어질 위기에 놓인 주인공들이 서로의 마음을 확인하는 방법으로 임종 체험관이 등장하면서 덩달아 예약 문의도 급증했다. 유명 연예인이 방송에 나와 버킷 리스트로 소개하고 어디선가 '한국에서 꼭 가봐야 할 곳 100선'에 넣은 덕택에 이따금 외국인 관광객까지 찾아오기 시작한 것도 그때쯤이었다.

관장은 예약이 꽉 찬 일정표를 확인하다가 누구에게랄 것도 없이 중얼거렸다.

"다시 사람들이 모여들어도 특이할 건 없지."

순간 미연은 제대로 맞지 않는 가면이 얼굴 위에서 덜그럭거리는 느낌이었다.

임종 체험관이 또다시 위기에 빠지도록 손 놓고 있을 순 없었다.

일단 창고에 가서 의자부터 가져와야 할 것 같았다. 얼마 전 따로 빼둘 정도로 상태가 좋지 않지만 없는 것보단 나을 터였다. 창고로 향하던 미연은 자리를 비운 사이에 체험객들이 또 흩어지면 어쩌나 싶어 머뭇거렸다. 마지막으로 딱 한 번만 더 화장실에 다녀온다고 나간 여자는 아직 돌아오지 않았다. 미연이 시간이 촉박하다고 해도 아랑곳하지 않았다.

"내가 보기보다 새가슴이라 그래. 몸도 마음도 싹 비우고 죽어보면 좋잖아."

일단 노파에게라도 찾아보라고 부탁하려는 순간 안내 데스크 쪽에서 전화벨이 요란하게 울렸다. 문의에 제때 응답하지 않는 것도 요새 불거진 불만족 사유 중 하나였다.

언젠가 관장은 예약이 원활하지 않다는 점을 지적한 다음 미연에게 누군가 삶의 끝에서 마지막으로 건 전화라는 생각으로 받아달라고 당부했다. 다른 건 몰라도 불편한 대기실과 부재중 전화는 모두 미연의 책임이었다. 미연이 체험실 안에서 일할 땐 관장이 받기로 되어 있지만 책임 소재가 달라지는 건 아니었다. 뒤바뀐 영정 사진이 유영의 책임이고 유서 분실이 가령의 책임이고 더러운 수의가 승인의 책임인 것처럼.

어느 쪽부터 해결해야 할지 갈팡질팡하는 사이 누군가 미연의 등을 두드렸다. 마치 깃털로 두드리는 것처럼 희미했지만 미연은 화들짝 놀라 "악!" 하면서 어깨를 움츠렸다. 그새 얼굴까지 창백해졌다.

"누가 보면 그쪽이 죽으러 온 줄 알겠어."

서둘러 돌아보니 노파 뒤로 화장실에 다녀온 여자가 죄라도 지은 듯 고개를 푹 숙인 채 서 있었다. 근조 화환을 넘어뜨렸거나 체험하기 전 마지막으로 옷매무시를 가다듬을 때 보는 거울이라도 깨뜨린 사람처럼. 가만히 두면 몸을 둥글게 말아 어디로든 굴러갈 것만 같았다.

그사이 노파는 사람들이 몰려 있는 쪽으로 갔다. 여자를 다시 보니 화를 삭이고 있는 듯도 했다. 관장 말마따나 죽기 직전의 사람이라고 생각해보면 어떤 모습도 이상하지 않았다. 방금 호명한 사람 중 하나겠지만 미연은 여자의 이름이 도통 기억나지 않았다. 쉽게 지나칠 수밖에 없는, 평범한 이름일 게 분명했다. 그러고 보니 그동안 부른 이름 중 미연의 기억에 남은 건 하나도 없었다. 여전히 머릿속에는 온통 한빛뿐이었다.

"저기…… 저는 아무래도……."

화장실에 다녀온 것 때문이라면 일정에 그다지 영향을 끼치지 않았다. 혹시 빈 의자가 없기 때문일까. 그럼 평점으로 이어지기 전 양해를 구하고 신속하게 해결해야 했다. 미연은 가뜩이나 엉거주춤한 자세를 더욱 낮췄다. 그 바람에 균형을 막 잃으려던 순간 목소리가 이어졌다. 미연은 손으로 바닥을 짚어 겨우 넘어지지 않을 수 있었다.

"……저는…… 못 하겠어요."

어쩐지 누명을 뒤집어쓴 사람처럼 억울하다는 말투였다.

미연은 당일 취소와 환불은 불가하다는 규정을 떠올리다가 먼저 이건 단지 체험일 뿐이라고 말하려고 했다. 진짜가 아니고 그저 흉내 낸 거니까 조금도 겁먹을 거 없다고. 안에 있는 저승사자도 가짜에 불과하다고. 심지어 근조 화환도 폴리에틸렌과 나일론과 PVC로 만들었고 양초도 자세히 보면 LED라고. 입을 막 뗀 순간 여자 옆으로 시뻘겋게 달아오른 노파의 얼굴이 보였다. 같이 죽기로 할 만큼 끈끈한 친목회 구성원을 얘기할 때와는 영 딴판이었다. 그 얼굴만은 죽기 직전이라고 생각해봐도 퍽 망측했다.

"뒤풀이 때도 매번 먼저 내빼더니 여기서도 기어이 빠지겠다는 거야? 하도 아쉬운 소릴 하기에 끼워줬더니 이제 모임에서 제명당해도 상관없단 뜻이지?"

"아뇨, 그게 아니라……."

그 소리에 웅성거리던 친목회원들이 입을 다물었다. 대신
서로 눈짓만 주고받을 뿐이었다. 여자는 흐느적거리며 뒤로
조금 물러섰다. 노파는 그보다 더 여자 쪽으로 성큼 다가섰다.
여자의 어깨가 가느다랗게 떨렸다. 한동안 둘 사이에 아무 말
도 오가지 않았다. 씩씩거리는 숨소리만 선명하게 도드라졌
다. 누구 숨소리인지는 알 수 없었다.

얼마쯤 지났을 때 노파가 나긋나긋한 목소리를 뱉었다.

"모임에서 너만 예외일 순 없잖아. 안 그래?"

따지고 보면 노파의 말처럼 누구 하나 예외일 수 없는 체
험이었다. 그래서 임종 체험 안내문에 적힌 추천 대상자는 만
30세 이상도 아니고 실업자나 치질 환자도 아닌 그저 '살아 있
는 사람이라면 누구나'였다.

그때 구석에서 누군가 피할 수 없다면 즐기라고 낭랑하게
외쳤다. 이어서 다 같이 손뼉을 치며 환호성을 내질렀다. 아깝
게 골을 넣지 못한 선수에게 보내는 응원 같았다. 누가 보면
오늘 기네스에라도 도전하는 줄 알 것이었다. 그제야 여자는
무리 속으로 뚜벅뚜벅 걸어 들어갔다. 친목회원 사이에 섞여
있으니 여자 얼굴을 제대로 구분할 수 없었다. 그때 메시지가
도착했다.

36

준비 완료

   저승으로 통하는 육중한 문이 열렸을 때 여자는 맨 뒤에 따라붙어 우물쭈물하다가 겨우 안으로 들어갔다. 끝까지 망설이는 기미가 엿보였다. 중간중간 뒤를 힐끔거리다가 미연과 눈이 마주치기도 했다. 미연은 여자가 수상한 체험객인지 아닌지 따져봤다.

   여자가 임종 체험관을 또 위기에 빠뜨릴 수도 있을까.

   미연은 여자의 뒷모습이 완전히 멀어지기 전 서둘러 뒤따랐다. 그사이 문은 굳게 닫혔다. 다신 열리지 않을 것처럼.

   어느새 전화벨은 끊겨 있었다.

2

다시 전화벨이 울렸을 때 미연은 관장의 말을 되새기며 늦지 않게 수화기를 들었다. 삶의 끝에서 마지막으로 건 전화일지도 모른다는 말.

수화기 너머로 워크숍 담당자라고 밝힌 남자의 목소리는 한껏 들떴다가 일순 서늘하게 식었다. 원하는 시간대의 진행은 물론 단체 예약 할인까지도 가능할 거라는 예상이 빗나갔기 때문이었다.

"평일인데도 그런가요?"

"이번 달 예약은 모두 찼습니다. 성수기니까요."

이어서 취소한 사람이 나오지 않는 이상 다음 달에나 가능하다는 안내에 남자는 한숨을 길게 내쉬다가 포악하게 따져 물었다. 제대로 살기도 바쁜 세상에 죽어보려는 사람들이 이렇게나 많을 리 없다고. 거기에다 성수기라니 무슨. 미연은 단체 성격이나 개인에 따라 맞춤형 임종 체험 프로그램도 마련되어 있다는 설명을 이어가려다 삼켰다.

"방법이 전혀 없나요? 이번에 꼭 체험해봐야 한단 말입니다!"

남자는 일정에 차질이 생겨 몹시 곤란한 처지에 놓인 듯했다.

남자의 회사는 고독사 보험으로 한창 재미를 보다가 최근 상조보험으로까지 사업을 확장하면서 임종 체험관과의 교류가 중요한 과제로 떠올랐다고 했다. 그 때문인지 체험객들 가운데 상조보험 가입으로 이어지는 경우가 많지 않고 물어왔다. 회사 알리기와 사업 확장에 사활을 걸어야 하는 상황이라면 중요한 정보일 것이었다. 이참에 워크숍을 통해 얼굴도 장이라도 찍어둘 속셈인지도 몰랐다. 체험관과 상조보험 회사 간의 계약을 자기네 쪽으로 유치하기 위한 기초 작업일 수도 있었다.

남자는 몇 달째 실적이 좋지 않아 회사에 눈치가 보인다고 고백했다. 그래서 뭐든 열심히 하는 걸 보여줘야 한다고. 이런 상황에서 프로그램에 문제가 생기면 자신의 업무 능력까지 의심할 게 분명하다며 사정했다. 그래도 미연은 꿈쩍하지 않았다.

"아…… 이러면 안 되는데."

남자의 거친 숨소리가 미연의 귓가를 맴돌았다.

보고서나 체험 후기 마감이 코앞인 사람들도 비슷한 반응을 보였다.

예전에 예약 없이 학생들이 한꺼번에 들이닥친 적이 있었다. 그날의 마지막 회차를 앞둔 시각이었다. 아마도 기말고사 과제 때문인 듯했다. 미연의 학교에서도 교양 인문학 수업에서 시험 대신 체험 보고서를 받는 교수가 있다고 들었다. 체험의 종류는 딱히 정해지지 않았는데 지난 학기에 임종 체험 후 쓴 보고서가 좋은 점수를 받았다는 소문이 돌자 한때 임종 체험관으로 학생들이 몰렸었다.

다행히 자리가 있기는 했으나 전체 인원이 들어갈 순 없다고 하자 일순 수선스러워졌다. 학생들은 대표로 죽어볼 사람을 정하기 위해 서둘러 가위바위보를 하더니 나중에는 사다리 타기를 했다. 그때 로비를 어슬렁거리던 관장이 다가와 끼어들었다.

"죽음은 누가 대신할 수 없는 겁니다."

관장이 뚱한 표정으로 돌아설 때까지 아무도 거들떠보지 않았다.

개중에는 술에 취해 어기적거리면서도 자기가 꼭 죽어봐야 한다고 고집을 피우는 학생도 있었다. 나중에는 내가 죽일 놈이라면서 고래고래 소리까지 질러댔다. 미연이 막아서면서

음주자는 체험이 제한된다고 안내해도 소용없었다. 미연은 그날의 한빛이 느닷없이 나타나기라도 한 것처럼 결연한 목소리로 다시 한번 경고했다. 학생은 어눌한 발음으로 떠듬떠듬 따졌다.

"생생한 체험이라며! 매년 술 때문에 죽는 사람이 얼마나 되는지 알아?"

미연은 다짜고짜 튀어나온 반말에 어안이 벙벙해졌다. 언제 봤다고 대뜸. 순간 나중에라도 한빛처럼 술김에 무슨 짓이든 저지를 사람처럼 느껴졌다.

걸음을 멈춘 관장이 까치발을 하고 주시하는 통에 미연은 잠깐 이맛살을 찌푸리고 말았다. 관장은 조회 시간에 행패를 부리거나 예의 없이 구는 체험객을 만나면 속으로 되뇌어보라고 했다. 어차피 언젠가 죽을 사람들이라고. 공연히 힘 빼지 말고 가만히 내버려둬도 알아서 이 세계에서 꺼질 거라고. 어느 정도 효과는 있는 듯했지만 한빛에게만은 아니었다. 한빛이 사라지는 것으로 해결될 건 아무것도 없었다. 한빛은 모르는 듯했다. 무시한 것일 수도 있고.

"뭘 째려봐? 반말해서? 너도 해! 우리 같은 학교 다니잖아."

일순 모든 시선이 미연에게 단단히 달라붙었다. 난데없이 온몸이 저릿해지더니 쫙 잡아당겨지는 듯했다. 아무리 버티고 서 있으려고 해도 누군가 어깨를 내리누르는 것도 같았다. 미연은 고개를 치켜들고 학생들 얼굴을 차례차례 뜯어봤다.

하나같이 기억에 없는 얼굴이었다. 뒤에서 누군가 귓속말을 주고받더니 한쪽에서 한빛의 이름이 튀어나왔다. 선풍기나 볼펜을 발음하듯 아무렇지 않게, 누구에게도 상처를 주지 않을 무해한 이름처럼 툭.

"아, 그러고 보니 쟤…… 미연……이었나? 맞지?"

탄식이 이어지는가 싶더니 동시에 쾌활하게 소리쳤다.

"미연에 방지, 할 때 미연!"

킥킥거리는 소리가 로비 구석구석을 휘돌아 미연을 덮쳤다.

그건 신입생 오리엔테이션에서 한빛이 미연의 이름을 처음 들었을 때 미리 준비한 것처럼 뱉은 말이었다. 맑은 목소리가 통통 튀어 체육관을 맴돌았다. 한쪽에서 멀뚱거리며 누구와도 제대로 말을 섞지 못하던 미연은 순식간에 사람들의 주목을 받았다. 그때 미연은 얼굴 한쪽이 우그러지는 듯한 기분이었다.

"이제야 웃네."

이후 다들 미연의 이름을 떠올릴 때 비슷한 얘기를 나눴다.

누군가는 미연이 정해지지 않은 앞날을 뜻하는 거라고 친절하게 일러주기도 했다. 그게 학교생활에 관한 희망이나 미래의 무한한 가능성으로 들릴 때도 있었지만 지금은 아니었다. 도리어 돌이킬 수 없는 후회나 때늦은 자책에 가까웠다.

무리 중 한빛에 대해 더 아는 사람이 있을지 가늠할 수 없었다. 그러니까 한빛과 미연 사이의 일을 정확하고 구체적으로. 사소한 실수일 수도, 우연히 일어난 사고나 오래전부터 세운 계획일지도 모를. 딱 소문만큼만 들었을 가능성도 있고 그 너머의 사정까지 훤히 꿰뚫고 있을지도 몰랐다.

어쩌면 소문과는 반대로 기억하는 건 아닐까.

관장은 미연을 향해 알아서 잘 처리하라는 듯 턱짓을 하고 안으로 들어갔다. 미연은 서둘러 가면부터 찾았다. 임종 체험관에서 아는 사람을 마주칠 거라고 생각한 적은 없었다. 그건 다른 구성원들도 마찬가지일 것이다. 임종 체험관은 산 사람이라면 누구나 올 수 있지만 한편으론 이유 없이 아무나 드나들 순 없을 데처럼 보이기도 했기 때문이다.

"죽기 전에 나한테 고백할 사람 없어? 까짓거, 내가 다 받아줄게!"

그새 단발머리를 한 학생이 간이의자 위에 올라가 소리쳤다. 그제야 미연을 향했던 시선이 하나둘 떨어져 나갔다. 단발머리의 목소리는 생기가 넘쳤다. 꼭 영원히 살 수 있을 거라 믿는 듯했다. 헤드 마이크로 변조해도 흉내 낼 수 없을 목소리였다. 다들 코웃음 섞인 야유를 보내도 단발머리는 머쓱한 기색 없이 툴툴거렸다.

"끝까지 내 매력을 못 알아보다니 두고두고 후회할 거다."

"죽은 다음에 후회해봐야 아무 소용없지."

가면을 찾아 쓴 미연은 잔뜩 짓눌린 목소리를 냈다. 그건 한빛이 한 말이었다. 다 잊었다고 여긴 순간마다 어김없이 한빛이 비어져 나왔다. 목소리는 떠올릴 때마다 매번 다르게 느껴졌다. 투명하게 보이는 오만이었다가 볼품없는 고집이기도 했고 얄팍한 투정이면서 때론 처음인 듯 서툰 애원처럼 들리기도 했다.

이제껏 단 한 번도 사과인 적은 없었다.

그날 단발머리가 올라선 간이의자는 한쪽이 깨지는 바람에 창고로 들어갔다가 다시 대기실로 나왔다.

"돈을 더 드릴 수도 있어요."

남자는 그게 미연이 원하는 대답이라고 확신하는 눈치였다. 대개 이쯤에서 웃돈을 얹어주면 문제가 쉽게 해결된다는 걸 잘 안다는 듯 거드럭거리는 목소리였다. 아닌 척해도 어딜 가나 다 돈이라고 생각하는지도 몰랐다. 계산이 먹히지 않으면 다시 계산해서 제시하면 된다고. 이깟 임종 체험이라고 별다를 건 없을 거라고.

미연은 한빛이 건네주던 돈을 떠올렸다. 아직도 그게 많은 돈인지 아닌지 따져볼 수 없었다. 그 상황에서 보편적으로 전달할 법한 액수인 것도 같았고 한참 부족한 것도 같았다. 그렇다고 얼마가 적당한지 헤아리긴 어려웠다. 적어도 최선이라는 한빛의 말은 진심이었을까.

"정말 그날 꼭 우리 회사 사람들 임종을 치러야 합니다. 안

그러면 저 죽어요."

남자는 한결 누그러진 목소리로 쐐기를 박았다. 어느 순간부터 체험이라는 말은 빼고 말했다.

처음에는 무슨 일이 있어도 오늘 죽어야 한다는, 죽어볼 방법이 없겠냐는 말에 마땅한 대답을 찾지 못해 한참 머뭇거렸다. 며칠만 더 사시다가 다음 주에 죽어보면 안 되겠냐고 능청스럽게 물으려다가 겨우 입을 다물기도 했다. 예전 어느 때던가, 안타깝게도 죽어볼 기회를 드리지 못해 유감이라고 했다가 민원을 받은 적이 있었다. 겨우 체험관에서 예약 안내나 하는 주제에 네까짓 게 뭔데 그따위 소릴 지껄이냐고.

그다음부터 미연은 매번 적당한 표현을 찾아 고심해야만 했다. 죽어보고 싶지만 당장 그럴 수 없는 사람들을 향해서.

내가 당장 죽어보고 싶다는 마음으로.

"양해 부탁드립니다."

대부분 이쯤에서 물러나 대기 번호를 확인한 다음 마무리됐다. 그래도 전화를 끊지 않으면 취소자가 나오면 곧바로 연락드리겠다는 약속 정도면 충분했다. 하지만 어디에나 끈질기게 물고 늘어지는 사람이 있기 마련이었다. 가만히 듣고 있으면 매일 아침 만원 버스에 거부당했던 학창 시절이나 예비 1번으로 떨어진 대학까지 들먹거리다가 세상에 나 하나 살 집이 없는 게 말이 되냐는 푸념까지 흘러나왔다. 그런데 임종 체험에서까지 뒤로 밀려야 하는 거냐고.

"너무 빡빡하시네. 사람이 말이야 유도리가 있어야지."

옆에 가령이 있었다면 당장 융통성이라고 고쳐줬을 것이다. 평생을 대충 뭉개며 살다가 유서까지 성의 없이 써서 오류투성이로 남겨둘 거냐면서.

"내 말이 틀려요?"

남자 같은 부류는 무리해서 체험을 진행해도 뒤끝이 개운하지 않을 확률이 컸다. 생생하기는커녕 기대보다 시시하다거나 허술하기 짝이 없다는 후기를 남기면서 열악한 시설과 함께 프로그램까지 엉성하다고 트집 잡을지도 몰랐다.

"죄송합니다."

"진짜 안 되는 거 맞아요? 윗사람 좀 바꿔줘요. 내가 직접 통화하죠."

아무래도 남자는 먼저 수화기를 내려놓을 생각이 없는 듯했다. 이럴 때를 위한 대응책을 수십 가지쯤 가지고 있는 것처럼 느긋하게 느껴졌다. 윗사람 다음은 관계 기관에 민원을 넣겠다거나 인터넷에 올려 비판 여론을 형성하겠다는 협박일지도 몰랐다. 오랜 경험으로 계속 버티면 결국 뜻대로 이뤄질 거라고 맹신하는 게 느껴졌다. 돈으로 안 되는 사람이면 돈이 통하는 사람을 찾으면 된다고 생각하는 것 같았다.

얼마간 단호하게 대응할 필요가 있었다. 사는 것처럼 죽음도 호락호락하지 않다는 걸, 돈으로 처바르고 무작정 떼쓴다고 다 되는 게 아니라는 걸 보여줘야 했다. 사는 동안엔 잘 통했을지 모르지만 죽을 때는 아니라고.

결국 임종 체험도 타이밍이었다.

마치 삶처럼.

휴게실에서 승인은 미연에게 가령이 하루 중 거의 대부분을 혼자 있었을 거라고 단정 지었다. 혼자일 때는 표정을 지을 필요가 없으니까. 그래서인지 누군가는 가령의 얼굴에 절대 풀리지 않을 매듭을 스무 개쯤 묶어둔 것 같다고 말하기도 했다. 어느새 승인의 얼굴은 처음 짓는, 살면서 한 번도 지었을 것 같지 않은 표정으로 뒤덮였다. 때론 저승사자 분장이 필요 없을 만큼.

유영은 가령의 표정을 두고 영정 사진에 잘 어울린다고 했다. 촬영 전 어떤 표정을 지어야 할지 망설이는 체험객들에게 보여주기에 알맞은 얼굴이라고.

가령은 예전 수업 시간에 다룬 지문이 떠올랐다. 장례 방식을 통해 문화의 차이를 이해하고 어디까지 허용할 것인지 고민하는 문제에 딸린 지문. 그 때문에 학부모들이 단체로 민원을 제기해 낭패였던 기억이 아직도 생생한 듯 보였다. 한창 자라나는 아이들에게 벌써 죽음을 가르치면 어떡하냐고. 이러다 우울증이라도 와서 학업에 지장이 생기면 책임질 거냐고. 가령은 누구든 죽을 수 있지 않느냐고 반문하려다 말았다며 말을 줄였다.

미연은 가령이 임종 체험관에 온 이유를 짐작해봤다. 가령은 두리번거리다가 승인에게 시선을 뒀다. 마치 이제 네가 얘기할 차례라는 듯. 그때 다들 무언가 얘기는 했지만 명확하게 떠오르진 않았다. 생각나는 거라곤 고작 단어 몇 개와 낮은 울음과 신음, 얼굴을 파묻은 자세 같은 것들뿐이었다. 승인이 먼저 입을 연 건 확실했다. 매듭이라면 아주 이골이 난다고, 그래도 묶지 않을 순 없다고, 운이 나쁘다면 평생, 그렇게 말했던 것 같다. 그리고 덧붙였다.

"아니 운이 좋아야 평생인 건가."

언제부턴가 멀찌감치 떨어져 있던 유영이 영정 사진을 찍던 카메라로 구성원들을 담았다. 우리 모두 아직은 오롯이 살아 있음을 증명하려는 것처럼. 사진을 찍느라 한쪽 눈을 감으니 잠깐, 주름 속으로 유영의 흉터가 숨어 보이지 않았다.

사진을 보여주던 유영은 언제부턴가 영정 사진을 찍을 때마다 영정의 다른 의미를 떠올린다고 했다.

평안하고 고요하다는.

사진을 확인하던 구성원들은 그동안 유영이 영정 사진보다 많이 찍었다는 사진들을 차례차례 넘겨 봤다. 미연에게는 따분하고 심상해 보이다가 이내 기괴하게 느껴졌고 나중에는 어딘지 모르게 쓸쓸함이 아른거리던 사진들이었다. 꽉 잠긴 수도꼭지와 우두커니 선 냉장고, 꺼진 텔레비전이 슬퍼 보일 수도 있다는 걸 처음 알았다.

"의자는 왜 찍은 거예요?"

미연의 물음에 유영은 사진 속 빈 의자를 바라보기만 할 뿐이었다.

그날 미연은 나중에 영정 사진을 찍어야 한다면 꼭 유영에게 맡기고 싶었다. 유영은 미연의 목소리에 귀 기울이고 가장 맞춤한 표정을 알려줄 것이다. 한 번 보고 돌아서면 잊을 만한 표정을. 미연은 그 누구에게도 기억되고 싶지 않았다. 유서를 쓸 때 가령이 옆에서 문장을 봐주고 승인이 삶과 죽음을 구분 짓는 매듭을 묶어주는 것도 나쁘지 않을 것 같았다. 가령은 남겨질 사람들을 충분히 배려하면서도 망자에게도 누가 되지 않을 표현을 가르쳐줄 테고 승인의 매듭은 늘 그렇듯 정교하고 아름다울 것이었다. 관 뚜껑까지 덮어주면 어쩐지 관 속에 적당한 온기가 감돌 것만 같았다.

그때 불현듯 우리가 꽤 괜찮은 팀이 될 거라는 예감에 사로잡혔다. 하지만 그 예감은 오래가지 못했다.

다들 눈을 마주치며 엇비슷한 웃음을 주고받는데 밖에서 누군가 휴게실 문을 두드렸다.

"곧 체험 시작인데 언제까지 노닥거리기만 할 거야?"

관장의 타박에 모두들 자리에서 우르르 일어섰다.

"아…… 이거 골치깨나 썩겠네."

남자는 다시 숨을 몰아쉬며 잔뜩 골난 목소리로 웅얼거렸다. 여기서 또 대답을 이어가면 얘기가 한없이 늘어질 게 분명했다. 미연은 이제 전화를 끊을 생각이었다.

"아무래도 다른 기관을 찾아보셔야……."

미연은 빈틈을 주지 않으려고 숨까지 참아가며 말을 뱉었다. 남자는 미연의 말이 끝나기도 전에 재빠르게 낚아챘다. 마치 할 말을 적어두고 그때그때 골라 읽는 사람처럼.

"딱 한 자리도 못 빼요?"

떨떠름해 하는 얼굴이 눈앞에 그려졌다. 남자는 아랫사람 중에 임종 체험관 근처에 사는 이가 지금 옆에 있다고 했다. 벌써 지시를 내리는 목소리가 수화기 너머로 들렸다. 회사에서 지원해줄 테니 체험 후에 워크숍 일정으론 적당하지 않다는 보고서를 제출하라고 했다.

"프리미엄 서비스가 적용되는 연간 회원권이 없으시면 규정상 절대 안 됩니다."

"연간 회원권에…… 프리미엄이요?"

연간 회원은 우선 예약이 적용되는 데다가 기간 내 횟수 제한 없이 임종 체험이 가능했다. 유서 사본 보관 기간도 1년에서 5년으로 늘어났고 유언을 영상으로 촬영해 유서와 함께 보관할 수도 있었다. 유서는 첨삭뿐만 아니라 법적 효력이 가능하게끔 전문가에게 따로 조언을 받을 수 있다는 점도 달랐다. 일괄적으로 제공되는 수의가 아니라 개인별 체형에 따른 맞춤형 수의를 입고 관에 들어가는 것도 가능했다. 중국산 대신

국내에서 생산된 수의였다. 구매를 희망하면 할인도 받을 수 있었다.

근조 화환 리본에는 회원의 이름까지 들어갔다. 얼핏 비슷해 보이지만 영정 사진도 달랐다. 연간 회원은 배경까지 마음대로 선택할 수 있었다. 그중에서 '따뜻하고 편안한 단색'이 무난해서 가장 자주 쓰였다. 많은 선택지에 피로를 느끼는 체험객에게 제일 먼저 권하는 배경이기도 했다. 임종 체험을 고르면 다 끝일 줄 알았는데 그다음에도 수많은 선택이 남아 있어 난감해하는 체험객들이 많았다. 촬영이 끝나면 일반 체험객은 컬러 프린터로 인쇄하지만 연간 회원은 고화질로 인화된 사진으로 진행했다. 연간 회원용 사진을 원하는 일반 체험객은 추가로 돈을 내야 했다.

체험 후 정신 건강관리센터와 연결된 전문 상담 제공은 공통으로 포함된 것이지만 연간 회원은 관 속에서 경직된 몸을 풀어주기 위한 아로마 마사지가 따로 준비되어 있었다. 그 외에 공동묘지 투어로 이어지는 프로그램까지 마련되어 있었다. 일정이 마무리된 뒤 근처 식당에서 실제 장례식장에 들어가는 육개장까지 추가 비용 없이 먹을 수 있었다. 기념품으로 일반 체험객에게는 유서와 함께 조악한 품질의 영정 사진만 전달되지만 연간 회원에게는 고급 액자에 담은 영정 사진과 묘비 모형을 주는 것도 차이점이었다.

모형에는 체험 시 작성한 묘비명과 이름이 레이저로 각인

되어 있었다. 짧은 시간에 여러 개를 한꺼번에 작업하다 보니 실수하지 않도록 주의해야만 했다. 얼마 전에는 '덧없는' 인생을 '덫없는' 인생으로 새기는 바람에 문제가 되기도 했다. 불만 접수 후 발 빠른 수정 작업으로 겨우 잠잠해질 수 있었다. 그다음부턴 잘못 만들어진 묘비 모형은 언제든 수정이 가능하다는 안내를 빠뜨리지 않았다.

새로운 형태의 프리미엄 체험은 꾸준히 추가될 예정이었다.

내년부터는 '온전히 나에게만 집중할 수 있는 1인 임종 체험'도 진행될 예정이었다. 습관적으로 남들 눈치를 봐왔거나 소심하고 매사 수동적인 태도로 일관했지만 임종 체험만은 꼭 해보고 싶었던 사람들에게 인기를 끌 것으로 기대됐다. 타인과 뒤엉킨 삶이 끔찍해 죽음만큼은 혼자 조용히 보내고 싶은 사람들도 많을 거라는 예상에서였다. 그 외에도 실제로 땅을 파서 관을 넣고 흙을 뿌리는 과정이 포함된 '산속에서 진행되는 리얼 임종 체험'도 서비스를 앞두고 있었다. 임종 체험은 다양한 사람들의 취향을 존중하고 배려하는 방식으로 계속 발전해왔다.

연간 회원을 대상으로 한 프리미엄 체험이 처음 등장했을 때만 해도 게시판에는 죽어서까지 급 나누기 지긋지긋하다거나 가난하면 세상을 떠날 때도 저렴한 방식이어야 하냐는 악평이 쏟아졌다.

가장 큰 호응을 얻었던 게시물도 비슷한 내용이었다.

죽으면 다 똑같다고? 천만에! 돈만 있으면 화려하고 섬세하게 죽어볼 수 있지. 사는 것처럼.

　출시 초기 우려와는 달리 요즘에는 연간 회원권을 통한 프리미엄 체험이 점점 느는 추세였다. 사는 건 거지발싸개 같았지만 이왕 죽어보는 거 제대로 대접받으면서 체험해보겠다는 듯이. 관장의 구상이 잘 들어맞은 셈이었다.
　"프리미엄은 무슨……. 사람들이 1년에 임종 체험 몇 번이나 한다고. 그거 한 번만 체험해도 환불 안 되잖아요."
　남자는 말끝을 흐리며 입맛을 다셨다. 아무래도 임종 체험관 홈페이지와 리뷰를 훑어보는 중인 것 같았다. 내내 거칠었던 숨이 어느새 고르게 퍼졌다.
　"일일 초대권이 있네요?"
　어수룩해 보이지 않으려고 신경 쓴 듯한 발음이었다. 똑똑하고 현명한 고객에게 허튼수작 부리지 말라는 듯 목소리 끝도 살짝 높였다. 얕잡아 보이는 순간 지는 것으로 생각하는지도 몰랐다.

　남자의 생각과는 달리 주기적으로 임종 체험관을 찾는 사람들은 많았다. 정기검진을 받듯 계절이 바뀔 때마다 예약하거나 새로운 사람과 교제를 시작하기 전과 이별을 결심한 후에 꼭 들르는 여자도 있었다. 그때마다 묘비명을 다르게 썼고 유서 내용과 공개 범위에도 차이를 보였다. 최근에는 이모와 마주칠 때마다 체험관 문을 두드리는 사람, 이쪽 지역을 방문할 일이 생기면 꼭 마지막 일정으로 끼워 넣는 사람도 있었다.

그중에는 남자가 방금 말한 초대권으로 임종 체험을 경험한 후 연간 회원권을 끊는 체험객도 많았다. 비매품인 초대권은 홍보용으로 쓰이거나 비공개적으로 발급되어 아는 사람끼리만 주고받았다. 최근에는 지역 주민들이 호응하는 인플루언서에게 뿌려 화제가 되기도 했다. 기관이나 연간 회원의 요청이 있을 경우 사업 책임자가 검토한 끝에 발급 여부를 결정했다. 지자체에서도 대상자를 선정한 다음 따로 배포하는 모양이었다.

미연이 일을 시작한 지 얼마 지나지 않았을 때 관장은 업무 일정 조정을 마친 다음 말했다.

"우리는 늘 죽음보다 먼저 죽음을 준비해야 해. 내 말 이해하지?"

고개를 끄덕인 미연은 지각하지 말라는 뜻으로 알아들었다. 관장은 미연이 있는 자리에서 승인에게도 비슷한 말을 했었다. 죽음보다 늦는 저승사자처럼 무능력한 게 또 있겠냐고. 굼뜬 유영에게 장례식 다 끝나고 영정 사진 가져올 거냐고 빈정대듯이.

이어서 관장은 미연에게 '임종 체험 초대권'을 건넸다. 직원들 복지 차원에서 사업 책임자가 따로 챙겨준 초대권이었다.

초대권으로는 1회 체험만 가능했고 일반 체험권과 같은 프로그램에 참여할 수 있었다. 관장은 성수기 주말에는 예약이 필수라고 말을 얹었다. 초대권 앞면에는 판매 금지 문구가 큼직하게 들어가 있었고 뒷면에는 홀로그램까지 박혀 있었다. 홀로그램은 기울기에 따라 생生이 보였다가 사史가 보이기도 했다. 미연이 왜 죽음이 아니라 역사냐고 물었을 때 관장은 손에 닿지 않는 자리가 가려운 듯 인상을 찌푸렸다.

"업체 놈들은 정신을 어따 팔아먹고 사는지 모르겠어. 돈은 칼같이 받아 챙기면서."

미연은 그게 사업 책임자가 한 말이라는 걸 알았다. 그러니까 실수로 잘못 만들어진 초대권을 차마 폐기하지 못하고 관장에게 넘긴 것이었다. 미연은 마땅히 쓸 데가 없어 손을 내저었다. 관장은 한 걸음 더 다가섰다.

"일단 넣어둬. 살다 보면 언젠가 쓸모가 있을 거야."

"그럴까요⋯⋯."

하지만 선뜻 손을 내밀지는 못했다. 관장은 다른 구성원들한테도 다 준 거니까 부담 갖지 말라고 했다. 언젠가 쓸모 있을 거라는 말에 결국 한 사람도 빠짐없이 다 받아 갔다고.

미연은 초대권을 주고 싶은 사람을 떠올려봤다. 한참 동안 단 한 명도 생각나지 않다가 누군가 잠깐 스치더니 어느새 너무 많은 사람이 두서없이 머릿속을 휘젓고 다녔다. 그러니까 한 번쯤 죽어봤으면 싶은 사람들이.

누구를 선택해야 할까.

미연은 다른 구성원들은 어떻게 처리할지 궁금했다. 혹시 여러 장이 필요한 사람도 있었을까. 관장이 누구에게 더 줬을지 어렴풋이 짐작 가기도 했고 한편으론 끝내 알 수 없었다.

초대권이 담긴 봉투를 쥐여주고 돌아서던 관장이 했던 말은 미연의 뇌리에 오랫동안 남았다.

"누구나 그런 사람 하나쯤은 있잖아."

관장은 시선을 틀고 잠시 숨을 골랐다.

"임종 체험이 필요해 보이는 사람. 어쩌면 우리도……."

나중에야 승인과 가령과 유영에게도 똑같이 말했다는 걸 알았다.

미연은 팔짱을 끼고 아랫입술을 깨물었다. 관장은 눈썹을 실룩거리며 알겠다는 듯 손뼉을 쳤다. 그 소리에 미연은 온몸이 뒤흔들리는 것 같았다.

"지금 생각한 그 사람! 바로 그 사람한테 줘!"

관장은 쩝쩝거리며 밖으로 나갔다.

미연은 유효기간이 끝나기 전 늦지 않게 초대권을 넘겼다. 상대가 초대에 응할지는 알 수 없었다. 그 사람이 임종 체험관에 나타나는 게 좋을지 아닐지도 내내 헷갈리기만 했다.

"현재 초대권은 따로 취급하고 있지 않습니다."

"진짜 죽는 것도 아니고 겨우 체험 주제에 속 썩이네, 정말!"

"도움을 드리지 못해 죄송합니다. 당신의 더 나은 내일을 위한 다사 임종⋯⋯."

끝에 가서는 거의 악악거리던 남자는 미연이 말을 다 마치기도 전에 전화를 끊어버렸다.

통화가 끝나자 로비가 물속에 가라앉은 듯 고즈넉하게 느껴졌다.

시간을 확인하니 체험이 끝나려면 아직 멀었다. 어떤 날에는 순식간에 끝나는 듯하다가도 종종 안에서 진짜 사람이 죽는 건가 싶을 정도로 한없이 길게 느껴질 때도 있었다. 지금쯤이면 유영이 한창 영정 사진을 찍을 시간이었다. 어쩌면 재촬영 요구나 순서를 지키지 않는 체험객 때문에 난감해할지도 몰랐다.

반쯤은 끝냈으려나.

미연이 느른하게 하품하는 순간 가령이 나와 손짓했다. 미연이 필요하다는 뜻이었다. 메시지를 보내도 될 텐데.

"좀 전에⋯⋯ 어디서 온 전화길래?"

안쪽까지 미연의 목소리가 들린 모양이었다. 어쩌면 체험객들이 성실하게 죽음으로 가는 과정을 방해했을지도 몰랐다. 가령은 핀잔을 주려는 게 아니라 진심으로 궁금하다는 듯 미연을 빤히 바라보았다. 미연은 워크숍 담당자의 소속과 그 남자가 앞뒤 사정도 확인하지 않고 무작정 돌진하더라고 말했다.

일순 가령이 걸음을 멈추고 시선을 멀리 던졌다. 잠시 호흡에만 집중하는 눈치였다. 마치 기초 문법에 어긋난 문장이라도 읽은 듯한 얼굴이었다.

"그래서 일정은? 잡았어……?"

"아뇨. 아시잖아요. 예약 꽉 찬 거. 지금은 예비 자리밖에 없어요."

예비 자리는 연간 회원이 프리패스로 예약할 때를 대비해 남겨둔 것이었다.

순간 가령의 온몸이 축 늘어지는 것 같았다.

미연은 남자와 아는 사이냐고 물으려다 말았다. 어서 가령을 따라 들어가 체험객들을 다음 장소로 안내해야 했다. 계획된 시간보다 늦어져 다소 서둘러야 할 듯싶었다. 자칫 다음 체험객들 시작이 밀릴 수도 있었다. 남은 일정에서 시간을 최대한 아껴야 했다. 아무래도 강당에서 유서 쓰는 시간을 줄일 수밖에 없을 것 같았다. 그러려면 가령에게 미리 언질을 줘야 했다. 문장 고치는 시간을 조정해야 할 것 같다고. 저번처럼 유서의 모든 문장에 밑줄을 긋고 결국 찢어서 다시 쓰는 일이 있어선 안 된다고. 시간이 지체되는 걸 좋아할 사람은 없었다.

그게 임종 체험이라도.

미연이 걸음을 떼기 전 기지개를 켜며 시선을 틀었을 때 밖에 걸린 현수막이 보였다. 일주일에 두세 번쯤 승인이 올라가 팽팽하게 묶어놓는데도 어느 순간 느슨해져 축 처졌다. 승인은 이번에야말로 절대 풀리지 않을 거라고 장담했지만 매번 겨우 사나흘이거나 길어야 일주일이었다. 아무리 단단한 매듭도 시간이 지나면 결국 느슨해지기 마련이었다. 승인은 어쩌면 매듭을 푸는 가장 손쉬운 방법은 그저 가만히 기다리는 것일지도 모른다고 중얼거렸다.

땡볕 아래서 버티느라 빛바래고 바람 때문에 귀퉁이까지 찢어져 나달나달했지만 위치를 알리는 글귀는 어렵지 않게 알아볼 수 있었다.

구성원들은 그날부터 이전에 진행했던 임종 체험을 몇 번씩 되새겨봐야만 했다. 순서대로 차례차례 혹은 거꾸로 떠올려보다가 다시 처음부터. 예약자 명단과 업무 일지를 확인하며 무슨 일이 있었는지, 특이한 점이나 사소한 다툼은 없었는지 끊임없이. 그러니까 진짜 죽고 싶어서 온 체험객이 있었던 건 아닌지.

혹시 그게 아는 사람인지에 대해서.

날짜까지만 들었을 때 미연은 떠밀리듯 들어서던 여자부터 떠올렸다. 생각을 이어가다 보면 수상하다고 할 만한 체험객은 회차마다 얼마든지 있었다. 벽에 머리를 부딪혀도 끝까지 땅만 보며 걷거나 중간에 밖으로 내보내달라고 요청하던 사람, 이거 정말 체험이 맞냐고 진짜 죽는 거 아니냐고 끊임없이 묻던 사람, 거기에 시험이라도 보는 것처럼 지나치게 열성적으로 참여하던 노인도 있었다. 그러고 보니 여자처럼 억지로 온 듯한 체험객은 지난주에도, 꽃샘추위가 가시지 않은 봄에도 있었다. 누군지는 정확히 기억나지 않지만. 엄마 손에 이끌려 온 앳된 얼굴이었나. 아니면 친구들과 같이 와선 한 번도 표정이 바뀌지 않던 남자였나.

단지 체험객만 이상한 건 아니었다.

그날 가령은 유서 속 모든 문장을 빨간 펜으로 쭉쭉 그었다. 노력했지만 결국 뜻대로 되지 않았다거나 일부러 죄를 지은 건 아니라는 문장들에. 여기저기 흩어진 유서에는 잘못된 문장이 보이지 않았다. 증오나 원망은커녕 진정한 반성과 깍듯한 감사 인사뿐이었다. 유영도 미심쩍다면 한없이 미심쩍었다. 한 번도 실수한 적 없던 멘트를 잘못 읽고 플래시를 연속으로 터뜨렸다. 한 사람만 여러 번 찍어 시간을 지연시키기도 했다. 완전히 닫히지 않았던 관이나 승인이 체험객에게 노잣돈처럼 받은 돈뭉치도 중요한 단서처럼 보였다. 체험객 중에는 간간이 팁처럼 돈을 건네기도 했지만 뭉칫돈을 쥐여준 적은 없었다.

평소와 다른 근조 화환도 꺼림칙한 데다가 그날 체험객 수대로 준비한 달걀을 나눠줄 때 한 개가 남기도 했다. 그건 누군가 아직 안에 있다는 뜻이었다. 가령은 미연에게 다시 입관 체험실로 들어갔을 때 마주 선 두 사람을 봤다고 말했다. 체험객과 유영이었다고. 조용히 문을 닫으려고 조심했지만 기어이 쾅 하는 소리가 울렸다고도 했다. 그 바람에 둘 사이에 무슨 말이 오갔는지는 못 들은 것 같았다. 무엇보다 평소 다들 거추장스럽다고 꺼리던 가면을 꼼꼼하게 챙겨 썼다. 마주치면 안 되는 사람이 체험객으로 오기라도 한 것처럼.

미연은 관에 플라스틱 못을 박을 때 유난히 힘을 준 것과 수의가 너무 작다는 체험객의 요청을 무시했던 기억을 떠올렸다. 관에 뚫린 구멍을 막은 것까지. 누군가에게는 충분히 수상하게 보일 만한.

미연이 생각한 건 한빛이었다. 현주는 한빛에 관한 거라면 뭐든 미연에게 전했지만 이번에는 지나쳤을 수도 있었다. 어쩌면 미연만 빼고 다들 알고 있는 건 아닐까.

유영은 핸드폰으로 사고 피해자 모임방을 훑어봤지만 별다른 기색은 없었다. 진단서를 올린 피해자가 보상의 기준이 명확하지 않다고 호소한 메시지가 마지막이었다. 우리가 너무 물렁물렁하게 대응하는 것 같다며 1인 시위나 삭발투쟁이 나온 마당에 더한 행동이 나왔다면 조용할 리 없었다. 이유야 어찌 됐든.

가령은 담당자와 주고받은 메시지 중 일부를 확인했다. 실행에 옮기기 전 목적을 확실히 해두자는 내용이었다. 그러니까 돈을 받아낼 건지 아니면 망신을 주고 성가신 일을 만들어 곤혹스럽게 만들 건지. 그에 따라 유용한 방법도 다르다고.

승인은 현숙이 숨기고 있을 가능성을 곰곰이 따져봤다. 아예 싹 잊은 것보단 차라리 교묘한 거짓말이 나았다. 이제 와선 거짓말을 꾸며낸다는 게 더없이 건강하다는 의미로까지 느껴졌다.

이제껏 구성원들이 봐온 체험객들은 아무도 죽을 사람 같지 않았고 한편으론 모두 또렷하게 죽음을 떠올리고 있었다.

이 모든 게 낯선 방문객이 표독스러운 얼굴로 임종 체험관을 찾아오면서부터 드러난 사실이었다.

3

　태풍이 북상해 비바람까지 사납게 몰아쳤다. 밖을 내다보니 빗줄기가 포악스럽게 쏟아지고 있었다. 오전 내내 위태롭게 일렁이던 현수막은 기어이 떨어져 바닥에 나뒹굴었다. 그때 누군가 현수막을 짓밟고 우두커니 서 있었다. 거칠게 요동치는 비 때문에 형체까진 제대로 알아볼 수 없었다. 얼핏 보면 폭풍으로 떠밀려 온 비석인 것도 같았다. 어쩐지 발끝에 점점 힘을 주는 듯했다.

　미연은 눈을 가늘게 떴다.

　예전에 딱 그 자리에서 미연을 향해 돌아섰던 덧니의 투박한 얼굴이 어른거렸다. 지금처럼 표정까진 알아볼 수 없었다. 떠올리려 애쓸수록 얼굴은 짓뭉개졌다. 눈매와 콧대가 어렴풋이 그려지는 동안에도 방문객은 그 자리에 그대로 있었다.

미연은 가면을 쓰지 않았다. 오늘은 체험관에 찾아올 사람이 없기 때문이었다. 어젯밤부터 이미 예상강우량을 훌쩍 뛰어넘었고 곧 태풍주의보가 발령되더니 결국 모든 예약이 취소되었다. 예약 일정 변경과 규정에 따른 환불 처리만으로도 오전 시간이 훌쩍 지나갔다. 굳이 이유를 따져 물을 필요도 없을 만큼 난폭한 날씨였다. 어떤 예약자의 말마따나 아무래도 죽어보기에는 적당하지 않은 날씨였다. 비슷한 사정을 전하면서 겨우 시간을 냈는데 억울하다거나 임종 체험하러 가다가 체험이 현실이 될지도 모른다며 호탕하게 껄껄대던 남자도 있었다.

달력에서 지워진 일정을 확인한 관장은 마뜩잖은 기색을 숨기지 않으며 혀를 찼다.

"비 온다고 미루고 폭설이라서 힘들고…… 대체 언제들 죽어보려고……."

임종을 치르기에는 날이 너무 화창해서 돌연 취소하는 일도 빈번했다. 반대로 오늘처럼 을씨년스러운 날씨를 탓하기도 했다. 연일 이어지는 폭염이 좀처럼 잦아들지 않거나 한파로 강물까지 얼어붙었다는 게 이유일 때도 적지 않았다.

예전에 관장은 강연에서 좋은 날을 받아 저승으로 가는 사람은 없다고 확언했다. 그저 모든 날이 좋은 날인 거라고. 이어서 우리는 누구도 날을 정해놓고 죽을 순 없다고 덧붙였다.

때아닌 장대비에 예약한 체험객 중 일부가 나타나지 않아 겨우 예닐곱 명으로만 구색을 갖춰 체험을 진행해야 했던 날이었다.

"이래서야…… 뭔 수를 써야지."

관장은 안쪽으로 시선을 돌렸다.

최근 사업 책임자는 방문자 수 급증이 일시적인 현상에 그치는 건 아닌지 노심초사하는 눈치였다. 한숨을 내쉰 관장은 다시 바깥을 내다봤다. 비바람이 금방 잦아들 것 같진 않았다. 태풍은 예상 경로와는 달리 내륙을 관통할 듯했다. 임종 체험관 안에는 비명과 울음이 적당히 뒤섞인 듯한 빗소리만 그득했다. 소리만은 평소와 다르지 않은 것 같았다.

잠깐 지나는 소나기나 부슬비는 체험 일정에 그다지 큰 영향을 미치지 않았다. 도리어 당일 예약이 가능한지 묻는 문의가 몰릴 때도 많았다. 추적추적 내리는 비가 언젠가 다가올 죽음에 관한 생각을 불러오는 것일지도 몰랐다.

장마나 호우주의보를 동반한 폭우는 달랐다.

지금까지 폭우가 쏟아지던 날을 골라 체험하러 온 사람들은 미연의 기억에 딱 한 팀뿐이었다. 시시껄렁한 농담을 주고받으며 작업복 차림으로 들어서던 무리. 안전화 때문인지 걸을 때마다 쿵쿵거리는 소리가 울렸다. 소리 끝에 시야가 흐려지는 것 같았다.

"요 근처 현장에서 일하고 있습니다."

임종 체험관 주변에 공사 중인 건물이라면 얼마든지 있었다. 다시없을 절호의 기회라고 떠들썩하던 민간 임대아파트도 하루가 다르게 올라갔고 지자체 지원을 받아 담을 허물고 이참에 낡은 주택을 뜯어고치는 쪽도 많았다. 어쩌면 도로를 재정비하거나 공원을 구축하는 현장일 수도 있었다. 오랫동안 한산하기만 하던 구역은 재개발 소문으로 어수선했고 종일 소음이 들끓었다. 그사이 이번에야말로 재개발을 통한 지역 활성화를 기대하는 주민들이 많아졌다.

어느 방향인지 가늠하며 미연이 무리 쪽을 넌지시 바라봤다. 다들 안전화 끈이 반쯤 풀렸고 군데군데 해진 작업복은 헐렁해서 금방이라도 흘러내릴 듯했다. 얼룩이나 자국 없이 멀쩡한 사람이 별로 없었다. 작업복 소매에도 목덜미나 팔뚝에도.

그중 얼굴 하나가 확연히 도드라졌다. 유난히 땅딸막해서 처음에는 아이인 줄 알았다. 살짝 벌어진 입술 사이로 덧니가 눈에 들어왔다. 누가 봐도 교정 치료를 생각할 정도로 심한 덧니였다. 단추 하나 떨어져 나간 자리 없이 멀끔한 작업복은 몸에 딱 맞았고 안전화 끈도 단단히 묶여 있었다. 여러 번 고쳐 매다가 힘껏 잡아당긴 듯 보였다.

어쩌면 다시는 풀지 않겠다는 결심으로.

험상궂은 인상에 우두머리처럼 보이는 남자가 가까이 다가와 으스대며 미연에게 체험 희망자 명단을 넘겼다. 옆에 들창코가 능글맞은 얼굴로 바짝 붙어 섰다.

"우린 지옥에 떨어져도 열외일걸."

"열외라니?"

"밀려드는 죄인들을 수용할 지옥을 건설해야지. 세상에 죗값도 치르지 않고 죽는 놈들이 좀 많아?"

"우리가 마음만 먹으면 지옥도 몇 달 만에 뚝딱 짓지."

"마음은 무슨. 돈을 먹어야지."

끝에 따라붙던 웃음소리 때문에 미연은 마땅한 대답을 놓쳤다. 그때 덧니도 은근슬쩍 웃었던 것 같았다. 어쩌면 울상을 지었을지도 몰랐고. 순간 들창코가 덧니 쪽을 째려봤다.

"너도 일 잘 배워서 지옥 가면 안에 들어가지 말고 옆으로 빠져."

"평생 지옥을 지으면 그게 지옥 아닌가요?"

덧니의 대답에 들창코는 입맛을 다시며 돌아섰다.

인부들은 각자 치과에서 밀린 진료를 마치거나 기관에서 서류를 떼고 은행에서 유효기간이 지난 카드를 교체한 다음 사무실의 지시에 따라 들른 거라고 했다. 그 틈에 미뤄뒀던 핸드폰 수리를 맡기고 목욕탕까지 다녀온 사람도 있었다. 미연이 들창코 어깨 너머로 무리를 다시 훑어봤다. 그 가운데 덧니는 몸을 잔뜩 움츠린 채 제자리를 맴돌고 있었다. 순간 우두머리가 몸을 앞으로 숙였다. 오늘은 작업에 나가지 못했을 텐데도 온몸이 땀에 찌든 것처럼 구린내가 물씬 풍겼다. 안에서 향

냄새와 뒤섞이면 확실한 악취가 될 것 같았다. 이번 회차에 다른 체험객이 끼면 항의 사항으로 올라올 수도 있었다.

"궂은 날 오셔서 대기 없이 바로 체험하실 수 있어요."

"우린 폭우가 쏟아져야 쉬거든. 이런 날은 아무도 일하다 죽지 않아. 왜냐?"

미연이 대답 없이 가만히 있자 뜸을 들이던 우두머리가 싱거운 표정을 지었다. 들창코가 웃음을 참듯 입을 틀어막았다.

"그야 작업을 안 하니까!"

이번에는 웃음소리가 따라붙지 않았다. 단지 축 늘어졌던 숨소리가 얼마간 팽팽해졌을 뿐이었다. 들창코가 돌아서며 우두머리의 어깨를 툭 쳤다.

"빨리 끝내고 가죠."

사무실에서 안전교육의 일환으로 임종 체험을 기획한 모양이었다. '안전 규칙의 생활화'나 '안전한 작업이 곧 내 가족의 행복' 같은 상투적인 구호만으로는 사고 예방 효과가 부족했을지도 몰랐다. 사소한 실수가 얼마나 치명적인 결과를 초래하는지 처음부터 분명하게 보여줄 필요가 있었을 터였다. 우두머리는 다들 현장에서 목숨을 잃을 뻔하거나 심각한 장애를 얻은 작업자들을 간간이 봐왔으니 적당히 알아서 몸을 사렸지만 어느새 그걸 잊은 채 긴장을 풀고 느슨해진다고 했다. 게다가 신입은 경험이 아예 없다고. 그러니까 작업 경험뿐만 아니라 떨어지고 깔리는 바람에 오랫동안 병원 신세를 질 만큼 다치거나 죽었을지도 모를 인부를 본 경험이.

미연은 누구라고 집어주지 않아도 알 것 같았다. 눈치챈 우두머리는 어리바리하게 보여도 꽤 똘똘한 녀석이라고 치켜세웠다. 허튼 데서 인생을 낭비하지 않고 일찌감치 현장에 뛰어든 걸 보면.

"첫날부터 작업이 아니라 체험이나 하게 됐으니 수지맞았지."

그사이 덧니는 진짜 죽으러 오기라도 한 것처럼 내내 안절부절못했다. 손을 가만히 두지 못했고 누가 등짝이라도 한 대 후려치면 그 자리에 그대로 뭉그러질 것만 같았다. 덧니는 미연을 보자마자 등을 홱 돌렸다. 정확히는 체험을 앞두고 서둘러 가면을 챙겨 쓴 미연의 얼굴을. 미연은 덧니가 얼굴을 긋고 지나간 듯한 느낌이었다. 그래도 친절해 보이도록 이를 드러내며 활짝 웃었다. 가면 안에서는 표정을 지을 필요가 없다는 걸 알면서도 종종 잊곤 했다. 어쩌면 덧니 사정도 다르지 않은 듯했다.

덧니는 어떤 표정을 지으려다 자꾸 실패하는 얼굴을 하고 있었다.

그날 체험 중간에 승인은 쪼그려 앉아 느슨해진 덧니의 작업화 끈을 다시 묶어주었다. 덧니는 기겁하며 짐승의 울음처럼 처절한 비명을 내질렀다. 다른 인부들이 눈을 부라리다가 호통을 치며 면박까지 줘도 비명은 멈추지 않았다. 나중에는 아예 뒤로 나가떨어져 몸부림치기까지 했다. 신발 위에 단정하게 잡힌, 수의와 똑같아 보이는 매듭이 불길한 징조라도 되는 것처럼.

"저거 현장에서도 괜히 사고나 치는 거 아냐."

들창코가 쯧쯧거리자 우두머리는 뜨악한 속내를 숨기지 않았다.

이후 몇 번의 폭우가 이어지는 동안 공사 현장 인부들이 또 방문한 적은 없었다. 임종 체험도 사고 예방 효과가 그다지 뛰어나지 않았는지도 몰랐다. 임종 체험을 했다고 모두가 죽음을 두려워하는 건 아닐 테니까. 되레 무심해지거나 혹은 작업이 어려울 정도로 긴장하는 축도 있을지 알 수 없는 일이었다.

그때쯤 재개발 소문이 잠잠해지면서 임종 체험관 근처에서 공사 중이던 현장은 대충 서둘러 마무리 짓거나 멈춰 섰다. 임대아파트는 미분양으로 골머리를 앓는다더니 외벽을 절반쯤 칠한 채 그대로 방치되었다. 주택 주변에는 다시 견고한 담이 세워졌다. 담이 없을 땐 외부인 출입이 잦았고 주차나 노상 방뇨 같은 문제가 불거졌다. 그중에는 심각한 범죄로 이어진 경우도 더러 있었다. 지역 뉴스에서는 성숙하지 못한 시민 의식을 꼬집으며 대책 마련을 촉구했지만 상황은 나아지지 않았다. 더구나 난데없이 멧돼지까지 나타나 골목을 싸돌아다녔다. 그럴싸해 보였던 공원은 관리가 제대로 이뤄지지 않는 바람에 사람들 발길이 끊긴 지 오래였다. 그늘막은 찢어졌고 웃자란 나뭇가지는 통행을 방해했다. 이제 길이 어딘지도 제대로 분간할 수 없었다.

덧니는 다른 지역의 현장을 배정받았을지도 몰랐다. 미연은 가끔 덧니의 소식이 궁금했다. 이제 안전화 매듭이 풀리지 않게 묶는 법을 익혔을지. 만약 지옥을 건설해야 한다면 현장에 남아 작업을 할지 아니면 돌아서서 성큼 지옥으로 들어설지. 평생 지옥에 떨어지지 못하고 지옥만 지어야 한다면 그게 진정한 지옥인지 아닌지도 여전히 알 수 없었다. 마지막으로 본 덧니의 표정을 떠올려봐도 마찬가지였다.

그날 체험을 마친 후 빗속을 뚫고 나서던 무리 사이에서 덧니는 저 혼자 뒤돌아봤다. 꼭 이제 막 다 지어진 지옥을 확인하는 것처럼. 그때 미연은 가면을 쓰지 않았지만 어떤 표정도 지어주지 못했다. 아무 표정이라도 지어야 한다고 생각했을 때 덧니는 천천히 돌아섰다. 격렬하게 휘몰아치는 비바람 때문에 완전히 돌아섰다는 것도 나중에야 깨달았다. 덧니가 보이지 않도록 입을 꾹 다문 건지 아니면 뒤통수인지도 제대로 분간할 수 없었다. 앞으로 나아가는지 아니면 뒤로 걷는 것인지조차도.

끝내 지어주지 못한 표정은 미처 해결하지 못하고 넘어간 숙제처럼 남았다. 어쩌면 한 번쯤 물어봐야 했던 것일지도 몰랐다.

무슨 죄를 지었기에 지옥으로 떨어진다고 단정 짓는 건지.

그때까지만 해도 덧니가 다시 임종 체험관에 찾아올 줄은 몰랐다. 그사이 삭발한 머리와 시커메진 얼굴에 몸집은 부쩍 앙상해졌다. 덧니가 아니었다면 끝까지 못 알아봤을 것이다. 어쩐지 그동안 덧니는 좀 뭉툭해진 것만 같았다. 아무것도 찢거나 씹지 못할 만큼.

임종 체험관 구성원 중 누군가에게는 덧니도 수상한 체험객으로 보였을지도 몰랐다.

미연이 눈을 부릅뜨며 정체를 확인하는 사이 방문객은 결심이 선 듯 천천히 걸음을 뗐다. 거센 바람에도 곧은 걸음걸이였지만 이내 흐트러졌다. 누가 한쪽으로 끊임없이 밀치는 것처럼 보였다. 조그마한 몸집이 금방이라도 휙 날아갈 것 같았다.

미연은 누구라도 호출해야 할지 망설여졌다. 다들 시설을 점검하면서 체험객들이 관 속에서 흘린 눈물과 콧물을 닦고 조화로 만든 근조 화환에 쌓인 먼지를 살뜰히 털어내고 있을 터였다. 승인은 걸레질하며 바닥에 향이 타고 남은 재가 있진 않은지도 확인하느라 바쁠 것이었다. 미연이 자리에서 슬쩍 일어나는 사이 방문객의 걸음은 부쩍 빨라졌다. 사이사이 얼마간 다리를 저는 것 같아도 안으로 들어설 때까지 늦추는 기색이라곤 찾아볼 수 없었다.

문이 열리자마자 빗소리가 미연의 뒤통수를 틀어쥐고 뒤흔드는 듯했다. 미연은 겨우 허리를 곧추세웠다. 지침서대로 인사를 하고 방문 목적을 묻기도 전에 방문객이 먼저 입을 열었다.

"저기, 여기에……."

당찬 걸음과는 달리 빗소리에 잡아먹힐 듯 희미한 목소리였다. 그러고 나선 숨만 고를 뿐 한동안 아무 말도 이어가지 않았다. 방문객의 옷자락에서는 계속 물방울이 떨어졌다. 그때마다 안전화를 신은 발로 밟는 것처럼 체험관이 쿵쿵 울리는 것 같았다.

얼굴만 봐선 도통 나이를 짐작하기 어려웠다. 눈가를 보면 중년처럼 보였지만 날렵한 턱선 때문인지 더 어리다고 우겨도 그럭저럭 믿을 것 같았다. 덥수룩한 머리가 젖은 채 이마를 가려 예상은 더 나아가지 못했다. 그러고 보니 남잔지 여잔지도 분명하지 않았다. 장발의 남자라고 생각한 순간 호리호리한 몸매와 가느다란 손가락이 눈에 들어왔다. 무채색의 재킷은 한 치수 작은 듯했고 펑퍼짐한 바지는 젖은 채 다리에 착 달라붙어 있었다. 발등을 덮은 바지 때문에 신발도 겨우 앞코만 보였다. 진흙이 엉겨 붙었고 지푸라기도 묻어 있었다. 어디를 헤매다 온 건지 도통 알 수 없었다. 지옥이라도 짓다가 견디지 못하고 탈출한 몰골 같았다.

만약 임종 체험객이라면 누구라도 수상하게 여겼을 것이다. 끝까지 주시하면서 몰아쉬는 한숨과 위태로운 몸짓까지 몹시 신경 쓰일 듯한.

"예약은…… 하셨어요?"

미연은 오늘 예약한 사람이 없다는 걸 알면서도 습관처럼 건조하게 물었다. 그러고 보니 방문객은 아무 계획 없이 무작정 혼자 죽어보려고 온 것처럼 보이기도 했다. 예약을 안 했다고 하면 오늘은 체험할 수 없으니 어서 돌아가라고 할 참이었다. 비바람이 더 거세지기 전에 몰아내야 할 듯했다.

"그게 아니라. 여기…… 여기, 왔던 사람 중에 혹시…….."

물속에서 얘기하는 듯 흐리멍덩한 음성이 이어졌다. 제대로 알아들으려면 신경을 곤두세워야만 했다.

방문객은 숨소리를 낮추고 생각에 잠긴 것처럼 보였다. 이어서 어느 순간이든 눈치를 채야 했다고 자책했다. 이후에도 끊임없이 웅얼댔다. 어쩌면 우산을 내팽개치고 빗속에 멍하니 선 걸 발견했을 때 나무라는 대신 다른 말을 전해야 했던 것일지도 몰랐다고. 뜬금없이 이름만 몇 번 들어본 도시에 가본다고 했던 날이나 종일 잠만 자고 제대로 씹을 틈도 없이 허겁지겁 음식을 입에 쑤셔 넣던 순간만이라도. 그러고 보니 몸을 잔뜩 웅크리고 한동안 알아들을 수 없는 혼잣말을 했던 적도 있다고 했다. 처음에는 잘 알려지지 않은 나라의 언어인 줄 알았고 나중에는 동화 속 주인공이 악당을 향해 거는 주문이거나 철 지난 노래 가사가 아닐까 싶었다고 덧붙였다. 독백이 많은 연극 대사를 외우는 중인 것도 같았다고.

"나중에야 반성문에 가깝다는 걸 알았어요. 이상할 건 없었죠."

방문객의 눈길이 미연에게 와 닿았다.

"사람이라면 누구라도 죄를 지을 수 있으니까요."

그게 심각한 문제였다는 건 시간이 흐른 뒤에야 깨달았다는 목소리에는 힘이 실렸다.

당시에는 대수롭지 않게 여겼지만 돌이켜보면 어느 장면 하나 수상쩍지 않은 게 없다고 했다. 모든 게 다 누군가에게 보내는 간절한 신호 같았다며. 방문객은 그 신호를 정말 못 알아들었는지 실은 알면서도 애써 모르는 척해온 건지 내내 헷갈리는지 석연찮은 얼굴이었다.

"체험객이라면 누구를……."

방문객은 안내 데스크 한쪽에 놓인 탁상용 달력에서 날짜를 가리켰다.

화요일이었다.

지난 화요일에는 유난히 많은 체험객이 한꺼번에 몰렸었다. 단체 예약도 많은 데다가 그나마 한산했던 3회차에는 초대권을 내밀며 당일 신청이 잇따랐고 이후 심야 체험까지 꽉 찼다. 휴게실에 들어가 잠시 앉을 틈도 없었다. 아무리 휴가철이라고는 해도 유독 바쁜 하루였다. 3회차부터는 다들 평소하지 않던 실수도 잦았다. 처음에는 그 때문에 구성원 모두 화요일을 비교적 정확하게 기억하는 줄만 알았다.

그날 유영은 계속 같은 사람을 찍는 듯한 착각에 빠졌다더니 영정 사진을 잘못 전달하기도 했다. 몇몇은 얼굴이 바뀌었다는 것도 모르는 채 관에 들어갔다. 일반 체험객에게 프리미엄 임종 체험에서 제공되는 영정 사진을 건네기도 했다. 가령은 체험객의 유서를 찢은 다음부터 몇 번씩이나 유서를 잘못 분류했다. 중년 남성의 유서가 '더 좋은 딸이 될게요'로 끝난다는 걸 발견하고 나서야 정신이 번쩍 들기도 했다.

관을 닫는 승인의 손길에는 부쩍 힘이 없었고 서너 번씩 하던 못질도 은근슬쩍 한두 번으로 줄였다. 손목이 시큰거리는 와중에 땀으로 자꾸 분장이 지워져 여러 번 덧바르고 나왔다. 대기실 앞에서 저승사자를 마주친 체험객이 분위기가 다 깨졌다며 항의하기도 했다. 분장이 번져 얼룩덜룩한, 그래서 한없이 처량하게 보이는 저승사자였다. 그런 얼굴로는 저승으로 이파리 하나 가져가지 못할 듯했다. 평소보다 더 짙은 분장을 해봐도 소용없었다. 거기에 너무 많은 매듭을 연달아 지은 탓에 손가락까지 꼬여 리본으로 묶일 것만 같았다.

그 때문인지 염습 시범이 유난히 더뎠다. 늘 오차 없이 정확하게 매듭을 묶던 승인이었지만 그날 주춤했던 순간도 기억하고 있었다. 가령이 다가가 툭 치지 않았다면 끝까지 주저했을지도 몰랐다. 승인이 겨우 묶은 매듭은 평소와는 달리 실바람에도 풀릴 것처럼 몹시 허술해 보였다.

승인이 돈뭉치를 받은 게 그때쯤이었나. 체험객 중 하나가 관에 들어가 소리를 지른 것도. 그러고 보니 수의도 입지 않고 관에 들어간 체험객도 있었다. 수의가 모자라진 않았을 텐데.

미연이 시간 계산을 잘못하는 바람에 순서가 뒤죽박죽일 때도 있었다. 관에 들어갔다 나온 체험객들은 뒤늦게 유서를 써야 하기도 했다. 그 전에 승인이 다가와 미연에게서 체험객 명단을 넘겨받았다. 실은 유영과 가령도. 평소엔 따로 확인한 적이 없었는데. 다들 황급히 명단을 훑어보다 어느 순간 시선이 멈췄다. 이제껏 분장 때문에 승인의 표정을 제대로 알아볼 수 없었지만 그 순간만은 달랐다. 확장된 동공과 벌름거리는 콧구멍과 반쯤 열린 입술은 분장에도 가려지지 않았다. 이후 아랫입술을 깨무는 바람에 검게 칠한 입술에 자국이 남았다. 미연이 말해주려는데 체험객 중 누군가 한쪽에서 우스갯소리처럼 탄식을 뱉었다.

인생이 꼬여서 왔더니 죽을 때도 마찬가지네.

미연은 시선을 마주치려 애썼지만 방문객은 계속 고개를 숙였다. 이름을 말하고 그날 체험객 명단을 확인해야 하는데 어쩐지 망설이는 것처럼 보였다. 속이 메스꺼운지 인상을 쓰다가 손까지 오들오들 떨었다. 그사이 미연은 방문객을 구석구석 살피다 첫인상과는 달리 나이가 제법 많은 여자라는 것까지 알아봤다. 하지만 체험객과의 관계까지는 나아가지 못했다.

"혹시…… 잘못 찾아오신 건 아니죠?"

방문객은 세차게 고개를 저었다.

여기에 온 것만은 분명했다고 말했다. 여기서 유서도 쓰고 수의도 입어보고 관에도 들어갔다 나왔을 거라고.

"어떻게 오셨어요?"

관장이 저승으로 들어가는 문을 열고 나오며 물었다. 삐거덕거리는 문에서 비명처럼 날카로운 소리가 울렸다. 관장의 손에는 조등弔燈이 들려 있었다. 점검 과정에서 망가진 걸 떼온 모양이었다. 한쪽이 깨진 유골함을 옆구리에 낀 가령이 잔걸음으로 관장의 뒤를 따랐다. 체험 과정 중 물품이 파손되는 일은 더러 있었다. 넘어지면서 근조 화환과 부딪히거나 울음을 터뜨리며 허공을 허우적거리는 순간 수의가 찢어지고 기어이 뭔가가 빠그라지고야 말았다. 미연은 창고에 새 조등과 유골함이 얼마나 남았는지 확인했다. 체험이 끝나면 분실된 항목은 따로 챙겨야 했다. 주의를 기울이지 않으면 위패나 조화가 사라지는 건 순식간이었다. 미연은 끝까지 훔쳐 가는 이유를 가늠할 수 없었다.

어쩌면 사람들이 임종 체험관에 오는 것부터.

양팔에 수의를 걸치고 나오는 승인을 위해 가령이 어깨로 문을 잡아줬다. 아마 수선이 필요한 수의일 것이다. 관 속에서 수의를 쥐어뜯는 체험객도 적지 않았다. 마지막으로 뒷걸음질 치며 나온 유영은 안쪽을 여러 번 휘둘러본 다음 문을 굳게 닫아걸었다. 잘 닫혔는지 두세 번 흔들어보는 것도 잊지 않았다. 그제야 유영은 바닥에 검은 띠를 두른 액자를 내려놓았다. 앞으로 체험객들의 영정 사진이 들어갈 액자였다.

　방문객은 진짜 저승에서 튀어나온 사람들을 마주한 것처럼 서둘러 비켜섰다. 관장이 미연에게 누구시냐고 입 모양으로만 물었다. 미연은 어깨를 한 번 으쓱했다. 그제야 방문객의 시선이 관장에게 향했다. 어쩐지 분에 차서 째려보는 듯했다. 관장과 눈이 마주친 순간 방문객 얼굴이 벌겋게 달아올랐다.

　"……죽으려고 했어요! 죽으려고…….."

　방문객의 야멸찬 목소리가 임종 체험관 안에 억세게 울려 퍼졌다. 목소리는 온몸을 단단히 움켜잡는 듯했다. 어리벙벙해진 구성원들의 시선은 분주하게 움직이다가 천천히 한곳으로 모였다. 관장은 유서를 다 썼는데 문득 잊고 있던 사람이 떠오른 듯한 얼굴이었다. 늘 깐깐하기만 한 표정에도 어느덧 빈틈이 생겼다.

　"여기에 갔다 온 다음 날!"

　확신에 찬 말투는 요란한 빗소리에도 묻히지 않았다.

　날짜를 들은 승인은 온몸을 단단히 옭아맨 듯 불편해 보였다. 유영은 이번엔 자기 눈앞에서 플래시가 연달아 터진 것처럼 미간을 잔뜩 좁혔다. 가령은 여태 읽어온 유서 내용을 하나하나 되새기며 문제가 될 만한 문장을 골라내는 것 같았다. 허투루 읽은 문장이 별안간 중요한 암시처럼 느껴졌을 수도 있었다. 아이스크림을 먹고 싶다는 것마저 의미심장하게 읽히는 건 아닐까. 미연은 그날 가령이 자신의 행동을 문제 삼았다는 걸 기억했다. 체험객 유서를 훔쳐본 건 처음이었으니까. 근처에 있던 승인은 평소보다 유난히 짙은 분장 때문에 표정마저 분간하기 어려웠다. 이가 보이지 않는다는 것 말고 확실한 건 아무것도 없었다.

미연의 시선은 다시 방문객 쪽을 향했다.

방문객은 체험객 중 누구를 얘기하는 걸까. 그러니까 화요일이라면…….

타이밍을 잘못 맞춘 플래시 때문에 영정 사진이 엉망으로 나와 욕설을 내뱉던 노인일까. 그때 유영은 일곱 번의 재촬영 끝에 노인의 맘에 드는 사진을 얻을 수 있었다. 정작 두 번째 촬영한 사진으로 인화되었지만 노인은 전혀 눈치채지 못했다. 그날 유영이 여러 번 촬영한 체험객은 또 있었다.

유서를 쓸 때 가령에게 종이를 받자마자 울음을 터뜨린 중년 남성일지도 몰랐다. 가령과 부딪힌 남자는 가장 오래 유서를 쓴 체험객 중 하나였다. 다 쓴 듯하더니 다시 몇 문장을 덧붙이고 일부는 지우기를 여러 번 반복했다. 옆에서 다른 체험객이 여기 다들 먹고사느라 바쁜 사람들이니 적당히 좀 쓰라고 소리쳤지만 들은 척도 하지 않았다. 계속 시간을 확인하던 가령은 발을 동동 구르면서도 끝까지 기다려줬다. 그래도 유서를 완성하지 못한 체험객이 있었다. 유서를 새로 써야 했기 때문이다.

관 속에서 눈을 부릅뜨고 있던 여자도 생각났다. 순간 승인은 뒤로 나동그라지지 않도록 다리에 힘을 주는 것 같았다. 평소에도 임종 체험관에서 저승사자가 우스꽝스러워질 순 없다고 했었다.

그리고 또 누가 이튿날 죽으려고…….

미연의 머릿속이 복잡하게 얽혔다.

"임종 체험관에만 오지 않았으면…… 그랬으면……!"

방문객이 울먹이자 두리번거리던 관장은 조등을 바닥에 내팽개치고 득달같이 뛰어왔다. 이어서 다들 날렵한 동작으로 몰려와 방문객을 빙 둘러쌌다. 마치 목소리가 체험관 밖으로 조금도 새어 나가지 못하게 하려는 것처럼. 순간 비바람에 떨어져 나갈 듯 덜컹거리던 문이 마침내 열리더니 날갯짓하듯 파닥거렸다. 빗줄기는 바닥을 뚫을 듯 내리꽂혔다.

한동안 관장과 방문객은 밀착해 있다가 차츰 거리를 두고 멀뚱댔다.

"그러니까 돌아……가셨다고요?"

"……아뇨. 그건 아니고요. 잘…… 잘 있어요. 치료받으면서."

관장은 한쪽 벽에 기대서 한숨을 여러 번 몰아쉬었다. 자칫이 일이 밖으로 알려지기라도 하면 한동안 또 곤욕을 치를 게 뻔했다. 이번에야말로 사업 책임자는 두말할 것도 없이 폐관을 결정할지도 몰랐다. 이전 위기와는 상황이 달랐다. 임종 체

험 후 곧바로 다음 날 벌어진 일이니 인과관계가 전혀 없다고
잡아뗄 순 없었다. 그날 체험객이 남긴 흔적은 모조리 체험관
의 잘못을 입증하는 증거가 될지도 몰랐다.

어디서 문제가 된 걸까.

관장은 겨우 자세를 바로잡으며 손으로 턱 끝을 매만졌다.
미연은 관장이 승인에게 더 힘껏 쏘아보라고 했던 게 생각났
다. 유서를 쓸 때 감정이 북받치다가 격해졌을 가능성도 있었
다. 그때쯤엔 차분하던 체험객들도 통곡하고 바닥을 구르며
괴성을 지르기도 하니까. 그 과정에서 가령이 종용한 정황이
드러날 수도 있었다. 지난날의 잘못을 반성해보자거나 사람
은 누구나 죽는다는 말이 문제였을지도. 관 안에 들어가 있던
시간은 적당했었다. 너무 길어서 공포감에 휩싸이진 않았는
지. 수의를 입거나 영정 사진을 찍던 순간도 충분히 의심해볼
수 있었다. 수의의 감촉이나 영정 사진 속 표정이 결단으로 이
어진 건 아닌지도 확인해야 했다.

그것도 아니면 혹시 관장의 강연 내용에 문제가…….

"저기 가서…… 그…… 점검표! 점검표 좀."

관장은 미연에게 손짓하며 나직하게 속삭였다.

체험관 잘못이 없다는 걸 밝히는 게 중요했다. 처음부터 확
실하게 선을 긋고 상관없는 일로 몰고 가야 뒤탈이 없을 것이
었다. 초반에 머뭇거리다가 일이 한번 뒤틀리고 나면 나중엔
바로잡기 힘들다는 걸 잘 알았다. 진행 과정에 사소한 실수조

차도 없어야 했고 돌발 상황에서는 적절한 조치가 이뤄졌어야만 했다.

관장은 화요일에 아무 사고도 일어나지 않았다고 했지만 얼굴을 보면 긴가민가한 것 같았다. 일단 관장이 확인하고 싶은 건 따로 있을 것이었다.

"이 사실을 아는 사람이 더 있습니까?"

"아직 아무도 몰라요. 저밖에."

이쯤에서 구성원들은 떫은 표정을 드러냈다. 저마다 켕기는 구석이 있는 듯 보였다. 그저 임종 체험 중 저지른 실수 때문만은 아닐지도 몰랐다.

그동안 미연은 점검표를 관장에게 건넸다. 그날 구성원 전부는 회차별 점검표의 항목에 이상 없다는 뜻의 브이 표시를 했다. 바닥과 관의 청소 상태나 카메라 정상 작동 여부에 음향 시설과 실내 온도까지 모두.

딱 한 항목만 빼고.

□ 수상한 체험객은 없습니까?

3회차 임종 체험 점검표였다.

관장은 승인을 거쳐 미연을 지나 유영을 얼마간 흘겨보다가 가령에게 시선을 멈췄다. 가령이 시선을 피하자 승인에게 눈길을 돌렸고 곧 가령과 유영 사이 어디쯤을 끊임없이 힐끔거렸다. 오랫동안 봐온 얼굴들이 어쩐지 사뭇 낯선 듯 보였다. 전부 맨얼굴이지만 가면을 여러 개 겹쳐 쓴 것처럼 입술이 잔뜩 찌그러졌고 뺨이 물러지는가 싶더니 순간 눈동자가 텅 비기라도 한 것처럼. 나중에는 뭔가 숨긴 게 있나 찾는 기색이 역력했다. 관장은 틈틈이 미연도 돌아봤는데 그때마다 미연은 허공을 바라보고 있었다.

당장에라도 그날 수상한 체험객이 대체 누구였냐고 캐묻고 싶었지만 눈앞에 버티고 있는 방문객 때문에 차마 그러지 못했다. 따로 들어가 얘기를 나눈다고 하면 음모라도 꾸미는 듯 의아하게 볼 게 뻔했다. 미연은 다들 같은 체험객을 두고 수상하게 여겼는지조차 파악할 수 없었다.

수상한 체험객이 자살을 시도한 게 맞는지도.

임종 체험관 운영 지침서에는 문제가 발생했을 때 용서를 구해야 할 일과 양해를 부탁드려야 하는 경우를 엄격하게 구분해놓았다. 잘못을 빌어야 하는 상황이라면 경중에 따라 적절하게 활용할 수 있는 다양한 예문이 준비되어 있었다. 시기를 놓친 뒤늦은 사과가 괜히 화를 불러오지 않도록. 그중 지금 같은 상황은 없었다.

예외의 상황에서 적용되는 규칙은 단 하나였다.

먼저 나서지 말 것.

섣부른 사과는 체험관의 과실을 인정하는 것처럼 보일 수 있었고 질질 끌면 발뺌하는 걸로 느껴져 죄송하다는 말로 끝날 일이 다툼으로 번질 우려가 있었다. 그러니 방문객이 먼저 나서서 원하는 방향을 얘기해주는 게 좋았다. 어설픈 제안은 일만 키우기 십상이었다.

관장의 생각을 읽은 것처럼 방문객이 입을 뗐다.

"내가 아는 한…… 그럴 리가 없어요. 절대요! 절대……."

방문객 눈이 점점 붉게 충혈됐다. 사이사이 굵직한 울음까지 뒤섞였다. 그 바람에 발음이 완전히 뭉개져서 정확한 의미를 알아채기까지는 시간이 필요했다.

미연은 관장이 강연에서도 했던 말이 떠올랐다. 세상에 절대 그러지 않을 사람은 없다는 말. 그것만 인정해도 우리의 삶이 훨씬 안락할 거라고. 그동안 미연에게 그런 사람은 한빛이었지만 이제는 자기 자신이었다. 그 순간 다들 각자 생각하는 사람을 하나씩 그려보지 않았을까. 절대 임종 체험을 해보지 않을 것 같던, 하지만 결국 임종 체험관에 들어서고야 만 사람을.

"그날 여기서 무슨 일이 있었던 건지 알아야겠어요."

방문객의 목소리에 관장은 운영 지침서에 나오는 문장 중 하나를 골랐다. 미연은 그 문장이 가장 적절한 대답이 되길 간절히 바랐다. 최소한 상황을 악화시키지 않길.

"내부 운영 상황은 일반인에게 비공개가 원칙입니다."

관장의 목소리는 높낮이가 일정하지 않았다. 리듬이 꼬이더니 끝에 가서는 심하게 떨렸다.

이쯤에서 물러서길 바랐지만 방문객은 도리어 두어 걸음

앞으로 다가섰다. 걸음이 흔들리지 않도록 몹시 신경 쓰는 듯한 눈치였다. 곧 숨결이 관장의 뺨에 닿을 것만 같았다. 관장도 뒷걸음질 치지 않았다. 순간 방문객의 머리카락 끝에서 관장의 신발 위로 물방울 하나가 무심히 떨어졌다. 물방울은 스며들지 않고 둥글게 맺혔다가 한쪽으로 흘러내렸다. 잊고 있던 빗소리가 무참히 울렸다.

"규정에 예외는 없나요?"

방문객은 포기할 기색이 없었다. 관장이 무슨 대답을 해도 끈질기게 물고 늘어질 기세였다. 관장은 꼿꼿한 자세를 무너뜨리며 숨을 길게 내쉬었다.

"……예외라뇨?"

"과거에도 비슷한 일이 있었죠?"

순간 빗소리가 슬쩍 잦아들었다.

방문객의 눈꼬리가 매서워졌다. 가령이 관장을 쳐다봤지만 관장은 눈치채지 못했다. 미연은 목덜미를 긁적이다가 입술을 오므렸다. 한쪽 거울에 미연의 얼굴이 고스란히 드러났다. 영정 사진이었다면 유영이 분명 다시 찍자고 했을 만한 표정이었다. 그러니까 세상에서 사라지고 난 후에라도 결코 남들에게 보여주고 싶지 않을 표정. 언제부턴가 다들 미동도 하지 않았다. 마치 관에라도 들어간 사람들처럼. 미연은 승인을 보며 처음에는 분장한 얼굴이 어색했는데 이제는 맨얼굴이 훨씬 낯설다고 생각했다.

구성원들의 시선이 다시 방문객 쪽으로 모였다. 다들 각자 그날 수상하다고 생각한 체험객과 방문객의 관계를 부지런히 계산해보는 중인 것 같았다. 전혀 관련 없는 사이일 수도 있지만 그 반대라고 해도 딱히 이상해 보이지 않았다. 그사이 관장은 반걸음 앞으로 나섰다. 관 뚜껑을 늦게 여는 바람에 너무 오래 누워 있다 나온 체험객처럼 금방이라도 앞으로 고꾸라질 듯 위태로워 보였다.

"……좋습니다. 화요일 몇 회차에 체험하신 거죠?"

"잠시만요."

방문객은 안쪽 주머니에서 체험권을 꺼내 유심히 살펴봤다. 체험권 끄트머리는 비에 젖어 우글쭈글했다. 글씨가 번져 알아볼 수 없는지 눈앞에 가까이 가져다 대는 순간 불쑥 관장의 시선이 집요하게 쫓아갔다. 애써 딴청을 피우던 가령도, 출입구 쪽을 힐끔거리던 승인도 같은 방향으로 몸을 기울였다. 유영까지 방문객을 향해 다가섰다. 미연의 시선까지 모두 모인 걸 눈치챈 관장이 자세를 바꿨다. 이내 짧고 낮은 탄성이 연달아 터져 나왔다.

일반 체험권이 아니었다. 홀로그램이 박힌 초대권이었다. 관장이 직원들 복지 차원에서 따로 제공한, 업체 실수로 잘못 만들어진.

관장은 고개를 틀지 않고 눈짓으로만 구성원들을 쭉 훑었다. 어떻게 된 일이냐고 따져 묻는 듯 보였지만 아무도 입을 열지 않았다. 관장에게 받은 초대권을 여태 손에 쥐고 있는 사람은 없었다. 순간 초대권의 홀로그램이 생生을 지나 사死로 넘어가 반짝였다. 그사이 방문객은 푸르게 번져 얼룩처럼 보이는 날짜 사이에서 체험 시간을 정확하게 읽어냈다.

"3회차네요."

수상한 체험객이 있던 회차였다. 일순 다들 얼굴이 제멋대로 뒤틀렸다. 각자 짐작하는 체험객이 있는 것처럼. 미연이라고 다르지 않았다.

정말…… 정말, 죽으려고 했을까.

관장은 한참 머뭇거렸다. 그사이 구성원들은 서로 눈길을 주고받았다. 시선은 끊임없이 뒤엉켰다. 어느새 화요일 3회차 임종 체험에 참여했던 사람들을 하나씩 떠올렸다. 굳은 얼굴과 망설이는 듯한 걸음과 길고 긴 한숨과 짧은 비명과 낮은 목소리에 이어 쿰쿰한 냄새까지 속속들이. 그중 초대권으로 들어와 수상하게 보였던 누군가를.

"제가 원하는 건……"

관장과 눈이 마주친 방문객은 처음으로 이를 드러내며 웃었다. 얼굴근육이 큼직하게 움직이자 얼마간 기괴하게 보였다. 그러고 보니 게슴츠레 뜬 눈이 심한 짝눈이었다. 그래서인지 왼쪽과 오른쪽의 얼굴 표정이 몹시 다르게 느껴졌다. 두 얼굴은 하나로 합쳐지지 못하고 끊임없이 겉돌았다. 그 때문인지 체험객과의 관계를 제대로 따져볼 수 없었다. 옆집 사정을 살뜰하게 봐주는 이웃이거나 거의 매일 점심 식사와 산책을 함께 하는 동료일 수도 있고 유일하게 이해해주던 가족이라고 해도 이상할 건 없었다. 그리고 보면 누군가의 엄마나 생명의 은인이라고 해도 들어맞는 듯 보였다.

말하자면 방문객은 수상한 체험객의 누구라도 될 수 있었다.

"저도 체험해보고 싶어요. 지금 당장."

방문객의 목소리가 임종 체험관 안을 서늘하게 감돌았다.

4

그날 미연은 한눈에 한빛을 알아봤다. 못 본 사이 몸집은 날렵해졌고 치렁치렁한 머리가 길게 늘어져 얼굴을 반쯤 뒤덮었지만 모르고 지나칠 정도는 아니었다. 곧은 걸음걸이와 가느다란 입술만으로도 충분했다. 더군다나 뒤풀이가 있던 날 입었던 거무튀튀한 티셔츠를 걸치고 있었다. 멀리 밀어내려고 애썼지만 어느 순간 까칠한 감촉과 제때 빨지 않아 풍기던 고린내까지 속속들이 떠올랐다.

미연은 재빠르게 가면부터 찾아 썼다. 헤드 마이크를 착용하는 것도 잊지 않았다.

대체 어떻게 알고 여기까지 찾아온 거지.

순간 예약도 없이 한꺼번에 들이닥쳤던 학생들이 떠올랐

다. 너 우리 학교 다니잖아. 그러고 보니 미연……이었나? 그 중 하나가 한빛에게 전했을지도 몰랐다. 미연을 임종 체험관에서 봤다고.

두리번거리던 한빛은 현수막 아래에 자리를 잡고 신청서를 썼다. 머리를 쓸어 넘기는 사이사이 눈을 부릅떴다. 반대편에 몰려 있던 노인들은 미적거리는가 싶더니 미연에게 신청서 좀 대신 써달라며 한꺼번에 몰려들었다. 일일이 확인하기 어려워 몇몇은 제대로 쓰지 못한 채 넘어갔다. 개중에는 혼자 온 노인도 있었지만 미연은 딱히 눈여겨보지 않았다. 어느샌가 혼자 임종 체험관에 들어서는 노인이 점점 늘었다. 더는 수상한 체험객으로 살펴볼 필요가 없을 만큼.

그보단 한빛이 내내 거슬렸다.

예약자를 확인하던 중 뿔테 안경을 쓴 노인은 미연을 향해 삿대질까지 해가며 따졌다. 저승으로 갈 명단에 없다는 걸 어떻게 받아들여야 할지 고민하는가 싶더니 단단히 결심한 듯 얼굴을 붉혔다. 목소리가 날카롭게 솟구쳤다.

"이승에서도 늘 뒷전이었는데!"

그때 한빛이 돌아다니며 눈을 맞추고 다독였다. 멀리서도 나긋나긋한 목소리와 부드러운 표정이 확연히 느껴졌다. 술기운이 오른 탓에 저지른 실수였다고 했다가 사람은 누구나 착각한다며 결국 고함까지 지르던 한빛이 맞나 싶었다. 미연은 그때 사납게 되물었어야 했다고 후회했다. 그깟 알량한 말로 해결될 일이 아니라고. 한빛은 꼭 지금처럼 상냥한 목소리와 표정이었다.

"일단 진정하고……."

마치 투정 부리는 아이를 어르고 달래듯.

미연은 다리에 힘을 주고 호흡을 가다듬었다. 내내 잊고 지냈다는 건 순전히 착각이었다. 또 누군가 온몸을 팽팽하게 잡아당기는 듯했다. 신청서를 마저 쓰던 한빛의 표정은 어딘지 모르게 집요해 보였다. 고개를 든 한빛과 미연의 눈이 마주쳤다. 미연은 이내 균형을 잃고 뒤로 주춤 물러섰다. 여전히 가면 뒤에서도 표정을 짓고 있었다. 한빛이 봤다면 분명히 문제 삼았을 법한 표정을.

"신청서 여기 내면 되죠?"

한빛이 내민 신청서를 받아 든 손이 오슬오슬 떨렸다. 이름 아래 체험 동기를 적는 칸이 눈에 들어왔다.

사는 게 힘들고 괴로워서.

지난 회차에도 비슷한 내용을 쓴 체험객은 수두룩했다. 하지만 한빛이 썼다고 하니 자못 다르게 읽혔다.

힘들고 괴롭다니. 대체 누가.

반듯한 글씨는 언제든 날을 세우고 미연의 얼굴을 짓밟을 것만 같았다. 글씨만 두고 보면 이제껏 한 번도 누군가에게 상처를 주거나 법규를 어기지 않았을 사람 같았다. 마땅히 그렇게 생각한 적도 있었다. 한빛에게 신세 한 번 지지 않은 사람은 없었고 미연도 마찬가지였다. 어디서든 어려운 형편에 놓인 학우를 찾아 도움을 주던, 너글너글한 사람이었다. 학교생활에 유용한 정보를 공유해줬고 겉도는 신입생이 있으면 무리에 끼워줬다. 오리엔테이션 내내 무뚝뚝한 표정으로 그룹 주변을 맴돌던 미연에게 자리를 내준 사람이 한빛이었다는 건 부정할 수 없었다. 한빛 덕분에 공공근로 자리를 얻은 현주는 은인이라고까지 추켜세웠다. 미연도 방까지 구해준 일이 떠올라 고개를 끄덕이며 적당히 맞장구를 쳤다.

기숙사에 떨어져 난감하던 차에 한빛은 터무니없이 적은 보증금으로도 들어갈 수 있는 방을 알아봐줬다. 오래된 주택의 창고를 개조한 방이었기 때문이다. 재개발로 떠들썩한 동네인 데다가 담을 허물어서 위험해 보였고 어디선가 지린내까지 풍겼다. 조금만 걸어가면 나온다던 공원도 입구를 알아볼 수 없을 만큼 무성한 풀숲에 둘러싸여 있었다. 하지만 학기가 코앞이라 가릴 처지가 아니었다.

불을 끄고 방에 누우면 창밖으로 헤드라이트가 빈번하게 지나갔다. 그러면 책장과 냉장고와 옷장 그림자가 봉긋하게 부풀어 올랐다. 범위를 넓혀 찾아보면 더 나은 방을, 적어도 처음부터 주거를 목적으로 만든 방을 구할 수 있을지도 몰랐다. 그럼 넉넉잖은 생활비에 교통비까지 쪼개 넣어야 할 것이었다. 그렇다고 엄마에게 걱정을 끼치고 싶진 않았다. 미연은 엄마가 등록금을 마련하는 것만으로도 하루하루가 벅차다는 걸 모르지 않았다. 한빛은 이런 미연의 사정을 훤히 꿰뚫고 있었다.

"혼자 살다 보면 별별 일이 다 생길 거야."

이삿짐을 옮겨주던 한빛은 잠시 숨을 고르며 미연에게 말했다. 그때 한빛이 하숙집 주인 얘기를 꺼냈다. 작은 몸집을 부지런히 놀리며 때마다 딸기나 옥수수를 따로 챙겨주고 같은 집에서 살다 보니 한빛에게 무슨 일이 생기면 아마 제일 먼저 알아챌 사람이라고. 성적이나 친구 관계까지 일일이 참견할 땐 좀 귀찮기도 하지만 어떨 땐 고민도 털어놓을 수 있는 대체로 좋은 사람이라고 했다. 자기가 보기엔 손에 쥐면 한 줌에 잡힐 듯한 할머니 같은데 처음 봤을 때부터 호칭을 아줌마로 정해줬다며. 그때까지만 해도 미연은 한빛이 자취방을 아는 게 조금도 신경 쓰이지 않았다. 도리어 미연에게 앞으로 별별 일이 생겼을 때 알아채줄 사람이 한빛일지도 모른다고 여겼다.

미연은 방문객이 한빛이 말한 하숙집 아줌마가 아닐지 따져봤다. 그러니까 만약에 한빛이 극단적인 생각을 했다면 누구보다 먼저 알아챘을 사람. 그러면 하숙집에서 일어난 불미스러운 일을 떠벌리지 않은 채 혼자만 아는 것도 그다지 이상해 보이지 않았다. 미연은 하숙집 아줌마가 현주에게 했다던 말을 똑똑히 기억했다.

"이쪽으로 들어가시면 됩니다."

변조된 미연의 목소리가 떨렸다. 한빛은 고개를 까딱이고 안으로 깊숙이 들어섰다. 가면을 쓴 미연을 못 알아보는 눈치였다. 헤드 마이크를 통해 흘러나오는 목소리는 불쾌하고 둔탁하게 느껴질 것이었다. 한빛은 애써 외면하는 걸지도 몰랐다. 뒤풀이 때처럼 공연히 성가신 일을 만들고 싶지 않을 수도 있었다.

뒤풀이를 하고 며칠 뒤 한빛은 얄팍한 봉투를 내밀며 이게 전 재산이라고, 여기서 뭘 더 어쩌라는 거냐고 매섭게 쏘아붙였다. 여윳돈까지 보증금에 보태는 바람에 미연이 매달 월세와 생활비에 허덕인다는 걸 알았을 것이다. 그러니까 돈을 좀 쥐여주면 마음이 달라질 것으로 생각했겠지. 그동안 지나치게 내밀한 사정까지 전했던 건 아니었을까. 지원금을 알아봐준다는 말에 가족관계와 엄마가 H군 터미널 근처 뒷골목에서 조그마한 식당을 한다는 얘기까지 거리낌 없이 늘어놓았다. 그때 한빛은 무르게 웃으며 언제고 꼭 들르겠다고 했다. 미연은 당연히 지나가는 말처럼 하는 인사치레인 줄 알았다.

"이 정도로 마무리 짓자. ……어? 제발 대답 좀 해!"

한빛은 확답을 주지 않으면 꿈쩍하지 않을 기세로 뻗댔다. 옆에서 잠자코 있던 현주는 며칠 사이 학교 분위기가 이게 뭐냐고 덧붙였다. 별것도 아닌 일을 쓸데없이 부풀려 키웠다는 원망처럼 들렸다. 미연은 기말고사가 끝날 때까지는 버텨볼 생각이었다. 그러면 당분간 한빛과 마주칠 일은 없을 것이었다. 하지만 한빛은 방학 전 어떻게든 깔끔하게 매듭짓고 싶어 했다.

미연은 저승으로 들어가는 문이 닫히기 전 체험객들을 뒤따라 들어갔다.

복도에 들어서면 일순 어두워져 대개 걸음을 한껏 늦췄다. 조명이 비춰 희끄무레하게 길이 드러나도 걸음은 좀처럼 나아갈 기미가 보이지 않았다. 미연이 앞으로 나설 때까지 먼저 움직이는 체험객은 드물었다. 이쯤에서 돌아서는 쪽도 많았다. 복도 양옆에 쭉 늘어선 유골함 때문이었다.

유골함에는 '生'도 있고 '卒'도 있지만 날짜는 비어 있었다. '故' 뒤에 쓰여야 할 이름도 마찬가지였다. 프리미엄 체험일 때는 그날 체험객의 신상에 맞춰 태어난 날짜와 이름이 채워져 있었다. 죽은 날짜는 임종 체험 당일이었다. 건성으로 지나치다가 자기 이름을 확인한 체험객은 그 자리에 얼어붙은 듯 멈춰 서기 일쑤였다. 그 때문에 시간이 지연될 때가 많아 미연은 특히 신경을 써야 했다. 일반 체험객들은 미연을 따라 아무것도 쓰이지 않은 유골함 사이를 걸으며 처음에는 남의 생사를 건너다보는 듯했다. 아무도 유골함에 가까이 다가서거나 똑바로 바라보지 않았다. 그저 최대한 멀찌감치 떨어져 틈틈이 곁눈질을 보낼 뿐이었다. 하지만 마지막에 비어 있는 한 자리를 마주했을 땐 결국 자신의 이름을 떠올리게 되었다. 내가 그 자리에 들어가지 않아야 할 이유는 찾을 수 없었다.

빈 유골함을 무심히 통과한 한빛은 미연을 지나쳐 검푸른 복도를 분지르듯 야무지게 걸었다. 귀찮게 알짱거리는 벌레를 짓누르기라도 하듯 거침없이 뚜벅뚜벅. 미연은 한때 뚝심 있게 밀고 나가는 리더의 걸음이라고 생각하기도 했다. 서둘러 종종걸음으로 뒤따르면서 한빛의 뒤통수를 노려봤다. 앞지르는 순간 한빛이 온통 그림자에 둘러싸여 짓뭉개졌다. 검게 칠한 벽과 구분되지 않아 얼굴만 두둥실 떠다녔다.

신청서 작성을 마친 방문객을 안내할 때도 미연은 걸음걸이를 맞추느라 애썼다. 방문객은 방문 경로를 묻는 항목에서 지인의 소개나 광고에 표시하지 않았다. 제일 마지막 보기인 기타에 브이 표시를 했다. 자세한 내용을 묻는 칸은 전부 비워뒀다. 연락처나 이메일을 쓰는 칸도 마찬가지였다.

다만 체험 동기만은 분명하게 적었다.

왜 그랬는지 알고 싶어서.

방문객과 임종 체험 초대권으로 온 체험객 사이에는 무슨 사연이 있는 걸까.

관장에게 초대권을 받아 든 순간부터 미연은 줄곧 한빛을 떠올렸다. 그날부터 틈틈이 한빛이 임종 체험관에 들어서는 상상을 해왔다. 그렇다고 해도 진짜 마주칠 줄은 몰랐다. 만약 한빛이 임종 체험관에 다녀간 후 극단적인 생각을 했다면 미연의 입장은 예전과 완전히 달라질 것이었다. 현주에게라도 넌지시 한빛의 안부를 물어봐야 했지만 선뜻 내키지 않았다. 어쩌면 퉁명스럽게 따지고 들지도 몰랐다.

이제 속이 시원해? 이기적인 너 때문에 선배는 진짜 죽으려고까지 했어!

임종 체험을 해보고 싶다고 말하는 순간 방문객은 미연을 흘겨봤다. 어쩐지 미연을 알아보는 듯도 했다. 한빛과 단둘이 사진을 찍은 적은 없지만 여럿이 몰려다니면서 찍은 거라면 얼마든지 있었다. 그중에는 미연의 얼굴이 크고 또렷하게 찍힌 사진도 있을 것이었다. 방문객이 한빛과 같은 집에서 사는 사이라면 학교 사람들과 찍은 사진을 보는 일은 어렵지 않을 터였다. 한빛이 고민이랍시고 미연에 대해 털어놓았을 가능성도 배제할 수 없었다. 친구 관계도 참견한다고 했으니.

방문객은 미연을 보러 온 게 맞을까.

한빛은 화요일 3회차에서 몇 안 되는 개인 참가자 중 한 명이었다. 현란한 등산복 차림의 산악회원들 사이에 묵은 충치처럼 볼썽사납게 끼어 있었다. 그날도 관장은 정기적으로 참가하는 체험객만큼 혼자 온 사람도 예의 주시하라고 당부했다.

　돌이켜보니 한빛 옆에 덧니도 쭈뼛거리며 어슬렁거리고 있었다. 예전보다 얼굴이 더 검게 그을려 로비에서는 제대로 알아볼 수 없었다. 덧니의 체험 동기를 확인한 미연은 이제라도 덜 지었던 표정을 지으려다가 관뒀다. 앞으로 미연은 가면 속에서 아무 표정도 짓지 않기로 결심했다. 그건 면접을 볼 때 관장의 요구사항이기도 했다.

　형식적으로나마 진행되었던 면접에서 지원 동기를 묻는 말에 미연은 제대로 된 답변을 내놓지 못했다. 편의점에서 담배를 찾던 관장이 미연에게 지나가듯 던진 말 때문이라고 대답할 순 없었다. 당시 미연은 점장에게 주의를 받는 중이었다. 종일 울상을 짓고 있으면 들어오던 손님도 도로 나가겠다고. 점장이 자리를 비웠을 때 관장은 미연에게 명함을 건넸다. 나랑 일하면 딱 지금처럼만 시무룩한 표정으로 있어주면 된다고 했다. 거기선 그게 일을 잘하는 거라고. 어차피 가면을 써서 표정에 신경 쓸 필요도 없을 테지만.

　관장이 나간 다음에야 미연은 명함에 적힌 직함을 확인했다.

다사 임종 체험관 홍보 및 총괄책임자

　결국 미연은 지난밤 홈페이지에서 본 임종 체험의 목표와 기대 효과 중 생각나는 대로 답했다. 자신을 알고 깊이 이해할 수 있으면서 삶을 긍정적으로 바라볼 수 있게 된다는. 솔직한 답변은 언제 약점으로 잡혀 경고로 돌아올지 몰랐다.

뒤풀이가 늦게까지 이어진 날 이후 한빛은 사소한 행동이나 표현 하나하나까지 문제 삼았다. 미연이 넘어진 아이를 일으켜 세워주고 흙 묻은 바지를 털어준 행동에도 주목했다. 뒤풀이 날과 조금도 다를 바 없는 상황이라며. 그날 한빛은 미연을 세게 끌어안았다. 한빛의 거친 숨결은 미연의 귓가에 끈적하게 들러붙어 떨어질 줄 몰랐다. 미연이 비명을 지르며 밀어내려고 해도 소용없었다.

"너 분명 웃었잖아. ……오리엔테이션 때처럼."

그때부터 미연은 밖에선 절대 웃지 않도록 이를 악물었다. 그건 점장이 주의를 주던 표정이면서 동시에 관장이 맘에 든다던 표정이었다.

임종 체험관에서 한빛을 다시 보니 느슨해진 줄 알았던 매듭이 엉키고 틀어졌다. 시간 관계상 확인 절차가 허술했는데도 신청서에 보란 듯이 또박또박 쓴 자기 이름마저 영 께름칙했다. 미연은 체험객들을 둘러보며 예전 같은 사례가 될 만한 사람이 있을지 살펴봤다.

시선 끝에 다시 한빛이 잡혔다.

복도를 빠져나오자 한쪽 벽에 그림자가 길게 누웠다. 그림자는 서로 뒤얽히다가 겹쳤다. 한껏 두꺼워진 어둠 탓에 체험객들 걸음이 엉키기 시작했다. 걸음을 바로잡아볼수록 복도는 거무죽죽하게 내려앉았다. 불규칙한 발걸음 소리와 두런거리는 소리만 울렸다.

방문객과 나란히 걷는 순간도 그다지 다르지 않았다.

미연은 헤매지 않도록 미리 붙여둔 야광 표식을 따라 나아갔다. 화요일 3회차에서는 신청서를 작성하는 데에 너무 많은 시간을 빼앗겼다. 다음 회차가 늦춰지지 않으려면 얼마간 서둘러야 했다. 체험관을 향한 낮은 평점의 가장 큰 원인은 예정된 시간보다 지체된다는 것이었다. 특히 단체 인솔자는 틀어지는 일정에 예민하게 굴었다. 관장은 그에 따른 책임을 고스란히 미연에게 지웠다. 빠르게 나아갈 생각이 앞서 미연의 걸음이 엇나가 휘청거렸다. 그러는 동안에도 한빛은 내내 흔들리지 않았다. 마치 여러 번 체험해본 사람처럼.

뒤미처 따라오던 단체 인솔자가 부주의하게 미연의 팔꿈치를 잡아당겼다. 미연은 고개를 돌리면서도 걸음을 늦추진 않았다. 더러 여기서 돌아서기도 했다. 무서워서 도저히 못 하겠다고. 어쩌면 한빛이 포기할지도 몰랐다. 그럼 겨우 요만큼 오려고 찾아온 건가 싶어 피식거리며 눈을 흘길 참이었다. 가면 속에서라도 확실히.

"지금 지하로…… 내려가는 건가요?"

일행을 불러 모으고 빠진 인원을 꼼꼼하게 확인하던 목소리와는 사뭇 달랐다. 미연은 표정이 제멋대로 뒤틀리도록 내버려뒀다. 가면이 없다고 해도 어차피 어두워서 잘 보이지 않을 것이었다.

"아직 아닙니다."

캄캄한 복도를 걷는 동안 체험객들의 표정은 서서히 묽어졌다.

관장은 복도를 설계할 때 조도를 낮추고 일부러 동선을 꼬아놓았다. 인생처럼 저승길도 굽이져 있지 않겠냐며. 미연은 긴장감을 고조시키고 들쑥날쑥한 체험 시간을 조정하는 방식이라는 걸 알았다. 주말이면 하루에도 몇 번씩 저승으로 가는 복도를 통과했다. 그때마다 매번 다른 복도를 걷는 듯한 착각에 빠졌다. 진짜인지 체험인지 헷갈릴 때도 있었다. 야광 표식을 확인하고 나서야 일하는 중이라는 걸 깨닫곤 했다. 그제야 체험객 목소리도 들려왔다. 어차피 나중엔 다 죽을 건데 뭘 체험까지 하고 난리야. 미리 체험해보면 뭐가 좀 나은가.

그날 한빛은 무슨 생각을 했을까.

흐릿한 형광등 빛 아래를 지날 때마다 금방이라도 울음을 터뜨릴 듯한, 절벽 위에 위태롭게 섰을 때나 지을 법한 표정이 체험객들 얼굴 위로 지나갔다. 한빛은 눈을 치켜뜬 채 입을 굳게 다물고 있어 결연한 얼굴이었다. 가느다란 빛 한 줄기 끼어들 틈이 없었다. 최소한 수의를 입는 차례까진 무난히 갈 것 같았다.

방문객은 끝까지 체험을 마칠 수 있을지 알 수 없었다.

긴 복도를 빠져나오면 촬영실이었다.

촬영실에는 두 개의 간이의자가 마주 보고 있었다. 대기실에 있던 것 중 흠집이나 부러진 데 없이 제일 멀쩡한 의자였다. 하나는 체험객이 앉을 자리였고 다른 하나는 유영이 썼다. 유영이 턱짓을 보내오면 미연은 한 사람씩 간이의자 앞으로 안내했다. 체험객들은 살아생전 의자에 처음 앉아보는 듯 한참 주저하다가 겨우 자리를 잡았다. 체험관에서 로비를 빼면 그나마 가장 밝은 장소였다. 그 때문에 축 가라앉거나 얼룩덜룩한 표정이 낱낱이 드러났다. 밖에서 웃고 떠들던 얼굴은 다른 방향으로 틀어졌다. 근육을 한 번도 써보지 않은 얼굴 같았다.

그에 비해 방문객 얼굴은 잔잔하게 가라앉아 있었다. 돌멩이를 던져도 일렁이지 않을 것처럼.

이제 영정 사진을 찍을 차례였다.

서너 사람쯤 의자로 안내하면 나머지는 알아서 눈치껏 줄을 섰다. 보통 그쯤에서 미연은 밖으로 나와 촬영이 다 끝날 때까지 대기했다. 하지만 화요일에는 아니었다. 마지막 체험객이 촬영을 마친 후에도 주변을 맴돌며 자리를 지켰다. 미연은 유영의 시선을 느꼈지만 모르는 척했다.

"살아생전 마지막 사진입니다. 마음에 드십니까?"

미연은 유영이 체험객에게 화면을 보여주며 던지는 질문에 귀를 기울였다. 한 번에 만족하는 체험객은 드물었다. 마지막이라고 하니 뭐든 신중해지는 듯했다. 눈에 힘을 주거나 입가를 실룩거리는 것마저 주의를 기울였다. 유영은 점을 지워달라거나 피부를 더 화사하게 해달라는 요청을 완곡하게 거절할 때가 많았다.

"그러면 남은 사람들이 알아보지 못할 거예요. 저승사자도······."

그 정도면 대개 쓸 만한 사진을 골랐다. 그게 처음 찍은 사진일 때도 있었다. 더 찍어봐야 별다를 게 없다는 것을, 마지막엔 아무 소용이 없다는 것을 깨달았기 때문일지도 몰랐다. 그사이 엉망으로 나온 영정 사진 때문에 고래고래 소리를 지르던 노인은 기어이 일곱 번째 재촬영을 요구했다. 결과물은 엇비슷해 보였지만 노인은 미세하게 틀어진 입가와 슬쩍 도드라진 검버섯을 두고 불평을 늘어놓았다. 결국 마지못해 마지막 사진을 골랐지만 미연은 유영이 인화한 게 다른 사진이라는 걸 알았다. 노인은 흡족한 눈치였다. 진짜 영정 사진도 나중에 이 총각에게 맡겨야겠다고 시시덕댔다.

"이걸로 쓰셔도 됩니다. 체험이 끝나면 기념품으로 드려요. 고화질 사진은 따로 구매하셔야 하지만."

노인은 시들한 얼굴로 돌아섰다. 만약 방문객이 찾아 나선 체험객이 한빛이 아니라 노인이라면 확실히 걸고넘어질 만한 일이었다. 그 얼굴에서 수상한 기색을 눈치채야 했다면서.

유영이 아홉 번째 체험객의 영정 사진을 찍을 때까지도 미연은 나가지 않고 한쪽 구석에 서 있었다. 유영이 눈짓을 보내도 어깨를 으쓱한 다음 자세만 바꾼 채 여전히 그 자리에 남았다. 유영은 남은 체험객들을 휘둘러봤다. 미연은 어쩐지 자기가 계속 주변을 맴도는 이유를 찾는 게 아닐까 싶었다. 알고 보면 미연뿐만 아니라 다른 구성원 누구라도.

계속 이어지는 촬영 때문에 유영은 서둘렀다.

열여섯 번째, 어쩌면 열일곱 번째일지도 모를 덧니는 사진을 확인하지도 않고 자리를 떠났다. 그때쯤 미연은 덧니의 체험 동기를 되새겨봤다. 아무래도 덧니는 질문 내용을 잘못 이해한 듯했다. 미연의 시선은 덧니를 따라갔다. 관장은 사진에 집착하는 체험객뿐만 아니라 건성으로 확인하는 체험객도 면밀하게 관찰하라고 지시했다. 흔들렸거나 뭉개진 얼굴에도, 이지러지고 초점이 엇나간 사진도 아무렇지 않게 넘어간다면 더더욱. 예전에 용기를 얻었다던 여자의 영정 사진은 눈을 반쯤 감고 있었다. 그때 낌새를 알아차려야 했던 걸지도 몰랐다. 사진을 확인한 유영은 드물게 먼저 재촬영을 권유했지만 체험객은 돌아섰다. 생의 마지막 사진 따위 상관없는 것처럼. 죽은 다음의 일은 내 알 바 아니라는 듯이.

촬영이 막바지에 다다랐을 때쯤 노파가 의자에서 일어나며 비실거리자 미연이 부리나케 달려가 붙잡았다. 자세를 바로 잡은 다음에도 가느다란 떨림은 멈추지 않고 미연에게 건너와 차곡차곡 쌓였다.

미연은 영정 사진을 많이 볼수록 뚜렷한 특징을 잡아낼 수 있을 줄 알았는데 오히려 짐짐 더 구분하기 어려웠다. 같은 사람의 사진을 다른 나이와 각도로 반복해서 보는 것만 같았다. 언젠가 길거리에서 먼저 알은체해 온 사람을 한참 동안 못 알아보니 자신을 체험객이라고 밝힌 적이 있었다. 그다지 오래되지 않은 날짜와 회차에 이어 유난히 화창했던 날씨까지 일러줬지만 미연은 결국 기억해내지 못했다. 미연은 체험객의 실망보다 가면을 썼는데도 자신의 얼굴을 알아봤다는 게 몹시 신경 쓰였다. 잠깐 벗어놓은 사이 땀으로 번들거리는 얼굴을 봤을 수도 있었다.

그날이 떠오르자 미연은 가면을 고쳐 썼다. 어느 방향으로든 가면은 얼굴과 조금씩 어긋났다. 번번이 뺨이 드러나거나 턱 끝이 가면 밖으로 튀어나왔다. 자칫하면 한빛이 눈치챌지도 몰랐다.

"어떠세요?"

유영에게 영정 사진을 확인한 방문객은 말없이 고개만 주억거릴 뿐이었다. 딱히 나무랄 데 없는 영정 사진이었다.

영정 사진을 찍는 동안에는 드문드문 오가던 목소리마저 확연히 줄어들었다. 입을 가리고 겨우 속살거리는 게 전부였다. 다닥다닥 붙어 있던 무리도 멀찌감치 떨어져 앉았다. 몇몇은 얼굴이나 팔뚝을 남의 것처럼 쓰다듬었다. 미연은 공연히 틀어진 의자를 바로잡고 체험객의 옷매무새를 고쳐주면서 촬영을 기다리는 줄을 곁눈질했다. 한빛의 차례가 얼마 남지 않았다. 순간 표정이 궁금해 고개를 쭉 뺐다. 울먹이고 있진 않을까. 아니면 주눅 들거나 어떤 표정을 지을지 몰라 머뭇거릴지도. 뒤풀이 날 섬뜩해진 미연이 지었던 것만큼 잔뜩 일그러진 얼굴이라면 어떨까. 한빛이 한사코 웃었다고 우기던 그 얼굴. 그런 식으로 한빛은 미연의 비명도 기쁨에 찬 환호성이라고 멋대로 착각한 것일지도 몰랐다.

한빛은 의자에 앉자마자 허리를 세우고 어깨를 활짝 폈다. 곧장 손을 가지런히 모으더니 얼굴의 중심을 빠르게 맞췄다. 오랫동안 연습한 듯 노련해 보였다. 그때 유영은 미연이 신경 쓰는 체험객이 누군지 확실히 알았을지도 몰랐다. 이내 플래시를 터뜨렸다. 뒤에서 화면을 일별한 미연은 생각이 확고해졌다. 한빛은 그저 무더위를 식히러 온 게 아니었다. 삶의 전환점에서 의미 있는 일을 찾아온 것도 아니었다. 아마 모든 과정을 성실히 마치고 세세한 후기까지 쓰고야 말 것이었다.

유영이 다시 찍어도 된다고 했지만 한빛은 한사코 뿌리쳤다. 빛이 들어가 한쪽이 허옇게 번진 사진을 확인한 후 더 볼 필요도 없다는 듯 체험객들 무리로 갔다. 유영은 미연을 힐끗대다가 겨우 한빛을 다시 자리에 앉혔다. 하지만 다시 찍어도 번진 자국은 완전히 사라지지 않았다.

곧바로 다음 체험객의 영정 사진을 찍을 때 유영은 플래시를 연속으로 터뜨렸다. 그 바람에 소란이 일 때까지도 미연은 내내 한빛의 영정 사진에 사로잡혀 있었다.

"어차피 마지막엔 우리 모두 똑같습니다."

유영이 사진을 인화하고 액자에 끼우는 동안 관장의 강연이 이어졌다. 강연은 시대별 평균수명과 다른 나라의 장례 방식을 지나 유명한 철학자들이 저마다 정의 내린 죽음의 의미로 뻗어나갔다. 체험객들은 숨기고 싶은 비밀이 밝혀졌거나 생판 모르는 이에게 욕설이라도 들은 듯 고약한 표정이었다. 표정은 조금씩 균열이 생기더니 이내 조각났다. 그사이에도 관장은 높낮이 없이 잔잔하고 고른 목소리를 냈다. 죽음 앞에서 호들갑 떨 필요 없다는 듯.

"……죽고 싶은 이유가 수천 가지라도 살아야 할 이유가 단 하나라도 있으면 우리는 살아야……."

"살 이유가 없으면요?"

구석빼기에서 숨죽이고 있던 덧니가 말을 끊고 어깃장을 놓았다. 관장은 허공에 잠깐 시선을 두더니 마이크를 바꿔 쥐고 대답했다.

"그래도 살아야죠."

"왜요?"

"살아봐야 이유를 찾을 수 있으니까요."

덧니는 쌀쌀맞은 표정을 완전히 거두지 않은 채 입을 다물었다.

강연이 절정에 이르면 어느덧 유영이 검은 띠를 두른 영정 사진을 나눠줬다. 반쯤 나눠 가령과 미연도 도왔다. 그날 미연이 건네준 영정 사진을 두고 두 번째 줄에 있던 아저씨는 뒷짐을 진 채 자기가 아니라고 잡아뗐다. 일반 체험에서는 프리미엄 체험과는 달리 조악한 품질 탓에 얼굴을 알아볼 수 없을 때가 잦긴 했다. 그래서 때때로 엉뚱한 사진을 건넨 적도 있었다. 미연은 서둘러 다른 사진을 넘겨가며 찾아봤지만 딱 맞아떨어지는 얼굴이 없었다. 눈매가 비슷한가 싶으면 턱선이 확연히 달랐다. 나중에는 모든 얼굴이 한데 뭉쳐져 짓이겨졌다. 혹시 다른 사람 손에 들어갔나 싶은 순간 옆의 여자가 처음 주어졌던 사진을 다시 받아 아저씨 무릎 위에 살며시 올려뒀다.

"아무리 그래도 저승 가는 길을 모르는 척할 순 없어요."

여자의 발음은 끝에 가서 으그러졌다. 미연은 떨리는 손을 마주 잡고 여자의 등을 쓸어내리다가 움찔했다. 그날 한빛은 미연에게 좋은 뜻으로 한 행동이니 오해 좀 하지 말라고 윽박질렀다. 현주도 호의를 왜곡하면 안 된다고 딱 잘라 말했다. 상담센터에서 진행하는 자가검진이라도 해보는 게 어떻겠냐고 권했던 것도 그즈음이었다. 진심으로 네가 걱정된다면서. 미연은 그 말을 곧이곧대로 들으려고 애썼다.

이제 미연에게 남은 영정 사진은 한빛뿐이었다. 한빛은 확연히 도드라졌다. 한쪽이 어긋났고 비스듬히 보면 평균수명 이상을 살아낸 얼굴처럼 보였다. 번진 쪽에 시선을 두면 영악한 아이 같기도 했다. 고개를 들어 사방을 휘둘러봤지만 강연을 듣는 이 가운데 한빛은 보이지 않았다.

결국 포기한 걸까.

영정 사진을 바닥에 내려놓고 말없이 떠나는 체험객도 많았다. 겁먹은 한빛이 비웃음을 살 만한 모습으로 부리나케 달아났으면 좋겠다는 바람과 마지막까지 임종 체험을 끝내고 나와 뭐라도 깨우쳤으면 싶은 기대가 뒤섞였다. 그때 미연의 어깨 위로 손 하나가 불쑥 건너와 영정 사진을 낚아채 갔다. 일순 누가 귓가에 고함이라도 친 것처럼 온몸이 뒤흔들렸다. 암흑 속에서 헤매듯 더듬거리며 재빠르게 때론 느릿느릿 훑어 내리던 손길이 선명하게 되살아났다. 유난히 뜨근하고 손끝이 찐득했던. 시선을 틀어 보니 한빛의 뒷모습이 울렁이며 멀어졌다.

그러고 보니 그날 영정 사진을 나눠주던 가령의 손길이 평소보다 확실히 더뎠다. 사진 하나를 붙잡고 오래 들여다보는 듯했다. 가까이 다가선 미연이 보기에는 그다지 헷갈릴 만한 얼굴이 아니었다. 눈앞에 빤히 두고도 애써 피하는 눈치였다. 미연이 가령을 대신해 체험객에게 영정 사진을 건네줄 때쯤 유영은 한쪽에 상주 완장을 차고 다시 강당으로 들어섰다. 입구 쪽의 체험객들이 흠칫 놀라 물러앉으며 입을 틀어막았다. 곧 울음을 참는 듯 끅끅거리는 소리가 여기저기 울렸다. 유영이 관장을 향해 손을 흔들어 신호를 보냈다. 관장은 고개를 끄덕이며 서둘러 강연을 마무리했다.

"……당장 누가 내일을 단언할 수 있겠습니까. 그러니 오늘 하루도 열심히 살아야 합니다."

누군가는 그날 그 자리에서 용기를 냈을 만한 내용이었다. 한빛은 어땠을지 알 수 없었다.

그날처럼 관장이 마이크를 내려놓았을 때 방문객은 화요일 3회차에서 강연한 내용과 같은지 확인했다. 관장은 완전히 똑같진 않더라도 대충 비슷할 거라고 대답했다. 방문객은 별다른 대꾸를 하지 않았다.

현주는 학교에 꼬박꼬박 나오는 미연보다 출석 점수 비중이 큰 전공수업까지 빠지는 한빛에게 기울어졌다. 한빛이 머리를 쥐어뜯으며 술을 마시다가 차라리 죽고 싶다던 밤이면 더더욱. 술김에 했다던 실수로 괴로워서 또 술을 찾는, 정교하게 파놓은 함정에 빠진 듯한 표정을 짓는 한빛을 미연은 끝내 이해할 수 없었다.

임종 체험관에 온 한빛도 마찬가지였다.

한빛이 휴학 예정이라는 얘기가 나돌면서 학교에서는 대놓고 미연을 힐끔거리는 사람들이 많아졌다. 반갑게 안부를 묻던 동기들도 예전과 그다지 다르지 않은 미연을 보곤 '겨우 그깟 일로'라거나 '너 하나로 선배는'이라고 서슴없이 말했다. 몇몇은 미연에게 정말 한빛을 좋아한 거 아니냐고 묻기도 했

다. 살인을 저지른 것도 아닌데 그러다 사람 잡겠다는 얘기에
는 겨우 버티던 미연도 몹시 흔들릴 수밖에 없었다. 불쑥 과거
에 용기를 냈던 여자로 난처해졌다던 관장이 떠올랐기 때문
이다. 아무 관계가 없다고 해명해도 믿는 사람이 없었다고 했
다. 그럴수록 체험과 용기 사이는 더 긴밀하게 이어졌다.

"우리 둘 다 취했었잖아. 아냐?"

학교에서 우연히 마주친 한빛은 미연을 향해 울분 섞인 목
소리로 따졌다. 이어서 그저 비틀거리던 널 넘어지지 않게 잡
아준 것뿐이라며, 그 상황에선 누구라도 그럴 거라고 볼멘소
리를 해댔다. 그러다 순간 네게 좋은 감정이 생겨서 안은 거라
고, 절대 나쁜 뜻이 아니었다고, 네가 더 확실하게 소리 지르
고 밀쳤으면 더는 그러지 않았을 거라고 했다. 그 말에 미연은
겨우 밀어뒀던 뒤풀이 자리를 다시 상기해야만 했다. 여기저
기 널린 담배꽁초와 가래침을 뱉은 자리가 선명한 바닥과 두
사람이 지나가기에는 비좁은, 그래서 마주치면 한쪽이 벽에
바짝 붙어야 했던 통로부터 중간쯤에는 움푹 파여서 주의하
지 않으면 거꾸러질 수 있다는 것까지.

끝내 돌아서서 외면하자 한빛은 미연의 방까지 들이닥쳤
다. 한빛이 구해준 방이니 찾아오는 건 그다지 어렵지 않았을
것이었다. 늦은 밤이었고 목소리만으로도 지나치게 취했다는
걸 분명히 알 수 있었다. 현관문을 두드려도 열어주지 않자 한
빛은 길가로 난 창가에 쪼그려 앉아 미연을 내려다봤다. 한빛

의 그림자가 서서히 방 안으로 밀고 들어왔다. 그러다 자동차 헤드라이트가 지나갈 때마다 그림자는 미연의 몸을 빈틈없이 뒤덮었다.

"이만큼 설명했으면 이해하고 물러설 줄도 알아야지. 너 그런 애 아니잖아."

일순 그림자가 몸집을 키워 맹렬하게 달려들자 미연은 몸을 잔뜩 옹송그렸다. 그 틈에도 한빛은 끊임없이 웅얼거렸다.

"······진짜 원하는 게 뭐야? 내가 사라져주면 돼?"

미연의 몸이 식으며 쪼그라들었다. 사라져준다는 게 무슨 뜻인지 도무지 알아들을 수 없었다.

"······그다음에 후회해봐야 아무 소용없어."

미연은 겨우 시선을 옮겼다. 낡은 방범창으로 어렴풋이 보이는 한빛이 감옥에 갇혀 있는 것 같다가도 갇힌 건 도리어 자신이라는 생각이 들었다.

"근데, 진짜 나 안 좋아한 거 맞아?"

다음 날 현주는 미연을 보자마자 대뜸 선배의 간곡한 사과와 자책을 무시하는 거냐고 소리쳤다. 미연에게는 겁박과 위협에 가까웠다. 얼마나 절박했으면 방까지 찾아갔겠냐는 현주의 목소리는 한없이 미심쩍었다. 한빛이 현장의 CCTV 존재 여부를 확인하고 왔다는 건 그날 알았다. 현주는 한빛을 두고 증거가 없으니 시치미를 뗄 만도 한데 솔직히 말하고 용서를 구하는, 요즘 보기 드문 사람이라고 추어올렸다. 현주는 한빛이 걱정돼서 하숙집까지 찾아갔었다고 했다. 거기서 요즘 도통 밥을 먹지 않는 한빛을 두고 하숙집 아줌마가 남겼다는 말도 미연에게 전했다. 착하디착한 한빛에게 대체 무슨 몹쓸 일이 생긴 거냐고.

미연이 잠자코 있자 현주가 넌지시 물었다.

"너 혹시 뭐 다른 꿍꿍이 있는 건 아니지? 나한테는 솔직히 말해줘도 되잖아."

한빛은 강당 한쪽에 쪼그려 앉아 유서를 썼다. 미연의 자취방 방범창을 기웃거리던 자세가 꼭 저랬을 것이었다. 금방이라도 무너질 듯하면서 아슬아슬한 균형을 유지했다. 미연은 유서 옆에 써둔 묘비명을 건너다봤다. 묘비명만 봐선 걱정할 정도는 아닌 듯했다. 많은 체험객들이 반쯤 장난삼아 선택하는, 지나치게 흔한 예문이었다.

이번 생은 망했어

차라리 아까 봤던 덧니의 묘비명이 유별나서 기억에 남았다.

뭘 봐? 너도 죽어

미연이 조금 더 가까이 다가가는 사이에도 한빛은 유서에

골몰해 있었다. 그러고 보니 오래전 한빛이 앉은 자리에서 쓴 유서를 찾으러 온 사람이 있었다. 일자눈썹이 확연히 두드러 졌던.

일자눈썹은 가까이서 보니 멀리서 어림잡았을 때보다 훨씬 나이 들어 보였다. 여기저기 훑어대던 시선은 대화가 오갈 때 만 잠깐씩 관장을 향했다. 굳은 표정은 좀처럼 나아지지 않았 다. 당장이라도 발길을 돌려 뛰쳐나갈 태세였다.

관장이 유서를 가져오자 일자눈썹은 내내 출구 방향으로 틀어져 있던 몸을 바로잡았다. 체험하고 돌아간 지 오래되지 않아 유서는 온전하게 남아 있었다. 귀퉁이가 찢겨나가고 군 데군데 번진 자국이 있었지만 읽기에는 무리가 없었다. 갑자 기 떠난 이가 남긴 말은 그뿐이었다. 자서전의 일부 같기도 했 고 편지를 연습한 것처럼 읽히기도 했다. 하지만 유일한 유서 라고 생각하면 모든 걸 내려놓고 훨훨 날아가고 싶다는 문장 은 모종의 암시일 수밖에 없었다.

그때부터 관장은 강연 때마다 이 사연을 꺼냈고 신청서에 유서의 보관 기간을 선택하는 칸을 따로 마련했다. 연간 회원 으로 등록하면 더 오랜 기간 보관할 수 있을 뿐만 아니라 법적 효력까지 보장한다고 덧붙였다. 한빛은 덧니처럼 즉시 파기 에 표시했다. 그건 죽을 맘이 없다는 뜻일지도 몰랐다.

미연은 방해가 되지 않도록 유서를 쓰는 체험객들 사이를 살금살금 지나다녔다. 화요일 3회차에는 유영도 휴게실에서 쉬지 않고 함께했다. 뒤에 서서 잔뜩 움츠린 등만 보면 누가 누군지 구분이 안 됐다. 관장이 전한 사연 때문인지 언제부턴가 유서 작성에 제법 오랜 시간이 걸렸다. 그래도 신청서처럼 대신 써달라는 사람은 없었다. 머리를 맞대며 의견을 나누거나 상대의 문장을 지적하지도 않았다. 곁에 붙어서 섣불리 괜찮을 거라는 위로도 전하지 않았다. 한쪽에서 훌쩍거리자 어느새 여기저기 나직한 울음이 터져 나왔다.

미연은 가면 뒤에 초조한 얼굴을 숨긴 채 여러 번 시간을 확인했다. 엄숙한 분위기를 헝클어뜨리지 않으면서 남은 시간을 적당히 분배해야 했다. 여기서도 지체하면 이어지는 과정에 문제가 생길 수도 있었다. 지난달처럼 염습 시범을 건너뛰거나 수의를 제대로 입지 못한 채 관에 들어가야 할지도 몰랐다. 그러면 또 항의가 빗발칠 것이었다.

같은 돈 내고 왜 나는 건성으로 죽어야 하냐고.

반대로 시간 끌지 말고 대충대충 빨리 끝내자는 쪽도 있었다.

지난주에는 오랜 치료가 필요한 환자들에 이어 건강가정지원센터에서 다녀갔다. 마지막 단체는 평범한 아이들이었다. 처음에는 체험학습으로 온 줄 알았다. 미연이 인원과 대상을 물었을 때 담당 교사는 반성이 필요한 아이들이라고 얼버무렸다. 그날 아이들은 유서를 쓰기 전 가령이 지난날 지은 죄를 캐물었을 때야 친구를 장난삼아 괴롭혔다고 썼다. 그중 몇몇은 장난에 여러 번 밑줄을 그었다. 다음 질문으로 넘어가기 전 서둘러 지난 실수를 뼈저리게 후회한다고 덧붙이기도 했다.

아이들의 체험 수기는 위원회에서 벌점을 부여하고 전학 여부를 결정하는 데에 참고가 될 거라고 했다. 마음을 다친 학생들에게도 진심을 담아 전달될 거라고. 이어서 번거로운 과정은 건너뛰거나 압축해서 진행해달라고 요청했다. 주어진 시간은 그리 충분하지 않았다.

"다들 학원 일정 겨우 조율해서 가는 거라서요. 빨리 끝낼수록 좋아요. 가능하죠?"

대기실에 앉아 차례를 기다리던 아이들은 유순해 보였다. 그 나이 또래 평균을 낸다면 떠올릴 법한 얼굴들이었다. 체험 중에 어수룩해 보이거나 심약한 구석이라도 발견한다면 담당 교사의 말대로 아이들의 잘못을 실수라고 결론 내릴 수도 있을 것 같았다.

신청서에서 장례 희망을 쓰는 칸을 따분하고 성가신 얼굴로 축구선수나 유튜버로 채우던 아이들에게 미연이 다가갔다. 신청서를 작성하던 체험객들이 곧잘 잘못 쓰는 부분이었다.

"장래 희망 말고 장례요. 장례! 학교라면 모를까 임종 체험관에서 장래는 없어요."

그때 다음 일정을 확인하러 나오던 유영이 무춤거리다가 서둘러 돌아섰다. 서로 눈빛을 교환하던 아이들은 끝까지 어리둥절한 얼굴이었다. 마치 자기는 죽을 줄 몰랐다는 듯이. 죽음은 모두 남의 일이 아니었냐는 듯이.

"……그러니까 죽은 다음에 어떻게 해줬으면 좋겠냐는 뜻이에요."

'없음'이라고 썼던 아이는 새 신청서를 받고 나선 긴 생각에 빠졌다.

이후 빠르게 써 내려간 유서는 회한으로 빼곡했고 얼마간 절실해 보였다. 어깨를 부들거리며 눈물까지 쏟아내자 무슨 죄를 지었는지는 몰라도 다들 용서받았으면 좋겠다는 바람까지 들었다. 사이사이 누군가 부지런히 아이들의 모습을 찍어댔다. 허용하지 않았던 촬영이라 막아서며 제지했는데도 건성으로 대답하다가 끝까지 몇 장 더 찍어 갔다. 사진은 죗값을 덜어내는 데에 모자람이 없을 것 같았다.

아이들뿐만 아니라 유서에서는 임종 체험관 체험객 누구라도 죄인이었다. 문장이 이어질수록 내밀한 자백이 이어졌다. 죽기 전에 용서를 빌지 못할 잘못은 없는 듯했다. 뒤를 봐주고 훔친 건 사실 나였다고. 전부는 아니더라도 일부는 거짓말이었다고. 나중엔 유서마저도 영정 사진처럼 한 사람이 쓴 것처럼 읽혔다.

그래도 미연에게는 한빛의 유서만은 다를 거라는 기대가 있었다.

미연은 한빛 근처에 가서 어깨 너머를 힐끗거렸다. 거리를 두고 지나쳐 가다가도 어느 순간 다시 한빛 주변을 어슬렁거렸다. 볼펜이 나오지 않는다거나 휴지 좀 달라는 체험객에게 가서 슬쩍 유서를 보다가도 다시 한빛 뒤에 서서 기웃거렸다. 그동안 한빛은 한 번도 자세를 고치지 않았다. 가령이 체험객의 유서를 찢는 바람에 한동안 어수선했을 때도 흔들리지 않았다.

이윽고 한빛의 한숨 소리가 길게 번졌다.

한빛은 가장 늦게까지 유서를 쓴 체험객 중 하나였다. 이제껏 유서에 공들이는 쪽은 한빛과는 달리 일정 기간 보관을 선택한 체험객들이었다. 곧 파쇄할 유서에 심혈을 기울이는 한빛의 속셈을 알 수 없었다. 그때 한빛이 손을 번쩍 들었다. 유영은 멀리 떨어져 있었고 가령은 여전히 유서를 찢긴 체험객과 실랑이 중이었다. 가면을 고쳐 쓴 미연은 서두르는 것처럼 보이지 않으려고 애쓰며 다가섰다.

"뭐 필요하세요?"

"이거 한 장만 복사해주실래요?"

미연은 한빛을 물끄러미 쳐다봤다. 정말 죽고 싶을 만큼 고통에 찌든 건지 어떤지 알 수 없었다. 그래서 복사해 어디에 쓰려는지도 쉽게 떠올리기 어려웠다. 이만큼 죽고 싶으니 알아달라는 뜻일까.

복사하는 사이 유서를 읽고 나니 미연은 한빛이 죽지 않았으면 좋겠다는 생각이 들었다. 강아지 산책을 자주 못 시켜준

것에 대한 사과까지 있었지만 끝내 그날 일에 대해선 언급하지 않았다. 어쩌면 그동안 견뎌온 시련과 고난 속에 슬쩍 포함된 건지도 몰랐지만 아니었다. 유서에 써진 이름은 단 한 사람뿐이었다. 그건 미연이 아니었다.

한빛은 아예 잊은 걸까. 죽어보기 전에 유서를 쓸 때마저 떠오르지 않을 만큼.

이어지는 문장은 지극히 객관적이고 담담했다. 용기를 냈다던 여자의 유서처럼 냉정하면서도 흐트러지지 않았다. 누구도 함부로 죽음을 수식하거나 잘못된 해석으로 몰고 갈 수 없을 것 같았다. 죽음을 밀어내고 무시하기보다 받아들이고 준비하는 쪽으로 돌아선 이들에게서 자주 보이는 표현도 많았다. 유서 집행자를 지목했고 자세한 인적 사항도 남겼다. 장례 절차뿐만 아니라 소유한 물건에 대한 처분도 분명히 했다. 마지막엔 각막 기증 의사까지 적었다. 아무래도 오래전부터 쭉 생각해온 내용인 것 같았다. 혹시 사라져주면 되겠냐던 날 일까. 보험 얘기까지 나오자 그 말에 진심이 아예 없던 건 아니었을지도 모른다는 생각이 들었다.

정말 죽으려는 마음이 아주 조금은 있는 걸까. 그러면 앞으로 어떻게 해야 하나.

현주라면 유서에서 미연을 떠올릴 것이다. 아무리 잘못했어도 그렇게까지 몰아붙이면 어쩌냐고, 선배가 돌이킬 수 없을 만큼 망가지고 쫓겨나길 원하는 거냐고 묻던 현주라면 충분히. 하숙집 아줌마도 미연 때문에 애먼 학생이 상처받았다고 생각할까. 미연이 유서를 미리 봤다는 것까지 알면 어떨까.

그때 임종 체험을 마친 아이들이 화장실에서 나오며 씹어뱉던 말이 떠올랐다.

"이 새끼 아까 질질 짜는 연기 개잘하더라."

"씨발 찐따 하나 때문에 좆같은 걸 다 해보네."

시시덕거리던 아이들의 유서는 죄를 지우는 데에만 급급한 악의적인 반성문으로도 읽히지 않았다. 차라리 괴담에 가까웠다.

미연은 가령이 확인한 한빛의 유서를 받아 처음부터 다시 읽어 내려갔다. 가령은 고작 띄어쓰기 서너 군데와 몇몇 어색한 문장을 다듬었을 뿐이었다. 시간이 촉박해 꼼꼼하게 못 본 게 아닐까 싶던 순간 가령은 미연을 향해 지나가는 말처럼 내뱉었다.

"이만하면 잘 쓴 유서네. 내용도 문장도. 막막한 체험객에게 예시로 들어도 좋을 만큼."

가령은 유서 쓰기를 어려워하는 체험객을 위해 마련된 질문지를 가만히 훑어봤다. 지금 보고 싶은 사람과 가장 즐거웠던 순간이나 후회되는 일들을 묻는. 질문은 전부 과거형이었다.

그중 하나는 여러 번 읊조렸다. 한빛이 다시 한번 봐주었으면 하는 질문이었다.

당신이 저지른 죄는 무엇입니까?

돌아서던 가령은 미연 쪽으로 다시 한번 시선을 틀었다. 이제껏 미연은 체험객이 쓴 유서를 유심히 본 적이 없었다. 도리어 아무리 체험이라도 유서는 께름하다며 거들떠보지도 않았다. 어차피 읽어봐야 죄다 우중충한 내용뿐이라고. 그날 가령은 미연의 손에 들린 유서를 쓴 체험객을 찾는 눈치였다. 미연의 눈에 다시 한빛이 들어왔다. 옆에서 우는 사람에게 티슈를 건네며 말을 거는. 가령의 눈에는 딱히 인상적인 체험객은 아닌 듯했다.

미연은 가령의 눈길을 따라갔다. 시선 끝에 유서를 찢긴 체험객이 잡혔다. 미연은 가령에게 유서 쓸 시간이 넉넉하지 않다는 점을 확실히 알렸다. 그래도 가령은 무리해서라도 시간을 끌려고 했다.

"이제 이승을 떠나 저승으로 갑니다."

체험객들은 영정 사진과 유서를 들고 강당에서 나와 지하의 입관 체험실로 이동했다. 그사이 어둠이 무르익은 복도는 나지막한 발소리마저 빨아들였다. 미연은 일행 뒤에 따라붙으며 야광 표식을 놓치지 않으려 신경을 곤두세웠다. 틈틈이 대열에서 이탈하는 체험객이 있는지도 살폈다. 누군가 균형을 잃고 비척거리면 재빨리 다가가 붙잡아야 했다. 한 명이 넘어지면 자칫 줄줄이 나동그라져 심각한 안전사고로 이어질 수도 있었다. 언젠가 어설픈 안내자 때문에 죽어보기도 전에 죽을 뻔했다고 최하점을 준 체험객도 있었다. 그때 관장은 오랜 꾸지람 끝에 당부했다.

"모쪼록 앞으로 유능한 저승 안내자가 되어줘."

미연은 한빛이 속한 이번 회차에서만큼은 실수하고 싶지 않았다. 도움이 필요할 만큼 어려운 형편에 놓인 사람으로, 무엇보다 실수라고 하면 믿어주고 넘어갈 사람으로 보이고 싶지 않았다. 비틀거리지 않도록 다리에 힘을 줬다. 그럴수록 자꾸 한쪽으로 밀려나는 듯했다.

순간 야광 표식이 지워지더니 맨 뒤에서 따라가던 체험객과 부딪쳤다. 방금까지 충분한 거리가 있었지만 컴컴한 복도에서는 언제든 순식간에 가까워지거나 멀어질 수 있다는 걸 알았다. 홱 돌아선 체험객을 향해 느릿느릿 고개를 들었다. 무슨 말을 해야 할까. 저승 가는 길에 미안하다고 하는 안내자는 어쩐지 만만해 보일 것 같았다.

고민이 끝나기도 전에 서서히 얼굴이 드러났다. 윤곽이 절반쯤 지워졌지만 확실했다. 한빛이었다. 미연의 몸이 기울자 그날처럼 한빛이 바짝 다가왔다. 그림자인지 한빛인지 헷갈렸다. 벽을 짚고 서둘러 균형을 찾으려 애썼지만 미연의 손은 허공을 더듬었다. 한빛은 망설이던 건지도 몰랐다. 그래서 멈췄다가 슬금슬금 뒷걸음질 쳤을 수도 있었다. 눈이 마주친 한빛은 달아나듯 걸음을 서둘렀다. 벽에 걸쳤던 그림자가 훌쩍 멀어졌다. 그림자는 체험객 무리와 한 덩어리가 되지 못하고 겉돌았다.

멀리 어슴푸레한 빛이 보였다.

입관 체험실 입구에는 조등이 일렬로 쭉 걸려 있었다. 조등은 체험객들이 지나갈 때마다 인사를 하는 것처럼 건들건들 흔들렸다. 다들 어깨를 잔뜩 움츠리고 최대한 조등을 피해 터벅터벅 걸었지만 그 바람에 도리어 툭, 부딪히고야 말았다.

체험실 안으로 들어서자 매캐한 향내가 훅 끼쳐왔다. 이어서 장송곡과 함께 미리 녹음해둔 곡소리가 스피커를 통해 음침하게 흘러나왔다. 오래되었는지 잡음이 섞였지만 외려 으스스한 분위기와 잘 어우러졌다. 곡소리는 무심결에 흘려들을 수도 있었지만 한 번 들리면 체험을 마칠 때까지 귓가를 떠나지 않았다. 6, 7분쯤 되는 곡소리가 계속 반복되었는데 언제 끝나고 다시 시작되는지 좀처럼 눈치챌 수 없었다. 그저 처음 들렸을 때가 시작이었고 멀어지면 끝이었다.

깊숙이 들어서면 사방엔 검은 리본을 두른 근조 화환이 빼곡하게 둘러 있었다. 연간 회원을 대상으로 한 체험이 아니면 원래 리본에는 이름을 비워둔 채 문구만 썼다. 누구라도 죽음을 남의 일처럼 생각하지 않도록.

故 (   ) 님 삼가 고인의 명복을 빕니다

하지만 화요일 3회차에는 마지막 근조 화환 리본에 버젓이 이름이 쓰여 있었다. 초대권으로 들어온 체험객 중 하나였다. 잘못 인쇄된 건 아니고 나중에 따로 쓴 듯했다. 연간 회원을 대상으로 한 프리미엄 체험에서 쓰이던 게 그대로 남은 건가 싶었지만 아니었다. 미연은 찢어진 유서에서 확인했던 체험객 이름과 같다는 것을 알아챘다. 가령이 유서를 첨삭하던 글씨체였다. 둥글게 쓴 기역에 모음을 바짝 붙이고 내려 그은 획의 길이가 다르다는 것이나 'ㅗ'를 니은처럼 휘갈겨 쓰는 방식도 닮았다.

미연은 그 체험객이야말로 방문객이 찾는 사람은 아닐지 생각해봤다. 실은 한빛만 아니라면 누구라도 상관없었다.

어느새 감파른 연기가 시선을 휘저었다.

창문은 두꺼운 암막 커튼으로 막혔고 조명이라곤 희미한 조등과 촛불이 전부라 보이는 것마다 희끄무레했다. 순식간에 얼굴도 손발도 지워졌다. 바닥마저 딛는 게 아니라 둥싯둥싯 떠다니는 듯했다. 더 깊이 들어갈수록 향내가 농밀해졌다. 쭉 늘어선 병풍을 지나 향내가 절정에 이르면 관이 늘어선 자리였다.

다닥다닥 놓인 오동나무 관 옆에 체험객들이 한 사람씩 차례차례 자리했다. 어떤 체험객은 후기에 금방이라도 관 속으로 휘말려 들어갈 것 같던 순간 방금 지나친 병풍 뒤에 누군가 누워 있을지도 모른다는 생각이 들었다고 남겼다. 그렇다고 체험객들이 병풍을 유심히 바라보는 것은 아니었다. 관장은 체험객의 눈길이 닿는 자리마다 임종의 느낌이 나도록 꽤나 신경 썼지만 막상 가장 눈길이 오래 머무는 곳은 허공이었다.

한쪽에서 네 번째는 재수가 없어 꺼림칙하다며 다툼이 생겼다. 어디선가 승인이 나타나더니 민첩하게 다가가 다른 자리로 안내했다. 저승사자 분장을 한 탓인지 승인에게는 다들 고분고분한 편이었다. 하지만 화요일 3회차에서 딱 한 사람은 예외인 듯했다. 제멋대로 굴던 체험객은 승인의 본래 얼굴을 꿰뚫어 보는 듯했다. 그 틈에 빈 네 번째 자리에는 한빛이 섰다. 어차피 곧 죽을 텐데 재수 없는 것 따윈 상관없다는 마음일지도 몰랐다. 미연은 한빛의 자리를 눈여겨봤다.

"이게 실제 장례에 쓰이는 관입니다."

관장의 목소리가 사방으로 번졌다.

가로 60센티미터 세로 200센티미터쯤 되는 오동나무 관은 성인이 들어가기에 만만찮은 크기였다. 죽으면 염습을 한 뒤에 온몸을 매듭으로 단단하게 묶기 때문에 관은 생각보다 한참 작아 보였다. 건장한 체구거나 고도비만인 체험객을 위한 관은 한쪽에 따로 마련되어 있었다. 대충 둘러봐도 이번 회차에는 필요 없어 보였다. 체중이 좀 나가 보이는 체험객이 하나둘 있었지만 괜찮을 듯했다. 미연은 새삼 한빛의 몸집이 작은 편이라는 걸 깨달았다. 그래서인지 현주는 선배라서 가만히 있을 수밖에 없었다는 미연의 말을 건성으로 들었다. 미연은 결코 체격이나 힘의 문제가 아니라고 맞섰다. 그래도 현주는 의사 표시를 분명히 해야 했다고, 마음이 마음에만 있으면 아무도 모르는 거라고 받아쳤다. 한빛이 했던 얘기와 똑같았다.

단상 위에 선 관장은 간단한 스트레칭 동작을 설명했다. 옆에 선 유영이 관장의 설명에 따라 시범을 보였다. 얼마 전 관에 몸을 구겨 넣다가 허리를 삐끗한 체험객은 결국 혼자 나올 수 없었다. 관 속에서 들리던 울음은 회한에 젖은 눈물이 아니라 몸을 잡아 찢는 듯한 고통 때문이었다. 결국 승인뿐만 아니라 유영까지 달려들어야 했다. 체험객은 진짜 죽일 셈이냐고 아우성쳤다. 관장은 약간의 위로금과 치료비를 물어주는 선에서 끝내고 싶었지만 원만하게 해결되진 못한 눈치였다. 그때부터 입관 체험 전 몸을 푸는 시간을 가졌다.

"죽기 전에도 준비운동은 필수죠."

관을 옆에 두고 하는 체조는 어느 방향으로 봐도 수상쩍고 기이했다.

승인은 한 체험객의 움직임을 눈여겨봤다. 한빛은 모범을 보이듯 동작 하나하나 놓치지 않고 열심히 따라 했다. 미연은 저도 모르게 중얼거렸다.

여전히 뭐든 참 열심히 하네. 그래, 학교에서도 궂은일에 앞장서고 솔선수범하던 사람이었지. 근데…… 그게 뭐.

어느새 몸의 경계가 서서히 지워졌다.

이제 한쪽에 반듯하게 개켜놓은 수의를 나눠주고 입을 차례였다. 그 전에 승인이 앞으로 나가 유영과 나란히 섰다. 약식으로나마 염습하는 시범을 보이기 위해서였다. 체험객 가운데 신청을 받기도 했지만 대부분 떨떠름한 표정을 주고받을 뿐 선뜻 나서는 이는 없었다.

미연과 가령은 평소처럼 마네킹을 꺼내 왔다. 눕힌 마네킹에 매듭이 묶일 때마다 체험객들은 바늘에 찔리고 불에 덴 듯 움찔거렸다. 미연은 모든 매듭이 묶일 때까지 시선을 떼지 않았다. 그때 유영과 호흡을 잘 맞춰가던 승인의 시선이 한쪽으로 기울었다. 덧니가 하품을 뱉으며 뇌까렸을 때였다.

시범이 끝나고 수의를 받아 든 체험객들은 몹시 느리게 움직였다. 유서에 남들 눈치만 보면서 산 게 후회된다고 쓴 체험객은 주변을 둘러보며 행동을 맞춰나갔다. 승인이 돌아다니면서 입는 방법을 설명해도 귀담아듣는 체험객은 거의 없었다. 되는대로 입거나 대충 걸치는 정도로 끝냈다. 아예 입지 않고 버티는 체험객도 보였다. 그저 체험일 뿐이니까. 그러면 승인은 바짝 다가가 기합을 넣고 수의의 매듭을 단단히 묶었다. 거들먹거리던 체험객도 그쯤에선 숨을 참고 뻣뻣하게 굳었다. 그 와중에도 한빛만은 꼼꼼하게 확인해가며 수의를 입었다. 체험이 아니라 진짜 염습이라도 하는 사람처럼.

승인이 반대편을 돌아다니는 동안 뭐가 잘 안 맞는지 한빛은 미연을 향해 손짓했다. 그동안 수의에서 냄새가 난다거나 피부가 예민하니 수의 재질을 알려달라는 요청이 있었다. 그와 달리 미연은 한빛이 할 말을 충분히 예상했다.

"이거 너무 작아서 숨이 막히는데요. 다른 건 없어요?"

좀 전에 미연은 한빛에게 일부러 작은 수의를 가져다줬다. 이어지는 목소리는 미연의 짐작을 벗어났다.

"그리고 여기서 수의를 살 수도 있나요?"

미연은 돌연 한빛에게 되묻고 싶었다. 용서해주지 않으면 진짜 죽을 생각이냐고. 그사이 승인은 부지런히 매듭을 묶었다. 중간에 읍읍거리는 신음이 날카롭게 꽂혔다. 거의 마무리되는 듯하자 관장은 평소처럼 인터넷에서 보고 외웠다는 구절을 읊었다.

"다들 입으셨죠? 잘 보세요. 수의에는 주머니가 없습니다.* 죽어서 가져갈 건 아무것도 없다는 뜻입니다."

그 말을 끝으로 관장은 밖으로 나가고 유영이 마이크를 넘겨받았다.

누르스름한 수의를 걸치자 아득했던 표정마저 죄다 사라지고 체험객들은 완전히 한 사람이 됐다. 이쯤 향내는 몸속에 켜켜이 쌓여 단단히 똬리를 틀었다. 표정은 끝없이 맑아져 관 안

---

* 아일랜드 금언.

에 누워 눈을 감으면 텅 비워졌다. 그즈음 유영의 목소리가 잔잔하게 퍼졌다.

"당신, 이 모진 세상 살아내느라 참 고생 많았습니다."

순간 체험객은 누구라도 당신이 되어 지난날을 떠올렸다. 때로는 가장자리에서 대기하던 미연도. 어쩌면 가령과 승인 그리고 목소리가 조금씩 흔들리기 시작한 유영까지. 이어지는 문장은 누구에게 들려줘도 적용될 만한 내용이었다. 하지만 화요일 3회차는 조금 달랐다. 맨 끝에 붙은 문장은 마치 누군가를 겨냥하는 듯했다.

"이승에서의 괴로움과 아픔 모두 내려놓으시고 이제 여기에 편히 잠드소서."

그쯤에서 유영은 머뭇댔다. 유영의 시선이 한쪽으로 뻗어나갔다.

"당신 혼자 외로이 떠나게 내버려두진 않을 겁니다."

미연은 승인과 짝을 지어 끝에서부터 관 뚜껑을 하나씩 덮었다. 반대편에서는 가령과 유영이 준비하고 있었다. 뚜껑을 들어 올리는 순간부터 관 안에는 무성한 숲처럼 어둠이 빼곡하게 우거져 온몸을 힘껏 옥죄었다.

한빛의 차례에서 뚜껑을 들어 올리다가 미연은 멈칫했다. 그 바람에 승인과의 리듬이 어긋났다. 한빛은 어딘지 모르게 편안하게 잠든 얼굴이었다. 모든 짐을 내려놓고 금방이라도 날아갈 듯했다. 임종 체험관에서 처음 보는 체험객의 표정은 아니었다. 하지만 그게 한빛의 표정이어선 안 될 것 같았다. 승인이 큼큼거리며 눈치를 줬지만 미연의 시선은 한빛에게 계속 박혀 있었다.

미연은 추도문을 읽듯 우물거렸다.

"네까짓 게 사는 게 힘들고 괴로워? 죽고 싶을 만큼?"

서둘러 관 뚜껑을 덮었다. 쿵 하며 내려앉는 소리가 체험실 가득 울렸다. 이어서 미연은 나무망치를 들었다. 플라스틱 못을 미리 뚫어놓은 구멍에 따라 꼼꼼하게 박았다. 퉁탕거리는 소리가 오롯이 한빛에게 가닿도록 무게를 싣고 잔뜩 힘을 주었다. 가령과 유영이 힐끗거리는데도 아랑곳하지 않았다. 이어 승인의 손에서 모종삽까지 빼앗았다. 봉지에서 쌀을 퍼 관 위에 후드득 뿌렸다. 흙 대신이었다. 한 번으로 모자라 한 번 더, 아예 봉지를 뒤집어 탈탈 털어냈다. 경쾌한 소리에 미연은 어깨까지 들썩였다. 어느새 미연은 중얼댔다.

"선배 용기를 내요. 여기서 용기를 얻으세요."

그동안 미연이 생각해온, 한빛이 내쳤으면 한 용기는 잘못을 인정하고 진심으로 사과하는 것이었다.

미연은 쌀을 담았던 봉지를 똘똘 뭉쳐 관에 뚫린 구멍을 틀어막았다. 혹여라도 폐소공포증이 있을지도 모를 체험객을 위해 관마다 뚫어놓은 구멍이었다. 미연은 한빛에게 아주 가느다란 빛도 가닿지 않길 바랐다. 그래서 완벽한 어둠을 온몸으로 맞이하길. 순간 승인이 미연을 노려봤다.

남은 관을 차례로 덮던 승인은 한 체험객이 누운 관에서 유
난히 굼떴다. 관 뚜껑을 들려던 미연은 조금 물러나서 승인의
움직임에 맞추려 애썼다. 그때 누워 있던 체험객이 벌떡 일어
나 승인의 귓가에 뭐라고 소곤거렸다. 헐겁게 묶은 탓인지 수
의의 허리끈은 다 풀려 있었다. 맞은편의 미연은 체험객의 목
소리를 거의 못 알아들었다. 다만 승인에게 돈을 찔러주는 것
까진 분명히 봤다. 수의의 매듭을 다시 묶은 승인은 관 뚜껑을
완전히 닫지 않고 어긋나도록 내버려뒀다. 마치 그 틈으로 뭐
든 드나들 수 있도록 하려는 것처럼.

그래서 다시 열릴 거라고 확신할 수 있게끔.

그 순간 미연은 승인이 지은 매듭이 평소와 다르다는 걸 깨
달았다.

체험객들은 관 안에서 옴짝달싹하지 못한 채 머물렀다.
10여 분쯤 후 유영이 한없이 부드러운 목소리로 끝을 알릴 때
까지.

그날 유영은 충분한 시간이 흘렀는데도 가만히 있었다. 미
연은 차라리 더 오랫동안 한빛이 관 속에 누워 있었으면 싫었
다. 시간을 확인하고서도 잠자코 있는 걸 보면 가령도 비슷한
속내인 것 같았다. 고작 10분 만으로는 충분하지 않다고. 이참
에 아예 하루쯤 관 속에 있는 건 어떠냐고.

그사이 어느 관에선가 코 고는 소리가 들려왔다. 잔잔하던

코골이는 점점 거칠게 부풀었다. 가만히 두면 고함처럼 울려 퍼질 듯했다. 아무래도 뚜껑이 열릴 때까지 잦아들 것 같지 않았다. 지침서에 나오지 않는 돌발 상황이었다. 관장에게 물어보려고 해도 이미 밖으로 나간 듯 보이지 않았다. 다른 체험객들을 위해 억지로라도 깨워야 하는지 그저 기다려야 하는지 판단이 서지 않았다. 조치하려고 해도 어느 관에서 나는 소리인지조차 정확히 알 수 없었다. 가령은 아는 눈치였지만 선뜻 나서지 않았다.

승인이 신호를 주지 않았다면 유영은 내내 숨죽이고 있었을지도 몰랐다.

"이제 당신은 죽었……."

승인과 미연과 가령의 시선이 한꺼번에 유영을 향했다. 미리 정해놓은 멘트와 달랐다. 그때 어떤 체험객이 관을 두드리며 진짜 사람을 죽일 작정이냐고 소리를 질렀다. 한쪽에서는 비명이, 다른 쪽에서는 괴성이 울려 퍼졌다.

"여기! 사람 있어요. 사람!"

그때 승인이 핸드폰 카메라를 켠 채 그쪽을 향해 다가갔다. 그제야 유영은 서둘러 다시 입을 열었다.

"아니, 당신은 다시, ……다시 태어났습니다."

멘트가 끝나면 원래는 닫은 순서대로 관 뚜껑을 열어야 했다. 하지만 화요일 3회차에서는 차례가 제대로 지켜지지 않아서 엉망이었다. 승인이 먼저 멋대로 관 뚜껑을 열어젖혀 잠깐 소란스러웠다. 가령은 기어이 코를 고는 체험객을 찾아냈지만 한참을 바라보기만 할 뿐이었다. 미연은 한빛이 누운 관을 건너뛰고 다음 관을 열었다. 그 때문에 한빛은 가장 오랜 시간 관 속에 있어야 했다. 그래도 전혀 눈치채지 못한 듯 보였다. 그저 어두운 관 속에 혼자 누워 있으니 시간이 더디게 흐르는 것 같다고만 느꼈을지도 몰랐다.

마지막 관이 열렸을 때 한빛은 곧바로 일어나지 않았다. 미연은 한빛의 얼굴을 샅샅이 살폈다. 희미한 떨림도 놓치지 않으려는 듯. 늘 보던 얼굴과 같으면서도 한편으로는 아귀가 제대로 맞지 않는 것처럼 보였다. 한빛은 땀에 젖은 얼굴로 한동안 눈만 끔뻑였다. 미연이 괜찮냐고 물었을 때야 시선을 돌리면서 뭉그적거렸다.

"여기…… 되게 덥네요."

그 말끝에 희미한 웃음이 번졌다.

입관 체험실에서 나오면 바로 옆에 서너 평쯤 되는 소박한 빈소가 마련되어 있었다. 입구에는 부의함이 놓였다. 부의함에 들어온 돈은 모두 기부금으로 쓰였다. 프리미엄 체험에서는 이름이 적힌 위패가 준비되었고 제단도 조화 대신 생화로 꾸몄다. 화요일 3회차는 프리미엄 체험이 아닌데도 체험객 중 한 사람의 위패가 따로 준비되어 있었다. 그날은 다들 단순한 착오로만 여기고 대수롭지 않게 넘겼다.

부의함을 지나 방명록을 쓴 체험객은 한 명씩 차례로 들어온 뒤 스스로 제단에 자신의 영정 사진을 올렸다. 그 손길이 몹시 떨려 한쪽에서 상주 역할을 맡아 서 있던 유영이 대신할 때도 잦았다. 영정 사진이 놓이면 이제 내가 나를 조문할 차례였다. 체험객에 따라 헌화하거나 분향한 다음 묵념을 했다. 장례식에 자주 다닌 사람도 임종 체험관에서 마련한 빈소에서는 우물쭈물하다가 순서를 헷갈리거나 머뭇거리기 일쑤였다. 잠시, 때론 오랫동안 멍하니 제단을 바라보기도 했다.

누구나 나의 장례식은 처음이니까.

유영은 체험객 중 누구라도 몸이 한쪽으로 휩쓸려 균형을 잃을까 봐 예의 주시했다. 그날 절을 하던 체험객이 엎드려서 한동안 흐느끼는 바람에 시간이 지연되기도 했다. 그래도 아무도 보채지 않고 묵묵히 자기 차례를 기다렸다. 미연은 유영에게 남은 시간이 넉넉하지 않다고 전해야 했지만 결국 아무 말도 덧붙이지 못했다. 도리어 유영이 금방이라도 무너져 주저앉을 것만 같았기 때문이다. 특히 마지막에 유일하게 위패가 놓인 체험객 차례에서.

상주와 인사까지 끝나면 체험객들은 영정 사진을 빈소에 남겨둔 채 몸만 빠져나갔다. 서둘러 도망치듯이, 때로는 모종의 결심이 선 것처럼 힘차게.

대기실로 향하는 복도는 빈틈없이 환했다. 바닥에는 푹신한 카펫이 깔려 있었고 양 끝에는 화려한 빛깔의 꽃잎이 촘촘하게 이어졌다. 걸음걸음마다 향긋한 꽃 내음이 퍼지고 경쾌한 리듬의 멜로디도 귓속으로 스며들었다.

복도 끝에 다다르면 관장은 미리 준비해둔 삶은 달걀을 하나씩 나눠줬다. 매번 넉살 좋은 웃음을 내보이며 호탕하게 소리쳤다.

"부활의 상징은 뭐니 뭐니 해도 달걀 아닙니까."

후기와 함께 만족도 조사 이후 기념품까지 받으면 모든 임종 체험 과정은 끝났다.

달걀을 받아 든 체험객들은 눈을 씀벅거리고 안도하는 숨을 길게 내쉬었다. 몸의 관절들을 처음인 듯 움직여보거나 눈물과 콧물에다 땀으로 뒤범벅된 얼굴을 연신 닦는 체험객들도 많았다. 그제야 떠듬거리며 목소리가 오갔다. 괜히 안부를 묻거나 서둘러 누군가에게 전화를 걸기도 했다. 뜬금없는 고백과 한탄이 이어지다가 새삼스레 고마움을 전했다. 한쪽에 마련된 포토 존에서는 서로 인증 사진을 찍어주느라 정신이 없었다. 그 옆으로는 냉수만 계속 들이켜는 체험객들도 보였다.

복도에서 팔꿈치를 잡아당겼던 인솔자는 달걀을 감싸 쥐며 울먹였다.

"진짜…… 다시 태어난 것 같군요."

회차마다 달걀은 체험객 수에 맞춰 준비했는데 그날은 다 나눠주고 나서도 하나가 남았다. 아직 한 명이 안에 남은 모양이었다. 밖으로 나오는 길을 찾지 못해 헤매거나 아직 관 속에 누워 있는 건지도 몰랐다. 늦기 전에 미연이 가령과 함께 안쪽으로 향하는데 무심히 지나가던 한빛이 잠시 멈춰 서서 빙긋 웃었다. 그 웃음이 꼭 미연을 향한 것만 같았다. 미연은 방향을 바꿔 안내 데스크에 들렀다가 걸음을 서둘러 한빛을 겨우 따라잡았다. 한빛이 돌아서서 멀뚱거리자 상자에 담긴 묘비 모형을 건넸다.

"기념품이에요."

그때 뒤에서 설문지를 챙기던 승인이 미연을 힐끗거렸다. 승인은 이번 회차가 묘비 모형을 기념품으로 주는 프리미엄 체험이 아니라는 걸 모르지 않았다.

"제법 그럴싸하네요."

묘비 모형을 일별한 한빛은 오랫동안 시선을 고정했다. 그틈에 미연은 달걀을 쥐어줬다. 한빛은 가시에라도 찔린 듯 미연의 손길을 냉큼 밀어냈다.

"아까 받았는데……."

"그래도 하나 더 가져가세요."

말하는 동안 미연은 가면이 덜렁거려 여간 신경 쓰이는 게 아니었다. 그러고 보니 음성 변조 설정이 바뀐 듯했다. 임종 체험 중에는 명령을 내리는 옥황상제였는데 어느새 호기심이 왕성한 꼬마로. 그 때문인지 헛웃음을 뱉은 한빛은 더는 거절하지 않고 달걀을 받아 가방 주머니에 넣었다.

미연은 가면 뒤에서 슬며시 웃었다. 한빛에게 준 건 따로 챙겨둔 날달걀이었다. 미연은 한빛의 주머니 안에서 달걀이 처참하게 깨지길 간절히 바랐다. 임종 체험관에서 미연이 체험객으로 온 한빛에게 할 수 있는 건 겨우 그 정도였다. 관으로 들어가는 빛을 완전히 차단하고 날달걀을 쥐여주고…… 거기에 묘비명을 제멋대로 바꾸는 정도.

어느 순간 미연은 한빛 때문에 나쁜 사람으로 돌변하고 싶지 않았다. 상처가 될 게 분명한 악담을 거리낌 없이 던지고 고통을 주는 행동에 무심해지고 교활한 속임수가 통하지 않으면 노골적으로 원망하며 끝없이 몰아세우는 사람으로. 미연은 어떻게든 예전 모습만은 잃지 않고 끝까지 지켜내고 싶었다.

"그럼, 저는 이만."

순간 미연은 한빛이 미안이라고 한 줄 알았다.

눈인사를 보낸 한빛은 기념품으로 받은 영정 사진을 옆구리에 끼고 점점 멀어졌다. 가벼운 걸음걸이는 다른 체험객들과 그다지 다르지 않았다. 얼마쯤 이어지던 걸음이 멈췄다. 황급히 돌아선 한빛은 미연을 향해 외쳤다. 먼 거리였지만 목소리를 못 알아들을 정도는 아니었다.

"저기요! 이거 묘비가 바뀐 거 같은데요!"

가면을 벗은 미연은 짐짓 돌아보지 않았다.

임종 체험관으로 돌아와 다음 회차를 준비하며 미연은 만족도 조사에서 한빛이 남긴 후기를 몇 번이고 되새겼다. 예닐곱 번쯤 읽었을 때 어쩌면 한빛의 후기를 평생 잊을 수 없을지도 모른다고 생각했다.

그길로 한빛은 다음 날 곧장 어떤 결심을 했을까.

방문객에게 미연이 전할 수 있는 분명한 사실은 3회차 임종 체험은 예정된 시각에 정확히 마쳤다는 것이었다. 그리고 아무도 포기하지 않았다.

5

"그런데 체험객과는 어떤 사이죠?"

딱딱하거나 차가운 목소리는 아니었다. 도리어 미온하고 물렁물렁하게 느껴질 듯했다. 그래도 관장은 행여 따지는 것처럼 들리지 않도록 말투에 몹시 신경을 썼다. 방문객과 일정한 거리를 유지하는 것도 잊지 않았다. 미세한 틈이라도 보이면 사납게 달려들지도 몰랐다.

방문객에게 묻는 거라는 걸 알면서도 내내 기종에게 사로잡혔던 유영은 마땅한 대답을 떠올렸다. 관계를 증명하는 방식은 많은 듯하면서도 결국 하나도 없었다. 임종 체험관에서 마주치기 전 기종을 만난 건 에스컬레이터 사고 피해자 모임뿐이었다. 피해자 중에는 주말마다 만나 여기저기 떼를 지어 몰려다니며 친분을 쌓는 축들도 많았지만 딱 필요한 말만 전해 듣고 서둘러 자리를 뜨는 쪽 또한 많았다. 사고를 계기로 유난스럽게 친밀해진다고 해도 이상할 게 없었고 한편으론 사는 동안 다신 마주치고 싶지 않은 얼굴들이기도 했다. 사고가 있던 날 유영은 발에 온몸이 짓밟히면서도 잠자코 있어야만 했다. 구조될 때까지 꼼짝없이.

사고 이후 기종이 유영을 대하는 태도는 돌변했다. 돌이켜 보면 기회를 엿보며 언제든 떠날 준비를 해온 사람 같았다. 한편으론 관계를 맺은 순간부터 완전히 끊어지고 돌아설 장면을 미리 그리던 사람처럼 보이기도 했다.

관장은 방문객을 향한 시선을 거두지 않았다.

"그게……."

임종 체험 신청서를 작성하던 방문객은 펜을 내려놓고 허리를 꼿꼿하게 폈다. 이름을 쓰는 칸에 그저 방문객이라고만 적던 참이었다. 방문객은 좀처럼 입을 열지 않았다.

"밝히기가 곤란한가 보죠?"

관장을 향한 방문객의 시선이 눈에 띄게 건조해졌다. 좀 전까지 부드럽던 표정마저 뻣뻣해졌다. 티 나지 않게 임종 체험관에 꼬투리 잡을 게 없는지 살피는 기색도 엿보였다. 관장은 함정일지도 모른다는 생각이 끊이지 않는 것처럼 보였다. 용의주도하게 접근해서 빠져나갈 수 없는 덫을 던지는 중인지도 몰랐다. 체험 과정 중 강연할 때마다 힘주어 강조하던 말이 머릿속을 맴돌았다. 누구든 살다 보면 생각지도 못한 역경에 쓰러질 수도 있다고. 방문객이 임종 체험관에 앙심을 품고 찾아왔다고 해도 이상할 건 없었다. 관장은 이어서 뒤에 한 말을 떠올렸다. 번번이 마이크를 입에 더 가까이 대고 목청껏 소리친.

"우리 모두 역경을 극복할 힘이 있습니다!"

어디선가 체험객들의 박수 소리가 우렁차게 울리는 듯했다.

방문객은 침을 삼켰다. 태풍 때문인지 로비에는 냉랭한 공기가 깊숙이 파고들었다. 관장은 방문객을 몰아세우며 관계부터 확실히 짚고 넘어가야겠다고 결심한 것처럼 어깨를 폈다. 어쩌면 거기에 약점이 있을지도 몰랐다. 그때 방문객이 앞으로 한 걸음 나왔다.

"만약에 자기가 죽으면 장례를 치러달라고 했어요."

방문객은 끝에 가서 콧방귀를 뀌었다.

유영은 기종이 대수롭지 않게 던진 말을 떠올렸다. 당신과 만나기 전까지 나의 장례를 맡아줄 사람은 인력사무소 소장님뿐이었다고. 소장을 두고 가족이 없는 인부들의 사정을 살뜰하게 살피시는 분이라고 소개했다. 게다가 기종의 상황을 알고서도 내쫓지 않았다고 덧붙였다. 일찍 혼자가 된 만큼 남들보다 빨리 가족을 만들라는 조언에 그럴 수 없는 이유를 밝혔을 때도.

소장은 무연고자로 분류되어 공영 장례가 진행될 예정인 인부가 생겼을 때 직접 장례를 치를 방법을 찾아 나서기도 했다고 들었다. 그때 소장은 기관을 나서면서 고래고래 소리쳤다. 내가 내 돈으로 번듯한 장례식을 치러주겠다는데 대체 뭐가 문제냐고. 왜 꼭 마누라나 누나만 가능하냐고.

고인의 가족을 수소문해 찾기까지는 꽤 오랜 시간이 필요했고 그동안 인부는 안치실에 방치되어야만 했다. 겨우 바닷가 근처에 사는 형에게 연락이 닿았지만 결국 시신 인수 거부 의사를 거듭 밝혔다. 결정할 시간을 충분히 드린다고 했지만 고민은 그리 오래 이어지지 않았다. 예전에 유영도 비슷한 사례를 들은 적이 있었다.

방문객은 누구에게랄 것도 없이 눈을 치켜떴다.

"그러니까 나한테 부고 문자를 보냈겠죠. 안 그래요?"

체험객들이 작성한 부고 문자가 단지 죽음만 알리는 건 아니었다. 받는 사람에 따라 마지막에야 털어놓을 수밖에 없는 비밀일 수도 있고 생전 못다 한 자백이나 담담한 위로이기도 했다. 그러니까 저승으로 가기 전 꼭 한 번 보고 싶다는 뜻이었다. 반대로 저주를 품거나 남은 사람들을 향한 경고와 힐난일 때도 잦았다. 일말의 양심이 있다면 내 장례식에 나타나지 말라고 신신당부하는 체험객도 많았다. 가는 날까지 네놈의 역겨운 얼굴을 보고 싶지 않다면서.

방문객이 받은 부고 문자가 어느 쪽일지 알아볼 필요가 있었다. 그에 따라 이쪽에서라도 임종 체험관 밖으로 내모는 게 나을 수도 있었다.

방문객은 자세를 틀며 핸드폰을 꺼내 부고 문자를 보여줬다. 다들 몸을 밀착해 방문객을 에워쌌다. 캡처한 파일에는 보낸 사람의 이름과 번호가 지워져 있었다. 방문객이 체험객의 정체가 밝혀지는 걸 몹시 꺼린다는 건 분명했다.

"여기서 작성한 건 확실하네요."

가령의 목소리가 가느다랗게 흔들렸다.

'나만의 부고 문자 만들기'는 딱딱하고 틀에 박힌 부고 알림 대신 개인 입맛에 맞춰 직접 작성하는 프로그램이었다. '나 먼저 간다'나 '이제 자유다'처럼 단순한 내용도 있었고 장례식 초대 이벤트에 당첨되었다고 남기는 체험객도 있었다. 작성된 문구는 미리 준비된 샘플 이미지에 넣어 작업했다. 완성된 결과물은 곧바로 체험객에게 전송되었다. 이 프로그램을 도입하면서 한동안 정체되었던 임종 체험관 이용객이 소폭 증가하기도 했다.

화요일 3회차 체험객들이 쓴 '나만의 부고 문자'는 거의 비슷한 문장으로 시작했다. 방문객이 보여준 부고 문자도 마찬가지였다.

이 문자 스팸 아니에요.

그날 어떤 체험객이 애써 쓴 부고 문자가 스팸 문자로 분류되면 어쩌느냐고 물었을 때 오간 말들 때문이다. 그리고 보면 방문객이 받은 체험객의 문자는 부고 없는 부고 문자였다. 막상 당첨도 대박도 없는 스팸 문자처럼.

"됐죠?"

방문객의 목소리는 무뎌지지 않고 도리어 날카로워졌다. 허튼수작 부리면 가만히 두지 않겠다는 듯이.

뒤에 따라붙은 문장은 부고 문자 예문처럼 흔하게 쓰이는 표현이었다. 일부는 임종 체험관에서 제공한 샘플을 거의 그대로 갖다 썼다. 겨우 단어 하나를 바꿨거나 말투만 살짝 고쳤을 뿐이었다. 전체적인 내용을 보자면 나만의 부고 문자라고 보기엔 부족했다. 몇몇 문장과 함께 날짜나 빈소 위치를 수정하면 누가 보내도 괜찮다고 느껴질 정도였다.

방문객이 보여준 부고 문자만 그런 건 아니었다. 화요일 3회차에서 딱히 인상에 남는 문구는 없었다. 그러니 수상한 체험객 중 하나로 특정할 만한 이야기가 더 필요했다. 그건 좀 더 치밀한 질문이 필요하다는 뜻이기도 했다.

방문객은 구부정한 자세로 돌아가 신청서를 마저 작성했다.

그때 유영의 눈에 벽이 갈라진 자리가 들어왔다. 각도에 따라 잘 보이지 않았지만 유영의 자리에서는 비교적 선명했다. 한 뼘쯤 되는 균열은 순식간에 임종 체험관 전체로 퍼져나갈지도 몰랐다. 어쩌면 이미 수많은 틈이 조금씩 벌어지는 중일 수도 있었다. 예전처럼 아무 징조 없이 뒤흔들리지 않으리란 보장은 없었다. 생각은 오늘 아침에 몇 번씩 확인한 수도꼭지와 가스 밸브에 닿았다. 제대로 잠근 게 맞는지. 혹시 냉장고 문을 열어놓았거나 에어컨을 켜둔 채 나온 건 아닌지. 아무래도 집 안을 찍은 사진을 다시 확인해야 할 것 같았다. 아예 홈캠을 설치하는 건 어떨까. 자가검진 결과에 따라 상담센터에 등록한 끝에 만날 수 있었던 선생님은 한 번에 완벽하게 고칠 생각보단 횟수를 차차 줄여나가야 한다고 했지만 말처럼 쉽지 않았다. 굳은 결심이 오히려 불안을 키우기도 했다.

어제까지만 해도 여전히 방 한쪽에는 키위가 나뒹굴었다. 세면대 아래나 의자 주변에 몇 개쯤, 어떨 때는 머리맡에도 한 무더기. 그저 키위 생각만으로도 유영의 눈은 붉게 달아올랐다. 이어서 목덜미에 쿡쿡 찌르는 듯한 통증이 번지면서 부풀어 올랐다.

기종이 연립을 나간 지도 벌써 오랜 시간이 흘렀다.

기종을 알아본 건 유영이 보호자를 구해서 만난 날이었다.

진료를 마친 의사는 모니터에서 시선을 떼지 않은 채 묵직한 목소리로 기본 검사 외에 내시경 검사까지 권했다. 유영의 나이대에 꼭 필요한 검사며 요새는 수면으로 많이 진행한다고 덧붙였다. 별다른 불편 없이 잠깐이면 끝나 곧바로 일상생활이 가능하다고. 이어서 충분한 금식 시간과 예약 날짜에 맞춰 보호자와 함께 방문할 것을 당부했다.

내내 바닥을 보던 유영은 느리게 고개를 들었다. 시선 끝에 창밖으로 파도처럼 일렁이는 그림자가 잡혔다. 언제든 안쪽으로 밀려 들어와 온몸을 덮칠 것처럼 사나운.

"……보호자요?"

"마취에서 깨기까지 오래 걸리는 환자도 있고……."

의사는 진료 내내 덤덤한 표정에 사무적인 말투였다. 유영은 보호자가 없어서 생기는 불편과 난처함을 한동안 잊고 지냈다. 어쩌면 일부러 외면해온 것일지도 몰랐다.

"아무나 같이 오셔도 괜찮습니다."

유영의 얼굴을 힐끔거린 의사는 곧바로 다음 환자를 불렀다. 그사이 빠르게 인적 사항을 확인했을 수도 있었다. 이 지역에 사는 사람이라면 거주지만으로도 유영의 사정을 대강 짐작할 터였다.

리본 단지 사람들이 어떤 부류인지는 뻔했다.

리본 단지는 다른 구역 1인 가구 단지와는 성격이 달랐다. 해마다 증가하는 무연고자가 심각한 지역사회 문제로까지 떠오르면서 지자체에서 내놓은 여러 해법 중 하나였다. 아예 단지를 구성해 중장년층뿐만 아니라 청년층 무연고자까지 책임지고 관리하겠다는 취지였다. 혜택을 노리고 서류까지 조작해 들어오는 자발적 무연고자를 제대로 구분할 수 없다는 한계와 부작용을 고려하더라도 취지에 대한 지역 주민들의 공감대는 두터웠다. 하지만 무연고자 청년들을 반기는 쪽은 없었다. 부지 결정에 애를 먹은 것도 그 때문이었다.

결국 도심과 얼마간 떨어진 변두리 지역에 덩그러니 리본 단지가 들어섰다. 버스 노선은 하나뿐이었고 그나마도 운행 횟수가 턱없이 적었다. 지자체에서는 점차 늘릴 계획이라고 발표했지만 사정은 나아질 기미가 보이지 않았다. 택시도 목적지가 리본 단지라면 꺼리는 기색이었다. 그래서인지 누군가는 리본 섬이라고도 불렀다.

건립 초기에는 단지 구성원에 대한 정보가 철저히 보안에 붙여졌지만 어느새 흉흉한 소문은 지역 전체에 파다하게 퍼졌다. 차라리 리본 단지를 아예 없애야 한다는 목소리에도 힘이 실렸다. 그래야 지역에 쓸데없이 무연고자들이 꼬이지 않는다고. 그 때문에 얼마 전 단지 이름까지 리본으로 변경되었다. 그래도 아래위로 훑는 시선이나 깎아내리는 듯한 말투와 거리를 두는 태도는 여전히 남았다. 소문은 리본 단지 근처에 바이러스와 악취가 가득할 뿐만 아니라 범죄 발생률까지 높아 폭행과 사기 사건이 빈번하다는 쪽으로 번졌다. 그러니까 애초에 엮이지 않도록 근처에 얼씬도 하지 말아야 한다고.

미래도, 책임지거나 책임져줄 사람도 없는 데다가 혈기 왕성한 치들이 우글거리니까.

외부의 시선은 단지 이름을 아무리 바꿔도 달라지지 않을 것처럼 견고했다.

최근에는 리본 단지 안에서조차 태생적 무연고자와 사고로 인한 무연고자 사이에 벌어지는 갈등이 골칫거리였다. 무연고자끼리 한곳에 모여 살면 연대감이 강화되어 자연스럽게 사회적 관계가 형성될 거라는 지자체의 예측은 한참 빗나간 셈이었다. 이를 두고 툭하면 책임 공방이 벌어졌다. 그때마다 섣부른 시행이었다는 측과 그저 과도기라는 주장이 팽팽히 맞섰다.

"대기실에서 잠시만 기다려주세요."

옆의 간호사가 유영의 겉옷과 가방을 챙겨줬다. 유영은 의사를 향해 목인사만 하고는 서둘러 진료실을 빠져나왔다. 유영이 나오자마자 문 앞에 바짝 붙어 섰던 다음 환자가 들어갔다. 유영은 가까스로 그 환자와 부딪히지 않을 수 있었다.

이번에 재계약을 하려면 개인정보 수집동의서와 함께 리본 단지와 연결된 의료기관에서 진행한 건강검진 결과가 필요했다. 적어도 리본 단지에서 지내는 동안 문제가 되지 않을 만큼 건강하다는. 최근 리본 단지 내 고독사 우려가 현실로 불거지면서 입주 심사 기준도 점점 까다로워지는 추세였다. 단지 안에 상담센터가 들어서고 공동체 활동이 대폭 늘어난 것도 비슷한 맥락이었다. 내시경 검사를 거부하면 의사는 리본 단지 내 입주자로 부적격 판정을 내릴 게 분명했다. 가뜩이나 관리인은 처음부터 가족이 없는 보호시설 출신 입주자들을 늘 예의 주시했다. 신원 보증인까지 확실하지 않다면 더더욱. 대놓고 어릴 때 올바르게 형성하지 못한 인간관계와 제대로 받지 못한 가정교육은 돌이킬 수 없다고 지껄이기까지 했다.

재계약 심사까지는 얼마 남지 않았다.

유영은 진료실 문을 닫고 느릿느릿 걸음을 옮겼다. 대기실
은 환자들로 미어터졌지만 별다른 말소리는 오가지 않은 채
고요하기만 했다. 몇몇은 리본 단지 내에서도 이따금 마주쳤
던 얼굴이었다. 엘리베이터나 관리사무소, 흡연 구역에서. 그
때마다 대개 겨우 눈인사만 주고받거나 고개를 틀었다.

다들 검사할 때 부를 만한 보호자 한 명쯤은 있을까.

기울어진 햇살이 대기실 바닥에 길게 누워 유영의 발끝에서
뚝 끊겼다. 순간 유영은 어디로 가야 할지 알 수 없어 지칫거렸
다. 접수대에서 이름을 부르지 않았으면 내내 헤맬 뻔했다.

나이가 차자마자 보호시설에서 떨어져 나와 처음 터미널에
도착했을 때처럼.

어떻게든 리본 단지에 붙어 있어야 했다. 당장 밖으로 내몰
리면 매달 감당할 수 없는 월세와 관리비에 시달려야 했고 계
약을 갱신할 때마다 보증금을 마련해야 하는 처지에 놓일 것
이다. 게다가 소속마저 불투명해지면서 사회에서 스스로 증
명하기가 더 어려워질 수도 있었다. 그러면 새로운 일자리를
구하거나 대출을 받을 때도 번번이 뒤로 밀려나 어느 순간 경
계 대상이 될 게 뻔했다. 유영은 리본 단지 소속 무연고자 청
년보다 단지에서조차 받아주지 않는 쪽이 훨씬 불리하다는
것을 잘 알았다. 대개 신원이 불분명해 께름칙하다는 이유로

은근슬쩍 멀리했다. 어디로 튈지 모르는 사람들이라고. 개중에는 사회적 낙인을 우려해 단지에서 제공하는 혜택을 포기한 채 정체를 숨기다가 나중에 발각되는 이들도 있었다.

언젠가 한 시간도 걸리지 않는 간단한 수술을 받을 때도 유영은 리본 단지 출입증 덕분에 보호자 동의 없이 직접 사인하는 것만으로 진행할 수 있었다. 그나마 의식이 있어서 가능했던 일이었다. 입주 계약에 따라 뒤늦게 단지 관리인이 달려왔지만 고작 임시 보호자일 뿐이었다. 병원에서 임시 보호자의 권한은 그리 많지 않았다.

"언제까지나 단지에서 살 수 없다는 건 아시죠? 나중에는 공식적으로 인정되는 법적 보호자가 필요할 일이 더 많을 거예요. 그러니까⋯⋯."

입원 수속을 마치고 필요한 물품 목록을 확인하던 관리인의 목소리는 유영을 향해 망설임 없이 곧게 뻗어왔다.

자립정착금만 받고 보호시설에서 벗어난 유영은 이제껏 한 번도 법적 보호자가 있었던 적이 없었다. 비슷한 시기에 먼저 나온 보호시설 동기도 마찬가지였다. 동기와 같은 구역에 각자 방을 구했을 때만 해도 그저 돈을 모으는 것만으로 앞으로의 생활은 평탄할 줄 알았다. 월세방 계약과 보험 가입과 구직 성공만으로도 그럭저럭 험악한 사회에 잘 적응하고 있다고 믿었다. 그래서 앞서 나간 선배들의 실패 사례와는 분명 다를 거라고 확실히 선을 그었다. 그게 착각이었다는 건 얼마 지나지 않아 쉽게 드러났다. 적응했다는 확신부터가 실패의 시작이었을지도 몰랐다.

앞으로 단지 관리인 없이 유영 혼자 모든 절차를 맡아 진행하기에는 어려움이 있을 터였다. 새삼 리본 단지의 건립 목표가 떠올랐다.

이제 막 사회에 첫발을 내딛는 무연고자 청년들의 안정적인 생활을 돕는다.
이후 적령기에 접어들었을 때 어엿한 사회 구성원으로 자리 잡는데에 이바지한다.

이에 따라 리본 단지에 거주하는 동안 결혼과 출산으로까지 무사히 이어지면 신혼부부 가구 단지를 통한 주택 마련뿐만 아니라 세금이나 대출에서도 마냥 무시할 수만은 없는 혜택이 주어졌다. 관계가 일정 기간 지속되고 둘째까지 출산하면 그에 맞춰 지원금이 추가로 더 나왔다. 그러니까 리본 단지 건립 목표에서 규정하는 어엿한 사회 구성원이 의미하는 바는 비교적 명확했다. 그 때문에 입주자 중에는 리본 단지의 진짜 목표는 따로 있다고 생각하는 쪽도 많았다.

사회에서 혼자 살아갈 순 없다는 사실을 확실히 깨닫게 해주는 것.
단지 관리인이 입주자의 생활을 세심하게 신경 써주면서도 결정적인 순간 규정을 들먹거리며 곤경에 처하도록 내버려두는 것도 같은 이유일 거라고 짐작했다. 그러고 보면 교육 시간마다 원래 사람은 사회적 동물이라며 일상에서 누구에게나 보호자가 필요하다는 사실을 상기시키는 목소리도 수상쩍었다. 공동체 의무 활동 중 기초생활수급자인 독거노인을 대상으로 하는 봉사활동이나 임종 체험을 계획한 것마저도.

그럼에도 유영이 규정에 맞춰 따를 수 있는 건 아무것도 없었다. 유영이 구상하는 가족은 지자체에서 규정한 어엿한 사회 구성원과는 거리가 멀었다. 관리인은 그게 다 보호시설에서 어린 시절을 보냈기 때문이라고 멋대로 단정 지었다.

제대로 된 가족을 보지 못하고 자랐을 테니까.

보호시설을 수시로 드나들면서 어린 유영에게 기꺼이 가족이 되어주겠다고 나선 사람들은 많았다. 함부로 이제 엄마나 형이라고 부르라고까지 했다. 기간의 차이가 있을 뿐 대개 얼마 지나지 않아 발길이 끊어졌다. 그즈음 유영은 상대방이 몇 달짜리 엄마인지 가늠했다. 이번에는 아마 길어도 한 3개월쯤. 예상대로 엄마가 사라지면 곧 새로운 가족이 우르르 몰려왔다.

"네, 이미 잘 알고 있어요."

관리인의 설명이 더 이어지기 전 유영은 말을 자르고 재빨리 일어섰다.

유영은 법적 보호자의 범위가 어디까지인지 기억했다. 환자에게 의식이 없을 때 정확한 상태를 전달받아 치료 범위를 결정하고 수술에 동의할 수 있는, 죽으면 병원을 통해 시신을 인수해서 장례 절차를 의논할 수 있는 직계.

동기가 공장에서 사고로 세상을 등졌을 때 유영은 관계자를 통해 공식적으로 인정되는 보호자의 정확한 기준을 전달받았다. 그건 유영이 동기의 장례를 치르지 못하고 멀리서 지켜만 봐야 하는 이유이기도 했다. 가족이 아닌 유영은 서류조차 발급받지 못했다. 관계자는 유영을 향해 끊임없이 동기와의 사이를 추궁했다. 관계자에게 유영은 불순한 목적을 품고 나서는 파렴치한이었다가 무슨 꿍꿍이가 있는지 도통 알 수 없는 사기꾼이었다.

"그러니까 오랫동안 가족처럼 지내온 거지 진짜 가족은 아니라는 거잖아요?"

유영과 동기는 아무리 긴 시간을 교류했어도 아무 사이가 아니라는 의미처럼 들렸다. 그러니까 서류상 동기는 꼼짝없이 무연無緣인 거라고. 이대로 가다간 유영도 마찬가지일 것이다.

"그, 그렇긴 하죠. 하지만……"

관계자는 머뭇거리는 유영을 밀칠 것처럼 바짝 다가섰다. 유영은 물러서지 않으려고 애썼다. 몸이 한 뼘쯤 바닥으로 푹 꺼진 듯했다.

"이 중 해당하는 관계 있어요? 없죠?"

관계자는 유영을 향해 서류를 내밀었다.

법적으로 인정되는 보호자 관계에서 아무리 뒤로 가도 유영이 끼어들 자리는 없었다. 동기 얼굴도 제대로 떠올리지 못할 사람조차 보호자에 올라갔음에도 불구하고. 그에 비해 유영은 시설에서부터 동기와 떨어져 지낸 적이 거의 없었다. 동기에 대해서라면 매일 아침 일어나자마자 책부터 읽는 습관과 최근 몸무게가 늘어 옷을 새로 살지, 아니면 살을 뺄지 고심하던 얼굴과 핸드폰을 바꾸면서 변경한 이동통신사까지 낱낱이 알고 있었다. 사랑니를 뽑던 날이나 그즈음 보증금이 오를 것을 대비해 새로 가입한 적금까지 모조리 다. 동기도 유영에 관해서라면 그만한 정보쯤은 훤히 꿰뚫고 있을 것이었다. 그중에는 동기만 아는 사실도 수두룩했다. 관계자에게 얼마 전 동기와 주고받은 메시지까지 보여줬지만 그럼에도 동기의 생일조차 모를 게 뻔한 사람만큼도 못한 사이일 뿐이었다.

관계자에게 핸드폰을 돌려받은 유영은 예전에 동기가 보낸 메시지 중 하나에 눈길이 갔다. 합격이 거의 확실하다던 면접을 보고 온 날이었다.

대체 내가 일하는데 부모님 인적 사항은 왜 필요한 거냐?

관계자는 가족과 겨우 연락이 닿더라도 시신 인수를 거부하는 쪽이 많다고 했다. 꺼림칙한 목소리를 숨기지 않고 도리어 대체 번호는 어떻게 알았냐고 따지듯 묻는다고. 우리나라 개인정보보호가 이렇게 허술해서야 되겠냐면서.

"혹시나 해서 말인데…… 고인에게 재산이 없다는 건 아시죠?"

유영은 대답하지 않고 돌아섰다. 그건 관계자보다 유영이 더 잘 알았다. 자립정착금이 어떻게 쪼개지고 결국 바닥났는지. 겨우 다시 모은 돈이 보호시설 선배 때문에 사라지고 빚까지 남은 과정도 전부.

결국 유영은 지자체를 통해 동기가 무연고 시신으로 처리되어 공영 장례로 이어지는 절차를 막지 못했다. 모든 시도는 죄다 불법으로 규정되었고 공무 집행 방해로 이어질 뿐이었다.

관계자는 승화원에서 장례식이 시작되는 것까지만 확인하고 서둘러 돌아갔다. 빈소에 남은 건 유영과 장례 진행자뿐이었다. 장례 진행자는 일한 지 오래되지 않은 듯 장례식 내내 우왕좌왕했다. 유영이라고 다를 게 없었다.

"혹시…… 사진이라도 쓸 수 있을까요?"

유영은 장례 진행자를 붙들고 애원하듯 물었다. 유영과 눈을 맞춘 장례 진행자는 텅 빈 영정 사진 쪽으로 시선을 돌렸다.

"……보내주세요."

유영은 번호를 받아 저장한 다음 사진을 전송했다.

언젠가 이력서에 붙일 증명사진 대용으로 동기의 방에서 찍은 사진이었다. 그 방 현관문은 몹시 낡고 귀퉁이가 썩어서 누구라도 힘을 주면 맥없이 열릴 것만 같았다. 잠금장치도 허술해서 때때로 풀려버리기 일쑤였다. 동기는 돈을 벌면 다음에는 제대로 된 철문이 달린 방으로 이사할 거라고 했다. 유영은 더 넓은 방도 아니고 전망 좋은 방도 아니고 겨우 제대로 된 문이 목표인 게 어쩐지 씁쓸하기만 했다.

그 방은 어두침침한 데다가 조명마저 균일하지 못했다. 그 탓에 동기 얼굴에 그림자가 생겨 얼룩덜룩했고 얼굴 뒤로 벽지의 누르스름한 얼룩이 고스란히 드러난 사진. 그때 사진에 서랍장이나 책상 모서리가 잡히지 않도록 몹시 신경 썼던 기억도 떠올랐다. 동기는 사랑니 때문에 부은 얼굴을 감추려 입을 앙다물었지만 도리어 한쪽 볼이 튀어나와 보였다. 그래도 다음 달부터 매달 적금을 부으려면 당장 일을 시작하지 않을 수 없었다. 적금 만기가 되면 그땐 동기는 원하는 방을 기대해볼 수 있었다. 유영은 동기의 볼이 실룩거릴 때마다 실실 웃음을 터뜨렸고 내내 굳은 표정을 유지하던 동기도 덩달아 무른 미소를 지었다. 그땐 그 사진이 영정 사진으로 쓰일 줄은 몰랐다.

유영은 임종 체험관에서 영정 사진을 찍을 때도 가면을 안 썼을 땐 웃으라는 말 대신 먼저 웃었다. 그러면 살아생전 마지막 얼굴이라고 해도 줄곧 굳은 표정만 짓던 체험객도 유영의 웃음을 흡수하듯 입가를 끌어올리고 나중에는 치아까지 환히 드러냈다. 임종 체험관에서 유영이 좋아하는 순간 중 하나였다.

"사진 쓸 수 있대요. 다행이네요."

동기의 장례를 대신 치르던 장례 진행자는 유영이 하려던 말까지 대신 했다. 짧디짧은 공영 장례식에서 유영이 할 수 있는 일은 고작 그뿐이었다.

얼마 지나지 않아 임종 체험관보다 더 볼품없는 영정 사진이 나왔다. 사진 속 동기의 얼굴은 누가 지우려다가 실패한 얼룩처럼 보였다. 제단에 올리고 나서야 영정 사진 속 안경에 유영의 얼굴이 비친다는 사실을 알았다. 흐릿해서 확실히 알아볼 순 없지만 유영이 동기와 거의 비슷한 표정을 지은 건 분명했다. 이제 와선 누가 누구의 표정을 따라 한 건지 알 수 없었다.

관계자는 화장을 마친 동기가 추모의 집에 일정 기간 보관될 예정이라고 통보했다. 유영은 관계자가 일러주기 전까지 눈앞의 허름한 시설이 추모의 집인 줄도 몰랐다. 무심코 보면 잡동사니를 보관하는 창고처럼 보였다. 딱히 자물쇠를 걸어둘 필요조차 없어 보이는.

그때 본 유골함은 임종 체험관과 달랐다. 유골함이라기보단 상자에 가까웠다. 상자는 마치 캐비닛에 보관된 서류처럼 연도별로 번호를 매겨 줄지어 있었다. 산 사람과 마주 보는 게 아니라 방향을 틀어 무심히 돌아앉은 듯했다. 상자마다 연번과 함께 사망 장소와 사유, 대행업체 이름이 간략하게 적혀 있었다. 그것만으로는 고인의 생을 유추할 수 없을 것 같았다.

끝에는 봉안 종료일이 있었다. 유영은 그 날짜를 잊으려고 해도 어느 순간 다시 떠올랐다. 원래 10년이었다가 이제는 5년 간 보관된다고 했다. 그사이 혹시라도 가족이 나타날지도 모르기 때문에. 이어지는 관계자의 목소리를 유영은 기억했다.

"대개는 아무도 찾지 않은 채 종료됩니다."

봉안시설은 이미 포화 상태라 어쩌면 이제 3년으로 단축될지도 몰랐다. 기관에서 늘어나는 고인을 위해 시설을 정비하거나 확충할 것처럼 보이진 않았다. 유영은 관계자가 말한 유골함의 보관 기간이 적당한지 아니면 터무니없이 짧은 건지 판단할 수 없었다. 다만 아무리 긴 시간이 흘러도 없던 가족이 생길 것 같진 않았다.

"그 후엔 어떻게 되는 건가요?"

"그때까지 아무도 나타나지 않으면 유골은……."

관계자는 뒷말을 길게 늘이면서 좀처럼 말을 잇지 않았다. 유영은 관계자가 '폐기' 대신 다른 말을, 이 상황에 적절하면서도 문제가 되지 않을 말을 찾느라 고심하는 게 아니길 바랐다.

"……유택 동산에 뿌려집니다."

유영은 추모의 집에 동기와 같은 처지에 놓인 유골이 제법 많다는 걸 깨달았다. 차곡차곡 쌓인 유골함 사이 빈자리가 눈에 들어왔다. 다음 달쯤 어쩌면 당장 내일이라도 채워질지 모르는.

그 순간 누군가 유영을 향해 또박또박 묻는 듯했다.

너의 장례 주관자는 누구냐고.

동기가 떠난 지 얼마 지나지 않아 유영은 관계자의 권유로 지자체에서 마련한 무연고자 청년을 위한 리본 단지에 입주했다. 관계자는 법적 보호자가 생기기 전까지 단지로 들어가 사는 게 나을 거라고 했다. 마치 때가 되면 누구나 법적 보호자쯤은 만드는 거 아니냐는 듯한 태도였다.

선생님은 지난 상담에서 아마 그때쯤부터 시작됐을 것으로 조심스레 추정했다.

유영은 자신의 장례식을 떠올리던 그 순간을 키위 일곱 개로 표현했다가 지우고 여덟 개로 고쳤다. 유난히 큼지막하고 단단한 키위였다.

키위는 유영이 가장 싫어하는 과일이었다. 보기만 해도 알레르기 반응을 일으켰기 때문이다. 처음에는 알레르기인 줄도 모르고 눈치껏 꾸역꾸역 먹었다. 다들 붓고 따끔거리는 입술과 견디기 힘든 가려움을 꾹 참는 줄만 알았다. 어느 순간 통증이 키위의 맛이라고까지 생각했다.

그게 알레르기 증상이라고 알려준 건 기종이었다.

선생님은 일상에 불편을 초래하는 막연한 불안을 눈에 확실히 보이는 대상으로 바꿔보면 치료에 도움이 될 거라고 했다. 타인에게 상태를 설명하기 어렵거나 치료 효과를 평가할 때도. 되도록 가장 꺼리는 대상으로 정해보면 좋을 거라고 덧붙였다.

160

"키위가 너무 많으면 취미나 일에 집중해보는 것도 괜찮아요. 제가 일자리 지원센터에 연결해줄 수 있어요."

그때부터 유영은 마음속 상자에 담긴 키위 개수를 수시로 세어봤다. 가스 밸브와 수도꼭지는 제대로 잠갔는지, 변기 물은 내렸는지, 혹시 전기장판이나 선풍기를 켜둔 것은 아닌지 떠오를 때마다. 가만히 내버려두면 생각은 걷잡을 수 없는 폭발과 화재로 이어졌다. 어느 날에는 키위가 열두 개에 가까웠다가 시간이 흐를수록 차츰 줄어들기도 했다. 그러다가 불쑥 유영은 냉장고 문은 확실히 닫았는지 곰곰이 떠올려봤다. 생각은 부패한 음식물에서 피어오른 악취가 떠도는 집 안으로 나아갔다. 악취는 리본 단지 전체에 퍼져 유영은 규정 위반으로 망신을 당하고 쫓겨날지도 몰랐다.

사진을 확인할 때마다 상자 속 키위가 하나씩 덜어지는 기분이었지만 방심하는 순간 상자는 돌연 묵직해졌다. 어느새 잘 익은 키위가 상자 안에 가득 찼다. 하나라도 더해지면 넘칠 듯이.

병원에 동행할 보호자가 없는 불안은 키위 몇 개쯤일까.

관리인은 계약서에 따라 치료가 아닌 검사 목적의 병원 방문까진 동행해주지 않는다고 못 박았다. 이어서 최근 자발적 무연고자를 색출하는 업무 때문에 몸이 두 개라도 모자랄 지경이라고 한탄했다. 그들은 번듯한 가족이 있으면서도 세상에 혼자 남겨진 척 들어와 세금을 축냈다. 거침없이 서류를 위조했고 면접에서는 뻔뻔하게 허위 사실을 늘어놓았다. 서류와 면접만으로 각자의 사정까지 모두 헤아려 적격 여부를 판단하기에는 부족함이 많았다. 명확한 대상자 선별 기준과 합리적인 심사 방식을 마련하기까지는 시간이 더 필요할 듯했다.

이런 상황에서 입주자들 사이에서도 서로 감시하는 분위기가 팽배했다. 저들끼리 모여 새로운 규정을 만들고 투표에 부쳤다. 누구든 자발적 무연고자를 숨겨주거나 알면서도 신고하지 않으면 리본 단지에서 나가야 한다는.

투표는 리본 단지 입주자 커뮤니티 게시판 상단에 고정되어 있었다.

커뮤니티에 접속한 유영은 오늘의 인기 게시물부터 기웃거렸다. 여전히 애초에 재산이 없는 태생적 무연고자에게 조금이라도 더 혜택을 줘야 한다는 쪽과 반대 의견이 대치했다. 사고로 인한 무연고자라고 무조건 거액의 유산과 보험금을 받은 게 아니라면서. 여기에 처음부터 가족이 없었던 고통과 원래 있었던 가족이 하루아침에 사라진 괴로움까지 저울질하며 날 선 공방이 오갔다. 이제는 아예 서로 마주치지 않도록 층을 나눠 생활해야 한다는 쪽도 많았다.

유영은 일단 잊기 전에 오늘도 무사하다는 안부부터 남겼다. 입주 계약 조건에 따라 하루에 한 번씩 의무적으로 진행해야 했다. 원래는 일주일에 한 번이었는데 어느새 주 3회로 바꿔더니 이제는 매일 남겨야 했다. 대부분 무심하게 점 하나를 찍을 뿐이었다. 관리인이 공지를 통해 단지 내 활발한 교류와 사회적 관계 형성을 끊임없이 강조했지만 소용없었다. 20자 이상을 남기거나 타인의 안부에 댓글을 달면 쓰레기봉투와 컵라면을 제공해줬을 때 잠깐 활성화되는 듯도 싶었지만 금세 시들해졌다. 관리인은 운영보고서를 통해 태생적 무연고 자는 관계를 맺는 방식을 몰라서, 사고로 인한 무연고자는 관계에 대한 막연한 두려움 때문일 거라고 보고했다.

.

.

.

유영은 무수한 점 사이에 오늘도 하나를 보탰다.

동기가 있었다면 만기된 적금을 타 그럴싸한 방으로 옮겼겠지. 유영과는 달리 사회에서 요구하는 가정을 꾸려 무연고자에서 벗어났을 수도 있었다. 그건 지자체에서 단지를 통해 기대한 효과 중 하나이기도 했다. 여전히 지자체는 인구 감소에 따른 지역 소멸 위기를 극복하려 혈안이었다. 그 과정에서 감소 추세에서 벗어나지 못하는 혼인율과 출생률뿐만 아니라 꾸준히 증가하는 자살률도 주요 원인으로 지목되었다. 그와 함께 고독사에 이어 일자리 부족과 여기저기 널린 빈 건물까지 해결해야 할 과제가 산더미였다.

24시간 동안 안부가 확인되지 않으면 담당 관리인은 입주자에게 연락을 취했다. 3회 이상 연락이 닿지 않으면 서류에 등록된 신원 보증인에게 통보하고 규정에 따라 문을 열고 들어갔다. 만약 멀쩡한데도 안부를 지나쳤다면 불이익이 주어졌다. 처음에는 단순한 구두 경고뿐이었지만 그다음에는 계약 해지로 이어질 수도 있었다. 계약 해지는 기록에 남아 지자체가 운영하는 단지 입주 모집은 물론 다른 지원 정책에서도 불리하게 작용했다.

고독사로 이어질 뻔한 사건 이후 초반에 들끓었던 입주자들의 불만도 얼마간 가라앉았다. 그날 안부 인사를 빠뜨린 여자는 관리인에 의해 화장실에서 발견되었다. 칫솔을 물고 바닥에 나동그라진 채 미동도 없었다고 전해졌다. 다행히 늦지 않게 병원으로 이송되어 생명에는 큰 지장이 없었다. 앞으로 꾸준한 관리와 정기적인 검사만으로도 크게 문제 되지 않을 거라고 했다. 단지 밖에서 일어났다면 결과는 달라졌을지도 몰랐다. 그즈음 리본 단지 신규 입주자 모집 경쟁률이 평소보다 껑충 뛰기도 했다. 사건 소식을 전하던 아나운서는 굳은 얼굴로 강조했다. 우리 사회에 무연고자를 대상으로 한 단지 조성이 확대되어야 하는 이유가 아니라 왜 인간이 혼자 살면 안 되는가에 대해서.

그날 일은 단지 내에 자살 사고가 끊이지 않는다는 식으로 외부에 잘못 알려졌다. 교류하는 가족이나 딸린 식구가 있었으면 죽으려는 생각조차 했겠느냐고 말들을 얹었다.

그것 봐. 당장 죽어도 아쉬울 게 없는 무연고자들과 가까이 지내서 좋을 게 없다니까.

그래도 입주자들은 리본 단지에 머무는 쪽을 택할 수밖에 없었다.

리본 단지에 거주하려면 1인 가구 등록을 마치고 행정기관을 비롯한 여러 기관과 공유해야 했다. 유영이 검진을 받은 의료시설도 그중 하나였다. 공용시설의 24시간 CCTV 촬영과 안면 및 지문 등록에 이어 방 안에 설치된 움직임 감지 센서에도 동의해야 했고 고독사 보험 가입까지 필수였다. 모두 혼자 사는 입주자의 안전을 위한 최소한의 조치였다. 그건 입주자들이 꺼리는 요소였지만 동시에 동기를 보내고 이 도시에 혼자 덩그러니 남은 유영이 단지에 들어오고 싶어 한 이유이기도 했다.

상자 속 키위를 하나라도 덜어내고자 하는 마음으로.

관리인은 입주계약서를 작성할 때 동의서를 내밀며 지극히 형식적인 절차일 뿐이라고 재차 힘주어 말했다. 유영은 불리하게 작용할 만한 사항이나 함정이 도사릴지도 몰라 내용을 꼼꼼하게 살폈다.

"적어도 여기선 고독사할 위험이 없습니다. 전기와 가스 사용량까지 수시로 모니터링하거든요."

그건 서류의 마지막 동의 사항이었다.

"단지를 벗어나면 어떻게 될지 알 수 없죠. 얼마 전에도……."

관리인이 얘기하려는 사건을 유영도 알고 있었다. 단지 밖에서 사망한 지 며칠 혹은 몇 달이 지나서야 순전히 우연으로 겨우 발견되는 사람들.

순간 키위 두 개만큼 마음이 무거워졌다.

그동안 유영은 재계약 심사에서 충분한 가산점을 얻어왔다. 이제껏 지역을 벗어난 적이 없었고 소득과 재산은 매번 일정 수준 이하에서 오를 기미를 보이지 않았다. 보호시설 출신에 나중에라도 법적 보호자가 나타날 일이 없다는 사실도 유리하게 작용했다. 다만 관리인은 입주자 신상정보에 빠진 신원 보증인을 탐탁지 않아 했다. 예전이라면 동기 연락처라도 적었겠지만 유영에게는 아무도 없었다. 유영은 그 자리가 평생 메꿀 수 없는 틈처럼 깊게 느껴졌다.

"여기서 나가 사회에서 제대로 살려면 슬슬 법적 보호자를 만드셔야죠. 다음이 마지막 갱신인 건 알고 계시죠?"

지난 재계약 때 관리인의 말에 유영은 바람에 흔들리듯 고개를 끄덕였다.

단지 입주자의 첫 번째 자격요건은 무연고자 청년이었다. 유영은 종내 무연고자로 남을 테지만 지역 행정 시스템에서 정해놓은 청년의 나이에서는 조금씩 멀어지는 중이었다. 그건 적어도 다섯 개쯤, 때에 따라서 일고여덟 개 키위 정도의 불안은 되고도 남았다. 상자를 뒤집어 흔들어도 끈질기게 들러붙어 있는.

유영은 선생님 조언대로 상자로부터 시선을 뗐다. 뭐든 눈에서 멀어지면 마음에서도 멀어지는 법이라고 했다. 이어서 리모컨이 평소와 다른 자리에 놓였어도, 슬리퍼가 뒤집어졌거나 심지어 텔레비전이 켜져 있다고 해도 집이 안전하다는 건 변함없는 사실이라고 했다. 유영은 그 말을 곧이곧대로 들을 수 없었다. 조금이라도 무심해지는 순간 올가미에 걸릴 것만 같았다.

우선 재계약부터 해결해야 했다. 그러려면 보호자를 데리고 가 내시경 검사를 받을 수밖에 없었다.

유영은 곧바로 구인 게시판에 접속했다. 맨 위에는 냉장고와 소파를 같이 옮겨주거나 이틀간 고양이를 맡아줄 사람을 찾는 게시물이 보였다. 근래에는 냉동식품 공동 구매에 참여할 사람을 모집하거나 2인 이상부터 식사가 가능한 식당에 함께 방문할 입주자를 구하는 글이 자주 눈에 띄었다.

유영은 최저임금을 조금 웃도는 보수를 제시하며 게시물을 남겼다. 오늘 중으로 지원자가 없으면 냉장고를 옮겨주는 정도로 올려볼 생각이었다.

보호자를 구합니다.

글을 올린 다음 뒤늦게 자세한 사정을 남겨야 했다는 생각이 들었다. 별다른 설명도 없이 대뜸 보호자가 되어달라는 제안은 충분히 의구심이 들 만했다. 관리인에 의해 곧장 삭제된다고 해도 이상할 게 없었다. 일단 유영에 대한 기본적인 정보부터 밝히는 게 순서였다. 이후 병원에서 수면마취를 포함한 검사가 끝날 때까지 곁에 있어줄 사람이라고 정확하게 명시해야 했다.

하지만 글을 수정하기도 전에 메시지가 도착했다.

제가 되어드릴게요. 보호자.

유영은 글을 올린 지 30분도 지나지 않아 덜컥 구해진 보호자가 몹시 의아했다. 그래서인지 상자 속 키위는 전혀 줄어들지 않았다. 대신 몸집을 부풀려 서로 빈틈없이 맞물리는 듯했다.

검사 결과는 딱히 이상 없었다. 당장 치료가 필요할 정도는 아니었고 생활 습관을 교정하면서 변화를 지켜보기만 하면 됐다. 미세하긴 해도 위산이 역류한 흔적이 관찰되었기 때문이다. 의사는 상담 시간의 대부분을 오랫동안 방치한 역류가 나중에 어떤 문제로 이어지는지 설명하는 데에 할애했다. 그러니까 신호를 무시하면 안 된다고.

상담 끝에 유영이 받은 결과지는 단지에서 요구하는 기준에서 크게 벗어나지 않았다. 이만하면 단지 재계약에는 문제가 없을 듯했다. 당분간이지만 법적 보호자 없이도 괜찮다는 뜻이었다. 그제야 상자 안쪽 깊숙한 자리에서 슬슬 물러지기 시작한 키위가 도려낸 듯 사라졌다. 언제 또 키위가 솟아날진 알 수 없지만.

수납을 마치고 돌아섰을 때 멀리 대기실에 앉아 있는 남자가 보였다.

보호자를 대신 하기로 했던 남자는 약속 시간보다 20분쯤 늦게 도착했다. 유영은 접수처에서 검사 시간을 늦출 수 있는지 여러 번 확인해야만 했다. 뒤에 예약된 환자가 밀려 있어 오랫동안 기다릴 순 없었다. 어쩌면 오늘 나타나지 않을지도 모르겠다는 생각이 들 때쯤 남자가 숨을 헐떡이며 로비로 들어섰다.

"죄송…… 죄송해요. ……많이 늦었나요?"

병원 대기실에서 마주할 때만 해도 유영은 거듭 사과하는 남자를 향한 의혹을 완전히 거두진 못했다. 처음 보는 사람에게 불쑥 보호자가 되어주겠다고 나서는 쪽은 아무래도 엉큼한 구석이 있을지도 몰랐다. 유영은 나사가 완전히 조여졌는지 건전지가 닳진 않았는지 혹시 으스러진 데를 엉성하게 이어 붙인 자국은 없는지 확인하는 심정으로 틈틈이 남자를 힐끗댔다. 조금이라도 불길한 낌새가 느껴지면 놓치지 않으리라 다짐했다. 선급을 요구하거나 보수를 올려달라고 하면 검사를 취소하고 곧장 돌아설 생각이었다.

"……어? 맞죠? 여기서 또…… 뵙네요."

숨을 가라앉힌 남자가 어쩐지 들뜬 듯한 목소리를 내뱉었을 때 유영의 의심은 확고해졌다. 도시 곳곳에서 무연고자는 곧잘 먹잇감이 되기도 한다는 사실을 모르지 않았다. 같은 무연고자끼리도 예외는 아니었다. 한편으론 임종 체험관에서 가면을 벗은 유영을 알아본 것일지도 모른다는 생각이 들어 어질했다. 그때 마침 이름이 불리는 바람에 유영은 마땅한 대답도 하지 못한 채 서둘러 검사실로 들어갔다. 마취하기 전까지 남자가 끝까지 자리를 지키지 않을지도 모른다는 생각에서 좀처럼 벗어날 수 없었다.

검사실에서 나온 유영과 눈이 마주치자 남자는 자리에서 벌떡 일어나 깃발처럼 손을 흔들었다. 그 순간 빠른 걸음으로 지나치던 여자와 부딪히는 바람에 기우뚱했지만 이내 자세를 바로잡았다. 유영이 알아봤다는 뜻으로 눈짓을 보내도 남자의 손은 멈출 줄 몰랐다.

유영은 걸음을 서둘러 빠르게 남자에게 다가갔다. 남자의 옆자리에 앉는 순간 창으로 쏟아져 들어오는 햇살에 눈이 부셨다. 흐트러진 자세를 바로잡아야만 겨우 얼굴에 햇빛이 닿지 않았다. 그 때문에 유영의 자세는 어딘지 모르게 다소 긴장한 듯 보였다. 얼핏 보면 아직 마취에서 덜 깬 사람 같았다.

"잘 끝났어요?"

"네, 덕분에⋯⋯."

남자는 입가를 슬쩍 올렸다. 이어서 기다리는 동안 간호사에게 들은 주의 사항을 빠짐없이 전달해줬다. 충분한 휴식이 필요하고 갑자기 졸음이 몰려올 수도 있으니 운전이나 정교한 작업은 피해야 한다고 했다. 또 오늘만큼은 중요한 계약이나 결정도 되도록 미루는 게 좋겠다고 덧붙였다. 정신이 혼미해서 부당한 조건을 눈치채지 못할 수도 있으니까.

"⋯⋯알겠어요."

유영의 목소리는 나른하게 늘어졌다.

남자가 유영과 약속한 건 서류에 보호자 사인이 필요할 경우 사인하고 검사가 끝나면 정신이 들 때까지 자리를 지킨 다음 단지까지 함께 귀가하는 정도였다. 하지만 어쩐지 걱정스러운 표정이나 온기가 느껴지는 목소리와 안심하게 하는 태도까지 포함된 듯했다.

"약속한 시간보다 길어졌네요."

벽시계를 확인하고 나서야 유영은 마취에서 깨는 데에 제법 오랜 시간이 걸렸다는 걸 알았다. 어쩐지 그 시간 동안 내내 남자만 떠올린 듯했다. 유영은 자세를 흐트러뜨리지 않으려고 애쓰며 추가된 시간까지 시급대로 계산했다. 계산을 마친 다음 남자에게 계좌번호를 물었다. 순간 남자는 손사래까지 치며 몸을 뒤로 뺐다. 그 바람에 남자의 얼굴이 햇빛에 닿아 환하게 빛났다. 부드럽게 흔들리는 속눈썹과 오뚝한 콧대와 입가에 남은 가느다란 웃음이 고스란히 드러났다. 마치 임종 체험을 모두 마치고 대기실로 나가는 복도에서 흔하게 보던 체험객들의 얼굴처럼. 앞으로 열심히 살아야겠다는 다짐과 희망을 품은 얼굴들.

그때까지도 유영은 남자를 어디서 봤는지 알 수 없었다. 적어도 임종 체험관에서 영정 사진을 찍은 수많은 체험객 중 하나는 아닐 거라고 확신했다. 그동안 유영이 봐온 영정 사진은 둘 중 하나였다. 미련이 덕지덕지 들러붙어 묵직하거나 오랜 숙제라도 마친 듯 홀가분하거나. 어떤 노파는 오랜 세월을 살았는데도 미련이 없다는 게 내심 서운하다는 표정이었다. 다른 영정 사진과 나란히 두고 보면 금세 잊힐 얼굴이었다. 다음 그리고 또 다음 얼굴이라고 다를 건 없었다.

그중 남자의 얼굴은 없었다.

"돈은 괜찮아요. 대신⋯⋯."

키위 하나가 상자 끝에 아슬아슬하게 걸쳐졌다. 유영은 키위를 노려보는 시선으로 남자를 바라봤다.

"저한테도 보호자가 필요하면⋯⋯ 그때 제게로 와줘요."

순간 유영의 자세가 허물어졌다. 그 틈에 몸 쪽으로 햇빛이 번지며 온몸이 뭉근하게 데워지는 듯했다. 일순 마취가 덜 깬 것처럼 몽롱해지고 주변이 뿌옇게 흐려졌다. 남자의 목소리가 머릿속을 제멋대로 헤집고 돌아다녔다. 유영은 희미하게 고개를 주억거렸다. 좀 전에 오늘은 계약 같은 거 하지 말라고 한 주의 사항도 다 잊어버렸다.

키위는 이미 상자 밖으로 굴러떨어진 지 오래였다. 모처럼 상자 안에 빈자리가 보였다. 그동안 신경 쓰였던 검사를 마쳤기 때문만은 아니었다.

"이제야 웃네요. 결과가 아주 나쁜 줄 알았어요. 내내 표정이 어둡길래."

"아녜요. 별문제 없대요."

"다행이네요."

유영은 남자가 다행이라는 게 검사 결과를 두고 하는 얘긴지 유영의 환한 표정을 두고 하는 얘긴지 몹시 헷갈렸다. 유영의 안심하는 마음이 리본 단지 재계약이 가능해서 그런지 보호자로 있는 남자에게서 온 건지 알 수 없는 것처럼.

"제 번호는 있으시죠?"

"없는데요."

"그때 저장하셨는데."

유영의 핸드폰에는 이미 남자의 번호가 있었다. 남자는 장래라는 이름으로 저장되었다. 장례를 장래로 잘못 썼다는 기억에 닿자 남자를 어디서 봤는지 분명하게 떠올랐다. 승화원 한쪽에 마련된 무연고자 공영 장례식장이었다. 남자의 목소리는 동기의 영정 사진을 올리면서 유영이 하려던 말을 대신해주던 장례 진행자의 목소리와 겹쳤다. 남자는 유영의 뒤에서 관을 들고 화로까지 봉송했다.

그날 남자가 보내드린 무연고자는 모두 다섯 분이었다. 예전에는 하루에 두어 명뿐이었지만 최근 점점 늘어나는 추세라고 했다. 그래서 부득이하게 두세 명씩 묶어 합동으로 장례를 치를 때도 많다고. 돌아가신 무연고자만큼 주어진 장례 시간이 늘어나는 건 아니기 때문이었다.

유영은 어쩌면 남자가 그날 마주친 사람 중 자신만 기억하는 걸지도 모른다고 생각했다.

"그때 영정 사진이 있던 고인은 딱 한 사람뿐이라 확실히 기억하고 있었어요."

그래서 남자는 유영을 영정으로 저장해놓았다고 했다.

순간 유영은 임종 체험관에서 영정 사진을 찍을 때마다 떠올리던 영정의 의미를 되뇌었다. 평안하고 고요하다는. 그러자 영정과 장래가 마치 끈끈하게 이어진 한 쌍처럼 느껴졌다.

남자의 말에 유영은 내내 잊고 있던 동기의 얼굴이 어른거렸다. 잊고 있었다는 건 순전히 착각인 듯 어제 본 것처럼 또렷하게. 기억은 유골함이 보관된 캐비닛 안쪽 빈자리로 이어졌다. 동기의 유골함을 감싼 보자기의 매듭은 금방이라도 풀릴 듯 엉성했다. 유영이 매듭을 풀어 다시 묶어봤지만 허술하기만 했다. 어쩐지 동기가 살던 방을 보는 듯했다. 낡아서 맥없이 열릴 듯한 문이 달려 있던. 그때만 해도 동기는 다음에 살 방을 꿈꿨다. 지금보다 조금이라도 더 나은 방을.

"오늘 저 어때요? 보호자 같아요?"

유영은 남자를 구석구석 바라봤다.

"글쎄요. 보호자라고 생각하고 보면 그럭저럭 보호자처럼 보여요."

"그만하면 됐어요. 이제 나가요."

남자는 공영 장례식 날처럼 유영이 균형을 잡지 못할까 봐 바짝 붙어 서서 걸었다. 언제든 부축할 수 있도록. 그래서 작은 목소리도 유영의 귓속에서 큼직하게 울렸다.

병원을 빠져나오면서 유영은 남자의 이름이 기종이라는 걸 알았다. 이어서 기종이 사고로 한날한시에 동생을 포함한 가족을 모두 잃고 혼자 남겨졌다는 얘기를 들었다. 사고를 아는 사람들과 완전히 멀어지고 싶었던 기종의 내밀한 사정까지. 그래서 유영처럼 입주자 서류에 신원 보증인 칸이 비었다는 것도. 유영은 사고를 자세히 알게 되면 다른 사람들처럼 기종과 거리가 생길지도 모른다는 생각에 그저 가만히 중얼거리기만 했다.

"사고…… 그래요. 사고였군요."

기종은 그저 사고라는 말로는 충분한 설명이 되지 않는다고 했다. 하지만 사고에 덧붙일 얘기는 마땅찮았다. 사소한 부주의나 어쩔 수 없는 우연도 적절하지 않았고 무리하게 밀어붙였던 방식과 소홀한 태도라고 해도 도통 이해할 수 없는 건 마찬가지였다. 아무도 혼자 남은 기종을 거들떠보지 않았고 도리어 잘못 엮일까 봐 슬금슬금 피하기에 바빴다는 사실만은 또렷했다. 기종은 아무 잘못이 없다고 생각했지만 모두 기종과 같은 입장인 건 아니었다.

그러니까 기종은 유영과는 달리 태생적 무연고자가 아니었다. 유영은 이 사실을 신경 쓰지 않으려고 몹시 애썼다. 그저 지금 우리에게는 아무도 없다는 사실만 분명히 짚었다.

"……차라리 일에 몰두하기로 했어요."

기종의 목소리는 휘청거렸지만 끊어지지 않고 끝까지 이어졌다.

기종은 인력사무소를 통해 임시로 잠깐씩 하는 일만 따로 배정받았다. 대개 앞날을 장담할 수 없어 불안정하고 수입마저 일시적이라 인부들이 꺼리는 일들이었다. 섣불리 맡았다가 몇 개월간 안정적인 수입이 보장되는 자리를 놓칠 수도 있었다. 하지만 기종은 한자리에 진득하게 붙어서 장기간, 어쩌면 평생 고정될지도 모르는 작업을 항상 경계했다. 도리어 당장 내일이라도 관두고 또 새롭게 주어지는 일거리에 끌렸다.

그래서 갑작스럽게 잡힌 야근으로 자리를 비울 수 없는 부모 대리로 아이의 하원을 맡았고 점장에게 주의를 받은 뒤 하루아침에 그만둔 편의점 아르바이트생 자리를 채웠다. 그때 점장은 기종에게 친절한 미소를 여러 차례 강조했다. 지난 아르바이트생처럼 무뚝뚝한 인상은 곤란하다고. 임시로 누군가를 대신해 짓는 미소라면 기종에게는 어렵지 않았다. 최근에는 여행 중인 주인을 대신해 며칠간 강아지 산책을 시켜주고 때맞춰 동물병원에 데려가곤 했다. 기종은 잠깐씩 다른 사람의 역할에 몰입하면서 사고의 흔적으로 얼룩진 삶에서 슬그머니 비켜서려는 것처럼 보였다. 돌이킬 수도, 고칠 수도 없는 과거보다 언제든 달라지기 마련인 내일에 기대는 눈치였다.

그러다 보면 사고로 사라진 가족도 영원한 관계가 아니라 그저 임시였다는 생각이 든다고 했다.

"그런데 언제부턴가 헷갈리더라고요."

"뭐가요?"

"내가 원래 누구였는지."

그건 임종 체험을 하러 오는 사람들이 곧잘 내뱉는 말이었다.

유영과 처음 만난 날은 공영 장례 진행자가 빗길에 미끄러지는 바람에 병원 신세를 지게 되어 급히 투입될 인력이 필요했다고 했다. 잠깐 뜸 들이던 기종은 유영에게 그날 사정을 전했다.

현장을 배정받지 못한 인부들은 하루를 공치는 한이 있더라도 대놓고 승화원은 꺼렸다. 체력 소모가 크지 않은 데다가 일하는 시간은 적고 일당이 세다고 꾀어봐도 통하지 않았다. 알지도 못하는 고인의 관을 들고 제단을 꾸미고 억지로 내야 하는 곡소리까지 영 내키지 않는 모양이었다. 그래서 간밤에 꿈자리가 사납다거나 외롭게 떠난 고인이 저승으로 가지

못하고 들러붙는다는 미신을 들먹이며 뒷걸음질 치기 일쑤었
다. 그렇다고 기껏 소장이 물어다 주는 일을 마냥 거부할 순
없었다. 나중에는 아예 현장을 배정해주지 않을 수도 있었다.
그 때문인지 기종이 선뜻 나섰을 때 다들 딱히 말리지 않는 분
위기였다. 도리어 대놓고 반기기까지 했다.

기종이 장례식장에 들어선 건 사고 이후 처음이었다.

무연고자의 장례는 기종이 겪은 과정과는 좀 달랐다. 빈소
는 지나치게 협소했고 제단은 예산 문제로 여러 번 쓸 수 있는
조화로만 단출하게 꾸몄다. 그마저도 꽃잎이 군데군데 찢어
졌고 색까지 바래 여간 너절해 보이는 게 아니었다. 장례대행
업체 직원은 항상 예산을 균형 있게 쓰는 데에 집중했다. 큰맘
먹고 제단을 새로 꾸미는 비용을 책정하다가도 더 좋은 방향
에 쓰일 순 없는지 재보며 고심을 거듭했다. 이를테면 한쪽이
깨져 점점 벌어지기 시작하는 위패를 새로 사거나 제단에 올
릴 음식의 가짓수를 늘리는 일 사이에서. 아무리 계산을 거듭
해도 빈소는 겨우 구색을 맞췄을 뿐 옹색하기 짝이 없었다.

장례의전은 채 30분도 되지 않아 끝났다. 화장과 수골까지
해봐야 고작 서너 시간이면 충분했다. 한평생 살아온 세상을
떠나기에는 너무 짧은 시간인 듯했지만 서둘러 다음 무연고
자를 모셔야 했다. 시간은 한정되어 있었고 그날 모셔야 할 무
연고자는 정해져 있었다.

위패에는 제대로 된 이름조차 없을 때도 잦았다. 조문객도

거의 들어서지 않아 처음에는 비좁다고 생각한 빈소가 나중에는 지나치게 넓고 황량하게만 느껴졌다. 그나마도 예전에는 별다른 의식도 진행하지 않은 채 안치실에서 곧장 화장장으로 향했다고 들었다. 모두 법적 보호자 역할을 해야 할 가족이 없기 때문이라고 했다.

서둘러 다음 위패를 챙기는 기종의 앞날이라고 다르지 않았다. 어느 순간 기종의 이름이 써진 위패가 불쑥 튀어나와 제단에 오를지 알 수 없었다. 그때 유영이 말을 걸었다. 더할 수 없이 쇠약한 목소리였다.

"혹시…… 사진이라도 쓸 수 있을까요?"

유영에게 동기의 영정 사진을 받아 넣은 기종은 액자에 비친 제 얼굴을 물끄러미 보는 듯했다. 나중에 기종은 유영에게 그 순간 처음으로 자신의 장례식을 떠올렸다고 고백했다. 텅 빈 영정 사진에 이름 없는 위패를 모셔둔 채 간략하게 마무리될지도 모를. 이제껏 임시로 잠깐씩 머무는 삶에 붙박였던 생각은 일순 먼 미래의 죽음으로까지 거침없이 흘러갔다. 어쩌면 그다지 머지않을지도 모를 미래를 향해서.

리본 단지에 도착한 유영과 기종은 입주자 서류상 서로의 신원 보증인이 되기로 했다. 오는 동안 유영은 곁에 기종이 지키고 있다는 생각만으로도 균형을 잃지 않고 걸을 수 있었다.

입주 기간이 만료되기 전 유영은 구도심 끄트머리에 기종과 함께 지낼 집을 찾아 나섰다. 되도록 무연고자가 사는 구역과 멀찌감치 떨어질 작정이었지만 신도심 쪽은 보증금부터 두 배 가까이 차이 났다. 적당한 월셋집이 나와 보러 가기 전만 해도 목돈을 모아놓은 유영이 보증금을 내고 대신 기종이 월세를 더 부담하는 식으로 간단히 마무리될 줄 알았다.

하루 중 기존 세입자가 집에 머무는 시간은 정해져 있었다. 세입자는 다른 시간에는 도저히 가게를 비울 수 없다고 하소연했다. 유영과 기종은 미리 약속된 일정을 조정하고 시간을 맞추기 위해 다른 사람에게 아쉬운 소리를 해야만 했다. 그래도 집을 보려면 얼마간 서둘러야만 겨우 늦지 않을 수 있었다.

오면서 들은 설명과는 달리 연립은 대로변에서 제법 떨어져 있었고 위태로워 보이는 옹벽을 지나쳐 좁은 골목길을 돌아 가파른 언덕까지 올라야 했다. 어쩐지 비탈길 사이에 엉거주춤하게 선 듯한 모양새였다. 미리 알았다면 굳이 시간을 쪼개가면서까지 오지 않았을지도 몰랐다. 기존 세입자 말처럼 운동 삼아 가볍게 걷는다고 치기엔 금세 숨이 찼다.

"저도 처음에는 그랬어요."

돌아선 세입자는 몇 달만 지나면 금방 익숙해질 거라고 장담했다. 목소리는 조금도 흔들리지 않았다.

"몇 달이면 뭐든 안 익숙해지겠어요."

기종은 식식거리며 유영과 세입자를 앞질러 성큼성큼 나아갔다.

연립 주변을 둘러싼 담은 반쯤 허물어져 무용해 보였다. 겨우 남은 담도 금방 쓰러질 듯했고 이끼로 잔뜩 뒤덮여 푸릇했다. 바닥마저 고르지 못해 걸음마다 신경 써야 했다. 움푹 팬 자리마다 임시로 시멘트만 대충 부어놓은 것 같았다. 얼핏 매끈해 보였지만 빛이 닿으면 우둘투둘한 표면이 오롯이 드러났다. 그 뒤로 자그마한 텃밭이 내다보였다. 뭔가 심으려다가 실패한 듯 잡풀만 무성해서 볼썽사나웠다. 그사이 세입자는 재빠르게 계단을 올랐다. 유영과 기종은 녹슨 난간과 함부로 나뒹구는 스티로폼 상자를 지나쳐 뒤따랐다. 한번 격렬해진 숨소리는 좀처럼 잠잠해질 기미가 보이지 않았다.

"이만하면 나쁘지 않죠?"

유영은 대답을 미루고 집 안쪽으로 깊숙이 들어섰다. 이만하다는 게 대체 어느 정도인지 가늠할 수 없었다.

계약 만료 전에 급히 집을 빼는 터라 세입자는 두 달 치 월세를 얹어주겠다고 나섰다. 언제 재개발에 들어갈지 몰라 주변 시세보다 저렴하게 나온 집이라고 여러 번 강조했다.

"근데 뭐 재개발이 말처럼 쉽게 되겠어요? 한동안 지지부진하기만 하고."

그 때문인지 생활에 불편을 초래할 정도가 아닌 이상 어지간하면 보수하지 않고 묵묵히 버틴다는 인상이 강한 연립이었다. 그건 유영이 집을 알아본다고 했을 때 기종이 먼저 나서서 이쪽부터 기웃거린 이유이기도 했다. 당장이라도 싹 허물고 새로 지을 듯한 떠들썩한 분위기에 세입자가 구해지지 않는 사정을 잘 알았던 것이다. 서너 달쯤 잠깐 머물다 떠날 사람이라면 모를까. 집주인이 형편을 봐주는 것도 그 때문이었다. 청년기를 다 보냈어도 여전히 리본 단지 출신은 세입자로서 기피 대상이었다. 어쩌면 왜 아직도 무연고자로 남은 거냐고 따져 묻고 싶은 것일 수도 있었다. 수압이 시원찮거나 방음이 허술한 집처럼 선택받지 못할 심각한 하자가 있는 건 아니냐고.

무연고자 둘이 만나 함께 오랫동안 가족처럼 지내도 연고자가 아니라 끝끝내 무연고자로 분류될 수도 있다는 걸 유영은 잘 알았다. 가족이 아니라 가족처럼일 뿐이라.

"두 분이 같이…… 사시는 거죠?"

유영과 기종이 동시에 고개를 돌려 쳐다보자 세입자는 서둘러 말을 보탰다.

"아, 공과금 때문에요. 인원수대로 나눠 내거든요."

기종은 느긋한 자세로 눈으로만 대충 집을 훑어봤고 유영은 종종거리며 보일러 전원 버튼을 누르고 수돗물을 틀어본 다음 신발장도 여닫아봤다. 형광등을 일일이 켜보는 것도 잊지 않았다. 이어서 얼룩과 곰팡이 자국이 뒤엉킨 모서리까지 샅샅이 확인했다. 유영이 세면대가 없는 화장실에서 타일이 떨어진 자리를 눈여겨보다가 인상을 쓸 때 기종은 덜렁거리는 싱크대 문짝과 깨진 부분을 테이프로 덕지덕지 붙여놓은 창문을 발견했다. 시선은 그다지 오래 머물지 않았다. 내내 심드렁한 표정으로 누런 벽지와 일그러진 현관문을 물끄러미 바라봤다. 어쩐지 화장실에 문이 없어도 무심할 것만 같았다.

유영과 기종의 시선이 마주치는 순간 구석에서 서성이던 세입자가 다시 나섰다.

"까짓거, 오늘 계약하시면 이사 비용까지 책임지죠."

벌써 다른 지역으로 짐을 뺀 다음이라 다시 나오기 성가신 눈치였다.

유영은 어느새 거실 겸 안방 바닥을 빈틈없이 채운 햇빛이 눈에 들어왔다. 걸음을 옮긴 기종은 햇빛을 등지고 섰다. 표정까지 알아볼 순 없지만 어쩐지 기종이 이 집의 일부분처럼 자연스럽게 느껴졌다. 그림자가 길게 이어져 유영의 발끝에서 가만히 맴돌았다. 그림자가 사라지며 장판 가운데 검게 그을린 흔적과 짐승이 파먹은 듯 뜯겨나간 자리가 드러났다.

"저 여기서 잘돼서 나가는 거예요. 나쁜 일로 집 내놓는 거 아니고요."

밖으로 나서기 전 세입자는 달뜬 목소리로 떠벌렸다. 임종 체험을 마치고 인증 사진을 남기는 순간처럼 밝고 활기찬 표정이었다.

돈이란 돈은 다 끌어모았고 딱히 빌릴 데도 없었다. 유영은 기종과 함께 살려면 이 연립이 최선이라는 걸 모르지 않았다. 아침저녁으로 서로 안부를 물으며 잘 지냈다는 의미로 매일 점을 찍어주듯 일상을 꾸려나가려면.

해지 통보를 하는 유영과 기종을 향해 리본 단지 관리인은
반색했다. 아무렴 사람은 역시 법적 보호자가 있어야 하는 거
라면서 말끝마다 호방하게 웃기까지 했다. 이번 달에는 성과
보고서를 제출할 때 담당자 앞에서 덜 굽신거려도 괜찮을 것
같다며. 하지만 둘이 함께 살기로 했다는 얘기에는 떨떠름한
얼굴을 굳이 숨기지 않았다. 얼굴은 사인을 받고 서류를 간추
리는 내내 조금도 달라지지 않았다.

"주택 마련은 물론이고 세금이나 대출 혜택에도 해당 사항
없는 거 아시죠?"

마치 세금을 축내는 자발적 무연고자라도 대하듯 억센 목
소리였다. 나중에는 대놓고 묻기까지 했지만 유영은 결연하
게 대답했고 기종은 피식거리며 콧바람을 내뿜었다.

절차를 마친 유영과 기종이 관리실을 나설 때 관리인은 서
류를 내팽개치면서 함부로 불퉁거렸다.

사람이라면 양심이 있어야지. 지원받았으면 제대로 된 성
과를 내놔야 할 거 아냐.

이사를 마치고 나서야 유영은 세입자가 고집한 약속 시간
을 이해할 수 있었다. 하루 중 그 삼사십 분을 빼면 집 안은 어
딜 가나 동굴처럼 온통 어두컴컴하기만 했다. 불을 끄면 관 속

184

에 누운 것처럼 비좁게 느껴지기도 했다. 창문을 열면 한쪽 귀퉁이에 멀리 리본 단지가 보인다는 것도 그때에야 알았다. 유영은 환기를 시킬 때마다 그쪽으로 시선을 두지 않으려고 애썼다. 그나마도 이음새가 빽빽해서 창문을 잘 열지 않게 되었고 방충망에 구멍이 생긴 다음부턴 거의 닫고 지냈다. 잠깐 들어오던 햇빛도 겨울에 가까워질수록 점점 짧아졌다.

그래도 같은 조건이라면 재계약하리라 마음먹었다. 형편은 당장 나아질 기색이 없었고 여전히 집주인들에게 유영과 기종 같은 사람은 기피 대상이었다. 월세를 5만 원쯤 올린다고 해도 못 이기는 척 계속 남을 작정이었다. 그즈음엔 따로 돈을 들여서 도배와 장판을 새로 하고 방충망을 보수한 다음 싱크대 문짝도 새로 달 계획까지 세웠다.

하지만 집주인이 툭하면 오작동하는 보일러를 새로 교체해주고 관리비까지 깎아준다고 약속했지만 계속 머물 수 없었다. 시도 때도 없이 고함치는 옆집이나 어디서 흘러오는지 도통 알 수 없는 악취와 담배 연기에 이어 다시 불거진 재개발 소문 때문만은 아니었다.

짐을 들여놓기 전 청소를 마치고 얼룩과 곰팡이 자국까지 지우고 나니 연립은 제법 그럴싸해 보였다.

이삿날 기종이 들고 온 건 낡은 트렁크와 달랑 배낭뿐이었다. 트렁크는 모서리마다 깨져 있었고 흠집이 가득해서 금방이라도 열릴 것처럼 아슬아슬해 보였다. 함께 짐을 옮기려고 나선 유영은 멋쩍게 뒤로 물러섰다.

"나머지 짐은 내일 들어와요?"

"아뇨. 이게 다예요."

기종은 마치 3, 4일쯤 여행 온 손님 같았다.

연립에 들어오면서 유영은 임종 체험관으로 출근하기 전 닫힌 냉장고 문과 잠긴 수도꼭지와 꺼진 에어컨이나 보일러를 사진으로 남기면서 어느새 기종도 함께 찍었다. 새벽까지 경비 일을 대신 하고 들어와 늦잠을 자던 기종을, 며칠간 주간보호센터 셔틀버스 운전기사를 맡기로 해서 간이의자에 앉아 노선을 확인하고 외우던 기종을, 때론 그저 유영을 배웅하기 위해 현관에 우두커니 서 있던 기종을. 그리고 나면 현관문을 여러 번 흔들어 잠금 상태를 확인하지 않을 수 있었다. 그저 현관문 뒤에 기종이 있다는 사실만으로도 충분했다. 때로는 젖은 수건이나 현관 한쪽에 널브러진 운동화처럼 기종이 머무는 흔적만으로.

어느덧 유영의 마음속 상자 안에는 딱 하나의 키위만 남아 이리저리 굴러다녔다. 어떨 땐 상자를 흔들어보기 전까지 키위가 들어가 있는 줄도 모르고 지냈다. 선생님이 요즘 키위는 어떠냐고 물을 때만 잠깐 떠올랐다가 사라질 뿐이었다.

함께 사는 동안 유영과 기종은 일하는 시간이 달라 집 안에서 마주할 시간이 많지 않았다. 야간 임종 체험이 잡힌 날이면 유영은 새벽쯤 들어왔고 기종은 임금 체납 시위에 나선 이들 대타로 청과물 도매시장에서 운반 업무를 맡아 첫차를 타러 나서는 식이었다. 더러 연립에 함께 있는 날이면 아마도 낮에 삼사십 분쯤 햇빛이 닿았을 자리에 마주 보고 앉았다. 그 자리가 딱히 더 밝거나 온기가 느껴지는 것도 아닌데 그랬다. 언젠가 기종이 밖에서 주워 온 플라스틱 간이의자에 앉은 채였다. 간이의자는 오래 쓰지 않을 생각으로 밖에서 함부로 다룬 탓인지 서로 다른 쪽 다리가 깨져나갔다. 그 때문에 긴장하지 않으면 어느 순간 자세가 기울어져 시선이 엇나가기 일쑤였다. 임종 체험관 대기실에서 쓰던 의자와 별다른 게 없었다. 며칠만 쓰고 버릴 생각이었던 간이의자는 결국 끝까지 남아 있었다. 그래도 계속 앉아 있다 보면 낮에 머물렀던 햇빛이 남겨둔 온기를 조금은 짐작해볼 수 있던 그 자리에.

자세를 고쳐 앉으며 발끝에 힘을 준 유영은 그동안 찍은 체험객들의 영정 사진을 생각나는 대로 전했다. 텅 비기도 하고 때론 처연하고 우습거나 누구라도 한 번쯤 지어봤을 법한, 반대로 살면서 아무에게도 내비치지 않았을 괴이한 표정을.

기종은 유영의 설명대로 열심히 흉내 내는 것 같았지만 딱 맞아떨어지지 않았다. 너무 과장되거나 어딘지 모르게 부족하기만 했다. 아마 임종 체험관에서 마주했다면 여러 번 물었을지도 몰랐다.

다시 찍는 게 어떠시겠냐고.

"살면서 자기에게 어울리는 표정을 찾아 간직하는 게 중요하죠. 영정 사진을 찍다 보면 결국 못 찾는 사람들이 많은 것 같더라고요. 어쩌면 어느 순간 잃어버렸을지도 모르고."

다음은 기종의 차례였다.

"지난주까지는 주차 요원이었고 오늘은 누구였어요?"

"오늘 저는 매표소에서……."

유영이 물으면 기종은 그날 맡은 역할을 공유했다. 면접 일정이 앞당겨지는 바람에 대신 인형 탈을 쓰고 췄던 춤과 갑자기 연락 두절된 보조 연기자를 대신해 주인공 뒤에서 한나절동안 가지치기한 수목원에 대해서. 주간보호센터 셔틀버스 기사를 맡았을 때는 짧은 머리에 핀을 여러 개 꽂았거나 때가 꼬질꼬질한 형광색 조끼를 매일 입는 노인들이 탄다고 했다. 연립 근처에서 타는 할머니는 어설프게 립스틱을 바른 채 주사위를 손에 꼭 쥐고 있었다고도. 눈이 그려져 있지 않아 설명을 듣기 전에는 그저 작은 상자처럼 보였던.

"주사위를…… 왜요?"

"글쎄요. 이유를 아는 건 제 역할이 아니었어요. 다만……."

기종은 정해진 게 없으니 어느 쪽이 나오든 결과는 주사위를 던진 사람이 해석하기 나름인 것 같다고 했다. 속이고 우겨도 별수 없다고. 순간 유영의 발끝에 힘이 풀려 균형이 깨졌다.

그래도 시간이 남으면 유서를 갱신했다. 동기의 공영 장례식에서 만난 후 각자 써오던 유서였다. 처음에는 늘 서로에게 장례를 맡긴다는 문장으로 시작했다. 유영과 기종은 서로의 장례 주관자가 될 수 없었다. 무연고 사망자 장례 주관자 신청서를 내고 심의를 거쳐 통과되어야만 했다. 그 전에 무엇보다 중요한 건 유서에 담긴 고인의 뜻이었다. 신세를 져서 보답해야 하는 사람이나 재산 처분에 관한 내용은 그때그때 삭제되거나 새로 추가되었지만 그 문장만은 관계가 틀어지기 전까지 변함없었다. 생활비 문제로 의견 차이가 생기거나 제때 물을 주지 않아 마른 화분의 책임을 두고 목소리를 높일 때도 유서의 첫 문장을 떠올리면 흐지부지되곤 했다.

처음부터 아무 의지 없이 덜컥 주어진 가족은 마음대로 선택할 수 없지만 유영과 기종은 서로를 분명하게 정할 수 있었다. 그땐 그게 언제든지 손쉽게 끊어낼 수 있다는 뜻이기도 하다는 걸 몰랐다. 간이의자에 앉아 유서를 바꿔 읽다 보면 어느 순간 또 어긋나고야 마는 시선처럼.

돌이켜보면 유영과 기종은 사소한 부분에서 끊임없이 어그러졌다.

당시에는 별거 아니었고 눈을 흘기며 돌아앉았다가도 유서를 갱신하면서 어느 순간 느슨해지는 문제였다. 적어도 함께 살기로 한 결심을 번복할 만큼은 아니었다. 끝내 바꿀 수 없을 듯한 습관이나 취향도 많았지만 수긍하지 못할 건 없었고 몇몇은 살면서 천천히 달라질 거라는 기대도 들었다.

하지만 집에 물건을 들여놓을 때만큼은 사사건건 부딪쳤다.

이사한 지 얼마 되지 않았을 때부터 유영은 건조대 하나를 사더라도 구조와 재질을 따져보며 튼튼하고 오래 쓸 수 있는 것으로 골랐다. 후기를 꼼꼼하게 읽었고 한 달 동안 쓴 구매자가 지적하는 심각한 단점을 놓치지 않았다. 이어서 예산을 벗어나더라도 제대로 된 소파를 주문하자고 했고 냉장고도 넉넉한 크기로 새로 장만하기 위해 틈틈이 발품을 팔았다. 그사이 이벤트 기간을 확인하면서 쇼핑몰마다 제각각인 제휴카드 할인율까지 비교했다.

그동안 기종은 꼭 필요한 것만 골라 중고 물품 쪽으로 알아봤다. 1년 사이 어쩌면 당장 다음 달에라도 완전히 망가질 게 분명한, 그래서 터무니없이 저렴한 물건으로만 집 안을 채우려고 들었다. 유영이 얼마 못 가 버리고 새로 사느니 처음부터 괜찮을 걸 사는 게 더 이득이라고 해도 통하지 않았다. 회전이 되지 않는 선풍기와 충전 시간이 너무 오래 걸리는 무선 청소기에 이어 간이의자도 그런 식으로 집에 들여온 것이었다. 식탁을 구할 때는 유영이 반대하며 버티고 기종도 끝까지 물러서지 않는 바람에 한동안 서먹해지기도 했다.

저렴한 조립식 식탁은 이왕이면 사후관리까지 확실한 유명 회사 제품으로 구하자는 유영과 근처에 무료 나눔으로 올라온 물건을 가져오자는 기종이 한 걸음씩 양보한 결과였다. 하지만 식탁을 조립하는 동안 한쪽 다리를 고정하면 반대편 다리가 덜렁거리기 일쑤였다. 그쪽을 단단히 조이면 이번에는 다른 구멍이 맞지 않아 나사가 계속 헛돌았다. 억지로 맞추려고 들면 우지끈거리는 소리가 났다. 결국 기울어진 식탁을 임시로 두고 썼다. 기종은 여유가 생기면 다시 조립할 작정이었지만 식탁은 내내 그대로였다. 휴일에 유영이 혼자 처음부터 다시 조립해봤지만 소용없었다. 반대 방향으로 기울거나 체감하기 어려울 만큼 기울기가 조금 덜해졌을 뿐이었다. 그래서 밥을 먹을 때마다 흔들리다가 그릇이나 냄비가 한쪽으로 쏠려 바닥에 떨어지진 않을지 신경을 곤두세워야 했다. 그때까지만 해도 식탁은 위태롭게 보였지만 적어도 무너지진 않았다.

유영이 식탁 얘기를 다시 꺼냈을 때 기종은 확실히 선을 그었다.

"그때 가서 고민하죠. 여기 언제까지 있을 줄 알고요."

기종은 햇빛이 닿았던 자리에서 멀찌감치 물러나며 한숨을 뒤섞었다. 어쩌면 재개발을 두고 하는 얘기일지도 몰랐지만 한편으로는 유영과 계속 함께하리란 보장은 없다고 단정 짓는 말처럼 들렸다. 그러자 단출한 짐과 손해를 보더라도 정수기나 인터넷 약정 기간을 최대한 짧게 잡으려고 한 것마저 마음에 걸렸다. 유영은 어쩌면 지금도 기종이 인력사무소를 통해 임시로 배정받은 일을 하는 중일지도 모른다는 생각이 들었다. 대리 수상하러 시상식장에 들어서고 학부모 대신 참관 수업에 참석하는 것과 다름없이.

순간 기종의 뒤로 벽지에 핀 곰팡이가 눈에 들어왔다. 짐을 들여놓기 전 여러 번 약품을 뿌려 확실하게 제거했던 자리였다. 어쩐지 전보다 더 선명하고 깊어 보였다.

언제부턴가 간이의자에 앉지 않았는데도 유영과 기종의 시선은 제대로 맞닿지 않았다.

기종이 짐을 뺀 다음부터 집 안에서 뜬금없이 키위가 보이기 시작했다. 비누 받침대 위에 비누 대신 천연덕스럽게 웅크리고 있었고 양말 사이에도 버젓이 끼어 있었다. 설거지를 하다 보면 느닷없이 위에서 툭 떨어질 때도 있었고 별안간 서랍장 아래에서 발견되기도 했다. 소파 사이에서 튀어나와 바닥에 나뒹굴기도 여러 번이었다. 어느새 연립은 발 디딜 틈 없이 키위로 가득 찼다. 걸음이 조금만 흔들려도 키위 더미에 깔릴 것만 같았다.

어디선가 기종이 새로 주어진 역할에 맞는 목소리로 말하고 있을지도 몰랐다. 얼마 전까지는 오래전 가족과 떨어진 유영의 장례 주관자를 임시로 맡았다고.

유영은 다시 사진으로 집 안을 샅샅이 남겨야 했다. 변기의 물은 내렸는지 드라이기는 껐는지 창문이 열리진 않았는지 차례차례 확인했다. 확인할 항목은 점점 늘어 나중에는 욕실 슬리퍼를 세워놓았는지까지 신경 써야만 했다. 그래도 당장 일상을 뒤흔들 만한 사건이 터질지도 모른다는 불안은 찌꺼기처럼 남아 온몸을 단단히 결박했다. 그러면 다시 한번 처음부터 찍어야 했다. 그때마다 간이의자 앞에서 한참 머뭇거렸다. 유영의 맞은편에 앉아 균형을 잡던 기종은 이제 없었다.

에스컬레이터 사고 이후부터.

기종은 사진을 따로 저장해두지 않는 편이었다. 작업에 필요한 내용만 잠깐 보관했다가 대개 그날 바로 지우는 것 같았다. 나중에는 그마저도 잊어버리는 바람에 사진이 뒤죽박죽 섞였다. 그중에는 기종조차 언제 찍었는지 누구에게 전달받았는지도 알 수 없는 사진이 수두룩했다. 고민 끝에 아예 파일 전체를 삭제해버리기 일쑤였다.

유영은 날짜별로 사진을 남겨두고 그날의 상황까지 간단하게나마 기록해뒀다. 임종 체험관에서 찍은 영정 사진이나 홍보에 쓰일 사진은 찾기 편하도록 따로 앨범을 만들어 구분했다. 기종이 나온 사진만 따로 모아둔 앨범도 있었다. 처음에는 불안을 잠재우기 위해 아무 일 없는 집 안을 구석구석 찍어둔 사진으로 가득 찼지만 최근에는 대개 기종이 나온 사진뿐이었다. 코드가 뽑힌 전기밥솥 끝에 기종의 발가락이 잡히고 잠긴 가스 밸브 옆에 기종이 얼굴을 들이밀고 익살맞은 표정을 짓는 식이었다. 그중 일부는 인화해서 따로 간직했다. 화면에서만 보이는 게 아니라 손에 잡혀야만 똑똑히 실감 나는 순간이 있었다.

지역에서 인화 가능한 사진관은 쇼핑몰 안에 하나뿐이었
다. 다른 사진관들이 운영상의 어려움으로 앞다퉈 문을 닫는
동안에도 면적을 반으로 줄이면서까지 버틴 사진관이었다.

유영이 오랜만에 사진관에 가려고 나설 때 마침 휴일이었
던 기종이 따라나섰다. 학생들의 체계적인 실습을 위해 종일
환자 역할을 하고 온 다음 날이었다. 거의 종일 침대에 누워
있어야 해서 그다지 어렵지 않을 거라고 예상했지만 막상 현
장에 투입되었을 때는 온몸이 쑤셨다. 그래서인지 미리 주어
진 질문을 잊었고 돌발 상황을 놓치는 바람에 몇 차례 주의를
받기도 했다. 여전히 기종은 몹시 찌뿌둥해 보였고 어찌 보면
아직도 환자 역할에서 빠져나오지 못한 듯 낯설어 보였다.

그러고 보면 요새 기종은 매번 다른 사람처럼 느껴졌다. 그
저 역할에 맞춰 모자를 눌러쓰고 작업복을 입거나 안경을 쓰
고 말투를 바꿨기 때문만은 아니었다. 예전에 유영은 그 틈에
서 원래 알던 기종을 어렵지 않게 찾아냈었다. 이제 와선 그게
진짜 기종이었는지조차 확실하지 않았다.

유영이 눈짓을 보내자 기종은 오랜만에 기울어지지 않은
식탁에서 밥을 먹자고 했다. 쇼핑몰 안에 샤브샤브가 끝내주
는 식당도 알아봤다고.

"밖에서 할 말도 있고요."

기종이 식탁 때문에 미세하게 기울어진 밥그릇과 전골냄비

가 유난히 신경 쓰인다던 저녁으로부터 얼마 지나지 않았을 때였다. 그즈음 유영은 기운 식탁에 얼마간 무심해졌다.

문득 유영은 어제 실습 현장에서 기종이 놓친 돌발 상황이 무엇이었을지 떠올려봤다. 기종에게 물었지만 마땅한 대답을 들을 순 없었다. 기종은 그날 역할은 그날이 지나면 거의 잊는다고만 했다. 이어서 실습생 중 돌발 상황에 맞는 적절한 조치를 한 사람은 하나도 없었다고 덧붙였다.

버스를 기다리는 동안에도 유영은 기종이 굳이 집 밖에서 해야 할 말이 무엇인지 알 수 없었다.

"……없어졌네요."

사진관 자리에는 무인으로 운영되는 포토 부스가 늘어서 있었다. 포토 부스는 이 순간 찍은 사진만 인화할 수 있을 뿐이었다. 유영이 예전에 찍은 사진은 소용없었다.

"이왕 온 거 우리도 하나 찍어볼까요?"

빈 포토 부스는 하나뿐이었다. 유영이 대답하기도 전에 기종은 그쪽으로 슬금슬금 들어섰다. 유영도 마지못해 따라 들어갔다. 안에 들어서자마자 조명이 너무 환해서 잠깐 시야가 흐려졌다. 마치 예전에 검사를 받았던 날 대기실에서처럼. 순간 자세가 허물어지는 바람에 몸 쪽으로 햇빛이 번지며 온몸이 뭉근하게 데워졌던. 유영은 그날 기종의 목소리를 어렴풋이 기억했다. 포토 부스 안은 그다지 넓지 않아 기종은 예전처럼 균형을 잃은 유영 옆에 바짝 붙어 섰다. 그러자 속삭이는 듯한 목소리도 쿵쿵 울렸다. 일순 잊었던 과거로 돌아간 듯했다.

서로 보호자가 되어주고 장례 주관자가 되기로 결심했던 그때로.

결국 유영과 기종은 포토 부스에서 제대로 된 사진을 찍지 못했다. 화면 속 메뉴가 온통 중국어였는데 한국어로 변경하는 버튼을 찾지 못했기 때문이다. 음성 안내가 나왔지만 한마디도 알아들을 수 없었다. 도움을 요청하려고 해도 주위에는 아무도 보이지 않았다. 일단 카드부터 밀어 넣고 되는대로 이것저것 눌러봤지만 얼굴이 겨우 반쪽만 나왔거나 난데없이 뒤통수가 찍힌 사진뿐이었다. 얼굴이 잡힌 사진도 흔들렸거나 둘 다 동시에 눈을 감았다. 사진만 봐서는 누가 누군지 알아볼 수 없었다. 영정 사진으로 쓰인다면 아무도 빈소를 찾지 못할 듯했다.

유영과 기종은 샤브샤브가 끝내주는 식당 앞에서도 돌아서야만 했다. 출입문에는 삐뚤삐뚤한 글씨로 오늘 준비한 재료가 모두 소진되었다는 안내문이 붙어 있었다. 기종은 애초에 재료를 넉넉하게 준비했어야 하는 거 아니냐며 내씹듯 말했다. 허공을 향해 뱉은 말이었지만 유영이 변명하듯 받아쳤다.

"아무도 예상하지 못한 변수가 있었겠죠."

연립에서처럼 또 시선이 기울어진 것만 같았다.

기종이 아무 말 없이 유영을 지나쳐 앞장서서 걸어 나갔다.

기종과 부딪치지 않으려고 유영이 뒤로 조금 물러났다.

"다른 쪽으로 가보죠. 뭐든 있겠죠."

"그래요."

유영과 기종은 에스컬레이터에 나란히 섰다가 뒤에서 누군 가 밀치고 올라가는 바람에 휘청거렸다. 한쪽으로 비틀거리 던 기종은 몸을 돌려 유영의 앞으로 자리를 옮겼다. 그사이 사람들이 옆으로 계속 지나갔다. 유영은 기종의 뒷모습을 올려 다보며 우두커니 서 있었다. 분명 위층으로 올라가는 중이지 만 뒷모습만 보고 있으니 제자리에 멈춘 듯한 착각에 빠졌다. 눈부신 조명 탓일지도 몰랐다. 쇼핑몰에서는 입구에서부터 햇빛에 가까운 조명등을 설치해 실내에서도 전혀 답답하지 않다고 광고했다. 얼핏 보면 정말 싱그러운 햇빛처럼 느껴졌 다. 하지만 밖을 내다보면 그래봐야 인공조명일 뿐이라는 걸 확실히 깨달았다.

그때 기종이 유영을 향해 돌아섰다. 조명을 등진 탓에 그림 자가 기종의 얼굴을 뒤덮었다.

마치 임종 체험관에서 가면을 쓴 얼굴처럼.

기종의 얼굴을 계속 마주하자니 이제 유영은 도리어 깊은 바닥을 향해 곤두박질치는 것만 같았다. 그때 기종이 내뱉은 한숨이 건너와 유영의 얼굴에 닿았다. 흠칫 놀랄 만큼 차고 단단한 숨이었다. 유영은 기종의 돌발 상황에서 학생들이 해야 했던 적절한 조치가 무엇이었는지 짐작해봤다. 호흡을 확인

하는 거였나. 아니면 일단 도움부터 요청하고 주변의 위험물
질을 제거하는…….

"오늘…… 내가 하려던 말은요…… 우리 이제…….''

일순 에스컬레이터가 멈칫하는가 싶더니 온몸이 뒤흔들릴
정도로 요동쳤다. 마주 보던 기종과 유영의 시선이 어긋나는
순간 어디선가 꽹음이 울리더니 사방이 시끌벅적해졌다. 이
내 손잡이를 똑바로 잡을 틈도 없이 에스컬레이터는 빠르게
역주행했다. 균형을 잃은 사람들이 맥없이 무너지더니 서로
부딪혀 쓰러졌다. 기종 뒤로 한데 뒤엉킨 무리가 우르르 쏟아
졌다. 여기저기 둔탁한 소리가 쿵쿵 울리는 사이 돌연 날카로
운 비명이 바늘처럼 박혔다. 기종은 버티지 못하고 그대로 쓰
러져 유영 쪽으로 엎어졌다.

그때부터 유영의 시야는 관 속에 갇힌 듯 내내 어둠뿐이었다.

의식을 찾고 보니 바닥이 꿈틀댔다. 아무래도 바닥이 아니
라 밑에 깔린 사람인 듯했다. 유영은 어서 일어나고 싶었지만
옴짝달싹할 수 없었다. 겨우 무릎을 조금 세우거나 왼쪽 손가
락을 까딱일 수 있을 뿐이었다. 힘을 주면 접힌 어깨를 조금
펼 수 있을 것도 같았지만 그때마다 자꾸 묵직한 무언가가 짓
눌렀다. 허벅지나 무릎인 듯했고 어쩌면 머리일 수도 있었다.
바로 옆에서 고함이 들렸지만 도통 알아들을 수 없었다. 한편
으론 그저 글그렁거리는 숨소리인 것도 같았다. 임종 체험관
에서 체험객들이 관에 들어가 내는 소리와 비슷했다.

그 와중에 오른손에 잡힌 기종만은 또렷하게 느낄 수 있었다.

"거기, ……거기 있어요?"

유영은 기종을 불렀지만 목소리는 밖으로 뻗어나가지 못하고 안쪽에서 맴돌다가 힘없이 가라앉았다. 같이 넘어졌으니 분명 옆에 널브러졌을 게 분명했다. 하지만 시선에는 가느다랗고 희미한 빛줄기뿐이었다. 기종이 있을 반대편으로 머리를 돌리고 싶었지만 마음대로 되지 않았다. 누가 머리를 부여잡고 놓아주지 않는 것도 같았다. 콧김을 내뿜으면 얼굴 전체를 뒤덮었다. 어느새 호흡이 가빠지고 발끝에서부터 참기 힘든 열기가 몰려왔다. 순식간에 온몸이 축축해지더니 늘어지는 듯했다. 그 상태로 얼마나 있었는지 짐작조차 가지 않았다. 아주 짧은 순간이었던 것도 같고 하루를 훌쩍 넘겼을지도 몰랐다.

지역 뉴스에서는 제대로 작동하지 않은 역주행 방지 장치가 사고 원인이라고 분석했다. 사소해 보일지 몰라도 장치가 망가지면 언제든 대형 사고를 일으킬 수 있다고도 했다. 아나운서 옆의 전문가는 일상에서 흔히 마주치다 보니 주의를 기울이지 않기 쉽지만 에스컬레이터를 탈 때는 절대 방심하면 안 된다고 경고했다. 이어서 제때 안전 검사를 받지 않았고 평소에도 관리가 미흡했다는 지적이 쏟아졌다. 마지막에는 하인리히 법칙을 들먹였다.

"분명 이전에 경미한 사고가 있었을 겁니다. 눈치채지 못했을 뿐이죠."

아나운서 목소리에 귀 기울이던 유영은 사고 현장에서 본 기종을 떠올렸다.

자료 화면으로 나온 CCTV 영상에는 긴박한 순간이 고스란히 담겨 있었다. 발판 사이에 손발이 끼일 뻔한 사람도 많았고 재빠르게 몸을 피한 쪽도 여럿 보였다. 그들 사이에서 유영은 기종을 제대로 알아볼 수 없었다. 당시 손끝의 감각만 확실할 뿐이었다. 시간이 지나 몸을 일으켜 세울 수 있게 되었을 때야 유영은 기종의 손을 꽉 잡고 빛이 쏟아지는 방향으로 무작정 향했다. 한쪽 팔을 앞으로 쭉 뻗고 발길에 뭔가 뒤채면 힘껏 짓밟으면서 조금씩 나아갔다. 나중에는 몸까지 비틀어 방해물은 어깨로 밀치며 거의 기다시피 움직였다.

어느 순간 박수 소리가 들렸고 한쪽에서 소방대원이 담요로 유영의 몸을 덮었다. 유영은 고개를 돌렸을 때야 비로소 손을 잡은 사람이 기종이 아니라는 걸 깨달았다. 노파는 유영의 얼굴을 확인하자마자 겁에 질린 표정으로 손을 뿌리치고 반대쪽으로 뛰었다. 그쪽에 안전 펜스 뒤로 노파의 남편으로 보이는 사람이 고개를 내밀고 울부짖고 있었다.

얼마 지나지 않아 기종도 빠져나왔다.

한쪽 다리를 절뚝거리는 기종은 팔에 멍이 들었고 얼굴에는 핏자국도 선명했다. 가슴 쪽에는 발자국도 어지럽게 찍혀 있었다. 유영은 발끝으로 짓밟았던 느낌이 가시지 않은 채로 기종을 향해 깃발처럼 손을 흔들었다. 유영을 힐끗 본 기종은 걸음을 틀었다. 유영이 조명이 환한 자리로 옮겨서 다시 한번 이름을 불렀지만 기종은 끝내 모르는 척 돌아섰다. 키위 알레르기를 알려줄 때처럼 단호한 표정이었다. 유영은 그 표정을 놓치지 않았다. 어쩌면 그게 그날 하려던 말이었을지도 몰랐다.

응급실에서 경증 환자들은 한쪽에 따로 모였다. 대다수는 간단한 응급처치만으로도 충분했다. 의사는 일일이 돌아다니면서 그래도 사고 후유증이 있을 수 있으니 며칠간 상태를 지켜봐야 한다고 설명했다. 어느새 다시 비명과 고성이 한데 뒤섞이는 가운데 멀리서부터 들려오는 간호사의 목소리가 확연히 도드라졌다. 목소리는 유영을 향해 조금씩 가까워졌다.

"보호자 연락처가 어떻게 되시냐고요. 보호자요!"

유영은 기종의 연락처가 맴돌았지만 결국 입을 다문 채 망설이게 될 것만 같았다. 기종이라면 뭐라고 대답할까. 기종에게 묻고 싶었지만 유영의 핸드폰은 박살 나 켜지지 않았고 응급실 어디에도 기종은 보이지 않았다.

"……가족분은 없으세요?"

간호사는 유영의 옆 사람에게 또박또박 물었다. 잠시 후 어눌한 대답이 느리게 이어졌다. 순간 유영은 지금까지 기종과 아무 사이도 아니었다는 걸 새삼 깨달았다. 어쩌면 앞으로도.

며칠 지나 연립으로 가니 기종의 짐이 싹 빠져 있었다. 이삿

날에는 분명 너무 단출한 짐이라고 생각했는데 옷가지나 세면도구가 놓였던 자리가 깊이를 가늠할 수 없는 구멍처럼 느껴졌다.

다음 날 예보에도 없던 폭우가 쏟아져 유영은 흠뻑 젖은 채집 안으로 들어섰다. 빗소리 때문인지 실내도 술렁이는 듯했다. 현관에서 빗물을 털어내던 유영은 평소와 같은 어조로 말했다.

"수건 좀 갖다줄래요?"

유영의 목소리는 기종이 남겨놓은 구멍을 차례차례 지나며 공허하게 울렸다. 아무도 기종을 대신해 대답해줄 수 없었다. 구멍마다 키위가 한 무더기씩 박혀 있었다. 간이의자와 기울어진 식탁과 햇빛이 머물던 자리에도 빠짐없이. 이제 유영은 키위가 일으키는 반응이 남들과는 분명히 다른 알레르기 반응이라는 것을 잘 알고 있었다.

그 후 에스컬레이터 사고 피해자 모임에서 마주쳤을 때 기종은 딱히 유영을 피하진 않았지만 데면데면하게 굴었다. 어쩐지 피해자를 대신해 참석한 사람 같았다. 피해 현황을 듣고 의견을 모아 쇼핑몰 쪽에 전달할 내용을 정리한 순간 서둘러 뒷문으로 빠져나가는 기종이 보였다. 그마저도 다음 모임부터는 나오지 않아 기종을 볼 수 없었다.

유영은 계약 기간 동안 계속 연립에서 살았다. 기종의 빈자리를 남겨둔 채였다. 이전 세입자의 말과는 달리 계절이 몇 번 바뀌어도 연립으로 가는 길은 조금도 익숙해지지 않았다. 다만 여전히 길이 막히지 않고 남아 있다는 것만 확인할 뿐이었다.

끝내 기종은 돌아오지 않았다.

기종을 다시 만난 건 화요일 3회차 임종 체험에서였다. 언젠가 다시 만날 거라고는 생각했지만 그게 임종 체험관일 줄은 몰랐다.

그날 승인은 이전 회차와 다를 바 없이 도포를 벗어 벽에 걸어두고 소매가 흘러내리지 않도록 동여맸다. 도포 때문에 입관 체험실 한쪽 벽에 커다란 구멍이 뚫린 것처럼 보였다. 어디로든 다다를 수 있을 것만 같은, 깊고 어두운 구멍이었다.

뒤따르던 유영은 상복 윗도리를 벗어 구석에 개켜둔 다음 팔을 걷어붙였다. 윗도리에 매달린 완장은 언제부터인지 잔뜩 구겨져 주름이 잡혀 있었다.

그사이 유영은 틈틈이 기종을 힐끗댔다.

카메라에 기종의 얼굴이 잡혔을 때 유영은 플래시를 연속으로 터뜨렸다. 수많은 사진 속 표정 중에서도 기종의 진짜 얼굴은 없는 듯했다. 기종은 영정 사진을 고를 때마저도 임시로 쓸 물건처럼 아무거나 되는대로 골랐다. 그러니까 임종 체험관에서도 마치 누군가를 대신해서 온 체험객처럼 굴었다. 이러다간 수의가 아니라 작업복을 건네줘도 그냥 걸쳐 입을 것만 같았다. 유영은 시간이 걸리더라도 기종의 진짜 얼굴을 찾아주고 싶었다. 영정 사진에서조차 임시로 대신하는 얼굴이지 않도록.

돌아선 승인이 유영에게 신호를 보냈다. 유영은 승인 옆에 바짝 붙어 섰다. 동시에 천천히 호흡을 가다듬었다. 이제 둘이 짝을 이뤄 염습 과정을 시범 보일 차례였다.

"때가 되었습니다."

유영의 목소리가 바닥을 기며 체험객들의 발목 사이를 스멀스멀 지나갔다. 기종은 낮은 한숨을 여러 번 내뱉었다. 예전처럼 숨이 유영의 뺨에 와닿을 듯했다. 유영은 기종이 쓴 신청서에서 체험 동기를 다시 떠올렸다.

상담사 권유

어쩌면 그동안 기종에게도 기종만의 키위 같은 게 있었을까.

유영과 승인은 염습대를 앞에 두고 나란히 섰다. 염습대를 둘러싼 체험객들은 좀처럼 거리를 좁혀 오지 않았다. 멀찌감치서 보다가 어느 순간 가까워지면 화들짝 놀라 성큼 물러나기 일쑤였다. 한 걸음만 더 가까워졌다면 순식간에 빨려 들어갔을 거라고 생각하는 듯했다. 그 바람에 앞뒤 사람이 서로 부딪혀 얼마간 수선스러워질 때도 있었다. 그때마다 뒤에서 인솔하던 미연이 다가가 자리를 정돈했다. 그러면 얼마간 다시

고요해졌다.

"수의는 고인이 스스로 입을 수 없습니다."

승인은 칠성판 위에 반듯하게 놓인 마네킹을 지긋이 바라보며 말했다. 유영의 시선도 승인을 따라갔다. 이어서 기종도 고개를 틀었다. 유영은 다시 기종 쪽을 바라봤다. 우리가 언제든 손쉽게 뜯어고칠 수 있는 관계가 아니라 기준에 맞춰진 가족이었다면 뭐가 달랐을까.

유영은 사고가 있던 날 기종의 표정을 기억했지만 명확한 의미를 알 순 없었다. 떠올릴 때마다 깊은 원망이 되었다가 체념으로 잘게 바스러졌고 어느새 분노로 이글거렸다. 분명한 건 이제 더는 유영을 장례 주관자로 지정하지 않을 거라는 점이었다. 아까 부고 문자를 쓰는 시간에 기종은 가령에게 물었다. 죽음을 알릴 사람이 하나도 없으면 어떡하냐고. 허공을 바라보던 가령은 아마 곧 생길 거라고 대답했다.

인생이 그런 거라면서.

유영의 생각은 강당에서 기종이 공들여 쓴 유서로 이어졌다. 연립에서 함께 살 때 쓰던 유서와는 달랐다. 기종은 분명히 공영 장례를 희망했다. 마지막에는 아무도 장례식에 오지 않았으면 좋겠다고도 덧붙였다.

"이제 시작하겠습니다."

승인이 마네킹 가까이 섰다.

마네킹 얼굴은 눈 코 입 없이 텅 비어 있었다. 그래서 보는 사람마다 떠올리는 얼굴을 그려 넣을 수 있었다. 세밀하고 정확하게, 때로는 뭉개지다가 이내 희미해지는 얼굴들을. 그건 한때 깊이 사랑한 연인일 수도, 때로는 내 인생을 망친 원수나 오래전 헤어진 동생이기도 했다. 어느 순간 자기 얼굴이 온전하게 드러날지도 몰랐다. 모두 과거의 얼굴이었다. 이 순간 누구도 미래 따위를 떠올리지 않았다.

임종 체험에서는 모든 얼굴을 합쳐, 마네킹을 그저 '당신'이라고 불렀다.

"당신은 지금 여기 누워 있습니다."

그때쯤이면 체험객들의 얼굴은 마네킹처럼 비워졌다.

혼자 체험 중인 방문객도 그런 듯 보였다.

체험객들은 탄식을 내뱉었다. 몇몇은 얼굴을 가리고 돌아섰고 누군가는 그 자리에서 물러앉았다가 느릿느릿 일어서기도 했다. 영 일어날 기미가 없으면 가령이 다가가 부축해 일으켰다. 개중에는 언짢은 기색으로 팔짱을 끼는 축도 있었다. 화요일 3회차 체험에서도 그랬다. 유영은 고개를 거의 돌리지 않은 채 기종을 엿봤다. 기종은 눈을 질끈 감았다가 겨우 실눈을 뜨고 있었다. 이제야 오늘은 예전처럼 장례 진행자가 아니라 체험객이라는 사실을 깨달았을지도 몰랐다.

관장은 굳이 실전처럼 할 것까진 없고 간략하게 시범만 보이라고 지시했다. 하지만 승인은 회차를 거듭할수록 대충 넘어가지 않으려고 애썼다. 옆에서 유영이 사소한 실수라도 하면 눈까지 부라리며 힘껏 노려봤다. 하지만 정작 체험객들은 대개 뭐가 잘못됐는지 눈치채지 못했다.

한번은 서로 신호가 어긋나는 바람에 기어이 수의가 모서리에 걸려 찢어졌다. 주의를 받는 유영 옆에서 어슬렁거리던 미연은 승인을 향해 툴툴거렸다. 헤드 마이크를 착용해 목소리가 스산했다.

"어차피 진짜도 아니잖아요. 다들 알아보지도 못하는데……."

그때 승인은 잠깐 생각에 잠긴 듯했다.

"적어도 내가 알아보잖아."

승인이 헤드 마이크 설정을 잘못 건드는 바람에 목소리는 동화를 낭독하는 할머니처럼 녹녹하게 들렸다. 순간 유영은 같이 살기로 했을 때 기종이 한 말을 되새겨봤다. 다른 사람은 몰라도 우리가 우리를 안다는. 여전히 우리는 틀림없이 이 세계에 숨 쉬며 살고 있다는.

그즈음부턴 유영과 승인의 호흡이 제법 잘 맞아떨어졌다.

방문객이 말한 화요일 3회차 임종 체험도 딱히 별다를 건 없었다. 만약에 시범 과정에서 실수가 있었다고 해도 승인과 유영만 알 뿐 아무도 눈치채지 못했을 것이다.

시범 중간쯤 누군가 기지개를 켜며 하품을 했다. 승인의 시선이 그쪽을 향했다. 시선 끝에 덧니가 있었다. 덧니는 두리번거리다가 머리를 긁적였다.

"어차피 죽으면 다 끝인데 복잡하기도 하고 좀…… 지루하
네요."

승인이 날카롭게 쏘아붙였지만 분장에 가려 제대로 보이지
않을 터였다. 몇몇 체험객이 고개를 끄덕였다. 그중에 기종도
보였다. 다른 회차처럼 입관 체험실에 들어섰을 때 감돌았던
긴장이 어느 정도 누그러든 것 같았다.

"지루한 것도 산 자들의 몫이죠. 지금 당신은……."

유영은 뒷말을 잇지 못했다. 이쪽에서 늘어졌던 체험객들
은 몸서리를 쳤다. 여기저기 얕은 신음도 쏟아졌다.

언젠가 기종을 없는 사람으로 여기면서 살아야겠다고 다짐
한 때도 있었다. 그저 원래대로 우리는 무연고자로 돌아갔을
뿐이라고. 그래도 키위는 줄어들지 않았다.

"다들 가까이 와주세요."

체험객들은 대부분 반걸음 앞으로 오는 데에 그쳤다. 겨우
마네킹일 뿐인데 거기 꼭 아는 사람이라도 누워 있는 것처럼.

"조금 더요."

승인이 목소리를 높이자 누군가 먼저 성큼성큼 다가섰다.
뒤에 있던 체험객도 걸음을 뗐다. 다른 체험객들 눈치를 보다
가 딱 중간쯤에 멈춰 서는 쪽도 많았다.

가운데에 혼자 덩그러니 섰던 방문객은 망설임 없이 바짝
붙었다.

"말씀 남기실 분들은 지금 전하세요."

마네킹 얼굴은 여전히 텅 비었지만 이쯤에선 다들 확실하게 얼굴을 그리는 듯했다.

맨 앞에 선 여자는 연신 미안하다고 말하다가 결국 울음을 터뜨렸다. 당신의 발끝에서 쭈뼛거리던 노인은 옆 사람에게도 들리지 않을 정도로 작은 목소리로 작별 인사를 전하면서 중심을 잃었다. 그저 뺨을 한 번 쓰다듬고 서둘러 물러서는 쪽도 많았다. 방문객도 그중 하나였다. 체험객들의 손길이 계속 닿아 거뭇거뭇하게 때가 탄 자리를 정확하게 어루만졌다. 그 정도로 물러서는 듯했던 방문객은 순간 다시 달려와 얼굴을 감싸안았다.

"……앞으론 뻔뻔하게 살아……. 다들 그러고 사는데……다들……."

격앙된 목소리에 미연은 짐을 부려놓듯 홀가분한 얼굴로 임종 체험관을 벗어나던 한빛을 떠올렸다. 그때까지 방문객의 정체를 종잡을 수 없었던 유영은 인부들을 살뜰하게 챙긴다던 인력사무소 소장을 다시 기억했다. 소장이 남들이 꺼리는 작업도 마다하지 않던 인부에게, 무연고자로 시달리던 인부에게 전하는 말일지도 몰랐다. 주춤했던 승인은 눈에 띄게 손을 떨었다. 어쩌면 현숙이 승인을 잊고 뻔뻔하게, 그렇게라도 살아주는 게 더 나을지도 몰랐다. 그때 가령은 방문객이 계옥의 엄마일 거라는 짐작으로 한껏 기울어졌다.

가만히 서 있기만 하던 체험객들도 진이 다 빠진 듯 식은땀을 흘리고 호흡이 가빠졌다.

화요일 3회차에는 시간이 많이 지체되어 서둘렀다. 그래도 마지막에 나비 묶음만은 엉성하지 않게 묶었다. 당신이 어디로든 훨훨 날아가 살길 간절히 바라는 것처럼. 유영은 그 매듭을 선물 포장 코너에서 처음 배운 후 여러 번 연습했었다.

평생 지구 곳곳을 누비고 다녔든 말년을 병실에서 보냈든 마지막에 당신에게 허락된 자리는 딱 관의 크기만큼이었다.

"이제 여러분이 체험하실 차례입니다."

승인이 체험객들을 향해 손을 내밀었다. 그 끝에 체험객들이 있었다. 하나같이 잘못된 길로 들어선 듯한 얼굴이었다. 누군가 겁에 질린 듯 비켜섰다가 자세를 바로잡았다. 승인은 무리 끝에 선 체험객에게 가만히 눈짓을 보냈다.

그중 방문객이 말하는 체험객이 있을까.

6

가령은 줄곧 계옥을 생각했다.

가령에게 계옥은 지금이나 과거보단 다가올 미래가 궁금한 사람. 어떻게든 일이 잘 풀리길 응원하게 되는 사람. 그래서 나중에 지급명령 결정문이 나왔을 때 강제 집행할 재산이 아주 많길 바라는 사람이었다.

그즈음 가령은 자주 일기를 썼다. 학생들이 뚱한 얼굴을 내보이며 작문 숙제로 내준 일기를 제출하면서 선생님도 일기를 쓰냐고 물었을 때 좋은 어른이라면 당연히 일기를 쓴다고 답했던 순간의 그 일기였다. 이제 와 읽어보면 일기보다는 계옥에 관한 기록에 가까웠다. 계옥의 날 선 경고와 예전에 무심코 했던 농담과 앞뒤가 맞아떨어지지 않는 그간의 사정과 느닷없이 등장해서 불쑥 이 문제의 원인이 되어버린, 어리숙하고 착해 빠져서 남에게 모질지 못하다는 계옥의 엄마까지.

어쩌면 하찮은 기록 사이에서 계옥의 정황이 명백히 드러날지도 몰랐다.

상담센터에서 진행하는 자가검진을 권유하던 담당자는 일단 죄가 성립하려면 조건이 필요하다고 했다. 돈을 갚을 마음이 없거나 갚을 능력이 없으면서 빌렸거나. 그동안 가령이 확실한 증거라고 생각했던 건 대부분 충분하지 않았다. 그래도 가령은 포기하지 않았다. 이제 와 생각해보면 포기하지 않은 게 계옥에게 빌려준 돈이었는지 아니면 다른 무엇이었는지 알 수 없었다.

일기에는 계옥이 번복한 약속 날짜와 가령과 만나는 자리에 들고 온 가방과 슬쩍 엿본 지갑 안 지폐와 카드가 몇 장인지까지 상세히 적어뒀다. 그날 그 돈이라도 전해주는가 싶었지만 계옥은 어려운 상황을 요약해서 짤막하게 전할 뿐이었다. 이번에도 이웃의 어려운 사정을 절대 모르는 척하지 않는 엄마가 문제라고 했다. 여러 번 연습한 듯 막힘없이 술술 나온 얘기에 가령이 끼어들 틈은 없었다. 겨우 "아무리 그래도……"라며 입을 뗐지만 계옥은 딱 잘라 꼴사납게 내뱉었다.

"나도 곧 여유가 생기겠지. 평생 쪼들리기만 하겠어?"

그런 뒤 서둘러 자리에서 일어났다.

가령은 꼭 돌아서고 난 다음에서야 어떻게든 걸고넘어져야 했던 부분이 떠올랐다. 얼굴도 모르는 이웃의 처지 때문에 왜 본인이 곤란해져야 하는지 분명히 짚고 넘어가야 했다. 한편으론 마지막 말이 평생 쪼들리면 돈을 갚지 않겠다는 선언처럼 들렸다. 언젠가 학원에서 아이들에게 상대방의 말을 비약해서 들으면 안 된다고 지도했던 기억이 떠올랐다. 그건 심각한 논리적 오류 중 하나라고 힘주어 강조했다. 부풀리거나 덧붙이지 말고 있는 그대로 들어야 오해가 생기지 않는 법이라고.

"이건 이자라고 생각해줘."

다음 만남에서 계옥은 생글거리며 다가왔다. 가령에게 묻지도 않고 사 온 냉커피를 밀어주면서. 가령은 그날 일기에 그 표정까지 상세히 묘사해뒀다. 그러고 보면 계옥은 뭐든 기록해두고 싶은 사람이기도 했다. SNS에서 확인한, 바닷가로 떠난 여행과 아이의 새 장난감과 만만찮은 식대의 식당에 방문한 날 같은 것들. 시간이 지날수록 촘촘해지는 기록이 좋은 어른의 일기인지는 알 수 없었다.

언제부턴가 가령은 좋은 어른보다는 함부로 무시할 수 없는 어른이 되고 싶었다. 적어도 어리석게 돈을 잃고 배신당하는 어른으로 남을 순 없었다.

그날 가령은 냉커피에 손도 대지 않았다.

이제 가령에게 계옥은 없어져서는 안 되는, 곁에 꼭 붙들고 있어야만 하는 사람이었다.

가령은 어느 날 계옥이 홀연히 사라질까 봐 순간순간 떨렸다. 계옥이 "언니, 내가 어디 가는 것도 아니잖아"라고 한 다음 날부터였다. 그러고 나서 얼마 뒤 계옥은 가령에게 따로 알리지도 않고 거주지를 옮겼다. 같은 지역이었고 넉넉잡아도 차로 십몇 분이면 닿을 거리라고는 했지만 새삼 계옥이 마음만 먹으면 얼마든지 아무도 모르게 도망칠 수 있는 사람이라는 걸 깨달았다. 가령이 따져 물었을 때 계옥의 대답은 간단했다.

"내가 언니한테 보고하고 이사해야 하는 건 아니잖아?"

이사한 후 계옥이 종일 전화를 받지 않거나 메시지에 답변이 늦으면 가령은 어딜 가나 누가 발목이라도 낚아채는 것처럼 종종걸음으로 다녔다. 자리에 앉아서도 다리를 떨었고 손톱까지 물어뜯었다. 학원 수업 시간에 아이들은 삼단논법으로 가령을 서술했다.

사람은 고민이 있으면 다리를 떨고 손톱을 물어뜯는다. 선생님은 사람이다. 그러니까 선생님은 고민이 있다.

늦게까지 남아 채점하던 가령은 계옥에게 네가 정녕 사람이냐고 묻고 싶었던 순간을 떠올렸다. 이를테면 안 갚는 게 아니라 나중에 갚겠다는 뜻인데 왜 자꾸 자길 범죄자로 몰아가냐고 쏘아붙였을 때. 가령이 아무 말 없자 계옥은 목소리를 부풀렸다.

"이런 것도 논리 오류 중 하나 아냐? 그 뭐더라…… 언닌 선생이니까 잘 알 거 아니야!"

가령은 빨간 펜으로 아이들 답안지에서 '고민이 있으면'을 지우고 알맞은 말을 떠올려봤다. '누군가를 증오하면'이나 '벼랑 끝에 몰리면' 같은.

뒤늦게라도 계옥에게 답장이 오면 가령은 한숨을 몰아쉬며 온몸을 늘어뜨렸다. 지난 계절에는 늦어도 당일에는 연락을 줬었는데 최근에는 거의 이틀씩 걸렸다. 매번 자정에 가까운 시각이나 새벽이었다. 이제 계옥이 보내오는 문장은 예전과는 달리 느긋하고 태연하기만 했다. 쉽게 드러났을 가령의 속마음을 가볍게 무시하는 것처럼.

언니 방금 애 잠들었어. 또 무슨 일이야?

언제부턴가 조급한 건 계옥이 아니라 항상 가령이었다.

가령은 몇 번인가 계옥을 삼단논법으로 정확하게 서술해보려고 했지만 번번이 실패했다. 그러자 어느 순간 그동안 써온 일기가 실패의 기록으로 읽혔다. 마치 아이들의 오답 노트처럼.

가령은 나중에야 계옥이 왜 비슷한 시간대에만 답장하는 건지 눈치챘다. 다시 얘기하긴 영 껄끄러웠지만 이번에야말로 완전히 매듭짓고 싶어서 전화까지 걸어 겨우 말을 꺼냈을

때였다. 핸드폰 카메라가 망가져 수리비가 필요했고 장마철
이 오기 전 올해는 꼭 제습기를 사둬야겠다는 결심까지 이어
지던 참이었다.

돈 달란 얘기는 벌써 여러 번 전했지만 늘 처음인 듯 중간
쯤 목소리가 아슬아슬하게 흔들렸다. 계옥이 하품하는 소리
가 들려오는 것도 같았지만 개의치 않고 끝까지 쏟아낼 작정
이었다. 계옥은 한숨 끝에 가령의 목소리를 뚝 끊었다. 가령은
이번에야말로 계좌번호를 물어봐주지 않을까 내심 기대에 부
풀었다.

"사진이야 나중에 찍으면 되고 제습기도 당장 필요한 건 아
니잖아. 나는 진짜 애 키우느라 힘들어 죽겠단 말이야. 분유에
다 기저귀에…… 언닌 것도 모르지?"

가령은 논점을 흐리고 감정에 호소하는 방식도 분명히 오
류라고 지적하려다 말았다. 대신 더 급박한, 그러니까 당장 돈
을 갚지 않고서는 못 배길 형편을 얘기하지 못한 걸 뒤늦게 후
회했다. 이를테면 집에 심각한 누수가 발생했다거나 보일러
가 고장 나 온수가 나오지 않는다는. 변기를 교체해야 하는 것
도 적절해 보였다.

아니, 그것만으로는 충분하지 않을지도 몰랐다.

언젠가 엄마 임플란트 때문에 꼭 필요한 돈이니 바로 해결
해줬으면 좋겠다고 구슬렸다. 담당자에게 감정에 호소하는
방식이 통하는 사람도 꽤 있단 조언을 들었기 때문이다. 비록

논리적인 오류일지라도. 식사 때마다 엄마가 힘들어하는 형편을 전하면 계옥도 서둘러 돈을 갚으리란 계산이 이어졌다.

처음에는 맞아떨어지는 듯 보였다. 차분해진 목소리로 엄마 걱정을 늘어놓던 계옥은 이번 주까지 꼭 마련할 테니 걱정하지 말라고 했다. 그 정도에서 일이 마무리될 줄 알았지만 주말에 걸려 온 전화는 짐작과 어긋났다.

"어머니 치아 멀쩡하시다던데? 언니 왜 나한테 거짓말을 해?"

"그게⋯⋯."

"언니 사람 참 이상하게 만드는 재주가 있네."

순간 가령은 저도 모르게 계옥에게 사과했다. 사람을 이상하게 만드는 건 내가 아니라 바로 너라는 말보다 앞서서.

그때부터 계옥은 기고만장해졌다.

얼마 전 노트북에 커피를 엎지르는 바람에 새로 사야 할 때도 계옥은 눈도 끔쩍하지 않았다. 어딜 가나 PC방은 널렸고 집이나 근처 도서관에서도 컴퓨터를 쓸 수 있지 않느냐면서. 이번엔 지어낸 얘기가 아니라서 가령은 엄마에게 돈을 빌려 노트북을 새로 장만했다. 그 소식에 계옥은 코웃음을 치며 비아냥댔다.

"거봐, 언니 돈 있으면서 괜히 나한테⋯⋯."

이어서 앞으로는 전자기기를 쓸 때 덤벙대지 말라고 충고했다. 언니는 항상 그게 문제라면서.

부아가 치민 가령은 그래도 돈 몇 푼 없어서 빌빌거리는 너보다야 낫다고 하려다 말았다. 관계가 틀어지더라도 돈을 받아낸 다음이어야 했다. 대신 바닷가 여행과 아이의 새 장난감에 이어 고급 식당까지 속속들이 따지고 들었다. 그래도 계옥은 당황하는 기색이 아니었다. 도리어 짐작했다는 듯 줄곧 침착한 목소리였다. 시부모가 보내준 여행과 친구 애가 가지고 놀다가 물려준 장난감과 동창에게 얻어먹은 자리를 차근차근 전하면서 끝에 가선 말꼬리를 슬쩍 올렸다.

"근데 언니 엉큼한 구석도 있었네? 난 괜찮은데 다른 사람한텐 그러지 마. 오해 살라."

또 제자리였다. 계속 예전처럼 흘러가게 내버려둘 순 없었다.

가령은 서둘러 계옥의 사정을 캐물으려고 했다. 이번만큼은 물러서지 않고 논리적인 오류를 찾아내 끝까지 밀어붙일 생각이었다. 그동안 아이들에게 지도했던 논법이 두서없이 머릿속을 휘저었다. 돈만 받을 수 있다면 속담과 사자성어도 갖다 쓰고 유명인이 남긴 말도 죄다 끌어올 요량이었다.

하지만 계옥은 틈을 주지 않고 말을 이어나갔다.

"언니 이거 불법이래. 애들 가르치는 사람이 그것도 몰라?"

"뭐가?"

"지금 시간에 돈 갚으라고 닦달하는 거 불법이라고. 예전에 언니가 그랬잖아."

"내가 무슨?"

"우리 서로 지킬 건 지키면서 살자고."

그 얘긴 계옥이 첫 번째로 약속을 어겼을 때 가령이 무심코 뱉은 말이었다. 학기 초쯤 수업 시간에 진행한 토론이 떠올랐기 때문이었다. 토론 주제는 '불법으로 남을 도운 사람은 과연 좋은 사람인가?'였다. 아이들은 양쪽 입장으로 나뉘어 상대방을 설득해야 했다. 그날 가령은 어떤 식으로 지도했는지 기억나지 않았다. 그때만 해도 아이를 타이르는 정도만으로도 계옥이 충분히 알아들을 줄 알았다.

"언니도 기억나지?"

문득 계옥도 가령을 기록해두는지도 모른다는 생각이 들었다. 가령이 돈을 갚으라고 한 횟수와 시간대, 가령도 미처 알지 못하는 인신공격성 발언과 부적절한 표현 같은. 기록을 통해 계옥은 가령을 어떤 사람이라고 생각할까. 어울리지 않게 화를 내는 사람. 결코 닮고 싶지 않은 사람. 속마음도 제대로 숨기지 못하는 만만한 사람. 어쩌면 계옥의 삶이 어땠는지 기억하지 못하는 사람으로 남았을지도 몰랐다.

"언닌 나한테 거짓말이나 하고 약속도 안 지키고…… 정말 너무한단 생각 안 들어? 적어도 난 거짓말은 안 했잖아."

계옥이 말하는 약속은 남편에게 말한 걸 두고 하는 얘기였다.

계옥과 사흘째 연락이 닿지 않자 가령은 계옥의 남편 회사로 전화를 걸었다. 왜 계옥을 찾냐는 물음에는 더 보탤 것도 없이 사실대로 털어놓았다. 끝에 가선 해결할 방법이 없겠냐고 조심스레 물었다. 목소리는 저절로 간절해졌다.

남편의 반응은 가령이 생각하는 논리에서 한참 벗어났다.

"그 사람이 빌린 돈을 왜 저한테 얘기하세요?"

그날 밤 통화에서 계옥은 왜 그랬냐고 길길이 날뛰었다. 언니까지 자길 힘들게 할 거냐고. 가령은 누가 누굴 힘들게 한다는 건지 도무지 갈피를 잡을 수 없었다.

"언니 내가 그런 사람이랑 살아. 이제 내 신세가 어떤지 알겠지?"

그 말이 꼭 더는 빚진 사람 취급하지 말라는 의미처럼 들렸다.

계옥의 말을 듣고 있자니 돈을 빌리고 갚지 않은 사람보다 거짓말을 일삼고 약속까지 어긴 가령이 더 나쁜 사람 같았다. 그래서 아무 말도 하지 못했다. 그때 가령은 담당자가 알려준, 감정에 호소하는 오류가 통하는 사람이 실은 자기일지도 모른다는 생각이 들었다.

"……딴 얘기 하자. 우리 그런 사이 아니잖아. 언니는 요즘 뭐 하면서 살아?"

"나는……."

돈 얘기를 빼자 가령과 계옥 사이에 오갈 수 있는 대화가 별로 없었다. 별일 없이도 전화를 걸어 갑자기 쌀쌀해진 날씨와 후기를 훑어본 다음 최저가격을 찾아 주문했지만 마음에 차지 않았던 믹서와 학교 다닐 때 먹던 떡볶이와 똑같은 맛을 내는 분식집을 공유하던 때가 가물가물했다.

한동안 숨소리만 오가니 계옥은 퉁명스러운 목소리를 냈다. 결국 돈 내놓으라고 닦달하려 전화한 거였냐며.

"닦달하는 게 아니라……."

"내가 닦달이라고 느낀 거면 그런 거지!"

이마저도 예전에 가령이 계옥에게 한 얘기와 겹쳤다. 계옥이 언니 연락을 피하는 게 아니라고 둘러댔을 때 가령은 목소리에 힘을 주었다. 내가 피하는 것처럼 느끼는 게 중요한 거라고. 그때부터 계옥은 가령과의 통화를 녹음한 것일지도 몰랐다.

어느 순간 가령은 아무도 풀지 못할 시험문제와 맞닥뜨린 기분이었다. 출제 의도와 평가 기준을 알 수 없었고 답안지는 아무리 찾아도 보이지 않았다. 어쩌면 답이 여러 개이거나 아예 없을 수도 있는, 출제자조차도 헷갈리는 문제.

다음 중 화자의 마음으로 가장 알맞은 것은?

가령은 아이들에게 지문에 답이 숨어 있다고 가르쳐왔지만 계옥은 매번 예외였다. 순간 담당자가 했던 말이 뇌리를 스쳤다. 가령이 아이들에게 논술을 지도한다는 사실을 밝혔을 때였다.

"문제 풀 때 출제자의 의도를 파악해야 하는 것처럼 상대방의 마음을 아는 게 중요합니다. 그럼 설득하기도 쉬우니까요.

때론 소송보다 효과적이죠. 힘도 덜 들고."

그날 상담은 거기서 마무리되었다.

학원장과 마주 앉았을 때 가령은 다시 계옥을 떠올렸다. 이 번에는 닷새째 연락이 없었다. 마지막 통화에서 계옥은 대놓 고 사람 좀 들볶지 말라고 경고했다. 평소에는 아닌 척하더니 돈에 환장했냐고 묻다가 언니가 이렇게까지 속물인 줄 몰랐 다고까지 했다. 이어서 언니 동생 사이가 고작 이 정도냐고 서 운한 듯 덧붙였다. 전부 가령이 그동안 계옥에게 하려다 겨우 삼킨 말들이었다.

순간 가령은 오랫동안 입안에서 굴리기만 하던 말을 쏟아 냈다.

"너 나한테만 돈 빌린 거 아니잖아. 내가 모를 줄 알았어?"

미영이란 사람에게 연락이 온 지는 좀 됐다.

미영은 조심스레 가령의 이름을 확인하자마자 대뜸 물었 다. 계옥에게 얼마나 빌려줬느냐고. 군더더기 없이 깔끔하게 다듬어진 목소리였다. 미영은 계옥에게 돈을 빌려준 사람이 더 있는지 수소문하고 다니는 눈치였다. 가령이 빌려준 돈은 미영보단 적었다. 그 순간부터 어쩐지 둘 사이에 계급이 나뉘 는 듯한 기분이었다.

"우리 둘이 합쳐도 소송에선 소액이겠네요."

미영의 말투에서 어쩐지 실망스러운 기색이 잔뜩 묻어났다.

그 전까지 가령은 계옥에게 빌려준 돈을 한 번도 소액이라고 생각하지 않았다. 보증금과 당장 쓸 생활비를 뺀 나머지 전부였기 때문이다. 미영은 그 돈이 이번 학기 등록금 중 일부라고 했다. 남은 돈만으로는 등록할 수 없으니 사실상 전부를 날린 거나 다름없다고.

　"가령 씨는 무슨 돈이었어요?"

　가령은 대답을 망설였다. 어쩐지 대답이 계급을 더 확실하게 구분 지을지도 모른다는 생각이 들었다.

　"어쨌든 우리가 똘똘 뭉쳐 연대해야 합니다. 그래야 받을 수 있어요. 다만 일부라도요."

　가령은 말없이 고개를 끄덕였다. 돈을 받아내지 못한다는 사정은 조금도 달라지지 않았는데 얼마간 안심이 되는 건 사실이었다. 담당자는 미영의 등장이 가령에게 불리할 수도 있고 유리할 수도 있다고 했다.

　그동안 목돈이 들어갈 때마다 불쑥 계옥이 튀어나와 머릿속을 파고들었다. 어제까지만 해도 멀쩡하던 냉장고가 말썽이라 서둘러 수리 기사를 부르니 고치는 것보단 새로 사는 게 낫다고 했을 때 같은. 음식이 머지않아 죄다 상할 테니 서둘러야 한다는 주의를 들은 순간에 한 번 더. 계옥에게 돈을 빌려주지 않았다면, 모질게 맘먹고 끝까지 무시했다면 이렇게까지 난처하진 않았을 텐데.

　그러니까 이제는 이런 마음을 나눌 사람이 하나 생긴 것이었다. 계옥에 관한 정보도 공유하고 때론 입을 모아 실컷 욕해 줄 수 있는 사람이.

"여행은 시부모가 보내준 거라고 했죠? 장난감은 친구가 준 거고. 저한테도 그랬어요. 그 말을 어떻게 믿어요? 이제 우리 속지 말아요."

미영의 목소리는 좀처럼 가라앉을 기미가 보이지 않았다. 그 속에서 괜스레 우리라는 말만 도드라지는 듯했다.

"혹시 내용증명은 보냈어요?"

"네? ……아뇨."

그게 계옥의 주소를 아는지 묻는 의미였다는 건 한참 후에 알았다.

미영은 계옥의 사소한 정보까지 훤히 알았다. 주민등록번호 앞자리나 얼마 전까지 쓰던 전화번호처럼 가령이 모르지 않던 내용도 있었다. 문득 몇 년 동안 쓰던 전화번호를 왜 바꿨는지 궁금해졌지만 미영의 예상은 단순했다. 지금 상황 돌아가는 걸 보면 뻔한 거 아니겠냐고. 그 외에는 전혀 몰랐던 사실이 대부분이었다. 계옥이 일하는 회사나 남편 번호도 미영이 알려준 것이었다.

그 사이에 가령은 계옥의 고향을 끼워 넣었다. 언젠가 아침마다 파도 소리를 들으며 일어났다는 어린 시절을 얘기한 게 떠올랐기 때문이다. 미영이 아는 내용과는 달랐다.

"바다요? 호수가 아니고요? 매일 호수 위로 난 다리를 건넜다고 들었는데…… 아닌가…….”

두 지역은 이렇다 할 연관성이 없었고 거리도 꽤 멀었다. 그렇다고 발음이 비슷한 것도 아니었다.

이어서 내놓은 정보는 신발 사이즈나 최근 옮긴 케이블방송처럼 불필요해 보이는 것이지만 미영의 생각은 달랐다. 때론 별거 아닌 것처럼 여겨지는 자료 하나로 채무자의 목을 단단히 틀어쥘 수 있었다. 계옥의 약점이 무엇인지는 아무도 몰랐다. 약점을 알았다면 이 지경까지 오지도 않았다.

계옥이 이사를 했다는 것도 미영이 아니었다면 가령은 끝내 몰랐을 것이었다. 아직 주소까진 알 수 없었다. 가령은 주소를 알아야 내용증명을 보낼 수 있고 이후 과정도 수월하다는 걸 처음 알았다. 미영의 부탁으로 가령이 계옥을 떠봤을 때 계옥은 제대로 된 사정을 밝히지 않고 끝까지 얼버무렸다. 이사한 곳은 살 만한지 묻다가 선물을 보내고 싶다거나 한번 찾아가겠다고 했을 때도 계옥은 어느 동네인지 말하지 않았다. 그저 좀 먼 데라고만 할 뿐이었다. 예전에는 넉넉잡아도 차로 십몇 분이면 닿을 거리라더니.

“언니도 어디서 일하는지 얘기 안 해주잖아.”

여기까지 들려줬을 때 핸드폰에서 미영이 무릎을 탁 내려치는 듯한 소리가 들렸다.

“채무자들은 다 그렇다니까요!”

그러고 보니 이때까지 가령은 한 번도 계옥을 채무자라고 부른 적이 없었다.

아이들과 함께 호칭에 따른 변화를 수업했던 게 떠올랐다. 그날 노인과 노친네와 어르신의 차이를 따져봤었다. 시대에 따라 달라진 의미와 사라진 말도 함께 공부했다. 수업 목표는 호칭의 중요성을 깨닫고 의미를 파악하는 것이었다.

계옥을 채무자로 부르자 가령과의 관계가 명확해진 듯했다. 담당자는 계옥을 채무불이행자 명부에 올릴 수도 있다고 했다. 그렇게 되면 많이 곤란해질 거라고도. 가령이 잘 알아듣지 못하자 담당자는 덧붙여 설명했다. 신용불량자랑 같은 뜻이죠. 요즘엔 안 쓰는 말이지만.

"미영씨, 혹시…… 정말 돈이 없는 건 아닐까요?"

"일부러 독촉이 금지된 시간에만 연락하는 년입니다. 우리 흔들리지 말아요! 돈 안 받을 거예요?"

우리라는 말은 여전히 도드라졌다.

이후에도 가령은 미영과 틈틈이 연락을 주고받았다. 계옥이 SNS에 새로 올린 사진을 분석했고 엇갈린 진술을 토대로 진실을 추측해보기도 했다. 그동안 가령이 미영과 소통했다는 게 계옥의 목을 얼마나 조일 수 있을지는 알 수 없었다. 가령은 그게 사소하기만 한, 실익이 없어 무의미한 정보가 아니길 바라며 다시 한번 똑바로 말했다.

"너 대체 몇 명한테 얼마나 돈을 빌린 거야?"

계옥은 천천히 숨을 골랐다.

"언니도 참 잔인하다. 쥐도 궁지에 몰리면 고양이를 무는 법이라잖아."

가령은 아이들과 공부한 속담을 이런 식으로 듣게 될 줄은 몰랐다. 그때 아이들은 무람없이 가령에게 투덜거렸다. 요즘 그런 고리타분한 말을 쓰는 사람이 어딨어요.

이후 계옥에게선 한동안 연락이 없었다. 전화는 물론이고 드문드문 이어지던 메시지마저도 아예 끊겼다. 미영이 알려준 대로 채무자의 연락 두절을 문제 삼을 때쯤이면 어떻게 알았는지 기어들어 가는 목소리로 근황을 전해왔다. 정말 미안하다고. 이어서 맹세코 일부러 버티는 건 아니라고, 엄마가 곧해결할 거라고. 한번은 사람에게는 말하지 못할 사정이라는 것도 있는 거 아니냐고 소리쳤다. 번번이 엇비슷한 내용에 문장만 조금씩 달라졌다. 똑같은 표현이 반복되면 지루해지고 상대방도 결국 건성으로 듣게 된다는 걸 아는 듯이.

미영의 말마따나 계옥은 만만찮은 년이었다. 그럴수록 미영과 가령은 힘을 합쳐야 했다. 그때쯤 미영이 가령을 나무라듯 한마디 쏘아붙였다. 어찌 보면 배신하지 말라는 엄포처럼 들리기도 했다.

"근데 자꾸 그년 이름으로 부르지 좀 마요. 되게 친해 보이잖아요."

순간 가령은 계옥과의 마지막 통화를 상기했다. 독촉이 가능한 시간대에 계옥이 먼저 전화를 걸어온 건 처음이었다. 그래서 가령은 도리어 돈 애기를 먼저 꺼낼 수 없었다. 사방에 덫이 깔렸을지도 몰랐다.

"……많이 생각해봤는데…… 언니한테는 솔직하게 말할게."

담당자의 말처럼 가령은 문제 풀이를 할 때마다 지문을 꼼꼼히 읽은 다음에는 출제자의 의도를 파악하라고 가르쳤다. 상대방의 마음을 알면 정답은 아주 쉽게 찾아낼 수 있을 거라고. 어쩌면 사람과 사람 사이에서도. 그런 심정으로 가령은 계옥을 가늠해봤다. 가령의 생각은 한쪽으로 쏠렸다.

그러니까 지금까진 솔직하지 않았다는 뜻일까.

비슷한 시기에 담당자는 증거가 확실하다면 채권추심 업자에게 넘기는 방법도 있다고 알려줬다. 착수금이 필요하지만 채무자의 신용정보를 조회해볼 수도 있을 거라고. 그 과정에서 계옥에게 돈이 얼마나 있는지도 파악될 터였다. 가령이 고민하는 사이 계옥이 먼저 애기를 꺼낸 것이었다.

속내까진 알 수 없지만.

"내가 가진 걸로는 당장 한 사람 돈만 갚을 수 있어. 언니 돈부터 갚을게. 그러니까……."

수화기 너머로 지저분한 잡음이 섞여 들렸다. 어느새 잡음은 가령의 머릿속을 뚫고 지나가는 듯했다.

"……미영이 개랑은 연락하지 마."

가령은 머리를 뒤흔들었다. 계옥이 돈을 갚는다면 앞으로 담당자와의 껄끄러운 대화를 이어가지 않아도 될지 몰랐다. 동시에 그동안 미영이 한 말이 두서없이 떠올랐다. 등록금 일부라고. 연대해야 받을 수 있다고. 이제 속지 말라고. 흔들리지 말라고. 끝으로 한껏 도드라지게 들렸던 우리까지.

그제야 잡음이 말끔하게 사라졌다.

"개수작 부리지 말고 우리 둘 돈 다 갚아! 이…… 이 나쁜…… 나쁜 년아!"

가령은 계옥의 뒷말은 듣지도 않은 채 전화를 끊어버렸다. 귓가에는 예전에 계옥이 했던 말만 웅웅거렸다. 적어도 난 거짓말은 안 했잖아.

그날 이후 미영은 가령의 전화를 받지 않았다.

"……듣고 계시죠?"

원장은 두 장의 첨삭 지도 자료를 번갈아가며 가리켰다.

가령이 놓친 건 세 군데였다. 겨우 띄어쓰기 하나와 맞춤법을 걸러내지 못한 거였지만 원장의 생각은 달랐다. 시험에서는 작은 차이가 결국 등급을 결정짓는 거라고 했다. 그래도 가령이 고쳐준 문장이 군더더기 없이 더 자연스럽고 매끄럽긴 했다. 탐탁잖은 기색을 숨기지 않던 원장도 마지못해 인정했지만 그것만으로 우기기에는 부족했다. 뭔가 더 확실히 내세울 만한 장점이 필요했다.

그러니까 인간 선생님이 AI보다 나은 무언가가.

다시 눈을 부릅떠봐도 달라지는 건 없었다. 가령이 학원에 계속 남을 이유는 없었다. 더구나 AI는 앞으로 발전해 나갈 가능성이 무궁무진했고 그에 비해 가령은 점점 뒤처질 게 분명했다.

"나이 들수록 머리 쓰는 게 참 쉽지 않죠. 하다못해 허리나 눈이라도 더 나빠질 거 아닙니까?"

"그야 그렇지만……."

"애들 관리하는 것도 힘에 부치죠?"

가령은 고개를 숙였다. 원장의 주장에는 분명 오류가 있는 듯싶었지만 쉽게 잡아낼 수 없었다. AI라면 허술한 지점을 명확하게 파헤쳐 반박할 수 있을까.

"날 너무 원망진 말아요. 그저 시대가 바뀐 탓이죠. 원망하려면 AI를 원망하세요."

나중에는 원망마저 사람을 대신해 AI가 받을지도 몰랐다.

AI를 이용한 첨삭 지도는 완벽하진 않았지만 적어도 기존 인력을 대체할 만큼은 됐다. 인건비 대신 AI 프로그램 사용료를 지불하는 쪽이 학원에서도 훨씬 이득일 것이었다. 그러니 학원에는 프로그램을 잘 다룰 줄 아는 전문가 정도만 필요할 뿐이었다. 원장은 결코 가령이 부족해서가 아니라고 했다. 그러니까 인간 선생님 중에서는 딱히 나무랄 게 없다고. 이어서 가령뿐만 아니라 다른 선생님께도 비슷한 통보를 했다고 여러 번 강조했다. 한꺼번에 해고당한다고 해서 가령의 기분이 괜찮아지는 것은 아니었다.

AI가 가령의 마음까진 알려주지 못하는 모양이었다. 적어도 좀 더 매끄럽게 상대방을 설득하는 방법에 대해서도. 이쯤에서 원장은 태도를 바꿔 학원의 열악한 사정을 살펴달라고 읍소했다.

"역지사지란 말도 있잖아요."

지난주 수업 시간에 가령이 학생들에게 설명한 사자성어였다. 시험에 나오지 않더라도 살면서 필요한 말이니 꼭 알아야 한다고 밑줄을 그은 기억이 떠올랐다. 사람이 짐승과 다른 게 상대방의 마음을 헤아려보는 거라고도 했다. 그러고 보니 그 순간에도 경종은 딴지를 걸었다. 자기 마음 헤아리기에도 바쁜 세상 아니냐고. 가령은 돌연 계옥이 한 말이 생각나 입을 꾹 다물었다. 언니가 내 입장 좀 이해해달라는.

다시 엎드려서 자는가 싶던 경종이 벌떡 일어나 손뼉을 치며 구호처럼 역지사지를 외쳤다. 주변 무리까지 구호에 맞춰 발을 구르고 책상까지 쿵쿵 두드렸다. 가령이 달려가 주의를 주고 눈을 흘겨도 멈출 줄 몰랐다. 도리어 한껏 달아올라 의자까지 밟고 올라섰다. 교재에 나오는 대로 자기 마음을 헤아려보라는 듯이. 그때 창문 밖에서 원장의 시선이 느껴졌다. 원장이 아이들 관리하기가 힘들지 않냐고 묻는 건 그 순간을 두고 한 말일지도 몰랐다.

인제 와서 아이들에게 살다 보면 사람이 짐승이 되어야 할 순간도 있는 법이라고 가르칠 순 없었다.

예전에 경종이 수업 시간에 배운 내용을 잘못 이해해서 그건 설득의 기술이 아니라 오류라고 일러준 적이 있었다. 경종은 가령을 멀뚱멀뚱 쳐다봤다.

"오류여도 통하면 되는 거 아니에요?"

계옥도 비슷한 생각일지 몰랐다. 어쩌면 가령도.

원장은 앞으로 문제도 AI가 다 출제할 거라고 했다. 이제 사람이 아니라 AI의 마음을 헤아려야 정답을 고를 수 있을지도 몰랐다. 이어서 AI가 단순 오탈자뿐만 아니라 글쓴이가 문장을 통해 원래 전하고 싶었던 의미를 꿰뚫고 암호처럼 숨겨놓은 메시지도 해석할 수 있을 거라고 덧붙였다. 짤막한 글 한 편으로도 화자의 직업이나 나이와 함께 학력에 취향, 감정까지 맞히는 시대가 올 거라면서.

"아직은 시기상조 아닌가요?"

고개를 저으며 원장은 의자 깊숙이 몸을 기댔다. 남들보다 한 걸음이라도 더 앞서 나가야 한다면서.

채무자의 상황과 성향을 분석해 가장 효과적인 방식을 계산하고 가압류나 채권추심도 모두 사람 대신 AI가 자동으로 하는 시대도 머지않은 듯했다. 어쩌면 채무 변제 계획 대신 빌린 돈을 갚지 않는 방법을 연구해 완벽히 방어하는 AI도 함께 발달할지도 몰랐다.

둘이 충돌하면 어떤 결과가 나올까.

"그럼 이해해주는 걸로 알게요."

원장은 가령이 말을 걸기 전에 서둘러 밖으로 나섰다.

지금이라도 계옥이 돈을 갚는다면 당장 월급이 끊겨도 얼마간 시간을 벌 수 있었다. 무의미한 가정을 바탕으로 이어지는 추론은 의미가 없다는 걸 알면서도 가령의 생각은 멈추지 않았다. 계옥이 빌려 간 건 돈이지만 더러 가령의 느긋한 태도나 계절이 바뀔 때마다 휴식 삼아 한 번씩 누렸던 호텔 숙박, 매번 생색내면서 전했던 엄마 용돈을 빼앗아 간 것 같았다.

이번에는 시간이었다.

가령은 그동안 일에 치여 살았으니 쉬면서 천천히 계획을 세워보겠다는 선생님들과 달리 빠르게 새 일자리를 찾아야 했다. 당장 돈 들어갈 일투성이었다. 냉장고 할부금이 남았고 곧 공과금과 카드값이 날아올 것이었다. 여기에 월세와 보험료까지 어느 하나 줄일 수 있는 게 없었다. 가령은 자리에서 일어서려다 휘청거렸다. 모두 계옥 때문이었다. 이는 논리적으로 완벽한 참인 듯하면서도 괜한 억지로 박박 우기는 명제처럼 읽히기도 했다.

가령이 직장을 잃었다고 해도 계옥은 당당하게 받아쳤다. 미영이 돈을 갚느라 빈털터리인 거 알지 않느냐고. 그제야 담당자가 미영의 등장이 불리할 수도 있다고 말한 이유를 알 것

233

같았다.

이제 가령도 마냥 무르게 굴진 않았다.

"그러면 각서라도 써!"

"언제는 우리 사이 어쩌고 하더니…… 그깟 돈 갚아. 갚는다고! 내가 그동안 언니 돈 떼어먹은 적 있어?"

가령은 말문이 막혔다.

앞서 계옥이 돈을 갚지 않은 건 아니었기 때문이다. 그렇다고 앞으로도 갚을 거라고 단정 지을 순 없었다. 그건 성급한 일반화의 오류였다.

이번에는 계옥이 가령의 말을 다 듣지도 않은 채 전화를 끊었다.

계옥이 가령에게 돈을 빌린 건 이번이 세 번째였다.

처음에는 당장 세탁기를 수리해야 하는데 여유가 없다고 성화였다. 월급날까진 아직 며칠이나 남았는데 끼니를 때울 것마저 마땅찮다는 소리에 가령은 고민할 틈도 없이 수리비를 보냈다. 몇 번 거절하던 계옥은 마지못해 떠듬거리며 계좌번호를 불렀다.

"괜찮아."

"언니 그럼 차용증이라도……."

"우리 사이에 무슨!"

누군가에게는 무심코 잊어버릴 수도 있을 만큼, 적다면 적은 액수였다. 일상에 큰 지장을 초래할 정도는 아니었고 살면서 그만한 손해쯤은 충분히 감수할 만했다. 얼굴도 모르는 사람을 위해 선뜻 기부도 하는데. 계옥에게 송금하면서 가령은 못 받아도 그만이라고까지 생각했다. 진심이 아예 아니었다고는 할 수 없었다.

그게 실수였다는 건 한참 뒤에 알았다.

따지고 보면 그동안 계옥에게 신세를 진 일이 꽤 많았다. 전부 합치면 세탁기 수리비쯤은 되고도 남을 듯했다.

"고마워, 언니. 정말 고마워."

그 말에 가령은 얼마간 우쭐했다. 이참에 그동안 졌던 신세를 다 갚은 것처럼 홀가분하기까지 했다.

그때 계옥은 가령이 말을 꺼내기도 전 월급날에 맞춰 정확히 돈을 갚았다. 약간의 이자도 얹어주면서. 거기에 굳이 저녁까지 사겠다며 나섰다. 이왕이면 소고기를 먹으러 가자는 걸 가령은 근처 국숫집으로 이끌었다. 이번 달에는 가령에게 갚은 돈만큼 쪼들릴 걸 알기 때문이었다. 예상치 못한 지출은 어디선가 꼭 티가 나는 법이었다. 무심코 사 먹던 커피 한 잔에도 머뭇거리거나 핸드폰 요금이 밀릴 경우 연체료가 얼마쯤인지 따져볼지도 몰랐다.

계옥은 가령의 만류에도 기어이 곱빼기로 주문하고 추가로 만두까지 시켰다. 배가 부른 가령이 남은 만두 하나를 겨우 입 안으로 밀어 넣었을 때 계옥은 빙긋 웃음 지었다.

"언니는 어차피 다 먹을 거면서 꼭 아닌 척하더라."

가령은 입안의 만두를 한참 씹었다. 안쪽이 덜 익어서 차가
웠고 만두피 끄트머리가 딱딱했다. 그래도 뱉지 않고 꾸역꾸역
씹어 삼켰다. 그때까지 계옥은 가령의 맞은편에 앉아 있었다.

두 번째는 계옥이 결혼을 앞둔 때였다. 양쪽 다 전셋집을 구
할 만큼 돈을 더 모은 다음으로 미루는 쪽으로 의견을 모았지
만 덜컥 아이가 들어서는 바람에 서둘러야 했던 결혼이었다.
그렇다고 양가 부모님께 기댈 수 있는 형편은 아닌 듯했다.

당시 계옥은 가령에게 자주 연락해 상황을 알렸다.

꼼꼼하게 계획했던 예산과 현실은 번번이 어긋났고 추가로
들어갈 요금이 끊임없이 터져 나왔다. 계옥은 수고비 외에 점
심까지 따로 준비해야 하는 관례를 몰랐고 기본요금은 두 시
간까지일 뿐 이후에는 시간당 품삯이 따로 붙는 기준도 뒤늦
게 확인했다. 어쩐지 계속 덫에 걸려 허우적거리는 듯한 기분
이라고 했다. 그 때문에 준비 과정에서 매번 어디에서 얼마나
줄이고 무엇을 포기할 것인지 고민할 수밖에 없었다. 겨우 돈
을 맞춰놓으면 이번에는 결혼사진 촬영에서 보정비가 따로
들어갔다. 기본 보정만으로는 도저히 만족할 만한 결과물이
나오지 않았다. 계옥이 계속 망설이자 사진작가는 일생에 단
한 번뿐인 촬영임을 연신 강조했다.

중간에 끼어들어 가령도 적당히 맞장구를 쳤다. 계옥은 가

령의 말꼬리를 놓치지 않았다.

"사진만 그런 게 아니더라고. 꽃 한 송이까지 전부 다 돈인 거 있지?"

가령은 헛기침을 뱉으며 잠시 시간을 끌었다.

"신혼여행 일정이라도 조정해야 할까 봐. 정말이지 마음 같아선 축의금이라도 미리 받고 싶은 심정이라니까."

이번에는 계옥이 그래도 살면서 한 번뿐인 결혼식이라고 힘주어 덧붙였다.

리듬이 깨진 웃음소리까지 들었을 때 가령은 계옥이 넋두리를 늘어놓는 이유를 충분히 짐작하고도 남았다. 적어도 대화를 바탕으로 화자의 마음이 무엇인지 보기 안에서 쉽게 고를 수 있었다. 그때만 해도 어차피 섭섭지 않게 축의금을 낼 계획이었으니 못 받아도 괜찮지 않을까 싶었다. 두세 번 나가는 돈도 아니니까. 다행히 비상금으로 따로 떼어둔 돈이 있었다. 지난 몇 달 사이 비상이라고 부를 만한 일은 없었으니 앞으로도 비슷할 거라는 막연한 짐작이 머릿속을 스쳤다. 논리적으로 맞지 않는 결론이더라도 어쩔 수 없었다.

다만 이번에는 차용증을 써준다고 하면 군말 없이 받아둘까 싶었지만 먼저 말을 꺼내기에는 겸연쩍었다. 과거에 우리 사이를 들먹인 기억이 떠올랐기 때문이다. 한편으론 예전처럼 알아서 잘 갚을 거라는 믿음도 있었다. 가령은 이번에는 딱 원금만 받고 저녁까진 얻어먹지 말자고 다짐했다.

돈을 받아 간 후 계옥은 결혼 준비로 쉽게 연락이 닿지 않았다. 전화를 걸면 인테리어 업체와 일정을 조율 중이거나 신랑 동창들과 만난 다음 주례 선생님을 찾아가는 길이었다. 그때마다 계옥은 나중에 연락하겠다고 했지만 전화가 걸려 온 적은 한 번도 없었다. 어느 순간 가령은 공연히 바쁜 계옥을 귀찮게 하는 것 같아 차츰 연락을 줄여나갔다. 돈을 빌려준 다음부터는 어쩐지 안부를 묻는 것조차 부담을 주는 것 같았다.

결국 예식장에서나 겨우 계옥의 얼굴을 볼 수 있었다.

그날 이후 가령은 이번 달에 돈 쓸 일 없이 무사히 지나가길 바랐다. 그러니까 뭔가 부러지고 바스러져서 새로 사야 하거나 생필품이 한꺼번에 떨어지지 않길. 언제부턴가 가령에게 무사하다는 건 돈 들어갈 일이 없다는 의미가 되었다. 이제 빠져나간 돈만큼 쪼들리고 예상치 못한 지출로 티가 나는 건 계옥이 아니라 가령이었다.

계옥을 다시 만난 건 한 달쯤 뒤였다. 계옥이 결혼식에 참석한 지인들을 부른 술자리였다. 생각보다 많은 사람이 모였고 개중에는 모르는 얼굴도 많았다. 한쪽에서 쭈뼛거리던 가령은 이들 중에 계옥에게 돈을 빌려준 사람이 더 있을지 궁금했다. 어쩌면 가령과 같은 결심으로 나온 사람이 더 있을지도 몰랐다.

오늘은 꼭 받아내고야 말겠다는 결심.

이만한 자리를 준비할 정도면 가령에게 빌려 간 돈은 어렵지 않게 갚을 듯했다. 게다가 계옥은 자리에 참석한 누구라도 다 들을 수 있게 큰소리로 떠벌렸다. 벌써 아파트로 들어갔다고. 최근에 입지 좋은 자리에 새로 지은 거기가 맞다고. 환호성이 터져 나오자 계옥은 손사래를 쳤다.

"운이 좋았지."

눈이 마주쳤을 때 계옥은 가령에게 손짓했다. 가령이 어기적거리며 일어서자 계옥이 소리쳤다.

"인사들 해. 내가 정말 신세 많이 진 언니야."

갑자기 사방에서 박수가 쏟아졌다. 한쪽 구석에서는 휘파람까지 이어지더니 누군가 나와서 술잔을 내밀고 건배를 제의했다. 순간 가령은 까닭 없이 안심했다. 계옥이 말한 신세 안에는 가령에게 빌려 간 돈도 포함되었을 것 같았기 때문이었다. 적어도 계옥은 잊지 않았을 게 분명했다. 다음에 소개한 사람은 세상에서 가장 사랑하는 친구였고 마지막에는 인생의 은인이라고까지 말했지만 가령의 생각은 조금도 달라지지 않았다.

인생의 은인으로 소개한 사람이 미영이었다는 건 시간이 한참 흐른 뒤에야 알았다.

그날 계옥은 사람들에게 신혼여행지에서 기념품으로 사 온 립밤을 하나씩 나눠줬다. 결혼식에 와줘서 고마웠다면서. 덕분에 자리가 더욱 빛났다는 말도 빠뜨리지 않았다. 누군가에게는 고개를 기울여 귓속말을 했다. 멀리서는 제대로 알아들을 수 없었다. 몇몇은 그 말에 가벼운 웃음을 터뜨렸고 대뜸 포옹을 하기도 했다.

가령에게도 립밤을 건네면서 계옥은 바짝 붙어 섰다. 이어서 보드라운 목소리가 귓가에 닿았다.

"언니는 특별히 체리 향이야. 내가 이거 찾느라고 버스까지 놓칠 뻔했다니까."

그제야 가령은 계옥에게 하고 싶은 말이 따로 있었다는 걸 깨달았다. 하지만 예식장도 술자리도 다른 사람들과 함께라 따로 돈 얘기를 꺼내기에는 적절하지 않았다. 돌아오는 길에 가령은 최근 계옥이 일부러 단둘이 만나는 자리를 피해온 게 아닐까, 하는 의심이 들었다. 섣부르고 근거도 부족한 데다가 우연일 가능성까지 배제할 수 없었지만 한번 시작된 의심은 좀처럼 가라앉지 않고 주변을 서성거렸다. 가령의 귓가에 학원 등록을 고민하는 학부모님과의 상담 때 주로 했던 말이 스쳐 지나갔다. 모름지기 사람은 논리를 배워야 합니다.

그날 이후 계옥과는 제대로 연락이 닿지 않았다. 통화가 되더라도 남편과 중요한 모임에 갔거나 옆에 시어머니가 있을 때가 많았다. 산부인과 대기실이라고 한 적도 몇 번 있었다. 한번은 가령이 제대로 통화할 수 있는 시간을 묻자 계옥은 타이르듯 자분자분하게 말했다.

"언니도 결혼해보면 알 거야. 인생에서 신혼이 얼마나 바쁘고 중요한 시기인지."

가령은 신혼뿐만 아니라 바쁘고 중요한 시기는 얼마든지 있다고, 내가 지금 그렇다고 말하려다가 말았다. 예전 같으면 무심결에 흘려들었을 말이었다.

가령이 투정을 부리는 아이들에게 비슷한 말을 건넨 적도 있었다. 나중에 확실히 깨달을 거라고. 지금이 얼마나 좋은 때인지. 아이들은 입을 비죽거리며 제자리로 돌아가 앉았다. 상투적인 표현은 설득력을 떨어뜨린다더니 정작 선생님은 맨날 빤한 얘기만 한다면서. 가령은 아이들에게 나쁜 의도로 한 말은 아니었다. 계옥도 딱히 악의는 없을지 몰랐다.

하지만 돈을 빌려 간 사람에겐 듣고 싶지 않은 말이었다.

"결혼하니까 세상이 달라 보여. 언니도 종일 학원에만 처박혀 있지 말고 제대로 된 인생을 좀 살아봐야 할 텐데."

가령이 대꾸하기도 전에 계옥은 진료 시간이 다 됐다면서 서둘러 통화를 마쳤다. 이후에도 가령은 전보다 자주 계옥의 안부를 묻고 근황을 확인했다. SNS에 새로 장만한 식탁이나 영화 보러 가서 찍은 사진이 새로 올라오면 괜스레 눈을 흘기기도 했다. 그때마다 해주지 못한 말이 오래전 덜 익은 만두처럼 입안에서 덜그럭거렸다.

제대로 되지 않은 인생을 사는 사람에게 돈을 빌리고 안 갚는 너는 대체 어떤 인생이니.

며칠 후 가령은 학원에서 계옥에게 받은 것과 같은 립밤을 쓰는 아이를 발견했다. 아이는 한국에서도 해외 배송비만 감수하면 개당 몇천 원에 살 수 있는 립밤이라고 했다. 배송비가 아까워 한꺼번에 여러 개를 샀다고도 덧붙였다.

"근데 체리 향 말고 딴 거 사세요. 딸기나 복숭아 같은 거."

"왜?"

"진짜 별로예요. 어쩐지 다른 건 자주 품절인데 얘만 늘 재고가 넉넉하더라고요. 상품평 좀 보고 살걸."

당시 학원 사정 때문에 월급이 밀려 그 달 생활비에 문제가 생겼다. 가령은 계옥에게 다시 연락하기로 했다. 불리한 조건으로 급하게 받는 대출이나 다른 카드로 메꾸는 것도 이젠 넌덜머리가 났다. 이번만큼은 계옥에게 기필코 받아내고 싶었다.

전화를 걸기 전 가령은 피치 못할 사정을 일목요연하게 정리해서 적어뒀고 반대편에는 계옥이 당장 갚지 못한다고 버틸 때를 예상해 맞받아칠 말을 빼곡하게 써뒀다. 그중에는 상처를 줄 만한 것도 있었다. 그게 나와 무슨 상관이냐고 되묻거나 네 얘기 따윈 전혀 궁금하지 않다고 소리를 빽 지르는 것 같은. 이어서 나도 다 생각이 있다고. 내가 살면서 너 같은 애들 한두 번 본 줄 아느냐는. 마지막에는 전문가가 개입하지 않고 우리 둘 선에서 끝내는 게 어떠냐는 협박까지 꾹꾹 눌러썼다. 일부는 수업 시간에 논리적으로 상대방을 설득하는 게 아니라 일방적으로 감정만 앞세운 예시로 들었던 문장이었다.

결국 가령은 준비한 문장을 하나도 내뱉지 못했다. 예전에 꿔준 돈이라고 하자마자 계옥이 금방 알아들었기 때문이다. 그러니 딱한 처지에 대해 구질구질하게 늘어놓지 않아도 괜찮았다.

"어머, 깜빡 잊고 있었네. 요새 정신이 하나도 없었어. 진작 말을 하지."

"……그랬구나."

"설마 그동안 혼자 속 끓인 거야?"

계옥이 낭랑한 목소리로 말하는 동안에도 가령의 손가락은 미리 적어둔 문장을 가리키고 있었다. 계옥이 돈을 갚지 않을 기미가 보이면 제일 먼저 말해야겠다고 생각한 문장이었다.

네 선택지에 돈을 안 갚는 건 없어.

어느새 손끝이 가늘게 떨렸다.

그날 계옥은 배부른 몸을 이끌고 굳이 학원으로 나와 가령에게 돈을 건넸다. 정확히 원금이었다. 가령은 예전처럼 계옥이 저녁을 산다고 하면 완곡하게 거절할 생각이었다. 하지만 계옥이 도리어 가령을 향해 맛있는 것 좀 사달라고 했다. 목돈을 받았으면 예의상 한번 쏴야 하는 거 아니냐고. 임신했다는데 언니는 어쩜 밥 한 번을 안 사주냐면서. 벌써 근처 맛집을 검색한 눈치였다. 순식간에 가령은 무신경하고 옹졸한 사람이 되었다. 어쩐지 계옥은 가령이 통화하기 전 미리 써둔 문장을 모두 읽은 사람처럼 굴었다.

근처 일식집으로 이동하면서 계옥은 지나가는 것처럼 말했다.

"근데 언니도 참 언니다. 사회생활 하는 사람이 그만한 돈도 비상금으로 따로 안 챙겨뒀어? 나 없었으면 큰일 날 뻔했네. 맞지?"

어느 순간 계옥은 가령 옆에 바짝 붙어 섰다. 가령은 마지못해 흔들리듯 고개를 주억거렸다. 계옥의 문장에는 빨간 펜으로 긋고 빼거나 고쳐야 할 오류가 보이지 않았다. 그러자 어쩐지 모든 일의 원인이 자신인 것처럼 느껴졌다.

결국 가령은 그 돈이 바로 네가 얘기한, 사회생활 하는 사람이라면 따로 챙겨뒀어야 하는 비상금이었다고 얘기하지 못했다. 그 문장은 미리 준비해두지 못했다.

식사를 마치고 계옥을 택시 태워 보내면서 가령은 습관처럼 삼단논법을 떠올렸다. 빌린 돈을 잊은 사람에게는 돈을 빌려주면 안 된다. 무신경한 계옥은 빌린 돈을 잊는다. 계옥에게는 돈을 빌려주면 안 된다. 몇 번을 되뇌어봐도 빈틈없이 완벽했다. 하지만 집에 도착할 때까지 체한 것처럼 속이 더부룩했다.

예전에 수업 시간에 논리에 대해 한창 설명하는데 경종이 완벽한 논리로도 절대 당해낼 수 없는 사람이 있다고 외친 적이 있었다. 평소에도 경종 때문에 빈번하게 수업이 끊기곤 했던 터라 가령은 무시하려고 했다. 지난 수업에서는 지문을 통해 화자의 감정을 추측하는 문제를 앞에 두고 대뜸 가령에게 소리쳤다.

"전 화자가 불안한지 슬픈지 전혀 궁금하지 않은데요?"

순식간에 그럼 아무 의미 없는 거 아니냐면서 문제지를 책상 밖으로 밀어냈다. 가령이 문제지를 주운 뒤 옆에 앉아 경종을 달랬다. 근엄한 표정을 지어야겠다는 생각과는 달리 긴장한 낯빛이 감돌았다. 누구라도 알 수 있을 만큼 확연히. 어디선가 원장이 나타나 매서운 눈초리로 쏘아볼 것만 같았다.

순간 경종은 문제지를 찢어 내던졌다.

"문제를 풀지 않으면 틀리고 맘 상할 일도 없잖아요!"

가령은 그때와 비슷한 상황이 벌어질까 봐 조마조마했다. 그사이 꾸벅꾸벅 졸던 아이들까지 잠에서 깨 궁금해 죽겠다는 듯 시선을 모았다. 가령이 무슨 엉뚱한 소리냐고 핀잔을 주며 필기나 하라고 다그치자 경종이 받아쳤다.

"논리가 없는 사람이요."

아이들이 한꺼번에 와르르 터뜨린 웃음이 싱싱하게 떠오르자 가령은 불쑥 계옥을 생각했다. 빌린 돈을 말하기 전 제때 갚아야 한다는 생각이 없는 사람에겐 어떤 말도 통하지 않을지 몰랐다. 돌이켜보면 논리가 없던 쪽은 계옥이 아니라 가령이었을지도 몰랐다.

몇 달 뒤에 기어이 또 돈을 내어준 걸 보면.

그날 가령은 무슨 일이 있어도 돈을 빌려주지 말자고 다짐했다. 계옥의 피치 못할 사정이나 삶이 뒤바뀔 만한 문제는 이제 자신과 아무 상관없다고 분명히 선을 그을 생각이었다. 건성으로 안부를 묻다가 전화기를 고쳐 잡을 때까지도 다짐은 물샐틈없이 견고하기만 했다.

"마음 같아선 정말 빌리고 싶지 않은데…… 나도 염치가 있지. 어떻게…… 이 정도만이라도…… 안 될까? 급하게 나오느라……."

계옥은 중간중간 고통을 참아내는지 말을 멈추고 천천히 심호흡했다. 그래도 딱 잘라 거절했어야 했다. 예전에 되새겼던 삼단논법까지 여러 번 중얼거렸지만 결국 또다시 계옥은 예외였다.

예정일보다 빨리 진통이 시작되어 겨우 병원까진 왔지만 마땅한 보호자가 없다고 했다. 친정 엄마는 연로한 데다 너무 먼 곳에 살았고 남편도 해외 출장 중이라 당장은 올 수 없었다. 빨리 와야 하루나 이틀쯤 어쩌면 더 걸릴지도 몰랐다. 지금 연락이 닿는 사람은 가령뿐이었다. 게다가 병원에서 가장 가까이 사는 사람이기도 했다.

그길로 택시를 잡아탄 가령은 병원 로비에서 계옥을 찾았다. 두리번거리는 사이 대기실에서 누군가에게 열심히 손을 흔드는 남자가 눈에 들어왔다. 그 뒤로 계옥이 보였다. 가령은 잰걸음으로 서두르다가 남자와 충돌했지만 멈추지 않고 앞으로 나아갔다. 그때까지도 남자의 시선은 검사실 쪽에 고정되어 있었다.

끝까지 거친 신음을 섞어가며 겨우 잇던 통화와는 달리 계옥은 멀쩡해 보였다. 다행이면서도 어딘지 모르게 떨떠름했다. 출산이 완전히 마무리될 때까지 곁을 지킬 각오로 온 가령을 자꾸 내모는 것도 수상했다.

"얼마나 걸릴지도 모르고…… 내가 미안해서 그래. 언니 바쁘잖아. 곧 다른 사람 올 거야."

"다른 사람 누구?"

물어도 대답은 하지 않고 산모가 편한 게 최고가 아니겠냐는 말에 가령은 돌아설 수밖에 없었다. 한쪽에 놓인 현금인출기에서 당장 필요할 것 같다던 돈을 찾았다. 예전에 계옥에게 빌려주었다가 받은 비상금이었다. 거기에 얼마간 더 보태서 계옥에게 건넸다. 계획했던 라식 수술은 미루기로 했고 당분간 안락한 일상을 조금만 포기하면 그럭저럭 버틸 수 있을 듯했다.

"엄마 오면 바로 갚을게. 이번 달 넘기진 않을 거야."

가령은 그 목소리를 녹음해두지 못한 걸 두고두고 후회했다.

그날 일기에는 분명히 적어놓았다. 하지만 문장은 힘이 없었다. 담당자는 의미 없다고 딱 잘라 말했다. 그러니까 따지고

보면 돈을 빌려줬다는 증거는 없는 셈이었다. 뒤늦게 CCTV
가 떠올랐지만 그마저도 소용없었다. 병원 관리인은 이미 삭
제한 데다가 영상이 있다고 해도 힘들 거라고 했다. 규정 때문
에 그만한 일로는 보기 어려울 거라는 뜻이었다.

"영상에는 돈을 건넨 것만 나오지 빌려줬다는 건 모를 일이
죠. 그냥 아는 언니가 줘서 받은 거라고 우기면 그뿐 아니오?"

"그야……."

"살아보면 세상이 그리 호락호락하지 않아요."

순찰을 나서던 관리인은 쯧쯧 혀를 찼다.

그날 가령을 배웅하던 계옥은 비참한 꼴로 엄마가 되는 게
맞는지 모르겠다고 했다. 가령은 딴생각하지 말라고 다독였
다. 일단 계옥이 순산하는 게 우선이었다. 비뚤어진 마음을 품
은 엄마에게서 아이가 나오게 할 순 없었다. 그보다 중요한 일
은 세상 어디에도 없었다.

그게 세 번째였다.

이후 계옥과는 연락 두절이라고 할 수 없을 만큼만 소식을
주고받았다. 빚 독촉이 허용되지 않는 시간대를 골라서. 계옥
은 언제가 될진 몰라도 빌린 돈을 꼭 갚겠다는 약속 대신 다른
말을 건넸다. 이를테면 언니를 불편하게 해서 미안하다거나
자기는 도움받은 일은 꼭 되돌려준다는 식이었다. 이어서 납
작 엎드려 사과할 때도 있었고 홀연히 화를 내다가 처량한 신

세를 한탄하기도 했다.

"언니 다들 그러고 살아. 있으면 있는 대로 없으면 또 없는 대로."

"다른 사람이 나랑 무슨 상관이야?"

"왜 상관없어? 세상 혼자 살아? 더불어 살아가는 사회잖아."

가령은 계옥의 말을 대차게 부정하다가 호응했고 더러 한숨을 쉬고 물러나기도 했다. 어쩌면 논리가 없는 사람에게 논리를 적용하는 것부터가 틀린 방법이었을지도 몰랐다.

"언닌 그 돈 없어도 잘 살잖아. 정말이지 난 죽을 맛이야."

최근 통화에서 계옥의 말에 가령은 불현듯 예전에 수업한 내용을 그대로 읊었다.

"……근데 계옥아, 너한테 가장 소중한 건 뭐니?"

유서 작성 시간에도 몇 번 쓰이고 언젠가 학원에서 작문 숙제로도 나갔던 문제였다. 올바른 인재 육성을 위해 관찰력과 사고력을 키우는 교육과정 중 하나였다. 아이들은 생일 선물로 받은 인형을 떠올리다가 집에서 키우는 강아지에 대해 공들여 썼다. 첫 만남과 대상의 특징을 지나 왜 내게 소중한지 조곤조곤 서술해 나갔다. 로봇이 그려진 우산이나 빨간 안경을 고른 아이들도 있었다. 꽤 진중한 얼굴들이었다.

그때 한쪽 구석에 웅크리고 있던 경종이 벌떡 일어서서 당연히 돈이라고 외쳤다. 돈만 있으면 뭐든 다 할 수 있다고. 한

동안 잠잠하더니 또 수업을 끊었다. 안 그래도 진도가 느려 신경 쓰이던 참이었다. 일순 아이들이 한꺼번에 "우우" 하는 소리를 내며 인상을 찌푸렸다. 어느 순간 모두 일제히 가령 쪽을 바라봤다. 맨 앞에 앉은 여자애가 눈을 치켜뜨며 물었다.

"선생님 돈이라고 하면 안 되는 거죠?"

어쩐지 다들 돈이라고 생각한다는 소리처럼 들렸다. 다만 시험에서 좋은 평가를 받기 위해서는 다른 대답을 써야 하는 거 아니냐고. 그때 가령이 한 대답이 뭐였더라. 결국 살아보면 돈이 최고라고 했었나. 돈보다 소중한 게 많다고? 아니면…….

계옥은 어떨까.

"언니……."

가령은 소중한 것을 잃어버렸을 때의 심정이라고 말할 생각이었다. 이어서 울먹이다가 이제 네가 언니 입장 좀 이해해달라고 애원할 작정이었다. 역지사지란 말도 있지 않니. 겨우 이 정도에 너와의 관계를 돌이킬 수 없다는 게 난 몹시 두려워.

여전히 명백한 오류라고 해도.

"응. 계옥아, 얘기해."

가령은 나쁜 년이나 채무자 대신 오랜만에 이름을 불렀다. 눅진하게 들리는 목소리였다.

"지금 나 협박하는 거야?"

"……뭐?"

가령은 온몸이 뻣뻣해지는 듯했다. 서둘러 아니라고 대답해야 했지만 입이 떨어지지 않았다. 어쩌면 그동안 계옥은 가령의 숨은 의도를 간파하려 애써왔는지도 몰랐다. 채무자에게도 채권자의 마음을 아는 게 중요할 테니까.

"겨우 돈 몇 푼으로 우리 애한테까지 해코지하지 마. 그건 내가 가만 안 둬. 하긴!"

계옥의 호흡이 엉켰다.

"애를 낳아봤어야 알지."

"……너!"

"언니 나한테 욕도 했잖아. 내가 그거 넘어가줬지. 아냐? 이깟 번호도 바꾸면 그만이야. 근데 최대한 배려해서 연락하잖아! 언닌 왜 끝까지 언니 생각만 해?"

그악스러운 목소리 뒤에 애 우는 소리가 들렸다. 처음에는 칭얼거리는 듯하다가 이내 우렁찬 울음으로 바뀌었다. 울음은 점점 날카롭게 뻗어나와 가령의 귓속을 깊숙이 파고들었다. 그러자 정말이지 가령이 확실한 가해자가 된 것만 같았다. 계옥과 아이를 한꺼번에 궁지에 몰아넣고 괴롭히는.

가령은 비틀거리면서 방 안을 서성거렸다.

"함부로 입 놀리지 마. 나도 언니에 관한 정보라면 다 캐볼 수 있어. 얼마든지! 나만 당하란 법 없잖아?"

아무래도 계옥은 가령이 법적인 조치를 준비하기 위해 담당자와 상담 중이라는 사실을 벌써 눈치챈 듯했다.

"나라고 협박 못 할 것 같아? 나도 언니 곤란하게 할 수 있어."

"그게 무슨 뜻이야?"

가령은 계옥에게 약점을 잡힌 것만 같았다. 돌이켜보면 그게 임종 체험관으로 찾아오겠다는 뜻이었을지도 몰랐다.

방문객은 나만의 부고 문자를 작성할 때도 오랜 고민 끝에 주어진 예문 중 하나를 겨우 골라 살짝 고쳤을 뿐이었다. 이름만 바꿔 쓰면 누구라도 고인이 될 수 있을 것 같은 문자였다. 마치 내가 아니라 일면식도 없는 사람의 부고를 애써 무덤덤하게 전하는 것처럼 읽히기도 했다. 그동안 임종 체험관에서 작성되어 보관된 부고 문자 속에 뒤섞이면 결코 눈에 띄지 않을 듯했다. 방문객은 완성된 문자를 다시 훑어봤지만 딱히 수정하지는 않았다.

화요일 3회차 임종 체험에서 체험객들은 스팸으로 분류될지도 모를 단어를 피해 부고 문자를 작성하느라 평소보다 오랜 시간이 걸렸다. 가령은 부고 문자가 스팸 문자로 분류되면 어쩌냐는 계옥의 질문에 늦지 않게 헤드 마이크에 대고 대답했다. 분위기를 해치지 않을 만큼 굵직하고 나지막한 목소리였다.

"부고가 스팸이 되면 안 되죠. 그러면 스팸 차단 문구는 피해서 쓰세요. 예를 들면 투자나 당첨 또…… 주식, 선착순 같은."

순간 가령은 그동안 계옥에게 보낸 메시지가 빠짐없이 스팸 문자함으로 간 게 아닐까 싶었다. 촘촘한 스팸 차단 문구에 걸려져 결국 가닿지 않았을 수도 있었다. 계옥이 어떤 문구를 지정했을지 예상해봤다. '제발'일 수도 있었고 '경고'나 '부탁' 일지도 몰랐다.

혹시 '진심'도 포함되었을까.

몇몇은 흑흑거리다가 고개를 숙이고 얼굴을 감췄다. 울음을 참는 건지 웃음을 참는 건지 분간할 수 없었다. 가령이 말끝을 얼버무리는 동안 체험객들은 무료 수신 거부나 코인, 대박 같은 단어를 차례차례 입에 올렸다. 누군가 스팸이 아니라는 내용으로 시작하면 된다고 하자 다들 고개를 끄덕였다. 반대편에서 반박하듯 혼자 웅얼거리는 소리가 들렸다.

스팸 문자에는 원래 스팸이라는 단어를 쓰지 않는데…….

한 체험객은 차라리 스팸으로 분류되어 한동안, 아니 되도록 평생 읽지 않은 채로 남아 있는 편이 더 좋을 거라고 했다. 그러면 적어도 그 사람에게만은 죽지 않고 계속 살아 있는 거나 다름없지 않겠냐고.

가령은 그날 그 체험객이 쓴 유서 속 문장을 무심결에 지나쳤다.

덧니는 내 잘못으로 생긴 게 아니다. 내가 태어난 것도.

반대쪽에서 죽음을 알릴 사람이 없으면 어떡하냐고 하는 체험객을 향해 인생은 그런 거라고 답하던 순간에도 가령은 계옥이 차단했을 문구를 가만히 떠올려봤다. 생각은 '인생'이나 '돈'을 지나 '관계'에 닿았다. 가령은 여전히 계옥에게 해도 되는 말과 안 되는 말을 구분할 수 없었다.

체험객 중 절반쯤 부고 문자를 제출했을 때 계옥이 손을 번쩍 들고 가령을 향해 말했다.

"근데 차단했으면 소용없는 거 아닌가요?"

웅크리고 있던 체험객들의 자세가 일순 꼿꼿해졌다. 바닥에 그림자가 길게 누웠다. 가령은 차단되어 제대로 가닿지 못하고 허공을 떠도는 메시지를 따라가듯 시선이 헝클어졌다. 그 사이로 계옥이 한 말이 깊숙이 파고들었다. 진짜 애 키우느라 힘들어 죽겠단 말이야. 정말이지 난 죽을 맛이야. 가령은 계옥이 임종 체험관에 온 이유를 짐작조차 할 수 없었다.

그동안 방문객 얼굴은 세상 모든 사람의 부고 문자를 한꺼번에 받은 것처럼 몹시 고단해 보였다. 얼핏 계옥이 살던 빌라에서 잠깐 마주쳤던 얼굴이 스치는 것도 같았다. 방문객과 시선이 맞닿은 가령은 쓴웃음을 지었지만 가면에 가려 겉으로 드러나진 않았다. 방문객의 눈에 가령은 임종 체험 내내 같은 얼굴일 것이었다. 얼굴을 보는 마음이 순간순간 달라질 수는 있겠지만.

"사는 것도 고달프지만 죽어보는 것도 만만찮네요."

방문객은 구시렁거리며 남은 임종 체험을 성실하게 이어 갔다.

순간 가령은 계옥을 찾아갔을 때 어렴풋이 들은 목소리가 떠올랐다. 모질게 닦달하다가 끝내 한쪽이 짓이겨지는 듯했던. 목소리 주인은 지하로 내려가는 계단에서 가령을 지나쳐 계옥의 집으로 들어선, 작은 여자였다. 계옥은 경계하는 기색 없이 문을 열어 여자를 집 안으로 들였다.

방문객이 그 여자일 수도 있다는 생각은 점점 부풀어 올랐다. 빌라는 어두침침해서 얼굴을 제대로 알아볼 수 없었다. 겨우 눈썹이나 얇은 입술은 확인했지만 그것만으로는 단정 짓기 어려웠다. 하지만 양쪽 얼굴이 달라 보일 만큼 확실한 짝눈이었다는 걸 기억해보면 생각이 달라졌다. 그 때문에 계단에서 본 얼굴과 현관문에 다다랐을 때의 얼굴이 꼭 다른 사람 같았다. 현관문이 활짝 열렸을 때 날카롭게 파고들던 계옥의 목소리가 선명했다. 일순 방문객과 계옥의 얼굴이 느릿느릿 포개졌다.

그러니까 방문객은 죽음까지 떠올린 계옥 때문에 가령을 찾아온 것일까.

방문객의 유서를 보면 짐작이 확실해질 듯했다.

"……다 쓰신 건가요?"

가령은 방문객이 건넨 유서를 한참 들여다봤다. 유서는 끝까지 비어 있었다. 가령이 멀찌감치 떨어져 딴청을 피우는 동안 호흡을 가다듬고 펜을 드는가 싶더니 결국 한 문장도 쓰지 않았다. 유서를 쓸 때 참고할 만한 질문도 아무런 힘이 없는 듯했다. 내 인생에서 가장 중요한 사건이나 지금 보고 싶은 사람을 묻는 말들.

방문객은 가령에게 넌지시 물어왔다.

"혹시 유서 샘플이 있을까요?"

체험객들이 자주 던지는 질문 중 하나였다. 그때마다 가령의 대답은 한결같았다. 이번에도 같은 대답을 입에 올렸다.

"따지고 보면 누가 쓴 유서든 다른 사람의 샘플이 될 순 없죠."

방문객이 계옥이 쓴 유서를 읽었다면 어땠을까. 그제야 유서에 넣어야 할, 어쩌면 결국 넣을 수밖에 없는 문장이 줄줄이 떠올랐을까.

담당자는 임종 체험 과정에서 계옥이 쓴 유서는 어차피 법적 효력이 없을 거라고 했다. 주소도 없고 날짜도 명확하지 않기 때문이었다. 그렇다고 모든 내용을 다 거짓으로 치부할 수는 없다고도 덧붙였다.

그저 서류상 인정되지 않을 뿐.

그동안 학생들이 쓴 문장 가운데 비문을 확인하고 비속어를 집어내고 빠진 글자를 채워 넣던 가령의 빨간 펜은 이제껏 유서에서 맹활약했다. 불분명한 지시와 오독의 여지가 있는 문장과 논리적이지 않은 기준을 향해서 거침없이. 하지만 빈 유서에서 빨간 펜은 아무것도 할 수 없었다. 틀린 문장도 고쳐야 할 문장도 빼야 할 문장도 없었기 때문이다. 그래서 사실 고칠 필요 없이 완벽한 유서는 결국 아무것도 쓰지 않은 유서가 아닐까 하는 생각이 들었다.

그날은 확실히 달랐다.

가령은 계옥에게 영정 사진을 건네는 일조차 한참 망설였다. 미연이 대신 주지 않았다면 임종 체험이 끝날 때까지 가령의 손에서 떠나지 못했을지도 몰랐다. 그때만 해도 평소처럼 유서 작성 시간이 무사히 마무리될 줄 알았다.

하지만 가령은 강당에서 계옥이 쓴 유서에 빨간 줄을 죽죽 긋고야 말았다. 단 한 문장도 빠짐없이. 낳아주고 키워주신 은혜를 절대 잊지 않겠다거나 아이에게 전하는 미안함과 당부에 사실 살면서 가장 소중하게 여긴 건 돈이었다는 진부한 고백까지 전부. 네가 유서에 써야 할 문장은 이게 아니라는 듯이. 가령은 계옥의 애틋한 첫사랑이나 삶의 우여곡절 따윈 조금도 궁금하지 않았다. 계옥의 유서는 아무 의미 없는 거나 마찬가지였다.

임종 체험관에서 유서를 담당하는 가령이 아닌, 받아낼 빚이 있는 가령에게는.

무릎을 꿇고 앉아 있던 계옥은 엉거주춤 일어나 가령을 힘껏 노려봤다. 가면을 쓴 가령은 시선을 틀지 않은 채 마지막 문장까지 놓치지 않고 확인했다. 아무리 눈을 부릅떠봐도 유서 어디에도 가령에 대한 미안함은 없었다. 고마운 사람들에 가령이 들어갈까 곰곰이 따져봤지만 명백한 억측에 불과했다. 가령은 계옥의 푸념에 다시는 흔들리지 않겠다고 다짐했다.

가령은 계옥의 유서를 힘껏 움켜쥐었다가 찢어 내던졌다. 황급히 다가온 미연이 말릴 틈도 없었다. 조각난 유서가 허공에 흩날리다가 바닥으로 천천히 떨어져 내렸다. 예전 수업 시간에 경종이 한 말이 떠올랐다. 문제를 풀지 않으면 틀리고 맘 상할 일도 없다던.

"지금…… 뭐, 뭐 하는 거예요!"

가령이 가쁘게 내쉬는 숨 때문에 가면이 들썩였다. 그 바람에 이마가 슬쩍 드러났다. 계옥이 쳐다보기 전 가령은 서둘러 가면을 고쳐 썼다. 그동안 미연은 체험객들이 자리에서 이탈하지 않도록 안내하며 찢어진 유서를 주워 모았다.

가령의 머릿속에는 계옥이 유서에서 별다른 고민도 없이 휘갈겨 쓴 문장이 생생하게 떠돌았다.

모든 근심과 걱정 훌훌 털고 떠납니다.

가령이 계옥에게 한 걸음 다가서자 둘의 그림자가 겹쳤다. 이내 가령의 몸집이 커다랗게 불어나 계옥을 잡아먹을 듯했다.

"잘못을 쓰셔야죠. 잘못을! 유서에서는 살아생전 지은 죄를 실토하고 용서를 빌어야 합니다."

가령은 정말 잘못한 게 하나도 없냐고 여러 번 추궁했다. 근엄하게 찍어 누르는 듯한 목소리가 사방으로 메아리쳤다. 죽기 전에 지금이라도 당장 사과하세요. 기회는 살아 있는 지금뿐입니다. 그제야 다들 유서를 마저 써 내려갔고 일부는 끝에 몇 문장을 보탰다. 몇몇 체험객들은 파들거리며 유서를 다시 들여다봤다.

누구에게나 그만한 잘못은 있었으니까.

계옥은 아랫입술을 한번 깨물더니 잔뜩 웅크린 자세로 처음부터 유서를 다시 썼다. 사이사이 가령을 힐긋거렸다.

여전히 가령은 계옥이 일부러 임종 체험관에 찾아온 거라면 목적이 무엇인지 판단할 수 없었다. 협박인지 하소연인지 아니면 증명인지. 정말 죽을 것 같단 푸념에 대한. 그 틈에 담당자의 목소리가 끼어들었다. 피해자가 순식간에 가해자로 바뀔 수도 있습니다.

담당자는 채무자가 채권자에게 바라는 건 결국 하나뿐이라고 했다.

포기.

무시든 버티기든 시간 벌기든 간청이든 방식이나 중간 과정은 달라도 목적은 결국 포기죠.

담당자는 가령이 계좌이체로 돈을 준 게 아니라서 증거부터 확보해야 한다고 했다. 적어도 계옥이 스스로 어느 정도 돈을 빌렸고 언제까지 갚기로 했는지 얘기해야 한다고 덧붙였다. 가령이 계옥에게 묻고 답변하는 방식보단 계옥이 직접 진술해야만 유리했다. 하지만 계옥은 채무를 두고 전생에 지은 죄라거나 어쩔 수 없이 끼친 피해라고 얼버무렸다. 날짜도 명확하게 언급하지 않고 그저 언젠가 언니에게 도움이 될 때도 있겠다거나 조만간 서로 편해질 날이라고만 했다. 가령은 계옥이 유서에라도 명확하게 써주길 바랐다. 그게 증거가 될지도 모르니까.

그래서 헤드 마이크의 볼륨을 키웠다.

"미안한 사람에게 왜 미안한지 구체적으로 써야 합니다. 죽으면 말해줄 사람이 없으니까요."

가령의 말에 계옥은 유서를 쓰던 손길을 멈췄다. 이내 천천히 고개를 들더니 가령을 노려봤다. 가령은 다시 가면을 고쳐 쓰고 한 걸음 물러났다. 그 바람에 아직 유서를 쓰던 다른 체험객과 부딪혔다. 재빨리 돌아서서 사과하려는 순간 중심을 잃고 허물어졌다. 계옥은 가령이 넘어진 쪽으로 다가와 손을 내밀었다. 가령은 어떻게든 혼자 일어서려다 다시 널브러지고야 말았다. 결국 계옥의 손을 잡을 수밖에 없었다. 가령이 일어나자 계옥이 나지막하게 속삭였다.

"……혜지랑 아는 사이세요? 맞죠? ……그건 정말 오핸데."

혜지는 미영이 수소문하던 사람 중 하나일지도 몰랐다. 혜지란 사람은 계옥에게 또 얼마나 빌려줬을까. 가령보다 많을까 적을까. 그건 가령이 계옥에게 당장 던지고 싶은 질문이 아니었다. 궁금한 건 따로 있었다.

"아뇨. 근데…… 고향이 어디세요?"

"제 고향이요?"

가령은 이렇다 할 연관성이 없는 데다가 발음이 비슷하지도 않고 거리도 멀리 떨어진 두 지역을 동시에 떠올렸다. 미영이 맞았을까. 그때 계옥이 고개를 기울이더니 천천히 입을 열었다.

"개인정보를 아무한테나 알려줄 순 없죠."

순간 계옥이 새로 쓰다 만 유서가 눈에 들어왔다. 시간 관계상 계옥은 유서를 끝까지 쓸 수 없었다.

이어지는 임종 체험 과정에서 가령은 계옥의 대답을 한참 곱씹었다. 계옥의 몫인 수의를 뒤로 빼돌리고 시간이 없으니 그냥 들어가시라고 떠밀 때까지도. 그때까지도 계옥은 근조 화환에 쓰인 자기 이름을 보면서 그저 생생한 임종 체험의 일부라고만 생각했을 것이다.

가령은 관 뚜껑을 열었을 때 마주한 계옥의 얼굴을 여태껏 잊지 못했다.

계옥은 그 와중에 코까지 골며 곤하게 잠들어 있었다. 누가 깨우지 않으면 다음 날까지 그대로 누워 잘 듯했다. 예전 같으면 멱살을 부여잡고 뺨이라도 후려갈기며 소리치고 싶었을지도 몰랐다. 더는 잔말 말고 내 돈 갚으라고. 내 돈! 계옥의 집에 찾아갔을 때도 딱 이 마음이었다.

하지만 가령은 오랫동안 계옥의 잠든 얼굴을 구석구석 들여다보기만 할 뿐이었다. 뺨이나 미간 어디쯤 아까 쓰다 만 유서라도 남아 있는 것처럼.

가령을 뒤흔들 만한 유서가.

7

"일단 묶으세요! 지금은 그게 효도예요."

긴 휴가를 마치고 이제 막 복귀한 간호사는 온몸으로 노인을 짓눌렀다. 힘껏 발버둥 치던 노인이 멈칫하다가 방심한 틈을 타 뺨을 후려갈겨도 자세는 흔들리지 않았다. 한쪽으로 완전히 무너지는가 싶다가도 금세 바로잡아 노인을 압박했다. 어느새 두 볼이 붉게 달아오르고 얼굴은 온통 땀으로 번들거렸다. 목소리마저 점점 내려앉았다.

"조금만…… 조금만 더요!"

옆에서 얼쩡거리던 승인은 겨우 노인의 한쪽 팔을 붙잡았을 뿐이었다. 그것만으로도 이리저리 사정없이 휘청거렸다. 간호사가 거의 끌어안다시피 제압할 때까지도 노인이 휘두르

는 방향에 따라 맥없이 끌려다니고만 있었다. 그동안 억센 손
아귀는 승인의 옆구리를 움켜쥐었다가 손에 닿는 대로 벅벅
긁어댔다. 승인의 손길이 느슨해지면 제때 자르지 않은 손톱
이 손등과 팔꿈치까지 마구 할퀴었다. 뼈만 남은 듯 앙상한 팔
어디에서 이런 무시무시한 괴력이 뿜어져 나오는지 알 수 없
었다.

순간 노인의 팔목이 다시 침대 난간 근처에 닿았다. 이번이
기회였다. 어쩌면 마지막일지도 모를.

"지금이에요. 빨리요! 빨리!"

간호사가 다급히 소리쳤다. 목소리 끝은 완전히 갈라졌다.

자지러지며 억억대던 노인은 숫제 울부짖었다. 누군가를
애타게 찾는 것도 같았고 얼핏 들으면 떼쓰는 아이의 칭얼거
림처럼 들렸다. 간호사가 귓가에 대고 타이르듯 속삭이자 거
칠게 뻗대던 노인도 슬쩍 팔을 늘어뜨렸다. 안쪽에 푸르스름
한 자국이 희미하게 보였다. 평소에 묶였던 자리인 듯했다. 승
인은 재빨리 팔목에 끈을 감고 한 바퀴 더 돌렸다. 그래도 끈
이 남았다. 표면이 거칠고 군데군데 누렇게 삭은 끈이었다. 끝
은 찢긴 흔적으로 너덜너덜했다. 중간쯤 이빨로 물어뜯은 자
국도 선명했다. 얼마나 많은 팔목이 묶였다가 풀리고 다시 동
여매졌을지 충분히 짐작하고도 남았다.

순간 승인은 임종 체험관에서 처음 관을 본 날처럼 온몸이
서늘하게 식었다.

끈은 그동안 승인이 매일 만져온 리본과는 달랐다. 부드럽게 광택이 돌고 줄무늬가 들어가 발랄한 느낌을 주거나 레이스가 하늘하늘한 리본과는 확연히. 그중에서 승인은 펄이 들어간 오간디 리본을 선호했다. 각도에 따라 다른 빛깔로 반짝여 왠지 후줄근하고 칙칙한 포장지도 금세 산뜻하게 만들어주었기 때문이다. 소매 끝이 때에 절어 거뭇거뭇한 환자복도 오간디 리본이 아름답게 치장해줄지는 알 수 없었다.

"제발 서둘러요!"

"네? ……네!"

매듭을 묶어야 할 차례였다.

하지만 승인은 끈을 쥔 채 머뭇거렸다. 노인의 가슴을 토닥이던 간호사가 다시 한번 사나운 눈짓을 보내왔다. 또 발작하기 전에 어서 묶으라는 듯이. 노인이 한 번 더 몸부림치면 이번에는 감당할 수 없을 게 분명했다. 간호사 턱 끝에 맺힌 땀방울이 노인의 가슴 위로 툭 떨어져 자국을 남겼다. 순간 노인은 떼꾼한 얼굴로 흐느꼈다. 끊임없이 무언가를 중얼거렸지만 발음이 뭉개져 거의 알아들을 수 없었다. 그게 국민교육헌장이라는 건 나중에야 알았다.

그동안 승인이 묶어온 매듭은 적당한 힘을 주면 매끄럽게 풀려야 했다. 한쪽 리본을 슬며시 잡아당기는 것만으로도 스르륵 흐트러져 어렵지 않게 내용물을 확인할 수 있도록. 포장일을 시작한 지 얼마 되지 않았을 때는 볼륨을 풍성하게 살리는 데에만 급급한 나머지 헐렁하게 묶어 가벼운 마찰에도 쉽게 풀리곤 했다. 자칫 잘못하면 상자가 열리거나 포장지가 벗겨져 안에 들었던 찻잔이나 선물 받는 사람의 이름을 새겨 넣은 만년필이 밖으로 삐져나올지도 몰랐다. 사장은 때마다 선물 포장에서 리본이 장식의 의미만 있는 게 아니라는 점을 상기시켰다. 의기소침해진 승인에게 틈틈이 다양한 매듭을 연습해보면 도움이 될 거라고 했다. 그때 승인은 세상에는 수많은 매듭이 존재한다는 걸 처음 알았다. 모양과 쓰임새가 다 다른, 고정하고 연결하고 사람을 살리고 때로는 죽이기도 하는.

반대로 중간에 풀릴지 몰라 여러 번 꼬아 꽉 묶는 바람에 컴플레인이 들어온 적도 잦았다. 포장이 풀어지지 않아 중요한 순간에 분위기를 망쳤다고. 결국 파티를 멈추고 가위를 가져와 자를 수밖에 없었다면서. 일을 알려주던 사장은 그러니까 리본을 묶을 땐 무엇보다 힘의 균형을 찾는 게 중요하다고 거듭 강조했다. 그래야 모양도 정확히 대칭을 이뤄 아름답다고.

"따지고 보면 사람 사는 일도 다 그래."

사장은 남은 리본 수량을 점검하면서 덧붙였다.

일거리가 많이 들어오던 5월이었으니 평소보다 여유 있게 준비해두어야 했다. 매년 모자라지 않게 챙긴다고 해도 며칠 사이 또 재주문에 들어가곤 했다.

승인은 어느 정도의 힘으로 매듭을 묶어야 노인이 흔들리지 않을지 도통 알 수 없었다. 게다가 이제껏 묶어온 건 포장지에 싸인 선물 상자였다.

꿈틀거리다가 부르르 떠는 사람이 아니라.

"이제…… 됐어요."

한동안 헐떡이던 간호사가 가까스로 숨을 고르게 내쉬었다.

노인의 한쪽 팔목이 겨우 난간에 고정된 순간 승인은 언젠가 매일 허리춤에 묶이던 매듭이 떠올랐다. 굳은 결심 끝에 힘주어 묶지만 어딘지 모르게 어설프기 짝이 없었던. 그래서 망설임과 미안함이 고스란히 느껴지던 올가미 매듭이었다. 처음에는 끊어낼 엄두가 나지 않았지만 끝내 힘의 균형을 제대로 찾지 못했던지 어떤 날에는 지나치게 헐거워 조금만 잡아당겨도 풀렸다. 겨우 자세를 몇 차례 바꾸는 것만으로 매듭이 허물어지기도 했다. 다음 날에는 또 너무 힘껏 묶는 바람에 저녁쯤이면 살갗에 또렷한 자국이 남았다. 그런 날은 누군가 온몸을 틀어쥔 듯 방 안에서 옴짝달싹할 수 없었다. 그즈음 승인이 깨달은 건 움직이려 애쓸수록 상처만 깊어지니 차라리 가만히 있는 게 낫다는 것이었다. 그러다 보면 얼마 지나지 않아 매듭은 다시 느슨해지기 마련이었다.

매듭 끝에 묶인 모양을 나비 묶음이라고 부른다는 건 사장을 통해 알았다. 그 시절 승인의 시선 끝에는 나비 묶음이 단정하게 겹쳐졌다. 승인은 지금도 묶였던 자리가 어디였는지 정확하게 짚어낼 수 있었다. 이제 그 자리에는 검은 도포를 입

고서 묶는 술띠가 위치했다. 술띠 끝에는 늘 매화매듭이 있었
다. 언젠가 현숙은 승인의 허리 쪽을 쓰다듬으며 꿍얼댔다. 끈
에 묶인 건 어릴 때나 지금이나 똑같다고. 그 이상은 제대로
알아들을 수 없었다. 어느 순간 승인은 현숙의 말을 고작 절반
쯤밖에 이해하지 못했다.

"고생하셨어요. 어째 환자분 힘이 점점 세지네요."

"아녜요. 제가 뭘."

별안간 승인의 옆구리가 시큰거렸다. 노인의 무시무시한
악력 탓인지 오래된 기억 끝에 돋아난 감각 때문인지 헷갈렸
다. 그 순간 노인의 묶이지 않은 쪽 손바닥이 날아와 승인의
등허리를 여러 번 후려쳤다. 재빨리 물러서려고 해도 몸이 제
때 움직여지질 않았다. 여전히 몸 어딘가에 올가미 매듭이 남
아 단단히 고정된 듯했다. 밖에서 굉음이 들릴 때마다 힘껏 잡
아당겨 벗어나려고 하면 끈에 연결된 장롱이 무시무시하게
흔들렸다. 그 자리에서 한 걸음이라도 나아가면 시커먼 아가
리를 벌려 금방이라도 승인을 집어삼킬 것만 같았다.

"여기! 빨리요!"

간호사가 부르짖으며 막아설 때쯤 밖에서 덩치 큰 남자 서
넛이 달려와 몸을 날려 노인을 붙잡았다. 그제야 노인은 수그
러드는 듯 보였다. 겨우 손가락을 까닥거리다가 그마저도 지
쳤는지 거친 숨을 몰아 내쉬며 씩씩거렸다. 이제야 완전히 포
기한 것 같았다.

사장이 선물 포장 코너 한쪽에 쭈그리고 앉아 내뱉던 숨도 노인과 닮았다. 숨결 끝에 작업대 위의 셀로판지가 팔랑거렸다.

"승인 씨는 일단 일자리 지원센터에 구직자로 등록부터 해 놔."

효율적이고 안정적인 운영을 위해 쇼핑몰 측에서 공간을 개편하며 서점을 축소하고 안내 데스크와 함께 선물 포장 코너는 없애기로 했다는 통보를 받은 날이었다. 몇 년 사이 적자 운영에 시달리던 사진관이 규모를 줄이며 버티다가 결국 문을 닫았을 때 이미 얼마간 짐작은 한 일이었다. 남자 하나가 이따금 들어서는 듯했지만 그것만으로는 운영이 어려웠을 터였다. 제법 거리가 멀어 남자의 얼굴은 잘 보이지 않았지만 사진관을 나서는 손에는 늘 인화한 사진을 담은 봉투가 들려 있었다. 더러 무슨 사진일지 예상해봤지만 금방 손님이 들이닥쳐 끊기곤 했다.

어느 날인가 승인은 앨범에 새로운 사진을 채우지 않았다는 사실을 깨달았다. 그러고 보니 현숙의 사진을 찍은 지도 오래됐다. 언제 나들이라도 가서 사진을 남겨야겠다고 다짐할 때까지만 해도 승인은 현숙을 증명할 목적으로 사진을 찍으려 들 줄은 몰랐다.

괴이하고 한 치 앞을 내다볼 수 없는 현숙을.

사진관이 사라진 자리에는 빠르고 간편한 포토 부스가 들어섰다. 선물 포장 코너도 비슷한 과정을 밟을지 몰랐다. 이제 선물은 직접 전달하는 대신 간편하게 모바일로 주고받는 추세였고 그 과정에서 간단한 포장은 모두 자동화 시스템으로 이뤄졌다. 핸드메이드 선물 포장을 선호하는 고객들도 있었지만 극히 일부에 불과해 빠듯한 사정은 달라지지 않았다.

연일 이어지는 매출 감소와 경영 악화를 해결하기 위해 쇼핑몰은 다른 인력까지 대대적으로 손보는 모양새였다. 층마다 청소 로봇을 배치할 예정이었고 지하 마트 계산대도 최소 인원만 남기고 전부 키오스크로 대체할 듯했다. 주차 안내도 로봇이 맡았고 보안을 강화하면서 아예 무인 판매로 돌리는 매장도 많았다. 반의반도 남지 않은 청소 용역업체 사람들은 로봇이 들어갈 수 없는 일부 구역만 맡으면 충분했다. 그 외 쇼핑몰에 남은 사람들은 기술자와 관리자 몇몇뿐인 것 같았다.

서류에 명시된 퇴거 날짜는 예상보다 촉박했다.

"이대로 남더라도 나중엔 우리 대신 아마 얘네가 일할 거야."

사장은 승인에게 핸드폰을 내밀며 리본 묶는 기계 영상을 보여줬다. 군더더기 없이 정교한 동작 몇 번 만으로 순식간에 리본이 만들어졌다. 리본은 고른 크기에 견고해 보이면서도 마음만 먹으면 잘 풀릴 것 같았다. 낭비하는 리본도 없이 재단도 정확했다. 승인이라면 열 개쯤 묶고 나면 고개를 뒤로 젖혀 스트레칭을 해야 했지만 기계는 달랐다. 영상을 보는 짧은 순간에 벌써 스무 개가 넘는 리본을 묶었다.

일부 인력들은 갑작스러운 쇼핑몰 측 대처에 강력히 항의했지만 돌아오는 대답은 명료했다. 여러분이 로봇보다 나은 점이 하나라도 있으면 말해보라고. 선물 포장 코너 사장도 항의에 나선 사람 중 하나였다.

"우리가 리본 만드는 기계보다 나은 거라곤……."

사장은 자세를 바꿔 승인을 바라봤다.

언제부턴가 사장은 무늬가 들어간 자카르 리본이나 시폰 느낌의 오간디 리본을 새로 들여놓지 않았다. 그때그때 제일 저렴한 리본만 떼 왔다. 그나마도 한두 가지 색깔뿐이었다. 포장지라고 사정이 다르지 않았다. 승인에게는 세 겹으로 감싸던 포장 방식을 두 겹으로 줄이라고 지시했다. 원가절감에 초점을 맞춘다는 걸 모를 수 없었다. 이제 선물 포장 코너는 한 사람만으로도 충분하다는 것까지.

그래도 승인은 현숙을 생각하며 선뜻 그만두겠다고 말하지 못했다. 그저 주름 때문에 포장지가 두 배쯤 들어가는 플리츠 포장을 권하지 않고 자투리가 남지 않도록 자르고 묶을 때마다 신경을 곤두세울 뿐이었다.

"……겨우 조용하다는 것뿐이네."

사장이 보여준 영상은 내년에 출시할 새로운 버전에서는 소음과 크기가 대폭 개선될 거라고 전하며 끝났다. 가격도 대중화되기에 충분할 거라고도. 청소 로봇도 매년 업그레이드

할 테니 쇼핑몰에서 못 들어가는 구역이 점점 줄어들 것이었다. 승인은 자투리 리본과 포장지를 모아놓은 상자를 비우며 한숨을 쉬었다.

"앞으로 우리는 뭘 더 개선할 수 있을까요."

문득 현숙을 두고 들은 말이 떠올랐다. 개선이 아니라 유지에 초점을 맞춰보자고. 그래야 낙담하지도 않고 중간에 지치는 일도 없을 거라고. 승인의 시선은 한쪽에 붙은 안내판에 닿았다. 이제 곧 떼어버려야 할.

무엇이든 포장해드립니다

몇 평 안 되는 자리에서 사장과 함께 종종거리며 움직였던 나날들이 지나치게 멀게만 느껴졌다.

주문이 들어오면 승인은 재빠르게 적당한 상자를 골라 크기에 맞춰 아트지를 재단하고 캐러멜 포장으로 마무리했다. 사장은 한쪽에서 한지로 가지런한 주름을 차곡차곡 만든 뒤 라피아 끈을 둘렀다. 장식으로 쓸 꽃은 전날 미리 넉넉하게 만들어놔도 늘 부족하기만 했다. 저녁이면 와인병을 색이 다른 트레이싱 페이퍼로 여러 번 감싸고 주둥이 끝에는 8자 보를 여러 개 겹쳐 화려하게 묶어 내놓았다. 인형처럼 모양이 일정하지 않거나 상자에 담기지 않은 쿠키나 사탕이라도 문제없었다. 눈대중만으로도 적당한 포장법을 어렵지 않게 떠올렸다.

그때는 안내판 속 문장처럼 세상의 모든 물건을 포장해버릴 수 있을 것만 같았다. 그것만으로도 그 시절의 승인은 어쩐지 생기가 도는 듯했다. 승인의 손놀림은 점점 빨라졌고 어느덧 포장지에 어울리는 리본의 재질과 색을 고르는 데에도 그리 오랜 시간이 걸리지 않았다.

이제는 소용없겠지만.

"그간 수고가 많았는데 뭐 딱히 줄 건 없고……."

자리에서 일어나 물건을 정리하던 사장은 승인에게 뜬지도 않은 40mm 오간디 리본 한 롤을 내밀었다. 리본은 과하지 않게 펄이 들어가 어느 각도에서 보나 은은하게 반짝거렸다. 어디에 묶어둬도 화사하게 빛날 듯했다. 사장은 몇 달째 찾는 사람이 없어 빛바랜 포장지처럼 흐물흐물하게 웃었다.

"내가 제일 처음 배운 매듭이 뭔지 알아?"

승인은 사장의 짐을 나눠 들 뿐 잠자코 있었다.

"올가미 매듭. 그걸 제대로 묶을 줄 아니까 세상에 겁날 게 없더라고."

멈칫하는 승인을 비켜 사장은 핑킹가위와 양면테이프를 챙겼다. 그건 교수형에서 쓰이는 매듭이었다. 순간 승인은 주머니에 든 오간디 리본이 어쩐지 무기처럼 든든하게 느껴졌다. 사장 말마따나 리본만 있으면 무서울 게 없을 것 같았다.

"접고 자르고 묶는 거밖에 모르는데 이제 뭐 하지? 그마저도 기계가 다 해버리면."

사장의 목소리가 허공에서 흩어졌다.

짐을 뺀 자리는 짐작보다 더 좁았다. 포장하려고 들면 못 할 것도 없을 듯이. 이 안에 그 많은 리본과 포장지에 샘플까지 빠짐없이 들어갔다는 게 그다지 정교하지 못한 꿈 같았다.

쇼핑몰 입구에서 승인과 사장은 잠깐 마주 보고 섰다. 최첨단 시스템을 갖춘 고품격 쇼핑몰의 정식 오픈 날짜를 알리는 전광판 때문에 눈이 부셨다. 이참에 자연을 닮은 조명 설치를 비롯해 시설까지 완벽하게 정비할 계획이라고 했다.

그때 승인 앞에서 멈춘 안내 로봇은 방향을 틀어 둘 사이를 적당한 속도로 가로질러 갔다. 장애물이 나타날 때마다 정확하게 인식해 새로운 방향을 찾아내는 듯했다. 경쾌한 목소리가 일정한 간격으로 이어졌다.

"쇼핑몰 방문을 환영합니다. 무엇을 도와드릴까요?"

얼마 전까지만 해도 안내원이 하던 말이었다. 하루에도 몇 번씩 매장 위치와 현재 진행 중인 할인 행사에 멤버십 가입 혜택을 설명하던 안내원은 정작 자기 앞날은 안내해줄 수 없었다.

"어딘가에는 사람이 손수 접고 자르고 묶어야만 하는 일도 남아 있겠죠."

사장은 괴소문이라도 들은 듯한 표정으로 별다른 대꾸 없이 돌아서서 걸었다. 안내 로봇과는 달리 걸음은 빨라졌다가 어느새 느려졌고 몰려드는 사람들과 어깨를 부딪치기도 했다.

현숙은 어릴 때부터 승인의 이름을 두고 허락하는 사람이라는 뜻이라고 추켜세웠다. 누구든 무슨 일을 하려면 일단 윗사람에게 승인부터 받아야 한다고 했다. 그러니까 어디서든 기죽지 말라고.

하지만 승인은 이제껏 아무것도 허락한 적이 없었다.

임종 체험관 관장을 처음 만난 건 그날이었다. 그때까지만 해도 다시는 뭔가를 접고 묶을 일이 없을 줄 알았다.

승인을 막아선 관장은 앞으로도 계속 매듭을 묶어줄 수 있느냐고 물었다. 승인이 선뜻 대답을 못 하자 어찌 보면 그동안 해온 선물 포장의 연장선으로 생각하면 된다고 했다. 아직은 기계가 할 수 없는.

현숙을 돌보려면 어쩔 수 없었지만 사람에게 묶는 매듭은 좀처럼 익숙해지지 않았다. 계속 어긋나고 기울다가 이내 흐트러지고야 말았다. 오리엔테이션 날 가령에 이어 유영과 미연이 입은 수의에 해봐도 결과는 다르지 않았다. 다 같이 관 속에 몸을 욱여넣고 누웠을 때까지도 승인의 걱정은 여전했다.

좋은 저승사자가 될 수 있을까.

결박을 마친 남자들은 간호사를 향해 고개를 까닥하고 서둘러 나갔다. 복도 끝의 병실에서 묵직한 비명이 연달아 울리던 참이었다.

간호사는 침상에서 한 걸음 뒤로 물러서 허리에 손을 얹었다. 이어서 땀으로 달라붙은 머리카락을 떼어냈다. 시선은 승인 쪽을 향했다. 승인은 노인의 팔에 묶인 매듭을 바라보았다. 나비 사이로 가윗날이 들어갈 만한 틈도 보이지 않았다. 어쩌면 중요한 순간 제대로 풀리지 않아 분위기를 망쳤다고 따질 수도 있을 만큼. 아마 저녁쯤이면 자국이 도드라져 보일 것이었다. 요양병원을 나간 다음에도 한동안, 어쩌면 자국은 영원히 사라지지 않을지도 몰랐다. 눈에 보이는 자국이 사라지는 게 전부는 아니라는 걸 승인은 잘 알고 있었다.

"저래봐야 소용없다는 걸 아셔야 하는데 그마저도 자꾸 잊으시니 저희도 어쩔 수 없어요. 잠깐 한눈파는 사이에도 저만치 멀어지거든요."

승인은 멀뚱거리며 섰을 뿐이었다.

"이해……하시죠?"

"아…… 네, 뭐…….''

간호사는 손으로 부채질을 하면서 열기를 식혔다. 승인이 창문이라도 열려고 했지만 굳게 잠겨 있었다. 열린다고 해도 쇠창살이 촘촘해 주먹 하나 빠져나가기도 어려울 듯했다. 그 사이로는 바람마저 걸러질 것 같았다.

"보호자 동의서는 받았다고 듣긴 했는데."

창가에 선 승인은 겨우 숨만 몰아쉬었다. 얼굴에 한지를 덧댄 것처럼 답답하기만 했다. 언제부턴가 승인과 현숙의 관계는 보호자로 정리되었다. 보호자에는 수식이 필요 없었다.

나중에는 계산이나 청소처럼 노인을 억누르고 묶는 것도

로봇이 할까. 정교한 동작 몇 번 만으로 순식간에 정확하게. 승인과는 달리 조금의 망설임도 없이.

"그래도 아직 따님은 알아보시죠?"

기운이 빠진 승인은 허술하게 쌓아놓은 빈 선물 상자처럼 무너져 보호자 침대에 걸터앉았다. 침대는 입관 체험실에 놓인 관처럼 너무 딱딱해서 편히 잠들기 어려울 듯했다. 그래도 누군가는 다만 선잠이라도 청할지 몰랐다. 시간이 지나 생각해보면 임종 체험 중 관 속에서 코를 골던 체험객도 있었으니까.

"그게……."

승인은 기어들어 가는 목소리로 답했다.

침상 커버를 정리하면서 간호사는 하루에도 몇 번씩 콧줄을 빼시면 여기 인력만으로는 도저히 감당할 수 없다고 하소연했다. 우리 눈은 고작 두 개뿐인데 어찌 제대로 다 돌보겠어요. 안 그래요? 다시 삽입하는 게 얼마나 힘든데요. 물론 환자도 고통스럽겠지만. 노인은 듣기 싫은 듯 앓는 소리를 내며 고개를 홱 돌렸다. 아예 돌아눕고 싶은데 손이 묶인 탓에 마음대로 안 되는 것 같았다.

"저래도 저녁쯤 되면 또 생글거리면서 반겨주세요. 어제는 자리를 비운 제 몫까지 챙겨서 귤도 주신걸요."

간호사는 거짓말이 아니라는 듯 조회 때 동료에게 전해 받은 귤을 꺼내 보여줬다. 한쪽에 시커멓게 물크러진 자리가 눈에 들어왔다. 가만히 두면 점점 퍼질 게 분명했다. 저절로 좋아질 리는 없었다. 현숙이라고 다르지 않았다.

시선을 거둔 승인이 내내 아무 말도 없자 간호사는 일순 웃음기를 거뒀다.

"못 알아보셔도 자주 찾아오세요."

어쩐지 승인을 나무라는 듯한 말투였다.

잠잠하던 노인이 겨우 반쯤 몸을 일으키며 못마땅하다는 듯이 인상을 썼다. 애써봐야 아프기만 하다는 걸 깨달았는지 팔에는 딱히 힘을 주지 않는 기색이었다. 대신 입이 찢어질 것처럼 크게 벌렸다.

"누가 내 딸이야? 누가!"

다시 누우면서 잠꼬대처럼 옹알거리는 동안 간호사는 들은 체도 하지 않고 승인을 향해 말을 이어갔다. 승인은 엉덩이가 배겨 자리에서 슬슬 일어서던 참이었다. 자는 동안에도 환자의 상태를 예민하게 살피려면 아무래도 너무 푹신한 침대는 곤란할 듯하다고 생각했다. 어쩌면 머지않은 때에 승인이 익숙해져야 할 감촉일지도 몰랐다. 현숙의 돌발 행동은 날이 갈수록 심해졌다. 이미 예상했던 방향으로. 때로는 전혀 상상할 수 없었던 행동도 서슴없이.

"저…… 아닌데요."

"아, 보호자분이 따님이라고 들었는데…… 따님 아니셨어요? 저는 너무 닮으셨길래 당연히……."

좀 전과 달리 물렁물렁하고 연약한 목소리였다. 노인이 눈만 부라려도 습자지처럼 이지러질 것 같았다. 구김이 잔뜩 생긴 포장지는 쓸 수 없었다. 내용물을 고정할 때 쓰는 완충재라면 모를까. 간호사는 완충재도 없이 몸집보다 너무 큰 상자에 들어간 바람에 덜그럭거리는 듯한 표정이었다.

승인이 장롱 안에 들어가 갇혔을 땐 옷가지와 이불 덕분에 큰 충격을 받지 않을 수 있었다. 현숙은 살았으면 됐다고 쌀쌀맞게 돌아섰다. 지금도 기억할까. 이후 현숙은 실수로라도 그날을 입에 담지 않았다. 다 잊은 건지 시치미 떼는 건지 알 수 없었다. 승인이 얘기를 꺼내려고 해도 애써 말을 돌리거나 서둘러 자리를 떴다.

"그러면 새로 오신 간병인이세요?"

"아뇨. ……그냥 지나가다가…… 부르시는 거 같길래."

승인이 멋쩍게 웃으며 좀 전에 다급히 들어선 쪽으로 시선을 틀었다. 그 끝에 두리번거리며 복도를 지나가는 현숙이 보였다. 현숙을 발견한 승인은 슬금슬금 뒷걸음질 쳤다. 여전히 현숙은 겉으로 보기엔 멀쩡했다. 한편으론 상자 속에 갇힌 것도 같았다. 안에 뭐가 들었는지 모를.

언젠가 사장이 기억에 남는 손님을 말한 적이 있었다. 승인도 화장실에 다녀오던 길에 멀어지는 뒷모습을 언뜻 보기는 했다. 대뜸 찾아온 청년은 리본으로 포장하는 법을 좀 알려달라고 했다. 선물 크기도 정확히 몰라 어림짐작으로만 말할 뿐이었다. 허공에 손으로 여러 번 그렸지만 그때그때 달라 제대로 가늠할 수 없었다. 사장은 간단하고 쉬운 방식을 골라 일러줬다. 사장을 따라 하던 청년의 손길은 거칠기만 할 뿐 야무지지 못했다. 매듭을 지을 때마다 번번이 엇나가서 풀어지고야 말았다. 사장은 차라리 이쪽으로 가져오시는 게 더 나을 것 같다고 했지만 청년은 말없이 고개를 내저을 뿐이었다.

사장이 한 번 더 물었을 때야 청년은 마지못해 입을 열었다고 했다. 승인은 사장 쪽으로 다가서며 물었다.

"포장할 게 뭐였는데요?"

"유골함."

말을 마친 청년의 시선은 한동안 포장 코너 한쪽에 붙은 안내판에 머물렀다.

이후 청년은 찾아오지 않았다. 그래서 사장은 청년이 결국 리본을 잘 묶었는지 알 수 없었다.

승인과 눈이 마주친 현숙이 병실로 들어섰다. 주춤거리던 승인은 한 걸음 더 뒤로 물러났다.

느리긴 해도 현숙은 자기 발로 잘만 걸어 다녔다. 그만하면 허리도 많이 굽은 편이 아니었다. 가끔 무리하면 동네 정형외과에 들러 물리치료를 받는 정도였다. 정형외과에서는 수술까지 권하지는 않았고 통증이 심해지면 간단한 시술을 고려해볼 수 있다고 했다. 예전보다 움직임이 좀 둔해졌나 싶었지만 딱히 부축이 필요하진 않았다. 그저 관절 건강을 위해서라도 과체중을 조절할 필요가 있다는 조언이 뒤따랐을 뿐이었다. 혈압도 높은 편이었지만 투약을 고려할 수준은 아니었다. 일단 식단 관리를 하면서 지켜보자는 소견이었다. 그 나이쯤이면 다들 그렇다고.

이따금 날짜를 헷갈리거나 저녁 식사 약속을 까맣게 잊기도 했지만 심각한 문제라고 할 순 없었다. 오랫동안 써온 전자레인지의 해동 버튼을 찾지 못해 허둥대고 세탁기에 세제를 넣지 않은 것도 대수롭지 않게 여겼다. 텔레비전을 보다가 리모컨 조작을 어려워하는 것까지도.

현숙은 음소거 버튼을 눌러 소리가 막히거나 채널 버튼 대신 외부 입력 버튼을 건드려 화면이 나오지 않으면 당황한 얼굴로 그 자리에서 굳었다. 그때마다 승인은 별일 아니라는 듯 타일렀다.

"엄마 그럴 땐 눌렀던 걸 다시 누르거나 이전이라고 써진 버튼 있지? 그걸 누르면 된다니까. 그러면 원래대로 돌아가."

그제야 현숙은 소파에 몸을 기대며 탄성을 내질렀다. 열 번도 넘게, 마치 처음인 듯. 이전 버튼의 쓰임새를 반복해서 알려줬을 때도 승인은 대단한 잘못이라고 생각하진 않았다. 그쯤 현숙이 다시 리모컨을 능숙하게 사용하기도 했고.

건강검진에 포함된 인지기능 검사 결과는 달랐다.

인지기능 저하가 의심되니 치매안심센터를 통한 선별검사

가 필요하다고 했다. 길지 않은 시간 동안 진행된 선별검사에서는 다른 진단검사도 추가로 받아봐야 한다며 목소리를 높였다. 근처 병원까지 연결해주면서 혈액검사와 함께 영상까지 찍어봐야 한다는 강력한 권고도 덧붙였다. 승인은 몇십 년간 곁에서 지켜봐온 딸도 눈치채지 못한 것을 겨우 하루도 안 걸린 검사만으로 의심한다는 게 줄곧 미심쩍었다.

현숙은 연도를 잠깐 헷갈렸고 아까 들었던 나무 이름을 기억하지 못했고 100에서 7을 세 번 뺄 때 틀렸을 뿐이었다. 오각형을 정확하게 따라 그리지 못하기도 했다. 하지만 종이는 잘 접었고 우리나라 도시 이름과 계절은 분명히 또박또박 말했다. 사람이 하는 일이니까 착오가 있을 수 있겠다 싶었다. 재단할 때 잘못 예측하는 바람에 너무 많이 남은 포장지나 반대 방향으로 묶인 리본처럼.

"혹시 앞서 검사하신 다른 노인과 헷갈리신 거 아닐까요?"

안경을 고쳐 쓴 검사자는 목소리를 가다듬었다.

"다들 그렇게 되물으세요. 일단 정밀검사부터 서둘러 진행하셔야 합니다."

승인은 그래도 이번만큼은 진짜 착각일 수 있지 않냐고 하려다 말았다. 인지기능 검사 안내문이 도착하기 전 현숙이 승인에게 내민 우유 한 잔이 떠올랐기 때문이다. 그날 승인은 늦잠을 잔 탓에 지각할 게 분명해 보였다. 관장은 승인에게 저승사자는 늘 체험객보다 먼저 나와 죽음을 준비해야 한다고 강조했다.

"죽음보다 늦는 저승사자처럼 무능력한 게 또 있을까?"

그 말을 되새기며 승인은 이번에도 피부 분장은 미리 하고 나서기로 했다. 도착해서 입술과 눈 화장만 하면 체험 일정에 차질이 생기지 않을 듯했다.

그래도 혹시 모르니 도포도 미리 걸치고 나서는 게 나을 것 같았다. 마침 세탁하려고 집으로 가져온 도포에 막 팔을 넣으려는데 현숙이 우유를 내밀었다. 평소처럼 그러기에 일찍 좀 일어나라고, 그 꼴로 돌아다니면 동네 사람들한테 욕먹는다고 잔소리하려는 건가 싶었는데 아무 말도 없었다. 평소 승인은 차라리 완벽하게 분장하고 나서면 사람들이 못 알아볼 거라고 했지만 현숙의 생각은 달랐다. 적어도 엄마는 확실히 알아챌 수 있다고.

건성으로 받은 우유를 한 모금 넘기자마자 승인은 현숙을 멀거니 건너다봤다. 바닥에 떨어진 도포가 깊이를 알 수 없는 웅덩이처럼 보였다. 그제야 초복이 다 지나가는데도 현숙이 겨우내 집 안에서 즐겨 입은 감색 스웨터를 아직도 입고 있다는 것을 깨달았다. 그리고 보니 온통 이상한 순간뿐이었다. 무심결에 지나칠 수도 있지만 문제 삼으려면 얼마든지 심각해지는.

승인이 우유 컵을 내려놓자마자 현숙은 들어올 때 슈퍼에 들러 두부 한 모만 사 오라고 당부했다.

"큰길로 가지 말고 새로나 슈퍼로 가. 거기가 싸고 물건도 좋잖니."

새로나 슈퍼는 어릴 때 살던 동네가 재개발되기 전 골목 입구에 있던 슈퍼였다. 맞은편의 슈퍼와는 늘 사이가 좋지 않았다. 경쟁적으로 물건을 싸게 팔 때도 있었지만 나중에는 합의를 봤는지 같은 가격으로만 팔았다. 그때만 해도 그저 시시껄렁한 농담인 줄만 알았다. 현숙은 평소 농담을 즐기지 않았지만 나이가 들어 달라진다고 해서 문제 될 건 없었다. 그래서 승인은 짐짓 능청스럽게 받아쳤다.

"알았어. 연탄은 안 떨어졌어?"

"얘가 뭔 헛소리야?"

현숙이 쏘아붙이는 소리에 꾸물거리던 승인은 가슴을 쓸어내렸다. 그제야 현숙이 건넨 우유도 그다지 이상하게 느껴지지 않았다. 승인은 도포를 마저 입고 현관 쪽으로 가면서 오늘 임종 체험관에 가서 해야 할 일만 생각하려 애썼다. 관 뚜껑을 덮고 그 위에 뿌릴 쌀이 떨어지진 않았는지 확인하고 관 안쪽에 쌓인 먼지를 꼼꼼하게 제거하는 일 따위. 찢어진 수의가 있진 않은지도 살펴봐야 했다. 근래 구멍 난 수의를 입어서 재수가 없다는 불만 사항이 접수되었다.

서둘러 신발에 발을 밀어 넣고 갓을 챙기는데 등 뒤에서 현숙의 목소리가 가느다랗게 들려왔다.

"연탄은 지난주에 들여놨잖니."

목소리는 승인을 쿡쿡 찌르다가 아예 꿰뚫고 더디게 지나 갔다. 임종 체험관에서 이제 이승을 떠나 저승으로 간다거나 수의를 입고 관에 들어가야 할 차례라고 전하는 목소리보다 더 섬찟했다. 승인은 느리게 돌아섰다. 차라리 그 자리에 아무 도 없었으면 싶었다. 그게 덜 무서울 것 같았다.

승인의 얼굴을 마주한 현숙은 뒤로 나자빠지더니 이내 무 릎을 꿇고 두 손을 모아 싹싹 빌었다.

"아이고, 살려주세요. 제가 다 잘못했어요. 그러니까 제 발……."

승인은 쩔쩔매며 내뱉던 그 말이 농담인지 아닌지 구분할 수 없었다. 현숙이 저승사자를 봤다는 건 이때를 두고 하는 말 일지도 몰랐다.

"얘! 너 여기서 뭐 해? 혼자 돌아다니지 말라니깐."

현숙의 목소리는 카랑카랑했다. 저런 목소리로는 위협이 느껴질 만한 괴성을 내뿜거나 가느다란 비명조차 지를 수 없 을 것만 같았다.

하지만 언제 또 돌변할지 알 수 없었다.

금방이라도 어제처럼 가래가 들끓는 목소리로 저주를 퍼부 을지도 몰랐다. 너 때문에 인생이 싹 어그러졌다고. 왜 날 못 잡아먹어서 안달이냐고. 그 순간 현숙은 앞뒤를 가리거나 누 구 눈치 볼 것도 없이 뭐든 다 내키는 대로 할 것처럼 아슬아슬해 보였다. 승인은 현숙을 설득하다가 끌어안아도 보고 모르는 척 무심히 돌아서거나 어깨를 잡고 흔들어보기까지 했다. 그때마다 현숙은 승인을 튕겨냈다. 언젠가 나둥그라진 승인의 시선은 현숙을 지나 텔레비전에 가닿았다.

수리 기사가 다녀간 뒤에도 승인은 괜히 텔레비전 리모컨 버튼을 하나씩 꾹꾹 눌러봤다. 처음에는 리모컨만 새로 사면 될 줄 알았는데 수리 기사 말에 따르면 망가진 건 리모컨이 아니라 텔레비전이었다. 아무래도 연식이 되면 신호를 못 받기도 한다고 했다. 이어서 결함이라기보단 오래되면 나타나는 자연스러운 현상이라고 덧붙였다.

"교체를 권해드리지만 불편하지 않으시면 참고 쓰셔도 됩니다. 어쨌든 볼 순 있으니까요."

끝에 가선 세탁기나 냉장고 같은 거라면야 당장 새로 사는 게 좋다고 하겠지만 텔레비전은 그래도 버텨볼 만하지 않느냐고 물었다.

"고치는 건 영 어려운가요?"

순간 텔레비전이 켜졌다. 돌아보니 현숙이 득의양양하게 리모컨을 만지작거리고 있었다. 설마 고쳐진 건가 싶어 승인이 수리 기사를 향해 고개를 틀었다.

텔레비전에서는 아나운서가 오늘 지역에서 일어난 사고 소식을 전하고 있었다. 평소에도 안전상 문제가 제기됐던 옹벽이 결국 끄트머리가 무너진 채 방치됐고 멧돼지가 인가까지 출몰했지만 아직 잡지는 못하고 추적 중이었다. 이어서 멧돼지와 마주쳤을 때는 절대 소리치거나 뛰지 말라고 충고했다. 승인이 사는 집과 가까운 곳이었지만 어쩐지 자못 멀게만 느껴졌다. 직항이 없어 몇 번쯤 경유해야만 닿을 수 있는 나라에서 일어난 자연재해처럼.

수리 기사는 대수롭지 않은 표정으로 심상하게 대꾸했다.

"가끔 신호가 먹히기도 할 거예요. 하지만 그때뿐이죠."

승인은 현숙에게서 리모컨을 빼앗아 전원 버튼을 힘껏 눌렀다. 수리 기사 말처럼 텔레비전은 꺼지지 않았다. 몇 번 더 눌러봐도 소용없었다. 옆으로 비켜선 수리 기사는 요즘 새로 나오는 텔레비전은 누르지 않고 말로 해도 알아듣는다고 했다.

"나중엔 가만히 앉아서 생각만 하면 들어줄지도 몰라요. 기술이야 계속 발전할 테니까."

승인의 머릿속에 발전이라는 말이 맴돌았다. 그때 현숙이 달아오른 얼굴로 쿵쿵 달려와 승인의 손등을 탁 내리쳤다. 그 바람에 리모컨이 바닥으로 떨어져 귀퉁이가 깨졌다. 이제껏 아랫집에서 올라올지 모르니 사뿐사뿐 걸으라고 한 건 늘 현숙이었다. 사람이 살면서 다른 사람에게 피해를 주진 말아야 한다며.

현숙은 재빠르게 리모컨을 손에 쥐고 소파에 웅크리고 앉았다. 승인은 한쪽 벽에 기대섰다. 현숙은 분이 삭지 않는지 씨근덕거렸다.

"하여간 욕심만 그득그득한 년."

"엄마!"

승인이 되알지게 쏘아붙였다. 그 순간에도 현숙은 들은 척
도 안 하고 리모컨만 연신 눌러댔다. 망가져서 소용없다며 빼
앗으려고 들자 뉴스에 나온 멧돼지처럼 집 안을 뛰어다니며
광광거렸다. 훔쳐 간 거 다 내놓으라고 고래고래 소리까지 지
르며. 그러다가 텔레비전이 꺼지자 심술 난 얼굴로 소리쳤다.

"봐라, 봐! 망가지긴 어디가 망가져."

지금도 승인은 현숙을 향해 제대로 가닿지 않을 신호를 하
릴없이 보내는 듯한 기분에 휩싸였다. 아주 가끔은 먹히기도
하니까. 유통기한이 한참 지난 두부는 제발 좀 버리라고 을러
대면 현숙은 승인을 밀치고 으르렁거렸다. 양말을 뒤집어 신
겠다거나 땅콩 껍데기를 먹겠다고 고집을 부릴 때도 마찬가
지였다. 바닥에 떨어진 머리카락 하나도 기어이 치워야 했던
현숙이 딸기를 발로 으깨놓고 가만히 놔둘 때도. 하지만 더러
울먹이면서 순순히 말을 따를 때도 있었다. 그때마다 승인은
노력을 기울이면 충분히 나아질 거라고 생각했다.

생각 끝에 수리 기사가 한 말이 자꾸 맴돌았다.

"……하지만 그때뿐이죠. 아마 점점 더 말을 안 들을 겁니
다. 저절로 좋아질 순 없어요."

그동안 현숙은 밥을 먹다 말고 별안간 일어나 제자리에서
빙글빙글 돌며 팔을 휘젓기 일쑤였다. 처음에는 아침 방송에

서 나온 건강 체조라도 하는 줄 알았다. 어느 순간쯤 임종 체험관에서 관에 들어가기 전 하는 준비운동처럼 보였다.

그러지 좀 말라고 애원하다가 나중에는 윽박질러봐도 현숙은 멈출 줄 몰랐다. 얼마 전에는 포기한 승인이 멀뚱거리자 왜 따라 하지 않느냐고 따졌다. 나중에는 식탁까지 쾅 내려치면서 호통을 쳤다. 그때 된장찌개가 쏟아지고 김칫국물까지 흘러 식탁보에 얼룩이 남았다. 다행히 식탁보에 새겨진 꽃무늬 덕분에 얼룩은 눈에 잘 띄지 않았다. 그 순간에도 현숙의 몸짓은 멈출 줄 몰랐다. 어찌 보면 허공에 그림을 그리는 듯했다.

그뿐만이 아니었다.

물을 틀어놓고 멍하니 바라보는가 하면 세수하고 나와 걸레로 얼굴을 대충 문질러 닦고 나선 꺼억 소리를 내 트림했다. 오랜 세월 이어져 온 습관처럼 거리낌 없이. 또 선풍기를 껐다가 켜기를 여러 차례 반복하더니 새벽에 일어나 우두커니 앉아 있었다. 승인은 결국 참지 못하고 소리쳤다. 악담을 퍼붓듯 한 마디씩 또박또박 끊어 말했다.

"엄마, 왜 그래?"

잠깐 주춤하던 현숙은 결국 아랫집에서 찾아오기 전까지 보란 듯이 쿵쾅댔다. 승인이 잡으려고 달려들자 현숙은 놀이라도 하는 듯 연신 깔깔댔다. 승인이 겨우 잡으면 거침없이 팔뚝을 물어뜯었다. 이어서 머리채까지 틀어잡고 뒤흔들었다. 가까스로 벗어나면 이를 드러내며 눈살을 찌푸리다가 삿대질을 해댔다. 여태 현숙의 얼굴에서 한 번도 상상할 수 없던 표정이었다.

모든 현숙은 죄다 가짜 같았다. 진짜는 따로 어딘가에 숨어 있고 비슷한 사람이 나타나 현숙 행세를 하는 듯했다. 그러고 보면 최근에는 내내 생경한 얼굴뿐이었다. 그동안 알던 얼굴은 하루아침에 도려낸 듯 사라져버렸다. 이제는 마치 여러 사람과 함께 사는 기분까지 들었다.

승인의 넋두리를 들은 선생님은 상황을 빠르게 압축했다.

"초기 증상은 다양하게 나타날 수 있죠. ……처음보다 상황이 안 좋아지긴 했네요."

자가검진을 마친 승인이 상담센터에서 선생님을 만난 건 선물 포장 코너에서 일하며 혼자 오롯이 현숙을 감당하기 벅차할 때였다. 그때만 하더라도 일자리마저 잃고 현숙에게 등급이 필요하게 될 줄은 몰랐다.

간호사는 승인을 힐끗댔다. 승인과 눈이 마주치자 서둘러 현숙 쪽으로 시선을 고정했다. 현숙은 승인을 향해 손을 번쩍 들어 힘차게 흔들었다.

꼭 조사관 앞에서 그랬던 것처럼.

공단에서 나온 조사관은 빙긋 웃으며 현숙의 재활 영역을 평가할 때 망설임 없이 '운동장애 없음'에 브이 표시를 했다. 임종 체험관에서 청소나 시설물 정상 작동을 확인하는 것처럼. 그건 옷을 갈아입고 자리를 옮기거나 머리를 감는 신체 기능에 전혀 문제가 없다는 뜻이었다. 그때 현숙은 힘차게 팔을 돌리고 있었다. 승인의 눈에는 가느다란 발목이 몸집을 이기지 못하고 금방이라도 똑 부러질 듯 보였다. 어제까지만 해도 화장실에서 허리를 숙인 채 샤워기를 들고 머리를 감는 걸 보자면 당장이라도 앞으로 고꾸라질 것처럼 위태롭기만 했다. 하지만 조사관 앞에서는 유연한 동작으로 시키지도 않은 자세까지 손수 시범을 보였다.

"어이구, 어르신 정말 잘하시네요."

박수까지 쏟아지자 현숙은 과장된 동작으로 더 열심히 움직였다. 어느새 이마에는 땀방울이 맺혔다. 승인과 단둘일 때는 번번이 머리를 감겨달라고 성화를 부리더니. 피곤한 승인이 미룰 때마다 쏘아대던 욕지거리도 생생했다. 이까짓 거 하나 못 해주냐고. 나는 너 똥 기저귀도 매일 갈아줬는데! 순간 승인은 치매안심센터에서 묻던 말이 스쳐 지나갔다. 어르신 소변은 혼자 잘 보시나요? 최근에 실수하신 적은 없고요? 그 말이 꼭 예언처럼 들렸다.

그사이 현숙은 한쪽에 밀어두었던 화분까지 번쩍 들어 올렸다. 구령까지 붙여가며 힘을 쓰니 화분이 저만치 밀려났다. 조사관은 기운이 펄펄 넘치는 현숙에게 긍정적인 평가를 내렸지만 돌이켜보면 승인에게는 그게 더 큰일이었다. 나중에 흥분해서 경중거린다면 현숙을 언제까지 통제할 수 있을지 알 수 없었다.

화분이 지나간 자리마다 말라비틀어진 이파리가 후드득 떨어져 있었다. 키우기 쉽다고 해서 들여놨는데 며칠 사이 이파리 끄트머리가 누렇게 변했다. 되살리기보단 아예 잘라내는 편이 나을 듯싶었다. 승인은 조사관이 죄다 시들어버린 화초에 잠깐이라도 눈길을 두었으면 싶었다. 그래서 제때 물만 주면 되는 식물조차 키울 수 없는 환경을 분명히 알아봐주길. 조명이 양호한지, 적절한 환기에 욕조와 세면대 유무까지 검사하면서 식탁보 얼룩도 눈치채주길 바랐다. 시간 날 때 세탁해야지 생각하면서도 식탁보는 내내 그대로였다. 현숙을 보고 있으면 식탁보 얼룩은 아무것도 아니었다. 환기한 지 오래돼 집 안 곳곳에 퍼진 퀴퀴한 냄새나 구석마다 쌓인 먼지 더미도.

멀끔하게 차려입은 현숙은 오랜만에 손님이 온다고 어제부터 집 안을 정리하느라 부산을 떨었지만 조금만 눈여겨보면 살림살이는 엉망이었다. 언제부턴가 매일 하던 설거지와 빨래도 한날에 몰아서 후딱 해치워야만 했다. 그마저도 운이 따라줄 때의 일이었다. 현숙이 유난히 긴 낮잠에 빠지거나 오랫동안 멍하니 앉아 있기만 하거나.

그날 벽지와 바닥이 너저분했다면 어땠을까. 전구가 깨져 있고 온수도 제대로 나오지 않았다면 결과가 달랐을지도 몰랐다. 낡은 보일러는 며칠에 한 번씩 꼭 고장이 나서 말썽이었지만 그 순간만큼은 쌩쌩 잘만 돌아갔다. 현숙은 늘 구부정하던 허리를 곧게 폈고 앓는 소리를 내지도 않았다. 위태롭기만 하던 걸음마저 흔들리지 않았다.

그때 승인은 그게 문제가 될 거라고는 미처 생각하지 못했다.

"이 정도면 나도 아직 쓸 만하죠?"

"그럼요. 쓸 만하고말고요."

이어지는 질문에 현숙은 명랑하게 대답했다. 오늘 날짜와 계절에 이어 생일, 가족관계까지 또박또박. 조사관과 마주 앉은 현숙은 승인과 있을 때와는 확실히 다른 모습이었다. 현숙은 날짜를 거듭 고쳐 말했지만 결국 틀렸고 주소를 말할 때는 틀리진 않았으나 여러 번 멈칫했다. 이름을 발음하는 것까지도 문제없었다. 다만 글씨로 쓰진 못했다. 그때 조사관은 승인을 따로 불러 현숙 모르게 귓속말을 건넸다.

"이름을 제대로 적지 못하는 건 계속 주의 깊게 봐주셔야 해요."

이어서 평소 자주 틀리던 구구단은 두세 번만 잘못 말했다. 그다음에 시계는 정확하게 읽었다. 조사관은 고장 난 리모컨을 계속 누르는 행동까진 그다지 의미 있게 보지 않는 듯했다. 승인은 이 과정이 나중에 어떤 결과로 이어질지 예상할 수 없었다. 리모컨에서 보내는 신호가 어디로 흩어져 사라지는 건지 아니면 집 안에 남아 계속 돌아다니는 건지도.

조사가 거의 마무리되었을 때 현숙은 당부하는 말처럼 조사관에게 속삭였다.

"우리 딸 말 너무 새겨듣지 말아. 내 딸이지만 아주 고약한 애야. 요새 거짓말만 늘었어."

승인이 눈을 흘기자 현숙은 조사관 뒤로 몸을 숨기며 목소리를 낮췄다. 숫제 고자질하는 아이 같은 얼굴이었다. 얼마 전에는 하도 볶아치길래 화장실에 들어가 세수를 시켜준 걸 두고 동네 사람들에게 딸애가 나를 물에 처박았다고 악다구니를 쓰다가 하소연하기도 했다. 승인이 잠깐이라도 나갔다 오면 어미를 혼자 집 안에 가둬둔다고 또 난리였다. 지금도 똑같이 말한다면 조사관의 태도도 달라질 것이었다.

"같이 살기 싫어서 꾀부리는 거지. 알지? 자식 키워봐봐야 소용없는 거."

병실에서 현숙의 표정은 그 말을 할 때와 비슷했다.

노인의 숨이 고르게 퍼지자 간호사는 끈을 조금 느슨하게 풀었다. 노인은 반쯤 눈을 감았다.

현숙의 팔에도 승인을 떠밀다가 꽉 움켜쥐고 내다 꽂을 만한 힘이 숨겨져 있을까. 그나마 아직은 버텨볼 만했지만 나중에는 현숙에게서 리모컨을 빼앗으려는 시도조차 할 수 없을지도 몰랐다. 체중은 줄어들 기미가 보이지 않았다.

아까 현숙이 묻던 말을 조사관이 들었다면 어땠을까.

"네 잘난 아버진 어딨다니?"

현숙은 어린 승인에게 아버지를 두고 늘 네 잘난 아버지라고 불렀다. 먼 길을 떠났다고 둘러댄 다음부턴 아예 입 밖으로 내지 않았다. 누가 따로 일러주지 않았어도 승인은 어느 순간 저절로 아버지가 현숙과 갈라섰다는 걸 알아챘다. 뒤에서 누군가는 비겁하게 도주했다고 말했고 결국 제자리를 걷어차더니 벌을 받았다거나 끝내 미련 없이 훨훨 날아갔다고 비꼬기도 했다. 벌써 수십 년도 더 지난 일이었다. 얼굴도 목소리도 체취도 까마득할 만큼.

현숙은 그 시절 어딘가를 방랑하는 중일까.

집에서 출발할 때까지만 해도 현숙은 요양병원이 지낼 만한 덴지 미리 둘러보러 나서는 길이라는 걸 확실히 알았다. 아니 그건 순전히 승인의 바람일 뿐인지도 몰랐다.

상담사는 현숙을 보지도 않고 장기요양인정서를 확인하자마자 딱 잘라 말했다.

"헛걸음하셨네요. 지금 받으신 등급으로는 해당 사항이 없습니다."

승인은 생각나는 대로 현숙의 괴상한 행동을 두서없이 늘어놓았지만 소용없었다. 상담사는 서류에 나온 등급만으로 판단할 수밖에 없다고 했다.

"저희도 어쩔 수 없어요. 나중에……"

뒷말은 더 듣지도 않고 승인은 밖으로 나섰다. 이때만 해도 나중에 더 높은 등급을 받아 찾아오는 게 좋은지 아니면 평생 인지지원 등급으로 남는 게 나은지 판단할 수 없었다. 현숙에게 등급을 매긴다는 게 끝내 꺼림칙하기만 했다. 하지만 이제 어딜 가나 등급부터 확인할 것이었다. 그걸로 현숙의 많은 부분이, 어쩌면 전부가 설명될 수도 있었다.

그제야 무턱대고 눈에 보이는 요양병원부터 찾아올 게 아니라 등급에 맞춰 이용할 수 있는 주간보호센터를 찾아봐야 한다는 걸 깨달았다. 검색해보니 생각보다 근처에 많았다. 무심코 지나다니던 근린공원 한쪽에도 있었고 몇 달 전 렌즈를 맞춘 안경원이 위치한 건물에도 있었다. 임대아파트 사이나 골목길 안쪽 후미진 자리에도. 매일 지나다니던 대로변에 큼지막한 간판을 내건 센터도 있었는데 그간 승인은 전혀 알아채지 못했다. 싱싱하진 않아도 먹을 만한 채소를 따로 모아 싸게 파는 마트나 저녁이면 반값에 살 수 있는 반찬 가게라면 모를까. 그러자 승인은 늘 걷던 거리도 마치 처음 보는 듯 생소했다.

그건 현숙도 마찬가지일까.

승인은 센터 홈페이지에 올라온 사진을 꼼꼼히 살펴봤다. 그중에서 탁 트인 야외 정원과 그럭저럭 괜찮아 보이는 식단과 집과의 거리를 비교했다. 그 와중에 악의가 담겼거나 관계자가 쓴 걸로 의심되는 평점을 걸러내려 애썼다. 그 가운데 승인의 눈에 들어온 후기가 있었다.

여기 진짜예요. 어르신들에게 진심입니다.

비슷한 내용을 임종 체험관 후기에서도 본 적이 있었다. 그래서인지 뒷맛이 개운하지 않고 씁쓸했다.

한쪽에서는 평점만 신뢰하지 말고 직접 발품을 팔아보라거나 현재 다니는 사람들의 목소리에 귀 기울이라는 조언이 이어졌다. 깔끔한 시설을 눈여겨보다가 규모가 너무 작다는 게 아쉬웠고 족욕기와 안마의자는 마음에 들었지만 제철 과일이 적고 젓갈이 많은 식단이 마음에 걸렸다. 홈페이지 인사말의 오탈자마저 찜찜할 때도 있었다. 그 때문에 전문교육을 이수한 사람이라고 해도 어쩐지 건성으로 운영할지도 모른다는 인상을 받았다. 안정된 시스템과 체계적인 관리와 다채로운 프로그램 사이에서 갈팡질팡하는 사이 평점이 높은 순서로 나열했다가 다시 가깝거나 생긴 지 오래된 순서로 나열해봤다. 겨우 한 군데를 정하고 연락했을 때 돌아온 대답은 사무적인 말투였다.

"대기자로 넣어드릴 순 있어요."

그건 임종 체험관에서도 예약 희망자에게 자주 하는 말이었다.

결국 평점과는 무관하게 대기 없이 들어갈 수 있는 센터를 찾아 예약했다. 식단은 나쁘지 않아 보였고 야외 활동공간이 없는 게 걸렸지만 대신 체험학습을 많이 나가는 듯했다. 계절마다 화목원과 생태공원에 다녀왔고 야트막한 산으로 등산도 하는 모양이었다. 전시회나 박물관도 자주 찾는 것 같았다. 여기에 도보로도 가능할 만큼 집에서 멀지 않은 거리와 셔틀버스 운영까지 마음에 들었다. 그걸로 문제는 해결된 줄 알았다.

하지만 현숙은 호락호락하지 않았다.

"넌 왜 자꾸 엄말 환자 취급하니? 봐! 나 멀쩡하다니까!"

현숙은 또 화분을 옮기려고 엉덩이를 들썩거렸다. 가만히 두면 팔을 힘차게 돌리고 구구단을 외울지도 몰랐다.

"혼자 집에 있으면 심심할까 봐 그래. 거기 가면 간식도 주고…… 또 친구도 있고 선생님도 있고! 얼마나 좋아."

돌이켜보면 그건 매일 일을 나가야만 했던 현숙이 승인을 유치원에 보내려고 꾀던 말이었다. 좁고 허름하지만 그만큼 저렴한 유치원이었다. 그때 승인은 부엌으로 가서 감자가 담긴 자루를 낑낑거리며 들어 올리고 전화번호와 주소를 달달 외우면서 소리쳤다. 나 애 아냐! 혼자 집에 있을 수 있어! 꼭 방금 현숙이 승인 앞에서 소리친 것처럼.

어린 승인은 유치원이 아니라 한 번 들어가면 영영 나올 수 없는 보육원일까 싶어 몹시 두려웠다. 그래서 해가 지고 사방이 어둑해져도 계속 남아야 할까 봐. 어느 날인가 아이들이 모두 떠난 유치원에 승인 혼자 남겨진 적이 있었다. 선생님의 그림자가 점점 다가왔을 때 승인은 하루도 빠짐없이 상상해온 목소리를 떠올렸다.

엄마는 오지 않을 거야. 이제부터 네 집은 없단다.

어쩌면 현숙이 불쑥불쑥 느끼는 불안도 그것과 다르지 않을지도 몰랐다.

"그럼 한번 가보기나 하자. 응?"

승인의 사정에 현숙은 조금 흔들리는 듯 현관 쪽으로 나섰다. 어쩌면 어린 승인이 그랬듯 버터봐야 소용없다는 걸 깨달은 걸지도 몰랐다.

이후 승인은 조사표에서 희망 서비스를 선택할 때 한참 망설였다. 현숙에게 당장 필요한 게 뭔지 파악할 수 없었기 때문이다. 현숙에게 물어봐야 엉뚱한 소리만 해댔다. 이번에는 뜬금없이 꽃무늬 양산을 사 오라고 성화였다.

"알았어. 이따 사 올게."

건성으로 대답한 승인은 다시 서류로 눈을 돌렸다.

일단 상담부터 필요할 것 같으면서도 계속 임종 체험관에 나가야 하니 말벗이나 반찬이 더 시급하게 느껴졌다. 목욕은 아직 괜찮을 것 같지만 확답을 내릴 순 없었다.

현숙이 진짜 원하는 건 뭘까.

언제부턴가 승인에게 현숙은 임종 체험관에 느닷없이 찾아와 신청서를 내미는 코끼리 한 마리처럼 온통 낯설기만 했다.

주간보호센터로 들어설 때부터 현숙은 내키지 않는 기색이 역력했다. 승인의 손을 힘껏 잡아당기다가 뿌리치기 일쑤였고 제자리에서 한참을 버티기도 했다. 상담실에 앉아서도 시선을 가만히 두지 못했다. 언제 챙겨 왔는지 모를 리모컨만 연신 주물렀다. 또 뺏으려고 하면 난동을 피울 게 분명해 승인은 모르는 척했다. 그저 벌떡 일어나 춤이나 추지 않길 바랄 뿐이었다.

"여기선 걱정하실 필요 없어요."

센터장은 맞은편에 앉았다. 무채색 옷차림에 따로 착용한 액세서리도 없어서 돌아서면 금방 잊어버릴 듯한 인상이었다. 밖에서 본 보호사들도 그 사람이 그 사람 같았다. 다만 몇몇은 늙수그레해 보여 입소한 노인과 구분하기 어려웠다. 승인은 센터를 고를 때 보호사의 나이까지 챙겼어야 했는지 잠깐 고민에 빠졌다가 대기 없이 들어올 수 있었다는 사실을 떠올렸다.

상담실은 한쪽만 제외하면 모두 유리로 되어 있었다. 그래서 어디에 앉든 내부 시설을 훤히 내다볼 수 있었다. 센터장은 CCTV가 촘촘하게 설치되어 사각지대가 거의 없다고 했다. 그 때문인지 화장실을 빼면 어르신들이 숨을 만한 구역은 전무하다고 장담했다. 게다가 화장실에 갈 때도 꼭 보호사가 동행한다고. 사고는 화장실에서도 자주 발생하니까.

그때 왼쪽 창으로 노인이 보였다. 노인은 안전바를 잡고 힘겹게 한 걸음씩 떼는 중이었다. 걸음을 내디딜 때마다 숨을 몰아쉬며 얼굴까지 구겼다. 승인은 벽으로 시선을 틀었다. 그쪽에는 활동 사진이 쭉 붙어 있었다. 광장이나 호숫가에서 찍은 단체 사진은 승인도 홈페이지에서 봤었다. 노인들이 삼삼오오 모여 블록을 쌓는 사진 위에는 큼지막한 액자가 걸렸는데, 그 안의 제법 오래된 듯한 글귀가 눈에 들어왔다.

오늘도 내 부모를 섬기는 마음가짐으로

임종 체험관처럼 센터에서도 조회가 끝나면 다 같이 외치는 구호일지도 몰랐다.

"어르신 여기 오시면 친구들한테 인기 많으시겠어요."

센터장이 살갑게 말을 붙이자 내내 시큰둥하던 현숙의 얼굴에 슬쩍 화색이 돌았다. 일단 오늘 하루만 있어보기로 했다.

상담실 밖으로 나올 때까지도 노인은 안전바를 잡고 부들부들 떨고 있었다. 그사이 겨우 예닐곱 걸음쯤 뗐을까. 그때 센터장이 말릴 새도 없이 현숙이 도와드리겠다며 득달같이 달려들었다. 여전히 현숙은 도움을 받아야 할 사람은 자기가 아니라 따로 있다고 생각하는 눈치였다. 승인은 노인들 틈에 현숙을 남겨두고 돌아섰다. 몇 번 뒤돌아볼 때마다 현숙은 승인을 뚫어지게 쳐다봤다. 마지막으로 본 현숙은 소파 끝에 걸터앉았다가 보호사가 내민 손을 본체만체하고 벌떡 일어서서 저벅저벅 걸어 나갔다.

승인은 임종 체험관에서 체험객들에게 염습하는 과정을 보이고 관에 못을 박고 쌀을 뿌리는 동안 현숙이 여기서 잘 버텨주기를 간절히 바랐다. 오래전 현숙이 밖에 나가 일하는 동안 승인이 집에서 무탈하게 지내주길 바란 것처럼.

혹시 그날 센터에서 스친 사람 중 하나가 방문객인 건 아닐까. 승인은 자기가 누울 관을 고르는 데에 애를 먹는 방문객을 가만히 뒤따르며 생각에 빠졌다. 방문객은 현숙에 대해 승인도 모르는 사실을 숨기고 있는지도 몰랐다. 순간 방문객이 돌아서면서 승인과 부딪혔다. 방문객은 어쩐지 죄를 지은 얼굴이었다. 누구라도 저승사자로 분장한 승인과 마주치면 그러하듯. 그래서 대뜸 센터에서 첫날부터 무슨 문제가 생기진 않았는지 캐물을 뻔했다.

그날 현숙은 점심도 다 먹지 않고 돌아왔다. 콩나물무침은 비리고 뭇국은 맹탕이라고 격분하다가 결국 식판을 뒤엎었다고 했다. 보호사가 바닥을 닦는 사이 현숙은 재빠르게 밖으로 나섰다. 겨우 뒤따라온 센터장은 현숙이 집으로 들어가 문을 잠근 걸 확인하고 승인에게 전화를 걸었다. 입술을 검게 칠하고 거울을 확인한 승인은 입관 체험실로 나와 관을 점검하며 체험객들을 기다리는 중이었다.

"아무래도 적응하시는 데에 시간이 좀 필요할 것 같아요. 그래도 억지로라도 계속 나오시는 게 중요해요."

그때 승인의 눈앞에는 아무도 들어가지 않은 빈 관만 끝도 없이 늘어서 있었다. 사이사이 LED 양초가 희미하게 일렁였다. 그에 맞춰 벽에 누운 승인의 그림자도 흔들렸다.

분장도 제대로 지우지 못한 채 집에 들어선 승인을 보자마자 현숙은 주먹을 쥐었다가 이내 목청을 높였다.

"나 안 갈래! 거기 가면 순 노인네들뿐이란 말이야."

승인도 현숙에게 비슷한 얘기를 했었다. 나 유치원 안 갈 거야! 순 애들밖에 없잖아! 그때 한참 다그치던 현숙이 울음을 삼키며 말했다. 그럼 돈 벌지 말고 너랑 나랑 집에 틀어박혀서 굶을까? 응? 그리고 너도 애야.

한동안 제자리에 가만히 서 있던 어린 승인은 현숙을 향해 선뜩하게 물었다.

엄마도 내가 없어졌으면 좋겠어?

현숙의 대답은 늦지 않았다.

다음 날 오랜 실랑이 끝에 승인은 현숙의 손을 잡고 셔틀버스 도착 시간에 맞춰 밖으로 나갔다. 현숙은 옷을 갈아입을 때마저 리모컨을 손에서 놓지 않아 소매에 팔을 꿰는 것조차도 곤욕이었다. 센터에서 얘기해준 사례처럼 앞으로는 음식을 씹지 않겠다거나 손톱을 깎지 않겠다고 버틸지도 몰랐다. 물 대신 간장을 마시겠다고 덤비고 화초를 죄다 뽑을 수도 있었다. 센터장은 일단 모서리에 안전 가드부터 붙이라고 조언했다. 완벽하게 대비해도 느닷없는 돌발 행동에는 속수무책이겠지만 그렇다고 마냥 넋 놓고 있을 순 없다고.

아무래도 내일부턴 더 일찍 일어나 준비해야 할 듯했다. 그래야 적어도 삐뚤삐뚤하게 칠한 립스틱이라도 고쳐줄 수 있을 것이었다. 현숙은 언제부턴가 승인의 립스틱에 집착하기 시작했다. 립스틱뿐만이 아니었다. 승인의 핸드폰을 낚아채서 돌려주지 않거나 속옷을 가져가 입고 내빼기도 했다. 지갑에서 돈을 몽땅 꺼내 가는 일도 다반사였다. 식사 때마저 승인 밥그릇과 수저를 빼앗기도 했다. 대부분은 찾았지만 립스틱만은 아직 발견하지 못했다. 승인이 아무리 물어도 현숙은 끝내 모른다고 딱 잡아뗐다. 승인은 제발 먹지만 않기를 바랐다. 나중에 보호사가 귀띔해주지 않았다면 결국 립스틱은 못 찾았을 것이다.

최근에는 퇴근하고 돌아와 보니 태풍이라도 휩쓸고 간 것처럼 집 안이 어지럽혀진 적도 많았다. 처음에는 도둑이라도 든 줄 알고 경찰에 신고해야 하나 싶었다. 그때까지도 현숙은 서랍장을 하나씩 열어 뭔가를 찾고 있었다. 승인을 보자마자 당장 돌려달라고 투정을 부렸지만 끝까지 원하는 게 뭔지 알아내진 못했다. 그 와중에 얼마 전 잃어버린 줄 알고 재발급받은 카드와 동전 몇 개를 찾았다. 현숙의 손길은 점점 거칠어졌다. 승인의 가방에 이어 외투 주머니까지 샅샅이 뒤졌다. 그럴 땐 사탕이라도 하나 쥐여줘야 좀 잠잠해졌다. 이러다간 주간보호센터에 갈 때마다 승인의 물건을 하나씩 갖다 바쳐야 할지도 몰랐다.

그마저도 다양한 초기 증상 중 하나인지는 알 수 없었다.

현숙은 떠밀리듯 셔틀버스에 올랐다. 중간에 도로 내리려는 걸 승인이 겨우 엉덩이를 밀어 넣었다. 그 순간 승인은 엄마도 노인이라고, 보살핌을 받아야 할 노인이라고 못 박으려다가 말았다.

"알았으니까 밀지 마요! 갈게요. 간다고요."

뾰로통해진 현숙은 자리에 앉은 뒤에도 창밖의 승인에게는 눈길도 주지 않았다. 승인은 현숙을 확인하기 위해 차 안을 기웃거렸지만 창문에 선팅이 된 데다가 전부 비슷비슷해서 누가 누군지 구분하기가 어려웠다. 맨 뒤에 앉았나 싶다가도 서너 개쯤 꽂힌 머리핀을 보니 아니었고 앞에서 고개를 떨군 노인이 현숙이라고 생각한 순간 옷차림이 딴판이었다. 그동안 셔틀버스 기사는 안에 탄 노인들과 승인을 번갈아 가며 바라봤다.

결국 승인은 현숙을 찾지 못했다.

셔틀버스가 출발하고 나서야 승인은 현숙에게 미처 묻지 못한 말이 생각났다.

근데 엄마…… 왜 또 나한테 존댓말이야…….

서둘러 임종 체험관으로 가려는데 집주인이 승인을 가로막았다. 집주인은 부스스한 몰골을 감출 생각이 전혀 없는 듯했다. 승인이 꾸벅 인사를 건네자 위아래로 훑으며 입맛을 다셨다.

"집 앞에 처음 보는 차가 서길래 나와봤어요. 난 또 유치원에서 온 건가 했지."

집주인의 시선은 큰길 쪽을 향했다. 셔틀버스는 아직 골목을 완전히 벗어나지 못했다. 뒤창에 쓰인 '주간보호센터'가 선명하게 보였다. 셔틀버스 기사는 룸미러를 통해 승인 옆에 선 여자를 유심히 바라봤다. 혹시 깜빡 잊고 태우지 않은 노인인가 싶어서.

셔틀버스가 좌회전 신호를 받아 움직이자 집주인이 운을 뗐다.

"어디가 좀 편찮으신가 봐?"

어쩌면 집주인은 현숙을 트집 잡고 늘어질지도 몰랐다.

이제껏 새벽에 씻는 소리가 들리거나 화단에 버려진 담배꽁초를 발견할 때마다 날 선 반응을 보이며 메시지를 보내왔다. 승인이 자기는 아니라고 해도 딱히 믿는 눈치는 아니었다. 층계참이나 입구에서 승인과 마주칠 때면 세탁기는 아홉 시 전에 돌리라거나 애완동물은 절대 안 된다고 경고하기도 했다. 자전거는 지정된 구역에만 세워놓으라고도. 가끔 월세를 받으러 직접 내려와서는 집 안을 슬쩍 둘러보기도 했다. 그새 어디 곰팡이가 피거나 허락 없이 못질한 자국은 없는지. 승인의 시선을 느끼면 입버릇처럼 덧붙였다. 노후를 위해 빚까지

306

지고 산 건물이니 이해해달라고.

그러니 현숙을 문제 삼는 것도 얼마든지 가능한 일이었다. 아무 때고 들뛰는 현숙 때문에 서둘러 깔아놓은 매트만으로는 성에 차지 않을지도 몰랐다.

"네, 조금……."

승인이 고개를 끄덕이자 집주인은 한 걸음 다가섰다. 집주인은 엷은 미소를 지었다. 미소는 입바람으로도 사라질 만큼 가벼웠다.

"나이 들어 병들면 다 짐이지. 나 아픈 사람한테까지 야박하게 구는 타입 아니에요."

간드러진 목소리에 승인은 누가 짐이냐고 따져 물으려다가 말고 잔뜩 움츠러든 몸을 늘어뜨렸다. 적어도 현숙 때문에 집에서 쫓겨날 일은 없을 것 같았다.

"아픈 양반이 집에 혼자 있지만 않으면 됐지."

집주인은 더 말을 잇지 않고 승인 눈치를 살폈다. 승인에게 확답을 받고 싶은 듯했다. 그래서 슬리퍼만 신고 서둘러 내려온 게 분명했다.

계약서에 들어가는 특약 중 주차나 수도세에 관한 규칙은 명확했다. 뒤에 쾌적한 생활환경을 위해 애완동물은 금지한다는 조항도 있었다. 앞으로 집주인은 주간보호센터에 다니는 현숙을 같은 선상에 둘지도 몰랐다. 어쩌면 다음 계약부터는 노인도 금지 조항에 들어갈까. 그러기엔 집주인 역시 누가 봐도 노인이었다.

"어르신을 위해서라도 항상 누가 옆에 붙어 있어야겠지. 안 그래?"

그때까지 승인이 아무 대답을 내놓지 않자 집주인은 손가락셈을 하며 불쑥 재계약 날짜를 들먹였다. 그러고 보니 몇 달 남지 않았다.

예전에는 집을 구할 때 위치나 방 개수보다 보증금과 월세를 감당할 수 있는지부터 따져봤다. 터무니없이 높은 보증금에 허덕이는 상황을 뻔히 알면서도 현숙은 애써 모르는 척했다. 숨겨놓은 쌈짓돈이라도 보태주면 좋으련만. 이제는 여기에 현숙의 상태까지 고려해야 할지도 몰랐다. 현숙이 조사관이 방문했을 때처럼 별 탈 없이 말하고 행동해줄지는 장담할 수 없었다. 순간 승인은 어릴 때 현숙에게 들은 말이 떠올랐다. 집 밖으로 나오지 말고 쥐 죽은 듯이 있어야 한다고. 주인집 눈에 띄면 큰일 나니까. 이제는 승인이 현숙에게 해야 할 말일지도 몰랐다.

"……걱정하시는 일…… 없을 거예요."

"그래. 그래야지."

그제야 집주인은 돌아섰다.

현숙에게 지원되는 한도액으로 센터를 이용할 수 있는 시간은 한 달에 겨우 열이틀뿐이었다. 나머지 시간은 온전히 혼자 집에 있어야 했다. 집주인 말이 아니더라도 승인은 여간 께름칙한 게 아니었다. 진단받기 전처럼 성한 모습일 때도 많지만 종잡을 수 없는 행동으로 집 안을 난장판으로 만들어놓기 일쑤였다. 승인은 건조대도 위험해 보였다. 여차하면 건조대를 휘둘러 거울을 깰지도 몰랐다. 포크나 전선도 무기 같았고 언제라도 현숙이 선풍기에 손가락을 넣을 것 같아 조마조마했다. 안전 가드를 설치한 다음 그릇을 플라스틱 소재로 싹 바꾼 것만으로는 한참 부족했다.

이 와중에도 배시시 웃는 현숙을 보면 승인은 울화통이 치밀어 따지고 싶었다.

이제야 겨우 먹고살 만해졌는데. 이제야!

수돗물이야 그렇다 쳐도 가스 불이라도 켜놓고 멍하니 바라본다고 생각하면 한순간이라도 혼자 내버려둘 수 없었다. 그러니 승인이 집에 없는 동안 현숙은 센터에 가야만 했다.

얼마 전 현숙이 묶은 매듭을 생각하면 더더욱.

센터장은 집에서도 틈틈이 퍼즐을 맞춰보거나 종이접기를 하면 상태가 악화하는 걸 막는 데에 도움이 될 거라고 했다. 스트레스를 주지 않는 범위에서 숫자 계산을 시켜보는 것도 나쁘지 않았다.

내친김에 현숙을 앞에 앉혀두고 빈 상자에 사장이 준 오간디 리본을 한 바퀴 둘러 교차시키면서 십자 걸기를 보여줬다. 여기까지는 현숙도 콧방귀를 뀌며 어렵지 않게 따라 했다. 하지만 X자나 Z자로 거는 건 번번이 실패했다. 리본은 손끝에서 미끄러졌고 겨우 한쪽 맞춰놓으면 어김없이 반대편이 풀리고야 말았다. 두세 번쯤 시도해도 종내 마음대로 되지 않자 못마땅한지 현숙은 리본을 내던졌다. 승인이 리본을 주워 한 번 더 시범을 보이려고 하자 다시 빼앗았다.

"누굴 바보천치로 아나. 나도 할 줄 아는 거 있어."

"그래? 어디 한번 보여줘봐."

현숙이 제법 야무진 손길로 리본을 묶어나갔다. 한두 번 해본 솜씨가 아닌 듯 거침없었다. 언젠가 임종 체험관에서 유영에게 알려줬을 때보다 훨씬 나은 듯했다. 어설프긴 했지만 유영은 신중하게 리본을 묶었다. 그게 나비라고 했을 때 어쩐지 안도하는 듯 보이기도 했다.

현숙이 자랑스럽게 내민 매듭은 나비매듭과는 전혀 다른 모양새였다. 엉성하긴 해도 분명 올가미 매듭이었다. 예전에 승인이 깨달은 세상의 수많은 매듭 중 하나. 모양과 쓰임새가 다 다른, 고정하고 연결하고 살리고…… 죽이는. 어쩌면 현숙에게도 무기처럼 느껴진 매듭이었을까. 센터장은 예전에 자주 했던 행동을 반복하는 것도 관리에 있어서 중요하다고 강조했다. 하지만 올가미 매듭을 묶는 일이 현숙에게 도움이 될지는 확신이 서지 않았다.

순간 승인은 온몸이 꽉 막힌 듯 연신 헛기침을 뱉었다.

"어때? 너보다 낫지?"

콧노래를 부르며 집 안을 뛰어다니는 현숙은 어디에라도 올가미 매듭을 묶을 수 있을 것처럼 보였다. 승인이 잡으려고 달려들자 신발장 앞에 멈춘 현숙이 물었다. 승인은 곧바로 대답할 수 없었다. 다만 무리해서라도 현숙 곁에 누군가를 붙여야 한다고 생각했다.

승인이 임종 체험관에서 근무하는 동안 현숙이 센터에서 지내려면 나머지 시간은 죄다 비급여로 계산해야 했다. 그 돈을 따져보면 매달 나가는 공과금에 반찬값 정도는 충분히 넘고도 남았다. 이 상태로는 그동안 조금씩 해오던 저축을 이어가는 것도 어림없었다. 현상 유지는커녕 어쩌면 그동안 애써 모아둔 돈을 허물어 야금야금 써야 할지도 몰랐다. 당장이야 문제가 없겠지만 다음 계약 때 집주인이 현숙을 핑계 삼아 보증금이나 월세라도 올리면 버텨낼 재간이 없었다. 일단 한도액이라도 늘면 숨이 좀 틜 것 같았다.

승인의 사정을 들은 센터장은 현숙의 서류를 꼼꼼히 확인했다. 한 장씩 넘길 때마다 한숨이 툭툭 끼어들었다. 그림을 그리던 현숙이 대뜸 옆의 노인을 밀치는 바람에 넘어졌다는 연락을 받고 임종 체험관에서 부랴부랴 달려온 길이었다. 함께 쓰는 크레파스를 두고 옥신각신한 모양이었다. 다행히 매트 쪽으로 쓰러져 크게 다치지는 않아 승인이 노인의 보호자에게 사과하는 선에서 마무리되었다. 가정교육을 운운하던 보호자도 그쯤에서 물러났다.

그사이 현숙은 리모컨을 들고 돌아다니면서 창문이나 의자를 향해 연신 버튼을 눌러댔다. 마치 뭐든 다 조정하려는 것처럼.

승인은 센터장 쪽으로 시선을 돌렸다.

"밖에서도 불안해 견딜 수가 있어야죠. 어디 묶어둘 수도 없고."

순간 승인은 오랫동안 자신의 허리를 묶었던 올가미 매듭을 떠올렸다. 몸부림칠수록 옥죄던 느낌이 아직도 선명했다. 어쩌면 이제 승인이 현숙을 묶어야 할지도 몰랐다. 망설임과 미안함이 고스란히 느껴지는, 그런 매듭으로.

그때 현숙이 매듭으로 지키고 싶었던 건 승인이었을까 아니면 당시 전 재산이나 다름없던 집이었을까. 혹시 그저 자기 자신을 내려놓고 싶지 않았던 것일지도 몰랐다. 지금 승인도 알 수 없긴 마찬가지였다. 현숙에게 묶으려는 매듭은 누굴 위한 건지. 현숙의 안전을 위해서일까. 아니면 돌아다니면서 물건을 때려 부수고 어디라도 부딪혀 넘어졌을 때 들어갈 목돈 때문일까.

어쩌면 오롯이 승인 자신을 위해서…… 아무것도 감당할 준비가 되지 않은 자신을 위해…….

센터장은 서류에서 시선을 떼며 입을 열었다.

"묶어두시긴요. 아직 그럴 때 아니에요."

"……그런가요?"

승인은 아직이라는 말이 의미하는 기간을 셈해봤다. 선별 검사의 계산 문제처럼 정답이 있었으면 싶다가도 끝까지 모르는 게 나을 것 같았다. 그때 문자 알림음이 요란하게 울렸다. 안전 안내 문자였다.

배회 중인 김복자(여, 83세)를 찾습니다. — 166cm, 70kg, 검은색 카디건, 감색 바지, 흰 운동화 / ☎112 [경찰청]

센터장도 받았는지 핸드폰을 슬쩍 쳐다보곤 자세를 고쳤다.
"여기서 관리받으셨으면 이런 일도 없었을 거예요."

센터장은 승인 쪽을 넌지시 바라봤다.

평소라면 그저 흘려 봤을 문자지만 승인은 링크를 눌러 사진까지 확인했다. 이 순간에도 근처에서 길을 잃고 헤매는 노인들이 있었다. 최근 실종 경보에 올라간 노인은 짐작보다 훨씬 많았다. 그중에는 1년 가까이 삭제되지 않고 그대로인 얼굴도 있었다. 세 번째는 현숙과 체격과 눈매가 너무 비슷해 얼핏 보면 확실하게 구분할 수 없었다.

승인은 서둘러 고개를 들고 현숙을 찾아 두리번거렸다. 시선은 유리 뒤에 선 현숙과 마주쳤다. 현숙은 승인 쪽으로 리모컨을 향했다. 언제부터 거기 서 있었는지 알 수 없었다.

"배회감지기라고 있어요. 게다가 요즘 홈캠도 얼마나 잘 나오는데요. 세상 참 좋아졌죠?"

승인은 탄성을 내지르다가 입을 벌린 채 허리를 곧추세웠다. 끈으로 묶어둘 필요가 없는 세상이 정말 좋아진 건지 제대로 판단할 수 없었다.

"복지용구 중 한도 내에서 선택하시면 돼요."

승인은 예전에 본 목록을 떠올렸다. 지팡이나 이동 변기 같은. 그때만 해도 현숙에게는 다 필요 없을 듯해 건성으로 훑어봤다. 그중에 배회감지기가 있던 모양이었다. 배회감지기는 현숙의 실시간 위치 확인은 물론 안전 구역을 벗어나면 즉시 알림이 전송된다고 했다.

승인은 이 지역 어디를 현숙의 안전 구역이라고 해야 할지 가늠하기 어려웠다. 현숙이 등급을 받은 순간부터 어디에도 안전한 구역은 없는 듯했다. 그건 집도 마찬가지였다.

"어디든 센터에 계시는 것만은 못하죠. 재심사받아 보시는 게 어때요?"

"재심사요?"

"5등급만 받으면 한도액도 두 배 가까이 느니까요."

센터장은 45점을 넘기면 5등급이 가능하다고 말을 이었다.

승인은 이왕이면 현숙의 상태가 지금보다 조금만 더 나빠져서 5등급을 받을 수 있다면 얼마나 좋을까 싶었다. 더도 말고 덜도 말고 일주일에 다섯 번 주간보호센터에 다닐 수 있을 만큼만. 그렇게 되면 체험객들에게 수의를 입히면서 틈틈이 혼자 집에 있을 현숙의 상태를 떠올리며 밥은 잘 챙겨 먹었나 걱정하지 않아도 될 것이었다. 집주인이 현숙을 문제 삼아 보증금과 월세를 한꺼번에 올린다고 해도 굽신거릴 필요가 없었다. 생각할수록 점점 간절해지는 승인의 바람은 이제껏 마주친 현숙의 표정이나 행동만큼이나 사뭇 낯설었다. 그동안 현숙도 승인을 처음 보듯 서먹하게 느꼈을지도 몰랐다.

어쩌면 승인보다 더.

승인은 센터장이 내민 문서에서 재심사 요건을 살펴봤다. 순간 사방이 막혔던 관이 열리면서 빛줄기가 쏟아지는 듯한 느낌이 들었다. 바닥이 푹신해지면서 어디선가 향긋한 꽃 내음이 느껴지고 경쾌한 멜로디도 들리는 것 같았다.

센터장이 몇 가지 조언을 보탰다.

"……너무 깔끔하게 치워둘 필욘 없겠죠? 살던 모습 그대로 보여줘도 괜찮아요."

승인은 자기도 모르게 혼잣말을 덧붙였다. 딱 5등급이 나올 정도로.

지난번에는 별다른 대책도 없이 조사관을 맞이하는 바람에 우왕좌왕하며 지나갔다. 다시 기회가 주어진다면 억울하지 않도록 철저하게 준비할 생각이었다. 현숙이 조사관에게 집안일쯤이야 능숙하게 해내고 끼니때마다 음식도 잘해 먹는다고 단언하면 승인은 망설임 없이 냉장고 문을 열 것이다. 썩어 문드러진 애호박과 유통기한이 지나 시큼한 냄새를 풍기는 우유를 확인하게끔. 밀린 설거지도 똑똑히 보여줘야지. 지금 현숙이 얼마나 허무맹랑한 허풍을 늘어놓는지 확실히 보여주려면. 베란다로 통하는 문도 활짝 열어두고 세탁기 쪽으로 유도할 것이다. 눈에 보일 때마다 쑤셔 넣기만 할 뿐 제때 돌리지 않아 악취를 풍기는 빨랫감이 드러날 테니까.

하지만 이번에도 또 멀쩡해 보이면 어쩌지. 끙끙거리지 않고 제자리에서 여러 번 앉았다가 일어나고 날짜를 정확하게 맞히고 계산 문제에도 정답을 말하면. 집 안까지 완벽하게 치워놓는다면. 승인은 조사관 앞에서 시종일관 거짓말을 일삼는 철면피로 몰릴지도 몰랐다.

승인의 걱정을 읽은 듯 센터장이 말을 이었다. 엿듣는 사람이 없는지 두리번거리다가 손으로 입까지 가렸다. 나직한 목소리가 흘러나왔다.

"어르신 컨디션이야 하루에도 몇 번씩 달라지잖아요. 그러니까 평소에 사진이나 영상을 찍어두세요. 갑자기 고함을 치거나 옷을 잘못 입으셨을 때. 난장판이 된 집 안도요. 말로만 떠드는 것보다야 기록이 훨씬 설득력 있죠."

"……그래야겠네요."

센터장은 현숙에게 시선을 던지다가 다시 승인 쪽으로 의자를 당겼다.

"그리고 앞으론 아무리 급하셔도……."

승인은 센터장과 눈높이를 맞췄다. 센터장은 자세까지 잔뜩 기울이며 느리게 입술을 뗐다.

"그런 차림으로 오시면 저희가 곤란해요."

그제야 승인은 저승사자 복장 그대로 센터에 왔다는 사실을 깨달았다. 그나마 오면서 두루마기와 갓은 벗어 던지고 분장이라도 대충 지운 게 다행이었다. 그때까지도 현숙은 승인을 째려보고 있었다. 현숙에게는 지금이 승인을 카메라로 찍어두고 싶은 순간일지도 몰랐다. 조사관에게 우리 딸이 얼마나 이상한지 똑똑히 일러주려면.

상담실을 나서는 승인을 배웅하며 센터장이 물었다.

"어디 장례식장에서 오시는 길이었나 봐요."

"아뇨, 그게 아니라 사정이 좀……."

승인은 대답을 끝맺지 않고 서눌러 밖으로 나섰다.

그날 이후 승인은 현숙을 주시하며 핸드폰을 손에서 놓지 않았다. 조금이라도 엉뚱한 모습을 보이거나 규범에 어긋나는 행동을 하고 상황에 맞지 않는 목소리를 내면 증거로 남겨놓기 위해서였다. 현숙이 5등급을 받아야만 하는 명백한 증거로.

요양병원에 방문했을 때 마주한 현숙의 모습은 어떨까. 증거로 충분한 효력이 있을까.

승인은 현숙에게 고정된 시선을 틀어 노인 쪽으로 향했다. 노인은 그새 깊은 잠에 들었다. 아까 난동을 피우던 모습은 불순한 의도를 품은 거짓말 같았다. 가만히 지켜보면 정말 저녁쯤 귤이라도 하나 줄 듯 온화해 보였다.

"이분은 몇 등급 받으셨어요?"

"아마 3등급일 겁니다."

간호사가 그건 개인정보라며 대답을 피하자 건너편 커튼 뒤에서 누군가 씩씩하게 소리쳤다. 군중에게 명령을 내리듯 늠름한 목소리였다. 이제껏 승인은 병실 안에 누가 더 있을 줄은 몰랐다. 어쩌면 더 많은 사람이 숨어 있을지도.

"3등급이면……."

아까 상담사가 말한 다음을 뜻하는 등급 중 하나였다. 3등급은 아직 여기서 더 나빠질 단계가 남았다는 뜻이기도 했다. 어떻게 심각해진다는 건지 승인은 도무지 가늠조차 할 수 없었다. 앞으로 현숙이 몇 등급까지 갈지도.

"어서 집에 가자."

현숙은 또 승인 쪽으로 리모컨을 향했다.

앞으로 걸음을 내딛는 순간 승인은 온몸이 욱신거렸다. 보이지 않는 곳에 멍이 들었을지도 몰랐다. 그제야 티셔츠에 올이 나간 자리도 눈에 들어왔다. 그때까지 현숙은 리모컨을 쥐지 않은 손을 흔들고 있었다. 빨리 오라는 듯. 어쩐지 현숙의 손목에도 나비 한 마리가 내려앉아 단단히 들러붙은 것만 같았다. 현숙과 점점 가까워지는 동안 진단을 내렸던 의사가 마지막에 한 말이 주위를 맴돌았다.

"적절한 관리가 이뤄지면 괜찮을 거예요."

그때나 지금이나 승인은 현숙에게 필요한 적절한 관리가 무엇인지 알 수 없었다. 나중에는 여기서 대체 뭐가 괜찮아진 다는 건지도.

분명히 집에 있어야 할 현숙을 임종 체험관에서 맞닥뜨렸을 때도 마찬가지였다. 그 순간에도 현숙은 리모컨을 쥐고 버튼을 눌러댔다.

저승사자까지 조정하려는 사람처럼.

방문객은 심호흡을 여러 번 내뱉은 끝에 그날 현숙이 누웠던 관에 반듯하게 누웠다. 몸피가 몹시 작아 관이 조금만 흔들려도 이리저리 부딪힐 듯했다. 체험이 아니라 진짜 임종이라면 시신이 움직이지 않도록 관 사이 보공이 많이 필요할 것 같았다.

승인은 방문객의 얼굴을 내려다보며 구석구석 살폈다. 주간보호센터에 갔을 때 마주친 노인 중 하나일지도 몰랐다. 상담실 창밖에서 안전바를 잡고 걸음을 옮기던 노인 같다가도 셔틀버스 안에서 형광색 조끼를 입고 있던 노인이 두서없이 떠올랐다. 어쩌면 또 다른 누군가. 여러 얼굴이 하나로 뭉개지다가 흩어졌다. 그저 현숙을 데리고 갔을 때 복도나 계단에서 무심결에 지나친 노인일지도 몰랐다. 주간보호센터에 맡겨진 노인들은 대개 비슷해서 구분하기가 어려웠다.

나이가 있어 보이던 보호사에 이어 나중에는 현숙까지도.

지금이라도 일으켜 세워 묻고 싶었다. 방문객이 말하는 체험객은, 그러니까 임종 체험관에 갔다 온 다음 날 죽으려고 했던 건 혹시 현숙인지. 순간 승인의 머릿속에는 올가미 매듭을 묶고 나서 현숙이 던진 질문이 다시 감돌았다. 시선을 마주치지 않은 채 마치 오늘 저녁 메뉴를 묻는 것처럼 심상하게 묻던. 그때 확실히 제정신이 아니었다고 믿고 싶지만 현숙의 목소리는 유난히 맑고 또렷하기만 했다. 승인은 뒤늦게 아니라고 소리쳤으나 잠깐 뜸 들이며 흔들린 시간을 현숙이 눈치챘을 것만 같았다.

현숙이 혼자 남겨진 집에서 빠져나와 임종 체험관에 온 건 화요일이었다. 승인은 그날을 똑똑히 기억했다. 아무리 휴가철이라고는 해도 유난히 분주한 하루였다. 줄곧 저승사자답지 못하게 경망스러운 걸음으로 관 사이를 종종거렸다. 관장이 봤다면 조회 시간에 확실히 지적하고 넘어갔을 터였다. 체험객들이 밀려들어 수의를 묶는 매듭이 계속 헝클어졌다. 땀으로 분장까지 자꾸 지워져 틈날 때마다 안으로 들어가 분장을 고쳐야만 했다. 그래도 어느 순간 눈 화장이 번졌고 입술이 지워져 영 볼품없어 보였다. 그때 순서가 꼬인 바람에 관에서 나와 뒤늦게 유서를 쓰던 체험객 중 뒤에서 수군거리는 소리가 들렸다. 무슨 저승사자가 땀까지 삐질삐질 흘리며 허둥대냐고. 그 와중에도 승인은 부산하게 움직였다. 시간을 맞추려면 다음 회차에서는 관 뚜껑을 빠르게 덮은 다음 못질도 한 번으로 줄여야만 했다. 어쩌면 쌀을 뿌리는 과정마저 생략하는 게 나을지도 몰랐다.

미연에게 오늘 저승으로 갈 사람들의 명단을 넘겨받았을 때야 승인은 우뚝 멈춰 섰다.

현숙은 신청서에 자기 이름을 틀리지 않고 또박또박 썼다. 조사관이 나왔을 때와 확실히 달랐다. 이제는 흐트러지지 않은 획만 봐도 현숙의 상태를 대강 짐작했다. 지금 현숙은 말짱했다. 제정신인 현숙이 입관 체험실까지 들어올 수 있었던 건 아무래도 초대권 때문인 것 같았다. 승인이 관장으로부터 받은, 살다 보면 쓸모 있을 거라던 초대권. 승인은 초대권을 서랍 어딘가에 함부로 처박아뒀다. 툭하면 집 안을 샅샅이 뒤지는 현숙이 초대권을 발견하는 건 일도 아니었을 것이다.

돌이켜보면 승인은 초대권을 언젠가 현숙에게 주고 싶었던 것일지도 모른다는 생각이 들었다. 나중에는 승인을 허상처럼 건너보다가 당신 누구냐고 묻는 날이 올 것만 같아 불쑥 두려워졌던 순간쯤. 오래전 비누 좀 아껴 쓰라는 잔소리는 똑똑히 기억하지만 어제 먹은 저녁은 긴가민가한 현숙과 마주 앉은 날. 아니면 망가진 리모컨을 누르다가 결국 켜지지 않는 텔레비전에 비친 얼굴을 물끄러미 보던 날에 아주 잠깐이라도.

그러다 보면 또 올가미 매듭을 묶어서 보여준 날의 질문으로 돌아갔다.

임종 체험을 끝까지 마친 현숙은 다음 날 늦지 않게 셔틀버스를 타고 주간보호센터에 갔다. 평소보다 더 활기차다거나 무기력하진 않았다. 늦잠을 자서 서두르긴 했지만 딱히 특이할 건 없었다. 날이 흐렸나 아니면 바람이 좀 불었던가. 다녀오고 나서도 지난날과 별로 다르지 않았다. 어찌 보면 훨씬 안정된 상태였던 것도 같았다. 진단을 받기 전과 얼추 비슷하다고 느낄 만큼.

현숙은 승인이 된장찌개를 끓이는 동안 얌전히 식탁에 앉아 있었다. 예전 같으면 춤이라도 췄을 텐데. 난데없이 노래를 흥얼거리기는 했지만 나무랄 정도까진 아니었다. 오랜만에 리모컨이 말을 들어 텔레비전이 켜졌던 것도 기억났다. 그 순간 현숙은 발장구를 치며 자지러지게 웃었다. 세수하고 양치할 때는 성가신 티를 냈지만 그만하면 충분히 무난한 하루였다. 5등급을 받기 위해 따로 찍어둬야 할 장면은 없었다.

그날 주간보호센터에서 무슨 일이 있었던 건 아닐까. 승인은 현숙의 주머니에서 나온 노리개를 의심해봐야 했던 것일지도 몰랐다.

센터장에게 전화가 걸려 온 것은 오랜만에 설거지를 해치웠을 때쯤이었다.

"……별일 없으시죠?"

"별일이랄 게 있나요. 이 시간에 무슨 일이라도……."

시계를 확인하던 승인이 대답을 흐리자 센터장은 어르신들

관리 차원에서 주기적으로 돌리는 전화라고 했다.

승인은 센터장을 통해 오전 공예 시간에 알록달록한 끈을 이용해 노리개를 만드는 수업이 진행되었다고 들었다. 다양한 색을 접하고 손가락을 섬세하게 움직이다 보면 병의 진행을 늦추는 데에 도움이 될 거라고. 센터장은 묻지도 않았는데 시간 내에 완성하지 못한 노인들은 보호사가 옆에 붙어 차근 차근 알려드렸다고 덧붙였다. 어쨌든 실패에서 오는 슬픔보단 성취감이 이득일 거라고. 통화를 마친 승인은 센터장이 마지막에 얹은 말이 내심 신경 쓰였다. 여러 보호자에게 전화하느라 얼마간 꺼칠꺼칠했던 목소리까지도.

"현숙 님은 얼마나 잘 묶던지 제일 먼저 끝내신 거 있죠. 확실히 손재주가 아주 좋으세요."

어쩌면 센터장은 그 뒤에 무슨 말을 더 하고 싶었던 것일지도 몰랐다.

현숙은 여전히 올가미 매듭을 기억할까. 의사를 통해 환자에 따라 몸에 익은 기억이 훨씬 오래 지속되기도 한다고 들은 것도 같았다. 이어서 기억을 못 한다고 억지로 끄집어내는 건 좋지 않은 방법이라고 했다.

"때론 흘러가는 대로 내버려두는 게 좋은 기억도 있죠."

승인은 센터장이 뭔가를 숨길 가능성에 대해 가만히 따져봤다. 그러다 보면 생각은 어느 순간 다시 화요일 3회차 임종 체험으로 돌아갔다.

체험객들 틈에 섞인 현숙을 발견하자마자 승인은 입안에 비릿한 맛이 감돌았다. 끝맛은 몹시 썼다.

승인이 어렸을 때 현숙은 우유를 사 오면 반을 덜어내고 나머지는 수돗물로 채웠다. 이런 식으로 우유 한 팩의 양을 매번 두 배로 늘렸다. 그러면 일주일 동안 아침마다 승인에게 우유를 건넬 수 있었다. 그전에 분유도 뒤에 적힌 적정량의 반만 타서 먹이곤 했다. 나중에는 주방세제나 간장에까지 물을 타서 양을 불렸다. 샴푸라고 다르지 않았다. 가끔 큰맘 먹고 사이다를 사줄 때도 어김없이 수돗가로 향했다. 인스턴트 크림수프도 가루를 반만 넣어서 끓였다. 저녁쯤 시장에서 떨이로 내놓은 죽을 받아 오면서도 어차피 뜨거워서 못 먹는다며 기어이 물을 들이붓곤 했다. 현숙이 집으로 가져오는 동화책도 죄다 빛바래서 글씨를 읽으려면 눈을 부릅떠야만 했다. 승인은 길가에서 버려진 전집을 기웃거리는 현숙을 발견하면 고개를 돌리고 부랴부랴 돌아섰다.

한때 승인은 허여멀건한 우유가 진짜인 줄 알고 자랐다. 학교에서 급식으로 나온 우유를 한 모금 마시다가 넘기지 못하고 그대로 바닥에 뱉은 건 그 때문이었다. 아이들이 승인을 둘러싸며 한바탕 소란이 일자 선생님이 서둘러 달려왔다.

"왜들 그러니?"

"이거 상했어요."

324

승인은 선생님을 향해 되바라지게 소리쳤다.

유통기한을 확인하고 다른 아이들 우유까지 일일이 마셔본 선생님이 다시 승인을 바라봤다. 순간 승인은 어렴풋이 깨달았다. 이제껏 남들은 자기보다 두 배쯤 더 진한 삶을 살아왔다는 것을. 비누를 여러 번 주무른다고 혼나지도 않았으며 샴푸와 주방세제는 원래 거품이 풍성한 게 맞았다. 사이다를 벌컥벌컥 들이켜면 탄산 때문에 목이 따끔거려야 했고 크림수프는 본디 걸쭉했다. 다들 연필을 여러 자루 갖고 있었고 운동화뿐만 아니라 구두나 샌들이 따로 있는 아이들도 많았다. 어디선가 주워 온 책이 아니라 글씨가 또렷하고 빳빳한 새 책을 사서 읽었고 승인을 빼곤 다들 아버지가 있었다.

도주하지도 벌을 받지도 훨훨 날아가지도 않은 아버지가.

승인은 살면서 쓸데없는 오해를 사거나 잠을 충분히 자도 찌뿌둥할 때면 괜히 현숙을 향해 뭉뚱그려 투정을 부렸다. 이게 다 어릴 때 묽은 우유만 마셔서 그렇다고. 사이다도 죽도 크림수프도 전부. 거기에 흐릿한 글자만 읽었으니까. 그래서 나도 평생 반쯤 희미한 사람으로 살 것 같다고.

그러면 현숙은 못마땅한 듯 돌아앉으며 외치곤 했다.

"인생은 관 뚜껑 닫기 전까진 모르는 거야."

임종 체험관에서 분장할 때마다 승인은 그 말을 떠올렸다. 눈썹을 덧칠하고 라인을 또렷하게 긋고 입술에도 한 번 더 립스틱을 바르면서. 적어도 임종 체험관 안에서 저승사자만큼 또렷한 사람은 없었다.

하지만 그동안 현숙이 점점 희미해졌다는 건 알지 못했다.

현숙을 병원에 데리고 가봐야겠다고 처음 결심한 건 아침에 밍밍한 우유를 건네받았을 때였다. 딱 한 모금만으로도 잊은 줄 알았던 나날이 한꺼번에 떠오르는, 물 탄 우유였다. 대수롭지 않게 여기려고 애쓰던 중 얼마 지나지 않아 집으로 인지기능 검사 안내문이 날아왔다. 승인은 그때 현숙이 한 말을 중얼거렸다.

원래 인생은 모르는 거라고. 아직은…… 모르는…….

분장을 여러 번 덧칠하고 나온 승인은 다시 한번 현숙을 확인했다. 착각한 게 아니었다. 현숙은 아침에 입은 옷차림 그대로였고 복지용구로 받은 미끄럼방지 양말을 신고 있었다. 센터장을 통해 보호사가 추천했다던 물품이었다. 다른 데서 봤으면 양말을 잘 신었다고 칭찬해줘야 마땅했다. 그래야 내일도 투정 부리지 않고 알아서 찾아 신을 것이었다. 하지만 혼자 임종 체험관에 찾아온 현숙을 칭찬해줘야 하는 건지 혼란스러웠다.

승인은 현숙에게 향하면서 수의 끈을 제대로 묶지 못한 체험객을 찾아 매듭을 지어줬다. 이내 현숙 앞에 섰을 때 현숙은 도포를 입은 승인을 제대로 알아보지 못하는 것 같았다. 평소보다 짙은 눈 화장에 입술까지 두껍게 그려서인지도 몰랐다. 여태 승인을 못 알아본 적은 없었는데. 지금이 승인이 불쑥불쑥 두려워했던 그 순간일지도 몰랐다.

그러니까 현숙이 승인에게 당신 누구냐고 물을 날.

승인은 현숙의 얼굴 대신 엉성하게 걸친 수의만 살펴봤다. 한쪽으로 늘어진 끈을 잡아 제대로 묶어야 하는데 계속 엇나갔다. 엉성한 매듭은 현숙이 익살스러운 표정을 지으며 팔을 들어 올리는 것만으로도 풀렸다. 다시 단단하게 묶으려고 할수록 손에 힘이 들어가지 않았다. 그때까지도 현숙은 리모컨을 움켜쥐고 있었다.

"이제 각자의 관으로 들어갑니다."

유영의 목소리에 현숙은 착실하게 몸을 움직였다. 조사관처럼 옆에서 손뼉이라도 쳐주면 신난 얼굴로 흥겹게 들어갈지도 몰랐다. 승인은 관 뚜껑을 덮기 진 누워 있는 현숙을 물끄러미 바라봤다. 이제껏 춤을 추고 욕지거리를 내뱉고 팔뚝을 물던 모습보다 더 낯설게. 그때 맞은편 미연의 시선이 승인을 지나 현숙에게 닿았다. 현숙은 주름이 잡히도록 눈을 꾹 감았다. 승인은 선물 포장에 올릴 꽃을 만들 때 쓰던 주름지보다 더 구김이 많은 얼굴을 오래 마주했다. 순간 번쩍 눈을 뜬 현숙이 승인을 끌어안고 귓가에 속삭였다.

미처 유서에 넣기도 전에 삭아버린 고백처럼.

그느라 현숙의 수의가 또 흐트러졌다. 승인은 서두르지 않고 다시 묶었다. 선물 포장을 연습할 때 봐뒀던 보라인 매듭이었다. 올가미 매듭과는 달리 몸을 조이지 않아 사람을 구조

할 때도 자주 쓰인다던 매듭. 끝에는 주머니에 넣어뒀던 오간디 리본을 꺼내 나비 묶음을 해뒀다. 승인이 자세를 낮춰 현숙을 관 속에 눕힐 때 나비 묶음은 저승사자 도포 위 술띠에 닿았다. 그날도 술띠 끄트머리는 정교한 매화매듭으로 묶여 있었다. 승인은 나비가 꽃 없는 세상에서 헤매지 않고 매화를 찾아와주길 바랐다.

현숙이 눕고 나서도 승인은 관을 완전히 닫지 못했다. 딱 한 뼘쯤 열어두었다. 뭐든 드나들 수 있도록. 빛이든 바람이든 냄새든.

예전에도 그만한 틈이 있었다면 어땠을까. 그러면 평생 열리지 않을지도 모른다는 불안에 시달리며 조마조마하지 않았을지도 몰랐다.

"단단히 동여매. 그게 애 위하는 길이야."

걸쭉한 목소리는 문밖에서 흘러들었다. 올가미 매듭을 묶는 현숙의 손에 잔뜩 힘이 들어갔다. 하지만 이내 허물어지듯 자리에 주저앉았다. 밖에서 들어오는 가느다란 빛줄기가 현숙의 얼굴을 긋고 지나갔다.

"어차피 애들은 어려서 몰라. 나중에 커서 잘해주면 돼. 어?"

그래도 현숙이 가만히 있자 일단 먹고살아야 하지 않겠냐고 다그쳤다.

승인은 지금도 그 방을 생생하게 기억했다. 천장 가까이의 들창에서 희미하게 들어오는 빛으로 가늠하던 날씨와 시간을, 겨우내 들창을 두꺼운 비닐로 막아놓았지만 어디선가 줄기차게 난입하던 한기를, 환기보다 보온이 더 중요했던 시절을, 한쪽 구석에 놓인 스테인리스 요강과 거기에 비친 볼록한 얼굴을, 반대편의 밥상에서 풍기던 짭조름한 냄새와 그 뒤로 거멓게 번진 벽지까지 전부.

생각은 매번 장롱에서 멈췄다.

한쪽 벽을 거의 차지해 뭐든 집어삼킬 것만 같던 장롱이었다. 승인은 늘 장롱에서 멀찌감치 떨어졌지만 밖에서 웅성거리는 소리가 들리거나 굉음이 들이닥치면 안으로 들어가 숨을 죽여야 했다. 비좁고 어두운데 막상 들어가면 무한하게 넓은 것만 같았다. 현숙이 집을 나서기 전 남긴 말 때문일지도 몰랐다.

"넌 혼자가 아니야."

현숙은 넓지도 않은 방 안을 번번이 동동거리며 돌아다녔다. 늘 쫓기는 듯한 표정이었고 밖에서 들려오는 바람 소리에도 민감한 반응을 보였다. 그러다 승인과 눈이 마주치면 뭔가를 훔치다 들킨 사람처럼 화들짝 놀라기도 했다. 목소리까지 몹시 흔들렸다. 동네가 재개발 구역으로 선정된 다음부터 시도 때도 없이 돌아가는 모터 소리에 요란한 마찰음이 뒤섞여 집 안을 파고들었다. 개 짖는 소리 사이사이 함성이 끼어들었고 뾰족한 비명이 길게 이어질 때도 있었다. 어느 순간 창문 사이로 들이닥치는 한기보다 소음이 더 무서웠다.

"절대 밖으로 나가면 안 돼. 알았지?"

현숙이 승인의 어깨를 잡고 흔들면 승인은 저절로 고개를 끄덕이는 꼴이 됐다. 이어지는 현숙의 말은 계속 바뀌었다. 집에서 벗어나는 순간 외계인들이 우르르 몰려와 잡아갈 거라고 했다가 어떤 날에는 삽시간에 땅이 무너지고 지하 세계로 빨려 들어간다고 엄포를 놓았다. 승인에게는 오래전부터 시시해져서 더는 손대지 않는 동화책 속 얘기 같았다. 이제는 글자보다 내용이 더 빛바랜. 차라리 동네에 유괴범이나 산짐승이 들쑤시고 다닌다는 소문이 더 그럴싸했다.

이어지는 목소리는 의문투성이였다. 현숙은 밖에서 누군가 어슬렁거리는 기색이 느껴지면 곧장 소리치라고 했다.

"여기 사람 있어요! 사람! 알았지? 자, 따라 해봐."

"여기…… 사람이…….”

승인은 한 단어씩 힘주어 발음하려고 했지만 잘 안 됐다. 집이라면 당연히 사람이 살 텐데 굳이 외쳐서 알려야 하는 이유를 도통 알 수 없었다. 마치 놀이터에 가서 여기에 그네가 있다거나 슈퍼 안에 아이스크림이 있다고 부르짖는 것처럼 우스꽝스러웠다. 그래도 시킬 때마다 열심히 입을 벌렸다. 조금이라도 망설이는 모습이 보이면 현숙은 다시는 돌아오지 않을 거라고 으름장을 놓았기 때문이다. 외계인도 산짐승도 유괴범도 그보다는 무섭지 않았다.

아침마다 현숙은 승인을 헐렁하게 묶다가 이를 악물고 힘 껏 묶고 다시 느슨하게 풀기를 반복했다. 그동안 승인은 울지 도 않고 고분고분 기다렸다. 울어봐야 소용없다는 걸 깨달았 기 때문이었다. 승인이 바라는 건 하나뿐이었다. 현숙이 서둘 러 나가느라 문을 제대로 닫지 않길. 아니면 너무 세게 닫는 바람에 반동으로 조금이나마 열리길.

다만 한 뼘쯤이라도.

승인은 그 틈으로 마당을 내다보며 얼마간 수월하게 하루 를 보낼 수 있었다. 아주 잠깐 지나가는 참새 떼나 흩날리는 이파리를 세면서. 얼굴에 닿았다가 목덜미를 훑고 지나가는 산들바람도 놓치지 않고.

미연이 제대로 닫히지 않은 관을 보다가 승인을 힐끗댔다.

승인은 현숙이 관 속에서 살짝 열린 틈을 보며 잊지 않기를 바랐다. 곧 관 뚜껑이 열리고 승인이 일으켜줄 거라는 걸. 그 러니까 지금은 죽는 게 아니라 체험일 뿐이라고. 끝내 딸까지 잊고 알아보지 못한다고 해도 살아 있다는 사실만은 절대 잊 지 않았으면 싶었다.

"이제 당신은 죽었……."

승인이 서둘러 유영 쪽으로 시선을 틀었다. 순간 체험객 중 누군가 관 뚜껑이 들썩이도록 두드렸다. 그 소리가 입관 체험실 안에 울리면서 근조 화환까지 흔들리는 듯했다. 현숙이 누운 관에서도 분명한 목소리가 들렸다. 어린 승인이 현숙 앞에서 자주 연습했던 목소리.

"여기! 사람 있어요. 사람!"

승인은 다급히 현숙이 누운 관 쪽으로 향하면서 센터장의 나직한 목소리를 떠올렸다.

사진이나 영상을 찍어두세요. 훨씬 설득력 있죠.

관 뚜껑을 여는 순간 현숙은 난폭하게 달려들지도 몰랐다. 춤까지 출 수도 있었다. 따라 추지 않으면 관을 내려치면서 호통을 칠지도. 비명을 지르며 경중경중 뛰어다니다가 승인의 멱살을 틀어쥐는 건 어떨까. 그 순간이 고스란히 기록에 남으면 5등급을 받는 데에 도움이 될 게 분명했다. 조사관은 승인의 심정을 충분히 헤아리고도 남겠지.

승인이 걸음을 옮기며 핸드폰 카메라를 켜 동영상에 맞추는 사이 유영은 다시 말했다.

"아니, 당신은 이제 다시, 다시 태어났습니다."

소동이 완전히 가라앉기 전 승인은 관 사이를 가로질러 현숙에게 뛰어갔다. 서둘러 관 뚜껑부터 열어젖혔다. 관 뚜껑이 바닥에 떨어지는 소리가 요란하게 울렸다. 그제야 안에 누운 현숙이 환하게 드러났다. 현숙은 눈을 비비며 인상을 썼다.

마치 장롱 안에 갇힌 어린 승인처럼.

강제로 철거가 진행된다고 해도 사람이 있는 집을 함부로 허물 순 없었다. 용역을 발견하고 경계하며 짖어대는 개는 어찌 되어도 문제 삼지 않았지만 사람은 달랐다. 주민들이 다치는 순간 문제는 걷잡을 수 없이 복잡해졌다. 일을 나가느라 비운 집부터 부수는 건 그 때문이었다. 야근이라도 마치고 늦은 밤 귀가하면 집이 반쯤 잘려 나가 있었다. 집터만 덩그러니 남았을 때도 많았다. 그렇다고 일을 그만둔 채 마냥 집 안에만 틀어박혀 있을 수만은 없었다. 문제를 해결하려면 밖에서 대표라도 만나 유리한 방향으로 협상해야 했고 피해자들을 모아 자초지종을 파악한 다음에는 농성을 계획해야 할지도 몰랐다.

그 전까지는 누군가는 집에 남아서 안에 사람이 있다고 확실히 알려야 했다. 그게 재개발 구역 안쪽, 집집에 아이들이 남아 머무는 이유였다. 용역이 빈집인가 싶어 기웃거리면 여기 사람이 있다고 고래고래 소리치는 것. 마지막까지 버틴 집들은 대개 그런 식이었다. 그래서 어디선가 아이가 깰깰거리다가 외치면 메아리처럼 골목골목 울려 퍼졌다. 그러면 맨 끝 집에서도 얄브스름한 목소리가 흘러나왔다.

"여기도! 여기도 사람 있어요!"

어느 순간 남은 아이들에게는 놀이가 되었다.

놀이는 오래 이어지지 않았다. 더는 철거를 지체할 수 없었던 용역은 담장부터 허물고 오래된 나무까지 쓰러뜨리면서 엄중하게 경고했다. 어서 나가지 않으면 결국 다칠 거라고. 확성기 소리는 동네 아이들의 목소리를 남김없이 잡아먹었다.

그날은 굴삭기가 승인이네 집 마당까지 밀고 들어왔다. 문 틈으로 장독대가 빠개지는 것까지 확인한 승인은 부리나케 장롱 안으로 숨었다. 이왕이면 확실히 주의를 주기 위해 굴삭 기가 화단까지 헤집으려는 듯했다. 그때 한쪽 벽을 밀쳤는지 낡은 집이 기우뚱한 순간 방 안의 장롱이 넘어졌다. 문 쪽이 바닥에 닿아 승인은 옴짝달싹할 수 없었다. 얼마 뒤 발걸음 소 리가 점점 멀어졌다.

늦은 밤에야 일을 마치고 집으로 돌아온 현숙은 엉망이 된 집에서 승인부터 찾았다. 분주한 움직임을 느낀 순간 승인은 울음을 터뜨렸다. 어쩌면 계속 사람이 있다고 외치는 건지도 몰랐다. 현숙은 한참을 끙끙거리는 소리를 내더니 겨우 장롱 을 뒤집었다. 관 뚜껑처럼 장롱 문이 열렸을 때 승인은 눈을 비비며 인상을 잔뜩 찌푸렸다. 눈앞에 현숙이 조금씩 윤곽을 잡아가는 걸 확인하고 나서야 목 놓아 울면서 외쳤다. 이번에 는 확성기에도 묻히지 않을 만큼 크게.

"엄마! 엄마! 왜 이제 왔어! 왜!"

입관 체험실의 관에서 나온 현숙이 승인을 보자마자 안겨 울면서 부르짖은 것처럼.

승인은 헤드 마이크 설정을 바꿨다. 나이대와 성별을 맞추 고 가장 부드럽게 조정한 다음 천천히 목소리를 냈다. 너는 겁 도 없이 왜 장롱에 함부로 들어갔냐는 야단 대신, 얼마나 더 엄마를 힘들게 할 거냐는 원망 대신 그때 어린 승인이 꼭 듣고 싶었던 말을.

순간 승인은 녹음된 곡소리가 끝나고 다시 시작하는 지점을 구분할 수 있었다. 곡소리 사이 아주 잠깐의 틈이 있었다. 이제껏 왜 눈치채지 못했는지 의아할 만큼 분명한. 그 틈으로 아까 현숙이 승인을 끌어안고 남긴 말이 떠올랐다.

"우리 애는 어릴 때 아주 오래 갇혀 있었어요. 진짜예요. 그러니까 천천히 데리러 와요. 이거 받고. 응?"

승인은 흘러가는 대로 내버려두는 게 좋을 기억이 뭘지 조금은 알 것도 같았다.

현숙은 수의를 풀어 헤치고 안쪽 주머니에서 고무줄로 꽁꽁 묶은 돈뭉치를 꺼내 승인 손에 쥐어줬다. 보증금이 모자라서 괜찮은 집을 포기해야 했던 순간에도 끝까지 내놓지 않던 돈이었다. 무심결에 돈을 받아 든 승인의 손이 덜덜거렸다. 지금 조사관이 나와 현숙에게 질문한다면 뭐든 엉뚱하게 대답할 것만 같았다. 여기가 어딘지 알지 못하고 간단한 셈도 틀리고 주소와 자기 이름마저 떠듬떠듬. 그리고 지금 눈앞의 사람이 누구냐는 질문에마저도.

승인의 입안에 다시 비릿한 맛이 맴돌았다. 그 끝에 어릴 때 현숙에게 들은 말이 그대로 튀어나왔다.

"혼자가 아니에요."

그때 불현듯 깨달았다.

그 시절 현숙은 물 탄 우유조차 마시지 못했다는 걸. 묽은 죽과 진하지 않은 크림수프와 밍밍한 사이다도 현숙의 몫은 따로 없었다. 이어서 버려진 책 사이에서 그나마 덜 빛바랜, 조금이라도 멀쩡한 책을 고르던 뒷모습까지 생생하게 그려졌다.

그사이 현숙은 늘 쥐고 있던 리모컨을 놓쳐 바닥에 떨어뜨렸다. 그토록 빼앗으려고 했던 리모컨을 주워 든 승인은 그동안 현숙이 연신 눌러댄 버튼이 뭐였는지 쉽게 알아챘다. 손톱 자국으로 글씨는 거의 지워졌지만 확실했다.

'이전' 버튼이었다. 언젠가 원래대로 돌아갈 수 있다고 알려준 버튼.

현숙은 매 순간 그때뿐일지라도 리모컨 신호가 아주 가끔은 먹히기도 한다는 걸 잊지 않고 있었을까. 이제껏 승인은 현숙에게 간절히 신호를 보냈다고 생각했다. 한 번만이라도 받아들여지길 바라면서. 날짜와 계절을 기억해야 한다고. 상한 음식은 먹지 말고 뛰거나 물면 안 된다고. 하지만 그동안 신호를 보낸 건 현숙도 마찬가지였다.

어쩌면 지금도.

승인을 두고 엄마라고 부르는 현숙만큼 확실하게 5등급이 될 만한 증거는 없을 것 같았다. 그때 현숙이 신청서에 또박또박 쓴 이름이 스쳐 갔다. 지금 현숙은 어떤 상태일까. 그새 아까와는 달라졌을까.

그러는 동안에도 승인은 촬영 버튼을 누르지 못했다.

8

돌아오는 봄에는 윤달이 끼어 있었다. 원래 윤달은 덤으로 얻어 탈이 없는 시간이라 해서 미리 수의를 마련해두려는 사람들의 문의가 이어졌다. 수의 판매업체와 연결된 터라 덩달아 수의를 직접 입어볼 수 있는 임종 체험관도 평소보다 더 북적거렸다. 대개 노인을 중심으로 한 가족 단위 체험객들이었다. 그에 맞춰 관장은 매번 새로운 프로그램 운영과 함께 할인 대상이나 체험 과정을 세심하게 조율했다. 거기에 수의 상태도 한 번 더 꼼꼼하게 챙겼다.

하지만 이번 윤달에는 사정이 달랐다.

승인은 수의를 들고 임종 체험관 옥상으로 올라갔다. 수의를 나눠 든 미연과 유영과 가령이 뒤따랐다. 계단을 오를 때마

다 행여 수의가 땅에 끌릴지도 몰라 자주 멈칫했다. 성수기가
지난 휴관일에 맞춰 거풍하러 나선 길이었다. 안개가 짙긴 했
지만 낮부터 서서히 걷힌다는 예보가 있었으니 문제 되진 않
을 듯했다.

매년 이맘때쯤 한나절 말간 햇볕을 쬐며 묵은 습기와 곰팡
내를 걷어내면 축 늘어졌던 수의에도 돌연 생기가 돌았다. 지
하의 입관 체험실에서 1년쯤은 거뜬히 버티고도 남을 만큼 단
단한 생기였다. 그제야 들들 볶아대던 여름 더위도 막바지라
는 게 실감 나곤 했다.

일렬로 줄을 맞춰 널어놓은 수의가 바람에 깃발처럼 나부
꼈다.

임종 체험관 앞을 공연히 어슬렁거리던 관장이 옥상 쪽으
로 눈길을 돌렸다. 관장은 오늘 조회 시간에 마지막 공지를 전
달한 후 덧붙였다. LED 양초에 건전지를 더는 교체할 필요가
없고 근조 화환과 관은 이미 재활용업체에서 가져갔다는 얘
기에 이어서.

"올해는 거풍을 생략해도 될 것 같아."

예정대로라면 원래 미니어처 업체를 통한 납골당 꾸미기
체험 준비와 더불어 연말에 진행될 프로그램 구성을 의논해
야 했다. 올해 마지막 날 관에 들어가서 새해 카운트다운이 끝
난 후 나오는 프로그램이었다.

승인은 아랑곳하지 않고 계획한 거풍 일정을 예정대로 진

행했다. 관장은 뒤에 이어질 목소리를 꾹 눌러 삼켰다. 어차피 수의는 폐기물로 처리되어 다 태워질 테니까. 찜찜해서 가져 간다는 사람도 없어서.

조회를 마치기 전 관장의 시선 끝에 날짜 외에 아무것도 쓰 이지 않은 달력이 잡혔다. 예년 같았으면 단체 예약이 줄을 이 었을 것이었다. 연간 회원에게 보상 계획을 설명하던 미연은 예약 문의가 들어올 때마다 똑같은 사정을 설명하고 사과까 지 하느라 진이 다 빠졌다. 수화기 건너편에서는 날 선 목소리 가 왕왕거렸다. 그러면 이제 어디서 죽어볼 수 있냐며, 뭐 하 나 내 맘대로 되는 게 없다고 툴툴댔다.

임종 체험관을 비워줘야 할 날이 머지않았다. 윤달까지 임 종 체험관 철거는 마무리될 예정이었다.

덤으로 얻어 아무 탈이 없다던 그 시간에.

관상은 조회가 끝나면 매번 한목소리로 외치던 구호도 생 략한 채 자리에서 일어나 출입문 쪽으로 향했다. 오늘은 임종 체험이 아니라 폐관을 준비해야 할 것이었다. 미연은 밖으로 나서던 관장의 혼잣말을 놓치지 않았다. 그건 얼마 전 현주가 미연에게 남긴 말이기도 했다.

"이제 다 끝났어……. 끝났다고!"

현주의 목소리는 미연의 어깨를 지그시 눌렀다. 한빛이 임 종 체험관에 다녀간 다음 날 오전이었다. 미연은 남은 향을 세고 제기 용품점에 추가로 주문한 다음 심야 체험객 명단을 확인하던 참이었다. 현주의 전화를 받기 전 아주 잠깐, 혹시 한빛에게 무슨 일이라도 생겼는지 떠올려봤다. 짐작은 오래 이어지지 못했다.

통화하는 사이 임종 체험관에서 마주친 한빛의 얼굴이 틈틈이 끼어들었다. 반쯤 지워졌거나 지나치게 평안해 보이다가 순식간에 악랄해지고야 말던. 이어서 한빛이 쓴 유서 속 문장까지 두서없이 튀어 올랐다. 그저 곤란한 순간을 벗어나기 위한 위장인 듯도 했고 한편으론 진심을 담은 반성으로도 읽혔다. 어쩌면 정말 용기를 냈을지도 모른다고 여길 만한, 맞춤법에도 어긋나지 않은 올바른 문장들.

미연은 체험이 끝나고 한빛에게 따로 건네준 묘비 모형을 확실히 기억했다. 덧없는 인생을 덮없는 인생으로 잘못 새긴 것과는 달리 실수인 척 정확하게 수정해서 준.

이번 생을 망쳤어

임종 체험관을 벗어나기 전 한빛은 묘비명이 바뀌었다는 걸 눈치챘지만 미연은 끝내 돌아보지 않았다. 다만 끊임없이 중얼거릴 뿐이었다. 너의 생은 망한 게 아니라 네가 망친 거라고. 여태까지 한빛은 불만을 접수하거나 묘비명 수정 작업을 요구하지 않았다.

"내 말 듣고 있어?"

"……응."

미연은 현주에게 대체 어떤 식으로 끝났다는 건지 차마 먼저 묻지 못했다.

"선배 휴학하고 한동안 지방에 머물 거래. 그러면 됐지?"

순간 미연의 손에서 향이 뚝 분질러졌다. 온몸이 알싸하게 달아오르는 듯했다.

그런데 현주는 한빛이 미연의 방까지 찾아왔다는 걸 어떻게 알았을까. 게다가 한빛이 무슨 말을 한 줄 알고 사과와 자책이라고 확신했던 건지 알 수 없었다. 미연의 생각은 한빛이 유서에 쓴 한 문장에 이르렀다. 유일하게 이름이 적힌, 현주에게 전하는 애틋한 문장.

여전히 반듯한 글씨였다. 관 속에 누운 사람처럼.

미연은 유서를 본 가령이 그 문장에 빨간 줄을 죽죽 그어주길 바랐다. 완전히 틀렸다고. 지금 이 자리에 어울리지 않을 뿐만 아니라 누군가에게 심각한 상처로 이어질 수 있어 유서로는 적합하지 않다고 말해주길.

이제 와 돌이켜보면 한빛이 쓴 모든 문장은 미연이 읽을 걸 뻔히 알고 쓴 것 같았다.

"그러니까 너도 이제 좀 그만…….'

"어디로? 어디로 내려간다고 했어?"

"……H군."

한빛이 엄마의 식당에 들르겠다고 한 건 빈말이 아니었을까. 가서 무슨 얘기를 어떻게 전하려고.

미연은 임종 체험 뒤 한빛이 남긴 후기를 다시 떠올렸다. 후기는 읽을 때마다 매번 다른 의미로 다가왔다. 한 번은 미연에게 넌 결국 용서하고 넘어갈 수밖에 없을 거라고 예언하는 듯했고 어떨 때는 지독한 겁박이나 흔들리지 않을 결심으로도 읽혔다.

죽는다고 생각하면 세상에 못 할 일이 없다.

관장은 이 문구를 내년부터 체험객을 모집하는 광고에 적극적으로 활용할 계획이었다. 이제는 다 부질없는 일이 되었지만.

한빛은 정말 용기를 얻었을지도 몰랐다. 미연의 생각과는 다른. 어쩌면 관장이 임종 체험관을 통해 사람들이 꼭 얻었으면 했던, 그 용기를…….

"근데 너 내가 준 초대권은 아직 갖고 있어?"

"그거? 선배 줬지."

미연은 안내 데스크에서 일어나 입술을 깨물었다. 가면을 여러 개 겹쳐 쓴 것처럼 갑갑했다. 이유를 묻기도 전에 현주는 말을 이었다.

"선배 아직 체험 보고서 못 썼거든."

"내가 여기서 일한다는 것도 얘기했어?"

현주는 한동안 말이 없었다. 헛기침을 몇 번 내뱉더니 성긴 숨만 몰아쉴 뿐이었다.

방문객이 찾는 사람이 한빛이었다면 그 시각 한빛은 정말 용기를 낸 것일지도 몰랐다. 그때 다음 회차 체험을 예약한 단체가 예정보다 일찍 도착해 몰려들었다. 서둘러 전화를 끊은 미연은 평소처럼 인솔자를 통해 예약 인원부터 확인했다.

단 한 사람도 오늘의 임종 체험에서 벗어나지 않도록.

예정보다 일찍 도착한 사업 책임자는 안내 데스크를 기웃댔다. 한눈에도 영 탐탁잖은 표정이었다. 한창 진행 중이던 사업이 성과를 분석하기도 전에 어그러질 위기에 놓였기 때문이었다.

그동안 사업 책임자는 다양한 사례를 충분히 수집하면서 정신 건강관리센터를 중심으로 한 구역별 상담센터 개설과 함께 자살 예방 교육에 이어 인식 개선 사업까지 힘써왔지만 결과는 죄다 신통찮았다. 매번 인구 감소에 대한 근본적인 해결책을 제시해달라는 요구에 시달려야만 했다. 이러다간 정말 이 지역이 없어지고야 말 거라고. 임종 체험관에 기대를 걸었던 것은 그 때문이었다. 이번만큼은 수치상의 변화가 뚜렷하게 나타나야만 했다.

이어서 관리인에게 받은 보고서를 토대로 무연고자의 리본 단지 입주를 의무화하고 거주 중 결혼과 출산을 한 이들에게는 더 많은 혜택을 주는 쪽으로 비중 있게 검토했다. 최근에는 입주자 자격요건에 효과를 기대할 수 없는 이들을 제외하고 자살 고위험군은 따로 선별해 관리하는 방향을 고심하던 참이었다. 건강검진 결과에 정신 건강도 포함해서 제출하는 방향으로. 리본 단지 내 고독사 사고 중 일부가 자살로 밝혀졌기 때문이었다.

조회를 마치고 나오던 관장은 사업 책임자를 알아보곤 고개를 까딱했다. 걸음을 서두르는 사이 사업 책임자가 턱짓을 한 뒤 먼저 관장실 쪽으로 향했다. 그러며 상담센터 서류에서 훑어본 구성원들을 하나하나 흘금거렸다. 그중 누구와도 눈이 마주치진 않았다. 겉으로만 봐선 별다른 문제를 찾을 수 없었다.

그건 관장도 마찬가지였다.

처음 관장을 만났을 때만 해도 다른 사람과 구별되는 특징을 쉽게 찾아볼 수 있을 거라고 생각했다. 하지만 관장은 어디서나 흔하게 마주칠 수 있는 사람이었다. 길거리에서 여러 차례 지나친다고 해도 딱히 기억에 남지 않을 듯했다. 그러자 한때 이 지역의 모든 사람이 자살 고위험군인 것처럼 느껴졌다. 그건 사업 책임자가 느끼는 어려움 중 하나였다.

"들어오시죠."

관장이 비켜서자 사업 책임자는 아랫입술을 깨물며 들어갔다. 안에서 날카로운 냉기가 흘러나오는 듯했다. 이미 아주 오랫동안 비었던 방처럼.

어느새 구성원들은 보이지 않았다.

사업 책임자의 시선이 구호가 적힌 액자에 닿았다가 곧 흩어졌다. 임종 체험관 개관 전 관장실에서 관장과 마주했을 때만 해도 긍정적인 효과와 지역사회의 발전만 입에 담았다. 그 중심에는 자살률 감소가 있었다. 이어서 빈 건물 활용이나 일자리 해결과 함께 고독사 예방까지. 시행착오에 따른 사소한 문제를 완전히 배제한 것은 아니지만 적어도 오늘과 같은 결과를 예측하진 못했다. 난관마다 슬기롭게 극복해오던 임종 체험관이 결국 재개발로 무너지게 될 줄은.

"일이 이렇게 돼서 유감입니다."

사업 책임자는 기획서와 함께 어젯밤까지 작성 중이던 성과보고서를 테이블에 내려놓으며 소파 깊숙이 들어앉았다. 성과보고서는 관장과의 면담 후에 완벽히 마무리 지을 작정인 듯했다. 결론에서 그동안 임종 체험관을 운영한 관장의 의견은 꽤 중요했다. 사업 책임자가 팔짱을 끼면서 다리를 꼬는 바람에 서류 일부가 바닥에 떨어졌다. 관장은 허리를 숙인 채 흩어진 서류를 챙겼다.

지역 내 인구 감소 원인 중 하나로 자살이 대두되면서 시급히 자살 예방 사업이 진행되었다. 그에 따라 기획된 임종 체험관은 지지부진하다가 지역 곳곳에 흉물로 방치된 빈 건물을 활용하는 쪽으로 의견이 모이면서 한껏 탄력이 붙었다. 현장 운영 인력을 고용하는 과정에서 지역 경제 활성화까지 기대해 볼 수 있었다. 정신 건강관리센터를 통해 자살 위험군으로 선정된 주민 중 일자리 지원센터에 지원서를 넣은 사람을 중심으로 구성하면서 임종 체험관의 의미는 더 단단해졌다. 그 때문인지 리본 단지만큼이나 주민들의 호응도 나쁘지 않았다.

물론 내 집 근처에 들어서지만 않는다면.

그동안 지자체에서는 데이터를 기반으로 위기 상황에 놓인 이들에게 자가검진 및 가까운 상담센터 이용을 적극 권유해 왔다. 본인뿐만 아니라 기관이나 주변 사람들의 추천으로도 가능해 더욱 촘촘한 관리 체계를 구축하고자 애썼다. 임종 체험관이 문을 연 이후 때에 따라 초대권을 발급하기도 했다. 이 과정에서 수상한 체험객이 발견되었을 때는 전문가와 실무자의 충분한 논의를 거쳐 집중 관리 대상자 선정을 고민해볼 수 있었다. 이를 통해 사업 책임자는 확실한 자살률 감소를 예상했다. 기획서 마지막 장에 적힌 기대 효과는 분명했다.

성과보고서는 어떨지 알 수 없지만.

서류를 집던 관장은 중간에 들어간 목록을 눈여겨봤다. 자살 위험 상황 예시와 실제 사례를 일목요연하게 정리한 목록이었다.

마지막 예시에서 오랫동안 눈길이 머물렀다.

연이은 사업 실패

　사업 책임자가 힐끔거렸지만 고개를 숙인 탓에 관장의 얼굴은 보이지 않았다.

　관장은 사업 책임자가 신설될 기관의 운영자 모집 소식을 전해준 이유를 알았다. 사업 책임자를 처음 만난 건 월교를 몇 차례 오가며 망설이던 순간 수상한 낌새를 느낀 주민에게 제지를 받았던 날이었다. 그때 사업 책임자는 전문가와 상의한 끝에 정신 건강관리센터에서 정기 심층 상담을 마치고 나온 관장에게 곧 시작될 일 하나만 맡아달라고 간곡히 부탁했다. 아마 잘해낼 거라고. 누구보다 적임자라고. 관장이 선뜻 대답을 내놓지 않자 목소리를 키웠다.

　죽고 싶은 이유가 수천 가지라도 살 이유가 하나라도 있으면 일단 살아야 하지 않겠어요.

　임종 체험관을 운영하는 동안 관장은 틈틈이 월교를 건너오는 사람들을 바라봤다. 그들 중 누가 임종 체험관에 들어설지 가늠해보면서. 한동안 심상한 시선을 던지다 보면 어느새 예전에 월교를 서성이던 자신과 똑바로 마주하곤 했다. 그 순간 핏기가 가신 얼굴로 몸서리를 쳤다. 그제야 다시 다음 회차 체험객을 맞이할 여력이 생겼다.

　"운영 기간 중 수상해 보이는 체험객은 좀 있었습니까?"

　"글쎄요. 잘은 모르지만 확실한 건……."

관장은 일어서서 창가로 다가갔다. 아침까지만 해도 안개 속에 갇혔던 월교가 반쯤 모습을 드러냈다. 월교 위에서 누군가 몸을 움츠린 채 걸음을 재촉하는 듯했다. 뒤에 몇 사람 더 있는 것도 같았지만 안개 속 윤곽만으로는 확신할 수 없었다. 예보대로 곧 안개는 완전히 걷힐 것이었다.

수상한 체험객은 임종 체험관 밖에도 많았다.

"여기 오는 사람들은 다 잘 살아보려고 왔다는 거예요."

이 말이 성과보고서에 어떤 영향을 미칠지는 알 수 없었다. 이어지는 한숨으로 창에 뿌옇게 김이 서렸다가 천천히 사라졌다.

"결국 임종 체험관은 실패인가요?"

관장의 질문에 사업 책임자는 자세만 바꿀 뿐 한동안 아무 말도 없었다. 이어지는 목소리는 담담하기만 했다. 관장은 사업 책임자 옆에 바짝 붙어 앉으며 물었다.

"재개관은 영 어려운 거죠?"

"성과도 있어서 다각도로 검토 중입니다만 아무래도……."

잠시 말이 끊기면서 관장실 안에 무거운 침묵이 감돌았다. 사업 책임자는 다시 성과보고서를 훑어봤다. 늦어도 이번 주 안에는 끝내야 했다. 그에 따라 이후 사업계획도 달라질 것이었다.

어떻게든 지역 소멸을 막기 위한.

"구성원들의 근태는 어땠습니까? 최근에 문제를 일으키진 않았고요? 보고서를 검토한 상담센터에서는 많이 나아지긴 했지만 계속 주의 깊게 지켜봐야 한다던데."

"문제라면…… 어떤?"

관장은 방문객이 돌아간 이후를 떠올렸다.

삶은 달걀을 받은 방문객은 아무 말도 없이 밖으로 나섰다. 처음 들어설 때와는 사뭇 다른 태도였다. 그새 폭우가 뚝 그치고 임종 체험관 앞에는 가느다란 빛줄기가 군데군데 떨어지고 있었다. 방문객은 물웅덩이 사이로 부지런히 걸어 나갔다. 누가 한쪽으로 끊임없이 밀치는 것처럼 흐트러지는 걸음걸이는 여전했다. 체험 동기에 쓴 것처럼 이제 왜 그랬는지 깨달았을지도 몰랐다. 어쩌면 더는 의미가 없어진 것일지도.

관장은 구성원들이 화요일 3회차 임종 체험에서 누굴 수상한 체험객으로 생각한 건지 끝내 알 수 없었다. 다만 그날 이후 다들 어딘지 모르게 조금씩 달라진 것 같았다. 유영의 갑작스러운 휴가 요청도 그중 하나였다. 휴가 사유는 내내 께름칙하기만 했다. 지난 에스컬레이터 사고와 관련된 것일지도 몰랐다. 관장은 사업 책임자가 자리에서 일어나 관장실 밖으로 나설 때까지 이 말을 꺼내야 할지 망설였다. 어쩌면 유영은 집중 관리 대상자에 오를지도 몰랐다.

사업 책임자는 그동안 상담을 진행한 선생님까지 만나려면 서둘러야 한다고 말했다.

"정리할 게 많을 텐데 나오실 필요 없습니다."

"폐관 전에 한번 체험해보셨으면 좋았을걸 그랬네요."

"제가 임종 체험을요? 왜요?"

"살아 있는 사람이라면 누구나 체험 대상자니까요."

관장은 사업 책임자를 배웅하면서 불을 끄고 나간다는 게 일괄 소등 스위치를 잘못 눌렀다.

휴가를 받아 추모의 집에 도착한 유영은 문을 유심히 바라봤다. 군데군데 녹슨 철문은 예전보다 더 육중하고 두꺼워진 듯했다. 꼭 임종 체험관에서 저승으로 들어가는 문처럼. 문은 서두르지 않고 느긋하게 열렸다.

문이 열리는 건 유골함이 드나들 때를 제외하면 1년에 무연고자 합동 추모제가 있는 하루뿐이었다. 추모객은 그날에 맞춰 매년 한자리에 모이는 눈치였다. 유영은 입구에서 걸음을 늦추고 머뭇거렸다. 잿빛 봉안당은 여전히 잡화를 쌓아두는 창고나 임시로 만든 집처럼 보였다. 딱히 장식이랄 것도 없이 최소한으로만 지은 것 같았다. 간소한 제단이나마 차려지지 않았다면 모르고 지나치기 일쑤였다. 게다가 한쪽 구석에 난 샛길로 한참 들어선 자리에 위치해 초행길이라면 헤맬 수밖에 없었다. 유영은 동기의 장례식 날을 더듬거리며 겨우 추모제에 늦지 않을 수 있었다.

아침 일찍부터 추모객들이 봉안당 근처를 서성였다. 얼핏 그림자와 뒤섞여 벽면이 검푸르게 그을린 듯 보였다. 마치 연립에 퍼진 곰팡이 자국처럼. 많은 사람에 비해 오가는 목소리는 거의 없었다. 길게 늘어진 숨소리나 짧은 한탄을 주고받을 뿐이었다.

추모제가 시작되자 다들 쭈뼛거리다가 제단 앞에 마련된 간이의자에 구부정하게 앉았다. 유영은 뒤쪽에 멀리 떨어진 간이의자 하나를 끌어와 앉았다. 그 바람에 바닥에서 흙먼지가 뿌옇게 일었다가 차츰 가라앉았다. 가까이에서 보니 임종 체험관 대기실에 놓인 것과 같은 간이의자였다. 언젠가 기종이 연립으로 가져오기도 한. 밖에서 함부로 다룬 탓인지 서로 다른 쪽 다리가 깨져나간, 넘어지지 않으려면 내내 긴장해야 했던.

유영은 멀쩡한 간이의자에 앉아서도 빌을 빈는 듯한 지세였다. 누가 건들면 그 자리에서 무너질 것만 같았다. 함께 연립에 살 때처럼 맞은편에 기종이 위태롭게 앉아 있는 듯했다. 어쩌면 햇빛이 비치는 자리에 옮겨 앉아 오늘 맡은 역할을 알려줄지도 몰랐다. 이번에는 시선이 엇갈리지 않도록 유영은 다리에 힘을 쏟았다.

"일동, 묵념."

사회자의 목소리에 유영은 고개를 숙이다가 주변을 휘둘러봤다. 맨 앞에 앉은 노파는 어깨를 달싹거리며 흐느꼈다. 근처를 얼쩡거리는 무리도 보였다. 개중에는 돌아서서 담배 연기만 허공으로 내뿜거나 연신 마른세수만 하는 이도 있었다. 몇몇은 이미 여러 해 마주쳤는지 무심한 눈짓을 나눴다. 대개는 선뜻 다가가 살가운 인사까지 주고받진 않았다.

그때 뒤편에서 속살거리는 소리가 몰려왔다. 지금 같으면 장사법이 개정돼서 누구든 원하면 나서서 장례를 치를 수도 있지 않냐고. 그러니 허망하게 보내지 않아도 될지 모른다고.

유영은 헌화를 하기 위해 신발을 벗고 은빛 돗자리 위에 올라섰다. 순간 반사된 햇빛에 시야가 가려져 엉거주춤하게 섰다. 기종의 부드럽게 흔들리는 속눈썹과 오뚝한 콧대와 입가에 머물던 가느다란 웃음이 떠올랐다. 그때처럼 기종의 목소리가 머릿속을 제멋대로 헤집고 돌아다녔다. 어느새 유영 곁에 기종이 바짝 붙어 선 듯했다. 균형을 잡지 못하고 쓰러지기 전에 부축할 수 있도록. 기종이 작은 목소리라도 내면 큼직하게 울릴 것이었다. 하지만 손으로 허공을 휘저어봐도 잡히는 건 아무것도 없었다.

추모제가 끝나고 유영은 무리에서 느릿느릿 한 걸음씩 뗐다. 걸음마다 기종을 떠올리느라 유영의 움직임은 몹시 굼떴다. 하지만 아무도 지칫거리는 유영을 나무라거나 앞지르지 않았다. 그저 묵묵히 뒤따를 뿐이었다.

길게 이어지던 마찰음 끝에 추모의 집 문이 완전히 열렸다.

바깥을 어슬렁거리던 햇빛이 안으로 깊숙이 파고들었다. 서서히 유골함이 드러나자 나지막한 울음이 여러 겹으로 번졌다. 흐느끼는 소리 위에, 안쪽에 고였던 울분도 터져 나와 슬쩍 포개지는 듯했다. 불이 켜지면서 잔잔하던 봉안당 내부에 묘한 활기가 맴돌더니 어느새 묵은 공기가 우르르 몰려나왔다. 그제야 추모객들은 저마다 겨우 이름을 외쳤다. 처음인 듯 떠듬떠듬 입에 올리다가 결국 목청껏 울부짖었다. 온몸이 뒤흔들리도록.

유영은 연도별로 나눠진 캐비닛 사이를 헤매다가 겨우 동기 이름을 발견했다. 한때 거의 매일 부르던 날들이 무색하게 유골함에 적힌 이름은 생경하기만 했다. 유골함에는 봉안 종료일이 선명하게 박혀 있었다. 예전보다 조금 빛바랜 듯도 싶었지만 못 알아볼 정도는 아니었다. 날짜는 너무 멀게 느껴졌지만 어느 순간 성큼 다가오고야 말 계절이라는 걸 모르지 않았다. 유영이 동기가 안치된 추모의 집에 다시 찾아오기까지 걸린 시간만큼.

동기 옆으로 그새 새로 들어온 유골함이 빼곡하게 들어찼다. 끄트머리에는 어둠뿐이라 몇 개나 더 있는지 가늠할 수 없었다. 다만 동기가 조금씩 봉안당 출구 쪽으로 밀려난다는 건 알 수 있었다.

장례식 날 유영이 서툴게 묶었던 매듭은 아직 풀리지 않은 채 그대로였다. 이제야 유영은 방에 견고한 문을 달아주듯 단단한 매듭을 지어줄 수 있었다. 임종 체험관에서 승인에게 배운 대로. 어디로든 훨훨 날아갈 수 있는 나비매듭을.

"편히 쉬시도록 이제 그만들 나갑시다."

바깥에서 흘러드는 목소리가 추모의 집 안에 우렁우렁 울렸다.

뒤로 물러서다가 돌아서던 유영은 캐비닛 아래 칸에 뚜껑이 열린 채 옆으로 쓰러진 유골함을 발견했다. 연번은 매겨지지 않았고 사망자명도 사망 날짜도 모두 빈 채였다. 유골함을 감싸야 할 보자기는 바닥에 넓게 펼쳐져 있었다. 유영은 쪼그려 앉아 자세를 낮추고 유골함을 들어 올렸다. 생각보다 가뿐한 듯했지만 일순 온몸이 짓눌려 다리마저 풀렸다. 고개를 숙여 안쪽을 들여다보니 뭔가 든 것 같았다. 유영의 그림자 때문에 자세히 보이지 않아 그나마 환한 쪽으로 자리를 옮겼다. 그제야 유골함 안쪽에 희미한 빛이 한 걸음씩 들어섰다. 안에 든 건 뼛가루가 아니었다.

까슬까슬한 갈색 털이 분명하게 만져지는 키위였다…….

그제야 유영은 그동안 키위가 자리했던 마음속 상자가 실은 아무것도 쓰이지 않은 유골함이었다는 걸 깨달았다. 아직 주인은 없지만 누구라도 당장 주인이 될 수 있는, 빈 유골함.

순간 쿵, 봉안당 출입문이 굳게 닫혔다. 추모의 집은 삽시간에 암흑으로 빼곡하게 둘러싸였다. 일순 바닥이 끝도 없이 내려앉았다. 밖에서 웅성거리던 목소리가 점점 아득해졌다. 그날 모였던 추모객들은 입을 모아 유영이 갇힌 건 아주 잠깐이었을 뿐이라고 했지만 유영은 유골함 사이에 남은 생을 한 줌쯤 덜어내고서야 겨우 빠져나온 듯했다.

에스컬레이터 사고가 있던 날처럼.

에스컬레이터는 오랫동안 운행이 중지되어 쇼핑몰 이용객들의 불만이 끊이지 않았다. 그때마다 고객센터에서는 부품을 수입해 국내로 들여오는 데에 충분한 시간과 정해진 절차가 필요하다는 말만 반복할 뿐이었다. 얼마 지나지 않아 쇼핑몰은 아예 문까지 닫고 에스컬레이터를 수리하는 김에 미뤄온 리모델링까지 진행했다. 그 과정에서 운영 방식과 구조까지 변경되었다. 일방적인 통보에 항의가 이어진 듯했지만 쇼핑몰 측에서는 이미 오래전부터 추진된 내용이라고 일축했다. 사고 전에 통보가 끝난 구역도 많다고.

쇼핑몰 재개장에 맞춰 수리를 마친 에스컬레이터는 사고 이전보다 속도를 대폭 줄였다. 쇼핑몰에서는 정기 안전 점검도 월 1회에서 2회로 늘렸고 주기적인 안전사고 예방 교육까지 약속했다. 사방에 이용자 안전 수칙도 나붙었다.

황색 안전선 안에 발을 놓습니다.
손잡이를 반드시 잡습니다.

유영은 안전 수칙을 지키지 않아 생긴 사고가 아니라는 걸 알면서도 그중 기종과 함께였을 때 어긴 게 무엇일지 따져봤다. 어쩌면 정해진 안전선을 알면서도 내내 바깥에만 있었던 것일지도 몰랐고 부주의하게 손을 놓았을 수도 있었다.

안전 수칙을 모두 지켰다면 적어도 사고 이후의 상황은 조금 달랐을까.

문득 최근 상담센터에서 선생님이 유영에게 한 질문이 떠올랐다. 이제 병원 동행 안심 서비스가 시행되어서 검사할 때 보호자가 필요하면 누구나 이용 가능했지만 내심 꺼려진다는 얘기를 나눈 다음이었다.

"그런데 가장 싫어하는 과일이 키위 맞아요?"

유영은 영문을 모르겠다는 듯 선생님을 바라봤다. 선생님은 고개를 기울이며 아주 엷은 미소를 띠었다. 눈여겨보지 않으면 지나칠 만큼 엷은.

"싫어하는 건 알레르기일 뿐 사실 키위는 좋아할 수도 있죠."

그때 유영 앞으로 쇼핑몰 안내 로봇이 지나갔다. 그러고 보니 새로 문을 연 쇼핑몰에는 안내원이 사라졌다. 유영은 또 사라진 것들이 있는지 가만히 따져봤다.

안내 로봇은 질문을 입력하면 잘못 알아듣거나 더러 엉뚱한 대답을 내놓기도 했지만 그래도 정확하게 안내할 때가 더 많았다. 쇼핑몰 측에서는 앞으로 지속적인 업데이트를 통해 시스템을 꾸준히 개선해나갈 것을 약속했다.

그러니 현재보다 더 나아질 미래를 지켜봐달라고.

이제 쇼핑몰에서는 청소뿐만 아니라 간단한 기계조작이나 운반까지 모두 인간 대신 로봇이 나선다고 했다. 문득 유영은 지금쯤 기종이 누구를 대신하는 중일지 궁금해졌다. 그중 누군가의 보호자는 아니었으면 좋겠다고 생각했다.

유영이 임종 체험관에서 단둘이 마주했을 때만큼은 기종이 누군가를 대신하는 사람처럼 보이지 않았다. 유영은 마지막으로 빈소에서 빠져나온 기종을 대기실과 통하는 복도 대신 반대 방향으로 이끌었다. 그 끝은 다시 입관 체험실로 통했다.

둘은 관 하나를 사이에 두고 마주 섰다. 그사이 다른 체험객들은 밖에서 달걀을 받는 중일 것이었다. 부활의 의미를 되새기면서. 어쩌면 남은 달걀로 기종이 아직 임종 체험관 안에 있다는 걸 곧 눈치챌지도 몰랐다. 유영은 가면을 고쳐 쓰고 목소리 변조까지 확인한 다음 입을 열었다.

"……기념품이에요. 받으세요."

유영은 아까 찍은 기종의 영정 사진을 건넸다. 따뜻하고 편안한 단색을 배경으로 한 영정 사진에는 여러 번 촬영한 끝에 얻을 수 있었던 표정이 담겼다. 누군가를 대신해 임시로 웃는 얼굴이 아닌 오로지 기종만의 표정이. 연간 회원에게만 제공되는 고화질 영정 사진은 고급 액자에 넣어 검은 띠를 둘렀다. 그래서 당장 장례식에 쓰인다고 해도 손색없을 것처럼 보였다. 이제껏 유영은 먼 훗날 기종의 장례식에 적어도 영정 사진이 비게 두고 싶진 않았다. 동기 때와는 달리 근사하고 쓸 만한 사진으로 준비할 생각이었다.

다시 기종의 장례 주관자가 될 수 없다고 해도.

영정 사진을 한참 들여다보던 기종은 유영을 향해 떠듬떠듬 목소리를 냈다. 꼭 연립에서 아랫입술을 깨물며 식탁을 조립하기 직전의 얼굴이었다. 돌이켜보면 기종은 유영을 처음부터 알아본 듯했다. 공영 장례식에서 한 번 봤던 유영을 병원 대기실에서도 알아본 것처럼.

기종이 조립하다 만 식탁은 흔들리는 채로 한동안 연립에 남아 있었다. 나중에야 유영은 기종이 떠난 자리를 서성이다가 한쪽 구석에서 구겨진 조립 설명서를 발견했다. 유영이 관장으로부터 받은 임종 체험 초대권이 사라진 것도 그때쯤 알게 되었다.

설명서를 보고 나서야 식탁이 완벽하게 조립될 수 없었던 이유를 깨달았다. 한쪽 나사를 완전히 조이면 반대 구멍을 맞추기가 어려웠다. 고정은 되어 있지만 충분히 움직일 수 있도록 느슨한, 그러니까 반조립 상태여야 했다. 그다음 반대쪽까지 정확히 맞물렸을 때 힘껏 조여주면 식탁은 건들거리지 않았다. 설명서대로 조립을 마친 식탁은 유영의 우려와는 달리 균형도 잘 맞고 제법 탄탄해 보이기까지 했다. 아주 오랫동안 쓸 수 있을 것처럼. 나중에 유영이 기종을 다시 만날 때까지도.

어쩌면 그 시절 유영과 기종에게는 반조립 상태가 필요했던 것일지도 몰랐다.

임종 체험관이 문을 닫으면 유영은 영정 사진 촬영실의 간이 의자 두 개를 연립으로 가져올 생각이었다. 흠집이나 부러진 데 없이 멀쩡한 의자를. 의자에 마주 보고 앉으면 발끝에 힘을 주지 않아도 시선이 어긋날 일은 없을 듯했다. 그 자리에서 유영은 기종을 노인이 될 때까지 아주 오랫동안 온전히 남기고 싶었다. 낮에 햇빛이 닿아 맴도는 온기를 분명히 짐작하면서.

유영은 관을 사이에 두고 영정 사진을 받아 든 기종이 한 말을 기억했다.

"당신 영정 사진은 누가 찍어주죠?"

순간 문이 닫히는 소리에 이어 사방을 막고 있던 두터운 암막 커튼이 들썩였다. 커튼이 벌어진 틈새로 햇빛이 들어와 바닥에 길게 누웠다. 아주 연약한 빛이었지만 어둠 사이에서는 제법 선명하게 도드라졌다. 그림자가 비로소 길게 누웠다. 햇빛은 점점 자리를 넓혀갔다.

마치 뚜껑이 열린 관 속처럼.

가면 뒤에서 유영은 눈가에 남은 흉터가 보이지 않을 만큼 히죽 웃었다. 체험객들에게 웃으라는 말 대신 전했던 웃음보다 더 활짝. 기종은 유영의 웃음을 알아본 듯 그대로 흡수했다. 그제야 유영은 영정 사진으로 남기고 싶었던 기종의 표정을 확실히 알 것 같았다.

유영은 언젠가 미연이 임종 체험을 하러 온 아이들에게 했던 말이 떠올랐다. 임종 체험관에서 장래는 없다는. 유영의 핸드폰에 기종은 여전히 장례가 아닌 장래로 저장되어 있었다. 기종은 어떨지 알 수 없었다. 다만 유영은 평소 떠올리던 영정의 다른 의미를 가만히 되뇔 뿐이었다.

유영은 임종 체험관에서 처음 영정 사진을 찍던 순간이 떠올랐다. 개관을 며칠 앞두고 시설을 점검하면서 체험 과정을 하나하나 따라가던 날이었다. 복도를 지나 촬영실을 거쳐 강당과 입관 체험실을 통과해 빈소까지 이르는 길이 국경을 건너는 여정처럼 멀게만 느껴졌다. 앞서 오리엔테이션을 통해 각자 맡을 역할을 전달받았지만 어쩐지 다들 남의 일인 듯 내내 머릿속에서 겉돌았다.

저승으로 들어가는 문에서부터 구성원들이 움직이지 않자 관장은 큼큼거리다가 목소리를 높였다.

"먼저 죽어봐야 앞으로 체험객들을 제대로 맞이하지 않겠어?"

그제야 지칫거리며 조금씩 앞으로 나섰다.

유골함이 늘어선 복도를 지나 들어선 촬영실은 예상보다 더 협소했고 조명도 허술하기 짝이 없었다. 그래도 작업하기에 큰 무리가 되진 않을 듯했다. 앞으로 나선 관장은 여기선 진짜 죽는 게 아니니까 부담 가질 필요 없다고 한 번 더 강조했다. 그 말에 유영은 겨우 카메라를 들 수 있었다. 무거워서 저절로 손에 힘이 들어가는 카메라였다. 몸에 익으려면 시간이 필요할 듯싶었다. 그때쯤 미연이 어기적거리며 카메라 앞에 섰다. 그렇다고 영정 사진을 찍는다는 꺼림칙함이 완전히 사라진 것은 아니었다.

유영이 보기에 간이의자에 비스듬히 앉은 미연은 여전히 어딘가를 헤매는 듯한 표정이었다.

앞으로 미연은 신청 대상과 시간에 따라 조금씩 조정될 수도 있는 체험 순서를 완벽하게 외우고 임종 체험 중에 체험객들이 줄에서 이탈하지 않게끔 정확히 안내해야 했다. 동선이 엉켜 유서를 쓰지 않은 채 관에 들어가거나 영정 사진을 건너뛰고 불쑥 빈소부터 들어서는 일이 있어선 안 됐다. 사전 예약을 받고 아침마다 그날의 체험객 명단을 확인하는 동시에 시간 배분에도 신경 써야 했다.

그날 미연은 관장에게 들은 말을 잊지 않으려고 애쓰는 듯 되뇌었다. 단 한 사람도 임종에서 벗어나지 않도록.

정확히는 가짜 임종에서.

그래도 미연은 한동안 임종 체험관에서 길을 잃었다. 대기실에서 곧장 입관 체험실로 들어서기도 했고 빈소에서 유골함이 늘어선 복도로 잘못 들어가는 바람에 슬금슬금 뒷걸음질 칠 때도 잦았다. 때로는 같은 자리를 계속 맴도는 듯한 착각에서 빠져나오지 못하는 것처럼 보였다. 아무래도 어딜 가나 몹시 어두운 탓일 터였다. 앞장서 나가던 관장은 불을 켰다가 끄길 반복하면서 장애물이나 방향을 잘 알아두라고 힘주어 말했다. 확실히 외웠다고 자신했지만 불이 꺼지는 순간 머릿속에서 싹 사라지면서 미연은 또 넘어졌다. 눈을 부릅떠봐도 소용없었다. 그때만 해도 미연이 완벽히 적응하기까지는 꽤 오랜 시간이 필요할 듯했다.

유영은 미연을 카메라에 담고 나서 이대로 인화할지 아니면 다시 찍어야 할지 망설였다. 가령과 승인의 결과물도 다르지 않았다. 영정 사진으로 적절한지 도통 가늠할 수 없었기 때문이다. 선생님을 통해 연락을 준 관장은 여기 와서 간단한 촬영만 해주면 된다고 했다. 사진을 전공하긴 했지만 중간에 그만둔 유영이 어떤 작업이냐고 물었을 때 관장은 생각에 잠긴 듯 머뭇거리다가 입을 열었다.

"지금 그 자리에 잘 있는지 확인하는 작업이랄까."

그건 유영이 사진을 찍으면서 늘 하는 일이었다.

영정 사진 속 미연은 편의점에서 명함을 건네며 관장이 요구한 표정 그대로였다. 딱 지금처럼만 있어주면 된다고, 여기선 그게 일을 잘하는 거라고 했던 그 표정. 유영은 결과물을 한참 들여다봤다. 개관 이후에도 영정 사진에 어울리는 표정을 잡아내지 못해 갈팡질팡할 것 같았다.

관장이 사업 책임자와 얘기를 나누는 동안 다들 저승으로 들어가는 문을 열고 안으로 들어섰다. 관장의 마지막 지시 때문이었다. 얼마 전까지만 해도 하루에 몇 번씩 들락날락하던 곳인데 마치 처음인 듯 한 걸음 내딛기가 몹시 망설여졌다.

그동안 미연은 체험 과정을 충분히 숙지했고 이탈하는 체험객을 챙기면서 시간을 유연하게 조정해왔다. 예약자 명단은 틀린 적이 별로 없었고 더는 임종 체험관 안에서 길을 잃지도 않았다. 눈을 감고 냄새와 소리와 촉감만으로도 여기가 어디쯤인지 짐작할 수 있을 듯했다. 그래도 헷갈리면 미리 붙여둔 야광 표식을 보면 됐다. 유영은 카메라 앞에서 난감해하는 체험객들에게 적당한 예시를 들어줬다. 어느새 영정 사진을 확인하는 눈이 매서워졌고 다시 찍어야 할 사진의 기준도 명확하게 세웠다. 승인이 수의에 묶는 매듭은 더없이 견고하기만 했다. 정교해진 분장은 어느덧 승인의 얼굴처럼 느껴졌다. 가령은 재빠르게 비문을 골라 고쳤고 유서에 꼭 써야 할 내용이 무엇인지 정확하게 일러줬다. 한 문장도 쓰지 못하는 체험객에게 던질 질문도 충분했다.

하지만 이제 와선 어쩐지 다들 오리엔테이션 날로 되돌아간 것처럼 느껴졌다.

모든 조명을 켜자 임종 체험관 내부가 환히 드러났다. 어지간한 집기는 죄다 내놓고 대충이나마 치워놔서 그런지 연회장이나 회관처럼 보이기도 했다. 촬영실은 상담실로 사용하기에 적당했고 놀이방도 괜찮을 것 같았다. 강당과 입관 체험실은 식당과 함께 다목적 공연장으로도 쓰일 법했다. 띄엄띄엄 떨어져 앉아 숙연한 분위기 속에 유서를 쓰고 일정한 간격

으로 관이 놓였던 자리에서 누군가 노래를 부르다 흥겨운 몸
짓으로 춤을 추고 올바른 투자 계획이나 새롭게 바뀐 입시 전
략을 귀담아듣는다고 해도 이상할 게 없었다. 앞구르기를 하
거나 뜨개질을 한다고 해도.

이제 어느 쪽으로 봐도 임종 체험관으로는 보이지 않았다.
희미하게 떠도는 향내만이 얼핏 지난 체험을 떠올리게 했다.

관장은 끝으로 내부를 점검하면서 돈이 될 만한 물품은 한
쪽으로 빼놓으라고 했다. 따로 챙길 건 알아서들 챙기고 버리
고 갈 쓰레기는 그 자리에 놔두면 철거업체에서 처리할 거라
고도 했다.

맨 앞에서 걷던 미연은 바닥에 떨어진 조화 한 송이를 발견
했다. 재활용업체에서 근조 화환을 치우다가 떨어뜨린 모양
이었다. 그동안은 몰랐는데 밝은 데서 보니 조잡하게 만든 게
한눈에도 가짜 티가 확연히 났다. 미연은 한 손에 조화를 쥐고
걸음을 이었다. 그 뒤를 나머지 구성원들이 따랐다.

그러고 보면 미연의 마지막 임종 체험 안내인 셈이었다.

촬영실에 들어선 유영은 영정 사진을 찍던 카메라부터 들
어 확인했다. 처음보다는 확실히 가뿐한 느낌이었다. 조명 아
래에서 보니 여기저기 흠집이 가득했다. 렌즈에는 이상이 없
었지만 깨지고 움푹 팬 자리도 눈에 들어왔다. 그때 뒤쪽에서
승인이 중얼거렸다.

"그러고 보니 유영은 영정 사진을 찍어주기만 했네."

유영은 화요일 3회차 임종 체험이 끝나갈 때쯤 기종이 찍어 준 첫 영정 사진을 떠올렸지만 입 밖으로 내진 않았다. 승인은 카메라를 건네받고 유영을 카메라 앞의 간이의자로 내몰았다. 다들 승인을 둘러싸고 화면에 잡힌 유영을 바라봤다. 그들 틈에 늘 그 자리에서 영정 사진을 찍어주던 유영의 얼굴도 끼어 있을 것만 같았다.

"준비되면 알려줘."

승인은 카메라와 유영을 번갈아 보며 말했다.

유영은 간이의자에 앉았음에도 허공에 뜬 듯해서 한참 두리번거렸다. 표정을, 그러니까 마지막일지도 모를 표정을 짓는 데에 오랜 망설임이 뒤따랐다. 그동안 마주한 체험객들처럼 텅 비기도 하고 때론 처연하고 우습거나 누구라도 한 번쯤 지어봤을 법한, 반대로 살면서 아무도 내비치지 않았을 표정이 차례차례 지나갔다. 언젠가 기종에게 한 말이 떠올랐다. 자기에게 어울리는 표정을 찾아 간직하는 게 중요하다고. 어느 순간 잃어버렸을지도 모를.

그때 승인이 카메라 셔터를 누르면서 플래시가 번쩍 켜졌다. 움찔하던 유영은 자세가 무너졌다.

"준비된 거 아니었어? 다시 찍어줄까?"

사진을 확인한 유영은 느리게 고개를 저었다. 이제는 잘 알았다. 사실 영정 사진에 어울리는 표정은 따로 없다는 것을. 그 사람에게서 나온 표정이라면 모두 지금 이 자리에 잘 있다고 확인해줄 사진일 테니까.

강당을 훑어보던 가령은 체험객들에게 나눠주고 남은 종이와 펜을 가지고 나왔다. 유서를 쓸 때 사용한 것이었다. 할인 기간에 미리 넉넉히 준비했던 터라 올해까지 쓰고도 남을 듯했다. 주문할 때만 해도 앞으로 임종 체험관에서 더 많은 체험객들이 유서를 쓸 줄 알았다. 고마운 사람들을 빠짐없이 떠올리다가 문득 회한에 잠긴 얼굴로 후회와 반성을 가득 담아.

가령이 어떻게 처리해야 할지 망설이는 동안 미연이 옆에 다가서며 속삭였다. 마치 임종 체험 때 변조된 가령의 목소리를 흉내 내는 듯했다. 근엄하게 찍어 누르는 것 같던 목소리를.

"살아오면서 가장 후회하는 일은 무엇입니까?"

그건 가령이 유서를 쓰지 못하는 체험객들을 향해 자주 던진 질문 가운데 하나였다. 가령은 여태 수많은 유서를 읽으면서도 정작 제대로 된 유서를 써본 적이 없다는 데에 생각이 미쳤다. 미연의 질문에도 유서의 첫 문장은 좀처럼 떠오르지 않았다. 그때 다음 질문이 이어졌다. 미연의 목소리는 어딘가로 빨려 들어가는 듯했다.

"당신에게 가장 소중한 것은 무엇입니까?"

가령의 어깨가 바들거렸다. 어쩐지 미연이 계옥을 대신해 묻는 것만 같았다.

오리엔테이션 날 가령은 틈틈이 관장을 향해 눈을 흘겼다. 기회를 봐서 따져 물을 작정이었다. 하지만 콕 집어서 관장이 거짓말을 했다고 따질 순 없었다. 관장에게 연락이 온 건 학원을 그만둔 지 좀 지났을 때였다. 계옥이 돈을 갚을 기미가 보이지 않아 더없이 쪼들리던 참이었다. 처음에는 막상 써보니 AI가 신통찮았거나 새로 학원을 차린 줄만 알았다. 다시 나와서 첨삭해줄 수 있겠냐고 물었기 때문이다.

"⋯⋯하는 일은 다를 바 없어. 잘못된 표현을 바로잡고 소재를 찾아낼 수 있게 옆에서 도와주면 돼. 그리고⋯⋯."

잠깐 뜸을 들이더니 이제 자기는 원장이 아니라 관장이라고 했다. 학원장이 아닌 체험관장.

가령은 일자리 지원센터에 올려놓은 지원서를 삭제하고 관장이 알려준 주소지로 향했다. 도착하고 나서야 그게 임종 체험관이라는 걸 알았다. 그날 가령은 다른 구성원들이 쓴 유서에서 단 한 문장도 고쳐줄 수 없었다. 모든 문장이 비문인 동시에 완벽하게 읽혔고 불필요한 내용이 너무 많아 산만하면서도 막상 빼고자 들면 뺄 문장은 하나도 없었다.

이제껏 가령은 강당에서 체험객들이 쓴 유서를 빠짐없이 읽고 고쳐왔다. 유서 작성을 돕기 위한 질문은 모두 과거형이었다. 이제 와서 가령은 조금 다른 질문을 던져야 했다는 생각이 들었다. 이를테면 '이번 휴가는 어디로 떠날 계획입니까?'나 '주말에 먹고 싶은 음식은 무엇입니까?' 같은. 결국 임종 체험은 잘 살아가기 위한 과정이니까.

그제야 가령은 유서에 무언가 써볼 수 있었다.

그동안 승인의 눈은 갈 길을 찾지 못했다. 관이 빠져나간 입관 체험실은 황량하기만 했다. LED 양초는 건전지가 방전되었는지 거의 다 꺼졌고, 딱 하나 남은 불빛은 무르기만 해서 어둠 한 줌 내몰지 못할 듯싶었다. 승인은 불빛이 완전히 꺼지기 전에 따로 챙겨 오간디 리본이 든 주머니에 넣었다. 그 뒤로 거풍할 때 빠뜨린 수의가 보였다. 하루에도 몇 번씩 당신에게 입히던 수의였다.

어디선가 가느다란 곡소리가 들려왔다. 스피커는 벌써 치웠을 텐데. 승인은 탁탁 털어낸 수의에 한쪽 팔을 슬며시 밀어넣었다. 마치 누군가와 악수하듯. 수의는 염습을 시범 보일 때처럼 당신에게로 흘러가지 않고 승인의 몸에 단단히 붙었다.

이제 매듭을 묶을 차례였다.

승인의 손길은 처음인 듯 끊임없이 미끄러지기만 했다. 그때 유영이 다가와 매듭을 지어줬다. 임종 체험에서 묶던 대로 빈틈없이. 일순 승인의 뺨에 손길이 닿는 듯하더니 시야가 흐려졌다. 승인의 눈에 보인 매듭은 어릴 때와 다르게 느껴졌다.

수의를 차려입은 승인이 관이 놓였던 자리에 가만히 누웠다. 승인 옆에 유영이 따라 눕자 미연과 가령도 일정한 간격을 두고 자리를 잡았다. 그때 불이 꺼지더니 무성한 숲처럼 어둠이 빼곡하게 우거져 온몸을 힘껏 옥죄었다. 마치 관 뚜껑이라도 닫힌 것처럼. 곧 누가 못이라도 박는지 쿵쿵거리는 소리가 이어졌다. 불현듯 세상 전체가 거대한 임종 체험관 같았다. 정

해진 시간이 지나면 관이 열리고 변조된 목소리로 전해줄지
도 몰랐다.

당신은 다시 태어났습니다.

그들은 한때 모두 수상한 체험객이었다.

감각이 다 사라진 듯한 미연은 오래 헤매지 않고 밖으로 나
가는 길을 찾아냈다. 야광 표식은 여전히 별처럼 반짝였다. 그
사이 흐릿한 향내마저 말끔히 사라졌다.

수의를 벗어 던진 승인과 함께 가령은 입구로 향하는 미연
뒤에 다가섰다. 부딪치지 않을 만큼 거리를 두려고 했지만 어
두운 탓에 가늠하기 어려웠다. 미영의 메시지를 받았을 때도
그랬다.

미영의 메시지는 짧막했다. 그저 미안하다고. 어쩔 수 없었
다고.

순간 가령은 앞뒤가 맞아떨어지지 않는 오류를 잡아내 반
박하거나 정황상 증거를 참고해 화자의 의도를 분석하고 나
아가 숨은 뜻까지 짐작해보는 과정이 모두 부질없게 느껴졌
다. 더는 답을 찾을 마음이 없어졌기 때문이다. 문제는 누군가
해결하려고 할 때만 비로소 의미가 있었다. 아무도 손대지 않
는다면 문제는 없는 거나 마찬가지였다. 가령은 처음부터 계
옥을 풀지 않아야 했던 것일지도 모른다는 생각이 들었다. 그
러면 오답으로 괴로워할 일도 없었을 것이다. 그제야 번번이

수업을 방해했던 경종의 목소리가 다시 떠올랐다.

어쩌면 정답이었을지도 모를.

메시지 끝에는 이사한 계옥의 주소가 덧붙여져 있었다. 벌써 들어갔다던 아파트를 떠나 닿은 자리. 최근에 새로 지었다던, 운까지 따라줘야 했던 아파트를. 미영은 그게 마지막으로 해줄 수 있는 일이라고 했다.

담당자도 미영의 말처럼 채무자에 대한 정보가 많을수록 협상에 유리하다고 했다. 가족관계나 주민등록번호, 직장, 차종, 자가 여부…… 하다못해 단골로 가는 마트에서 자주 사는 물건까지도. 주소는 사실 조회 신청을 통해 알아낼 수 있을 거라고 했지만 이제 그럴 필요는 없어진 셈이었다. 주소까지 알면 분명 수월해지는 면이 있었다. 내용증명이든 뭐든 일단 보내볼 수 있으니까.

"게다가 주소가 노출되었다면 아무래도 심리적 압박이 있을 수 있죠."

이어서 담당자는 빌려준 돈을 받아내기 위해 들어가는 비용을 계산해줬다. 계옥에게 온전히 돈을 받아낸다고 해도 따지고 보면 가령은 결국 손해인 구조였다. 가령의 의중을 눈치챘는지 담당자가 말을 보탰다. 사실 이쯤 되면 단지 돈 문제로만 볼 순 없다고. 자기 시간과 돈을 더 써서라도 받아내기만 하면 된다는 의뢰인도 많다고 했다. 가령은 그 마음이 어떤 건지 어렴풋이 떠올려보다가 지웠다.

가령은 미영에게 답신을 보내지 않았다.

　계옥이 이사한 집은 계옥의 말처럼 좀 먼 데라고 부를 수도 있었다. 하지만 누군가에게는 지척이나 다름없거나 자주 왕래하기에는 부담스러운 동네 정도일지도 몰랐다. 계옥이 가령에게 거짓말을 했다고 보기에는 애매했다. 어느 순간 계옥은 구체적이고 분명한 표현 대신 적당히 둘러댔다. 월급을 얘기할 때도 겨우 먹고살 만한 정도라는 식으로. 마치 모든 게 결국 다 약점이 되어 발목 잡힐 수도 있다는 걸 아는 듯 굴었다.

　가령은 계옥이 사는 동네를 한참 맴돌았다. 비좁은 길은 반듯하지 않았고 모퉁이를 돌면 가로막혔거나 구불구불한 골목으로 끝없이 이어졌다. 아무 계획 없이 그때그때 마구잡이로 만든 길 같았다. 관리자가 따로 없는 듯한 공원을 가로지를 때는 길가로 뻗은 나뭇가지 때문에 걸음이 몹시 더뎠다. 겨우 공원을 빠져나왔을 때 손등과 팔꿈치에는 여기저기 긁힌 자국이 선명했다. 그쯤에서 돌아갈까 싶었지만 내친김에 걸음을 이어나갔다. 오늘은 어떻게든 결판을 지을 작정이었다.

　담당자는 섣불리 채무자의 집을 찾아가는 건 불리하게 작용할 수도 있다고 했다. 나중에 채무자가 트집 잡을지도 모른다고. 어쩌면 소중한 게 뭐냐는 질문이 그랬던 것처럼 협박으로 느껴질 가능성도 농후했다. 그러니까 싸움에서는 상대방에게 빌미를 주지 않는 게 중요했다. 가령이 무슨 그런 경우가 있냐고 따져 물었을 때 담당자는 흔들리지 않고 대답했다.

"의도보단 당사자의 느낌에 따라 충분히 문제가 될 소지가 있어요. 증거가 남는다면 더더욱."

계옥은 가령이 닦달하는 것처럼, 가령은 계옥이 연락을 피하는 것처럼 느꼈듯이.

그러고 보면 계옥은 대화 곳곳에 구덩이를 파놓고 가령이 빠져 허우적거리길 기다렸던 것 같았다. 이번에도 미영에게 주소를 흘린 게 함정일지 모른다고 생각한 순간 계옥의 집 앞에 도착했다. 거리를 따져보니 임종 체험관에서 그다지 멀지 않은 곳이었다. 가령은 숨을 몰아쉬었다. 샛길로 들어서 얼마간 헤매다가 언덕을 오른 건 고작 2, 3분쯤인데도 호흡이 안정되기까진 제법 오랜 시간이 걸렸다.

시선을 돌리자 한쪽에 안심 귀갓길이라고 쓰인 팻말이 보였다. 붙여놓은 지 오래되진 않았는지 깨끗하고 선명했다. 가령이 밟고 선 바닥에도 같은 문구가 쓰여 있었다.

길 가장자리에는 깨진 유리병과 함께 담을 허문 흔적이 보였다. 그러고 보니 주변에 늘어선 담은 모두 최근 새로 쌓아올린 듯 견고하고 단정했다. 그 때문인지 낡아 빠진 지붕과 금이 간 창문이 잘못 꿰어 맞춘 듯 두드러졌다. 녹슨 가스관과 칠이 벗겨진 난간과 덧칠한 흔적이 뒤섞인 외벽도 마찬가지였다. 한쪽에는 구멍이 숭숭 뚫린 세숫대야나 찌그러진 부탄가스 통이 함부로 나뒹굴었다. 사이사이를 무성한 잡초가 빼곡히 채웠다.

바닥을 짓이기는 듯한 걸음을 이어가던 가령은 물러나 목을 뒤로 젖혔다. 기우뚱하게 선 전봇대와 어지럽게 뒤엉킨 전선 사이로 집 뒤의 옹벽이 눈에 들어왔다. 군데군데 손가락 정도는 들어갈 법한 균열이 또렷했고 귀퉁이가 떨어져 나간 부분도 쉽게 알아볼 수 있었다. 한쪽은 아예 무너졌는데도 오랜 시간 내버려둔 듯 보였다. 어쩌면 포기를 기다리는 것처럼.

안심과는 거리가 멀어 보이는 자리에 계옥의 집이 버티고 있었다.

가령은 쪼그려 앉은 다음 고개를 숙여 창문을 내려다봤다. 앞을 가로막는 쇠창살은 부식이 시작된 지 한참 지난 듯했다. 누구든 조금만 힘을 주면 쉽게 떨어져 나갈 것처럼 보였다. 창문이 반 뼘쯤 열려 있었지만 안을 들여다볼 만큼은 아니었다. 비탈진 곳의 빌라라 그런지 반지하라도 한쪽은 거의 지상으로 나와 있었다. 적어도 집주인이 이 정도는 반지하가 아니라 지상이라고 우길 정도는 됐다. 그래서인지 주소도 102호였다. 부스러질 듯한 외벽과 한쪽이 늘어진 출입문을 보면 계옥이 신세를 한탄할 만큼 충분히 허름해 보이긴 했다. 한편으론 그래도 가령에게 빌려 간 돈쯤은 갚고도 남을 만한 집이었다.

담당자가 알려준, 돈을 받아내지 못하는 대표적인 경우가 떠올랐다.

"채무자가 재산을 싹 빼돌렸을 때죠. 보증금은 그대로 남아 있기도 해요. 어쨌든 이 땅에 발붙이고 살아야 하니까요."

못해도 이 집의 보증금은 가령에게 빌린 돈보다 많을 것이었다.

가령이 빌라 입구를 어슬렁거리자 지나가던 사람들이 힐끔거렸다. 어쩌면 가령이야말로 새로 쌓은 담처럼 이 동네에서 겉돌 것이었다. 가령은 괜히 뒤로 물러서서 뒷짐을 지고 다시 근처를 빙빙 돌았다. 건너편 미용실 안의 여자들은 틈틈이 가령은 노려보며 입을 가리고 수군거렸다. 재개발 범위를 넓혀 이 동네까지 싹 밀어버린다는 소문이 돌면서 낯선 이들이 골목을 배회하기 시작했다. 그들은 방향을 가늠해보거나 사진을 찍고 어딘가로 급히 전화를 걸어 언성을 높였다. 가령도 그런 사람 중 하나로 보였을 터였다.

순간 오토바이가 굉음을 내며 가령 앞을 날쌔게 지나갔다. 가령은 외마디 비명을 내지르며 재빠르게 몸을 돌려 피했다. 그 틈에 계옥이 사는 빌라 건물 안으로 성큼 들어섰다. 뻑뻑한 출입문은 슬쩍 힘을 주자 빌라를 뒤흔들 듯 요란한 소리를 내며 겨우 열렸다. 출입문에는 경고문이 붙어 있었다. 맨 위에 쓰인 붉은 글씨가 가령의 눈에 들어왔다.

멧돼지 출현 주의

아래에 붙은 흑백사진은 흐릿해서 형체를 제대로 알아보기 힘들었다. 멧돼지가 아니라 허수아비나 잉크가 번진 자국처럼 보이기도 했다. 순간 바닥에 가라앉았던 곰팡내가 왈칵 달려들었다. 임종 체험관에서 관을 제대로 청소하지 않고 오랫동안 방치하면 풍기는 악취와 비슷했다. 가령은 천천히 걸음을 옮겼다. 천장이 낮아 어느 순간 절로 고개를 숙이게 됐다.

계단을 내려갈수록 지린내가 진해지면서 점차 어두워졌다. 깨진 전구가 많은 데다가 남은 조명도 시원찮아 어쩐지 방금 영정 사진을 찍고 유서를 쓰러 가는 길처럼 느껴졌다. 어디선가 저승사자로 변조된 음산한 목소리로 계옥이 한 말이 들리는 것 같았다.

언닌 왜 끝까지 언니 생각만 해?

현관문 앞에서 가령은 초인종을 눌러야 할지 한참 머뭇거렸다. 어쩌면 계옥과 만나는 순간 돈을 받아내려던 모든 과정이 죄다 뒤틀릴지도 몰랐다. 계옥은 가령을 두고 신세 많이 진 언니 대신 위험천만한 침입자라고 부를 가능성도 있었다. 담당자는 왜 의논하지 않고 독자적으로 행동했냐고 나무랄 것이었다. 이럴수록 불리해지는 건 가령 쪽이라고.

그래도 여기까지 찾아왔으면 그동안 못 갚은 사정이라도 차근차근 일러주지 않을까.

여태 가령은 학원을 그만두게 한 AI처럼 실체가 없는 무언가에 시달리며 싸우고 있었다는 생각에서 벗어나지 못했다. 적어도 계옥이 아직 이 세계에 생생하게 살아 움직이는 것만이라도 똑똑히 확인하고 싶었다.

　결심 끝에 가령이 초인종을 눌렀을 때 아무 소리도 나지 않았다. 그저 바람이 새는 소리가 가느다랗게 흘러나올 뿐이었다. 몇 번 더 꾹 눌러봐도 사정은 달라지지 않았다. 아무래도 현관문을 두드려야 할 것 같았다. 으그러지고 시커멓게 그을린 듯한 자국이 많은 현관문에는 알록달록한 전단이 잔뜩 붙어 있었다. 그래서 어디를 두드려야 할지 망설이게 되었다. 그때 문손잡이 위에 붙은 빛바랜 메모가 눈에 들어왔다.

　아이가 있어요. 초인종 누르지 마세요.

　거짓말이 아니라는 듯 안에서 아이 울음소리가 들렸다. 통화할 때 계옥의 목소리 뒤로 들리던 그 울음이었다. 가령은 당장이라도 계옥이 문을 박차고 튀어나올까 싶어 다리가 후들거렸다. 이내 얼굴까지 땀으로 번들거리자 관에 갇힌 것처럼 꼼짝도 할 수 없었다. 두려웠다. 현관문 안쪽 풍경이 그저 궁색하고 너절하기만 할까 봐. 그래서 통장을 묶는 것도 가압류도 의미 없고 괜스레 가령만 나쁜 사람이 되는 건 아닐까 싶어서. 담당자는 채무자에 대한 정보가 많을수록 돈을 받아내기에 유리하다고 했지만 그마저도 오류인 것만 같았다.

　가령은 다시 계단을 올랐다. 내려올 때처럼 한 칸씩 오를 때마다 밝아지진 않았다.

서너 계단쯤 남았을 때 빌라 출입문이 열리고 여자가 들어섰다. 이번에는 문이 열릴 때 아무 소리도 나지 않았다. 빛을 등져서 여자의 윤곽만 알아볼 수 있었지만 지하로 내려오는 건 확실했다. 가령은 얼룩이 가득한 벽에 바짝 붙어 섰다. 여자는 한쪽으로 기울어져 절뚝거렸다. 그래서 가령과 잠시 밀착했다가 떨어졌다. 짧은 시간이었지만 여자의 얼굴과 함께 숨결과 체취까지 고스란히 느껴졌다. 처음에는 그림자 때문에 몰랐는데 여자는 꽤 작은 키였다. 그래서 그런지 계단을 내려가는 동안 여자는 고개를 조금도 숙이지 않았다. 돌이켜보면 임종 체험관에 들어서던 방문객의 걸음과 어딘지 모르게 닮은 듯도 했다. 나이 든 여자의 걸음이 똑바르지 않다고 대수로울 건 없었지만.

여자는 계옥의 집 앞에 서서 현관문을 발로 찼다. 쿵쿵쿵. 이어서 두 번 더. 꼭 반으로 분질러진 꼬챙이 같았다. 그때 보인 옆얼굴은 방금 부딪힐 뻔했을 때와 또 달랐다. 마치 그새 사람이 바뀌기라도 한 것처럼.

안에서 계옥의 앙칼진 목소리가 들렸다. 현관문이 열리기 전 가령은 서둘러 계단을 올랐다.

"엄마! 왜 이제 와요. 진짜 나 죽는 꼴 보려고 그래요?"

"그건 뭐 쉬운 줄 알아? 그것도 만만찮아."

현관문이 닫히는 바람에 대화는 거기서 끊겼다. 계옥이 얘기한, 어리숙하고 착해 빠져서 모질지 못한 데다가 이웃의 어려운 사정을 모르는 척하지 않는다던 그 엄마일까. 계옥의 엄마는 계옥이 연로하다고 했던 것처럼 언뜻 보기에도 분명 나이가 들어 보이기는 했다. 먼 데 사는지까진 알 수 없었지만.

가령은 방문객이 불쑥 들이닥쳐 혼자 임종 체험을 해보겠다고 했을 때 계옥의 엄마가 계옥을 향해 쏟아내던 말을 떠올렸다. 방문객이 겨우 부고 문자를 다 썼을 때쯤 한 번 더.

가령이 빌라 출입문 쪽에 서자 바깥에서 햇빛이 밀고 들어왔다. 그제야 경고문 속 사진도 제대로 알아볼 수 있었다. 다시 보니 분명히 멧돼지였다. 그 옆에서 얼쩡거리는 것처럼 보이는 새끼 한 마리와 주변에 단정하게 쌓아 올린 담과 기우뚱하게 선 전봇대까지 환히 드러났다. 사진 아래에는 멧돼지를 만났을 때의 행동 요령이 적혀 있었다. 가령은 밖으로 나서면서 그중 몇 가지를 계속 웅얼거렸다.

먹이를 주지 말 것.
등을 보이지 말 것.

출입문을 열기 전 가령은 우편함 쪽으로 시선을 틀었다. 매일 확인하는지 102호 우편함만 텅 비어 있었다. 가령이 기관을 통해 서류를 보내면 늦지 않게 확인할 듯했다. 가령은 우편함 안쪽에 봉투 하나를 깊숙이 밀어 넣었다. 이마저도 불리하게 작용할지는 알 수 없었다. 협박이나 경고에 해당될 수도 있었다. 어쩌면 언니는 요즘 뭐 하면서 사느냐는 질문에 전하는 뒤늦은 대답일지도 몰랐다.

봉투 안에는 관장에게 받은 임종 체험 초대권이 들어 있었다.

나중에야 담당자를 통해 계옥이 혼인신고 전 남편과 헤어졌고 그 과정에서 위자료는 거의 없었다는 소식을 전해 들었다. 상세한 이유까진 알아내지 못했지만 아마 지금 형편이 넉넉하진 않을 거라고 했다. 겨우 붙어 있는 회사도 변변찮다가 얼마 전 고독사 보험을 시작으로 상조보험으로 범위를 넓히면서 그나마 사정이 나아지는 중이었다. 거기서 계옥은 잡일을 도맡으며 신임을 얻으려고 애썼지만 두드러진 성과를 보이지 못해 상사가 눈엣가시처럼 여긴다고 했다. 워크숍 사전 답사를 떠넘기기도 했다고.

주변 사람들에게 무리해서 보험 가입을 권유한 것도 그 때문인 듯했다. 쌀쌀맞게 돌아서서 뒷말이 오갈 걸 빤히 알면서도. 하지만 가령에게는 한 번도 보험 얘기를 한 적이 없었다.

이어지는 담당자의 목소리가 일렁였다.

"계속 진행하시겠어요?"

가령은 워크숍 사전 답사 장소가 어디였는지 되물었다. 대답을 들은 뒤 담당자에게 통화나 메시지 말고 아무래도 직접 만나 상담하는 게 좋을 것 같다고 했을 때야 비로소 알게 되었다. 그동안 가령에게 조언을 해준 담당자가 실은 AI였다는 것을. 학원을 그만둘 때 원장에게 아직은 시기상조라고 했던 가령이 망설이던 사이 계옥이 임종 체험관으로 찾아왔다. 어쩌면 계옥은 회사에서 임종 체험 초대권을 집으로 보냈다고 생각했을지도 몰랐다.

그날 가령은 계옥이 남긴 임종 체험 후기를 잊을 수 없었다. 마치 근조 화환에 계옥의 이름을 쓴 가령에게 보내는 답장 같았던.

잘 살자.

그날부터 가령이 쓴 일기는 다르게 읽혔다. 기록도 오답 노트도 아닌 이야기로. 어쩐지 그제야 좋은 어른이라면 당연히 써야 하는 일기에 더 가까워진 듯했다.

사전 답사를 위해 철거반원들이 도착한 건 느지막한 오후였다. 해가 기울기 시작하면서 그림자도 점점 길어졌다. 나무 그림자가 임종 체험관 모서리를 막 뒤덮던 참이었다. 우렁찬 트럭 엔진 소리에 적막이 깨지고 텅 빈 주차장은 요동쳤다. 그 바람에 한쪽 구석에 주차된 영구차도 잠깐 흔들린 듯했다. 영구차는 며칠 사이 흙먼지가 잔뜩 내려앉아 여간 볼썽사나운 게 아니었다. 검은 띠 한쪽도 끊어져 너덜거린 지 오래였다. 그동안 성수기만 지나면 곧장 세차할 생각으로 미뤄왔었다.

철거업체 대표는 운전석에서 내리자마자 기지개를 켜곤 임종 체험관을 건성으로 휘둘러봤다. 작업에 필요한 인부와 기간을 대충이나마 예측하는 모양이었다. 옥상 쪽을 볼 때는 눈을 비비며 몇 번 끔뻑거렸다. 바람에 나부끼는 수의 때문이었다. 한숨을 몰아쉬는 대표 뒤로 작업복 차림의 두 남자가 어기적거리며 따라붙었다. 하품이 길게 이어지더니 담배부터 꺼내 물었다. 그제야 온몸에 피가 좀 도는 듯 보였다.

"여긴 예전이랑 다를 게 없네요."

"와본 적 있다고 했었지? 왜? 죽어보려고?"

한동안 킬킬거리던 대표는 거침없이 안으로 들어섰다. 서둘러 담배 한 모금을 깊게 들이마시고 비벼 끈 두 남자도 빠르게 움직였다.

안내 데스크를 지키던 미연은 폭우가 몰아치던 날 시시껄렁한 농담을 주고받던 무리가 떠올랐다. 몇 달 만에 지옥을 뚝딱 짓는다던. 햇빛을 등진 얼굴은 다른 사람처럼 낯설었지만 그렇다고 못 알아볼 정도는 아니었다. 대표 뒤로 보이는 사람은 우두머리와 들창코가 분명했다. 끈이 반쯤 풀린 안전화와 해진 작업복은 여전했다. 그새 얼룩과 자국은 더 는 것 같았다. 작업복에도 몸에도.

둘도 알아본 듯 미연을 향해 눈짓을 보냈다. 미연은 적절한 표정을 찾지 못해 머뭇거렸다. 대표는 미연의 안내에 따라 관장실로 향했다. 그사이 저승으로 들어가는 문을 흘끔거리다가 재빠르게 시설물 규모를 파악했다. 이만하면 리모델링해서 다른 용도로 써도 좋을 듯 보였지만 방침을 따를 수밖에 없었다. 철거 대상은 낡아서 못 쓸 만큼 망가졌거나 훼손되어 복원할 수 없는 건물만이 아니었다.

관장실에서 나온 미연은 우두머리와 들창코 뒤를 살피며 물었다. 둘은 과장된 몸짓을 섞어가며 얘기를 나누다가 불쑥 걸걸하게 웃어댔다.

"다른 분은 같이 안 오셨나 봐요?"

"다른 분? 누구?"

"그…… 인생 낭비하지 않고 현장에 뛰어들어서…… 똘똘하다던…….'"

우두머리와 들창코는 눈을 맞추고 시선을 주고받았다. 예전처럼 웃음소리는 따라붙지 않았다. 어느새 축 늘어졌던 숨소리가 얼마간 팽팽해졌을 뿐이었다. 미연은 어떤 표정을 지으려다 자꾸 실패하던 덧니의 얼굴이 떠올랐다. 등짝이라도 한 대 후려치면 그 자리에 그대로 뭉그러질 것만 같았던.

우두머리가 물러선 순간 들창코는 팔짱을 낀 채 연신 발을 굴렀다.

"똘똘하긴 쥐뿔이나! 우리가 그 녀석 하나 때문에 아주 골치가…….'"

일순 우두머리가 미간을 좁히며 사나운 눈짓을 보냈다. 미연은 들창코 쪽으로 몸을 틀었다. 어느새 들창코는 주먹을 쥐고 허공에 휘둘렀다.

"누가 등 떠민 것도 아니고 말이야. 앞서 나가진 못해도 잘 따라는 와야 할 거 아냐. 지가 적응 못하고 나가떨어진 걸 왜 애먼 우리한테 뒤집어씌워!"

"또! 또! 허튼소리!"

얼굴이 달아오른 우두머리는 혀를 차더니 문을 박차고 나갔다. 미적거리던 들창코는 미연을 향해 목소리를 낮췄다. 시선은 관장실 쪽으로 향한 채였다. 대표가 나오는지 살피는 듯했다.

"성치도 않은 걸음으로 사방팔방 들쑤시고 다니는 모양이던데 여기도 언제 찾아올지 몰라. 어찌나 사람들을 괴롭히는지. 아, 하긴……."

들창코는 허리를 세우고 자세를 바로잡았다. 아까보다 더 길어진 그림자가 미연의 얼굴을 완전히 덮었다.

"여긴 곧 없어질 테니까 이제 올 수도 없겠네."

그쯤에서 들창코는 돌아섰다. 순간 미연은 예전에 덧니가 쓴 체험 동기가 떠올랐다. 아무래도 내용을 잘못 이해한 듯했던.

선행 학습

미연은 빗속을 뚫고 나서던 무리에서 저 혼자 뒤돌아보던 덧니를 기억했다. 이어서 화요일 3회차 임종 체험과 방문객의 얼굴을 차례차례.

관장의 강연을 끊고 질문을 던졌던 덧니는 살아가면서 살 이유를 찾았겠지. 끝내 지어주지 못한 표정은 오랫동안 남을 듯했다.

"잠깐만요!"

미연은 겨우 들창코를 막아섰다. 코를 후비적거리던 들창코는 미연을 무심히 바라봤다.

"걔에 대해선 나도 더 해줄 얘기가 없어."

밖에서 우두머리는 쓸데없는 소리 하지 말라는 듯 들창코를 향해 얼굴을 찌푸렸다. 눈치챈 들창코는 미연을 비켜 문을 열었다. 그 끝에 예전부터 걸려 있던 현수막이 보였다. 빛바래고 귀퉁이까지 찢어져 나달나달했지만 아직 글귀는 알아볼 수 있는. 미연은 괜히 현수막에 적힌 글귀를 중얼거렸다. 이제 현수막도 더는 단단히 묶을 필요가 없을 것이었다. 느슨해지고 축 처진 채로 내버려두면 곧 철거될 것이었다.

임종 체험관과 함께.

"그게 아니라…… 임종 체험관이 사라진 자리에는 뭐가 들어서요?"

그때 임종 체험관 앞에 수의가 툭 떨어졌다. 거풍하려고 옥상에 널어둔 수의 중 하나였다. 놀란 우두머리는 나자빠진 채 연신 숨을 몰아쉬었다. 미연이 곧장 주우려고 나서는데 벌써 승인이 허둥거리며 계단을 내려왔다. 거풍을 마친 수의를 걷다 내려오는 길인 듯했다. 미연은 문득 그날 승인이 묶어준 덧니의 안전화가 끝내 풀리지 않았으면 좋겠다고 생각했다.

승인은 바닥에 나뒹구는 수의를 보며 현숙을 떠올렸다.

상담 날 현숙은 눈이 없는 주사위를 연신 굴렸다. 주간보호센터에서 만든 주사위였다. 시간이 모자라 완성하지 못한 것이었다. 그래도 현숙은 어떤 면이 나오면 환하게 웃음 지었다가 다른 면에서는 돌연 시무룩한 표정을 지었다. 승인이 볼 땐 모두 같은 면인 것만 같았다. 다음 날 보호사가 마저 만들자고 해도 완강하게 거부했다고 들었다. 주사위는 이미 완벽하다면서.

센터장은 잘못된 게 있어도 무조건 올바르게 고치기보다 그저 긍정해주는 게 더 좋을 때도 많다고 설명했다. 그건 집에서도 마찬가지라고.

승인은 약속 시간에 맞춰 왔지만 한참 기다린 다음에야 상담실에 들어설 수 있었다. 앞서 상담 중이던 남자는 밖에서 다 들릴 정도로 소리를 질렀다. 제대로 알아들을 수는 없었지만 울분에 찬 감정이 고스란히 건너왔다. 어느 순간 테이블까지 밀어붙이더니 머리를 쥐어뜯기도 했다. 그동안 센터장은 자세와 표정을 무너뜨리지 않기 위해 안간힘을 쓰는 것 같았다. 다시 고성이 터져 나오고 누가 들어가 봐야 하는 게 아닌가 싶을 때쯤 남자가 문을 박차고 나왔다.

"그래! 어디 얼마나 잘 먹고 잘 사는지 두고 보자!"

가쁜 숨소리는 밖으로 나갈 때까지 계속 이어졌다.

고개를 내밀고 쭈뼛거리던 승인은 센터장의 손짓에 상담실 안으로 들어갔다. 상담실은 열기가 채 가시지 않은 듯했다. 승인은 방금까지 남자가 앉았던 의자 끄트머리에 겨우 엉덩이 끝만 걸쳤다.

"……저번에 옷차림 보고 장례식장에서 일하시는 줄 알았는데 이번에 보니까 임종 체험관에 계셨군요. 이제야 현숙 님이 하신 말씀이 무슨 뜻인지 알겠네요."

"무슨 말씀이요?"

상담실 바깥을 향하던 승인의 시선이 센터장 쪽을 향했다.

"자기는 벌써 한 번 죽어봤다고요."

승인은 처음 듣는 얘기였다. 중요하다면 중요한 얘기일 텐데 왜 보호자인 승인에게 전해주지 않은 건지 의아했다.

지금도 임종 체험관에서 본 현숙이 생생했다. 흔들리지 않고 또박또박 이름을 쓰고 돈뭉치를 몰래 쥐여주고 끝내 엄마라고 울부짖은 것까지. 어느 하나 기록으로 남기진 못했지만 머릿속에는 똑똑히 남았다. 하지만 떠올려볼수록 그날 현숙의 상태가 어땠는지 가늠할 수 없었다. 다른 구성원들에게 물어보려고 했지만 끝내 머뭇거리기만 했다. 다른 사람들에게도 이상해 보이길 바라는지 아니면 그저 평범한 체험객 중 하나였던 게 좋을지 판단이 서지 않았기 때문이다.

서류를 훑어보던 센터장의 입가가 살짝 올라갔다.

"따님 자랑도 많이 하셨어요. 끝내주는 저승사자라고. 그러니까 우리 딸한테 잘 보여야 죽어서도 좋은 데로 갈 수 있다고요."

승인은 현숙이 알던, 가장 나이 든 딸은 결국 임종 체험관에서 짙게 분장한 저승사자의 모습으로만 남을지도 모른다는 생각이 들었다. 그때 예전에 현숙이 한 말이 떠올랐다. 적어도 엄마는 확실히 알아챌 수 있다고.

순간 승인은 그동안 현숙이 보낸 신호를 죄다 놓친 게 아닐까 의구심이 들었다.

센터장은 서류를 넘기면서 얼마 전 센터 정기 나들이로 임종 체험관 방문을 계획했었다고 밝혔다. 매번 갔던 데만 가니다들 싫증을 내기도 해서. 하지만 당분간 예약이 어렵다고 들어서 난감하던 차였다고. 아마 미연이 안내했을 것이었다. 연간 회원권이 없으면 규정상 절대 안 된다는 걸. 어쩌면 관장을 통해 초대권을 좀 구할 수 있을지도 몰랐다. 승인이 알아보겠다고 하자 센터장은 입을 비죽이며 고개를 내저었다. 이어서 짧은 한숨이 연이어 흘러나왔다.

"어차피 무산됐어요. 일부 보호자님들 반대가 워낙 심해서서요. 의미 있는 체험일 수도 있는데. 그렇죠?"

승인은 아무 대답도 하지 못했다. 다만 순전히 보호자의 입장에 서서 현숙의 임종 체험을 막았어야 했던 건 아닐지 생각해봤다. 아직도 현숙의 임종 체험이 문제인지 알 수 없었다. 센터장은 이미 지자체에서 임종 체험 초대권을 받은 노인도 더러 있는 모양이라고 전했다.

"이럴 줄 모르고 저희 쪽 보호사가 미리 다녀온 거 있죠?"

센터장은 말끝을 세우며 서류에 밑줄을 긋더니 서둘러 컴퓨터에 입력했다. 상담실에는 키보드를 두드리는 소리만 울렸다.

"벌써 누가 다녀가셨다고요?"

센터장은 키보드에서 손을 떼지 않은 채 벽에 붙은 사진을 향해 턱짓했다. 사진 속 현숙 옆에는 보호사가 붙어 있었다. 원래부터 있던 사람인지 아닌지 헷갈렸다. 다만 나이가 좀 들어 보인다는 건 확실했다. 얼핏 보면 입소한 노인과 구분하기 어려울 만큼. 승인이 센터의 모든 보호사 얼굴을 아는 건 아니었다. 보호사들도 마찬가지였다. 주간보호센터에는 매달 새로 오는 노인들이 많았고 보호사들도 수시로 바뀌었다. 그만큼 하루아침에 나오지 않는 노인도 꽤 되었다. 경제적인 문제일 때도 있었고 보호사나 다른 노인과의 갈등도 한 원인이었다. 혹은 집 근처에 더 괜찮은 데를 찾았거나. 때론 어느 순간 연락이 두절됐고 보호자는 끝내 정확한 이유를 얼버무리기도 했다.

그동안에도 현숙은 계속 주사위를 굴리며 울상을 짓거나 엉덩이까지 들썩이며 깔깔댔다. 보호사는 현숙보다 한 박자 늦게 비슷한 반응을 보였다. 서둘러 눈물을 닦는 시늉을 했다가 다시 손뼉을 치며 너털웃음을 지었다. 사진 속 보호사보다 훨씬 젊어 보였다. 얼핏 보면 봉사활동을 나온 학생인 줄 알 것 같았다. 두 사람의 웃음소리가 상담실 안쪽까지 들어오진 못했다.

어느새 센터장은 사진 쪽으로 시선을 틀었다.

"현숙 님이 제일 잘 따르던 보호사였죠. 얼마 전 관둬서 안타깝게 됐어요."

이어서 저 보호사 말이라도 들어서 얼마나 다행이었는지 모른다고 덧붙였다. 현숙에게 미끄럼방지 양말이 필요해 보인다고 추천한 보호사도 다름 아닌 저분이라고 했다. 현숙을 구슬려 승인의 립스틱을 어디에 숨겼는지 알아낸 것도.

"어느새 말까지 놓더니 화장실도 꼭 저 보호사랑만 갔죠."

언젠가 센터장이 했던 말이 떠올랐다. 촘촘하게 설치된 CCTV로 사각지대가 거의 없다고. 어르신들이 숨을 만한 구역은 전무하다고. 보호사와 같이 가는 화장실을 빼면.

그렇다면 화장실 안에서는 현숙과 저 보호사 단둘만 있었던 걸까. 그러니까 만에 하나 사고가 생겼더라도 둘만 입 다물면 아무도 모르는…….

어쩌면 사진 속 보호사는 승인보다 현숙에 대해 더 많은 걸 알았을지도 몰랐다. 꼭꼭 숨겨놓은 내밀한 마음과 현숙이 승인에게 했던 질문에 대해서까지. 올가미 매듭을 묶고 나서 신발장 앞에 멈춰 서더니 대수롭지 않게 던졌던.

너도 내가 사라졌으면 좋겠니.

그때 승인은 분명히 아니라고 소리쳤다. 하지만 아주 잠깐 뜸 들였던 시간이 내심 걸렸다. 어쩌면 현숙에게는 꽤 긴 시간 이었을지도 몰랐다. 만약 지금이라도 현숙이 다시 물어봐준 다면 이번에는 더 확실하게 못 박을 수 있을 텐데.

돌이켜보면 오래전 현숙의 대답은 일말의 망설임도 없이 곧장 튀어나왔다. 어린 승인이 엄마도 내가 없어졌으면 좋겠 냐고 물었을 때. 그즈음 승인은 문밖에서 현숙을 재촉하던 목 소리가 승인을 두고 손쉽게 현숙의 혹이나 짐 또는 걸림돌로 부른다는 걸 깨달았다. 주간보호센터 셔틀버스를 보고 달려 나온 집주인이 현숙을 일컫듯이.

아냐! 없어지면 좋겠냐니. 엄마 딸 사이에 그런 말이 어딨어.

우악스럽게 어린 승인을 휘감던 현숙의 목소리는 점점 물 기가 스며들어 해어졌다. 그건 승인이 어느 날 갑자기 손쓸 수 없는 노인이 된 현숙에게 늦지 않게 되돌려줘야 했던 말이었 을지도 몰랐다.

"요즘도 집에서 별문제 없으시죠?"

"늘…… 그렇죠, 뭐."

"그거면 된 거죠."

센터장은 서류를 덮은 뒤 승인 쪽으로 자세를 숙였다.

그때까지도 승인은 사진을 주시했다. 멀리서 찍은 사진이 라 눈매는 알아볼 수 없었지만 적지 않은 나이뿐만 아니라 체 구가 작다는 것까진 알 수 있었다. 어쩌면 임종 체험관에 왔던 방문객이 맞을까. 아무에게도 밝힐 수 없는 현숙의 돌발 행동을 혼자서만 알고 끙끙 앓다가 온. 승인의 기억은 센터장이 전화를 걸어 별일 없냐고 묻던 날로 떠밀려 갔다. 이제 와 생각해보면 꼭 무슨 일이 있어야 한다는 듯한 이상한 질문이었다.

"근데 사진 속 보호사는 왜 그만두셨나요?"

"사소한 오해가 좀 있었어요. 저희는 최선을 다했는데…… 과한 요구를 하시기도 했고요."

센터장은 미리 준비한 것처럼 더듬거리지 않고 답했다.

승인은 다시 사진을 봤다. 보호사의 걸음걸이를 알면 분명히 확인할 수 있을 것 같았다.

"혹시 저 보호사…… 다리가 불편하셨나요?"

서류철을 보관함에 넣은 센터장은 승인을 물끄러미 바라봤다. 어쩐지 승인이 임종 체험관에서 저승사자로 분장했을 때의 얼굴을 상상해보는 것만 같았다. 현숙의 말처럼 진짜 끝내주는 저승사자가 맞는지.

"저희는 업무 수행에 지장 있는 분을 채용하지 않습니다."

그게 다리에 문제가 없다는 뜻인지 아닌지 헷갈렸다. 이어서 승인은 보호사가 임종 체험관에 다녀간 날짜와 시간을 캐물으려다가 이내 삼키고 자리에서 일어났다. 흘러가는 대로 내버려두는 게 좋은 기억은 얼마든지 있었다.

승인의 눈에 벽에 붙여진 다른 활동 사진이 들어왔다. 그새 컵을 쌓거나 율동을 따라 하는 모습이 담긴 사진과 미술관 앞에서 찍은 사진이었다. 사진 귀퉁이에서 어렵지 않게 현숙의 얼굴을 발견했다. 그새 현숙은 좀 더 살집이 붙었다. 그만큼 힘도 세진 듯했다. 무슨 일이 있어도 현숙은 여기에 계속 다녀 야만 했다. 기껏 적응했는데 쓸데없이 새로운 데로 옮겨서 낯선 환경에 노출될 필요는 없었다. 더 적당한 센터가 있을지 알수 없었고 대기자가 없을 거라는 보장도 없었다. 사진 위에 걸린 큼지막한 액자는 그대로였다. 승인은 액자 속 글귀를 다시 한번 되뇌었다.

그동안 현숙과 젊은 보호사는 가까이 붙어 앉아 귓속말을 주고받았다. 다행히 현숙은 새로운 보호사와 잘 지내는 듯했다. 하지만 센터장의 생각은 다른 것 같았다.

"아직 화장실은 같이 가려고 하지 않으시더라고요. 곧 좋아 지겠죠."

상담실을 나온 승인은 현관으로 향하는 센터장의 뒤를 따랐다. 승인은 센터장의 보폭에 맞춰 걸음을 조금 늦췄다. 그러면서 혹시 현숙이 혼자 화장실에 가는 거냐고 물어야 할지 망설여졌다. 센터장의 말처럼 사고는 화장실에서도 자주 발생하니까.

"그나저나 임종 체험관에서 일하시는 걸 알고 나니까 서류에 적힌 보호자님 성함이 참 인상적이더라고요."

"왜요? 아…… 저승을 허락하는 사람이라서요?"

"아뇨. 그게 아니라…… 이승인…… 꼭 이승에 사는 사람이라는 뜻 같잖아요."

멈춰 선 승인은 돌아서서 센터 안쪽을 살펴봤다. 임종 체험 관과는 달리 어두운 구석 하나 없이 눈부시지 않을 정도로 적당히 밝은. 향을 피우지 않아 매캐하지 않고 시야가 부옇지도 않고 맑기만 한. 곡소리나 울음 대신 경쾌한 음악으로 가득 찬. 그 한가운데 여전히 주사위를 굴리는 현숙이 보였다. 이번에는 꼭 관 속에서 빠져나왔을 때 지었던 표정으로. 이제 승인은 현숙의 주사위에 억지로 눈을 그려 넣는 대신 현숙과 비슷한 표정을 지어봐야겠다고 다짐했다.

다짐 끝에 돌아섰을 때 거울이 보였다. 몇 번 드나들면서도 딱히 눈여겨보지 않았던 거울이었다.

"깨지지 않는 아크릴 거울이에요. 그냥 보시면 잘 모르겠죠?"

센터장은 안전을 위해 사소한 부분까지 늘 세심하게 신경 쓴다고 했다. 승인은 그 말을 온전히 믿기로 했다. 믿지 않을 도리가 없었다.

거울을 들여다보면서 방금 본 현숙의 표정을 따라 해봤다. 순간 그동안 저승사자로 분장할 때만 거울을 유심히 봤다는 생각이 들었다. 그러고 보니 변조하지 않은 목소리마저 괜히 낯설었다.

승인은 주간보호센터를 나오며 입구에서 서성대는 남자와 마주쳤다. 아까 상담실에서 소리치던 그 남자였다. 남자가 승인을 향해 눈인사를 건네며 다가서려는 순간 뒤에서 센터장

393

의 목소리가 들려왔다.

"어쨌든 축하합니다!"

승인은 남자를 지나쳐 빠르게 앞으로 나아갔다.

현숙은 이제 5등급이 되었다.

철거업체 대표가 돌아간 뒤 관장도 밖으로 나와 폭포 앞에 섰다.

임종 체험 회차마다 힘차게 쏟아졌던 폭포는 일찌감치 가동을 멈췄다. 예년보다 한두 달쯤 앞선 조치였다. 그동안 기상 변화로 인한 동파 우려나 노후화 시설 점검으로 잠시 중단된 적은 있었지만 이번에는 사유가 달랐다. 겨울이 지나고 윤달이 가까워져도 다시 물줄기가 쏟아지진 않을 듯했다. 임종 체험관뿐만 아니라 폭포까지 재개발 구역 안에 포함되었기 때문이다.

물이 튀지 않도록 주의하다가 결국 온몸이 흠뻑 젖고야 말던, 인공폭포라는 걸 알고 나선 왜 속였냐고 항의하던 체험객들도 기억 속에서 성큼 멀어졌다. 임종이 가짜라 폭포도 가짜냐고 따지던 드센 목소리까지도.

"조금만 더 붙어주세요."

유영의 손짓에 승인이 반걸음 자리를 옮겼다. 승인은 옥상에서 떨어진 수의를 한쪽 팔에 걸친 채였다. 이번 거풍은 어느 해보다 잘 마무리되었다. 잡내가 싹 가시고 물기 하나 없이 봉

굿하게 부풀어 되살아난 듯한 수의는 앞으로 더 많은 체험객이 입어도 충분할 듯했다. 그사이 주머니에 든 LED 양초에서 미약한 온기가 슬금슬금 피어오르는 것 같았다. 승인은 온기를 오랫동안 붙잡아두고 싶었다.

뒤에 서서 조화를 만지작거리던 미연도 가령 쪽으로 몸을 기울였다. 밖에서 본 조화는 훨씬 더 볼품없었다. 미연의 손을 확인한 가령이 그건 왜 들고 왔냐고 물었지만 미연은 마땅한 대답이 떠오르지 않았다. 그저 가령의 재킷 주머니에 비죽 튀어나온 종이를 바라볼 뿐이었다. 가령은 쓰다 만 유서를 그대로 들고나왔다. 임종 체험관을 완전히 벗어난 다음 오랜 시간을 들여 한 문장씩 이어나갈 작정이었다. 더러 잘못된 표현과 논리적 오류가 있더라도.

"움직이지 마세요. 이제 찍습니다."

타이머를 작동시킨 유영이 빠르게 달려왔다. 다들 밀착한 사이에도 유영의 자리는 비어 있었다. 셔터 소리가 울리면서 플래시가 터지는 순간 뒤의 인공폭포에서 예전처럼 청량한 물소리가 퍼지는 듯했다.

해가 거의 지긴 했지만 사진 속 얼굴을 못 알아볼 정도는 아니었다. 카메라를 중심으로 빙 둘러서서 다닥다닥 붙은 얼굴을 하나씩 확인했다. 거의 매일 보던 얼굴인데도 돌연 낯설게 도드라졌다. 아무리 봐도 명확해지지 않았다. 그날 방문객이 찾던 체험객과 관련된 사람이 누구인지. 기념품도 마다한 채

홀연히 떠난 다음부터 아무도 방문객을 입에 올리지 않았다.

마치 처음부터 아무도 찾아오지 않은 것처럼.

"임종 체험관에서 찍는 마지막 사진이네요."

유영은 혼잣말로 중얼거렸다. 그러니까 지금 이 자리에 잘 있다고 확인해줄 사진.

무심코 보면 지난 체험객들이 찍은 단체 사진과 구분할 수 없었다. 맑은 함성을 내지르며 까르르 웃는 모습이 담긴. 임종 체험을 해보기 전에는 죽음이 뭔지 몰라서, 끝내고 나서는 다시 살아난 듯한 기쁜 마음에. 구성원들이 어느 쪽인지는 알 수 없었다. 다만 다들 그동안 쓴 가면과 헤드 마이크는 임종 체험관 안에 두고 나왔다는 것만은 분명했다. 가령은 거기에 빨간 펜도 끼워 넣었다.

"그만들 가지."

관장의 목소리 끝이 찢어졌다.

관장을 중심으로 무리 지어 임종 체험관을 등진 채 한 걸음씩 나아갔다. 이제 그림자는 길어지다 못해 슬슬 몰려오는 밤 기운에 서서히 잠겼다.

"오늘 마지막인데 저거 타고 나가면 안 돼요?"

걸음을 멈춘 가령이 주차장 입구에 세워진 영구차를 가리켰다. 여전히 문은 조금 열려 있었다. 앞서가던 승인과 유영이 돌아서는 사이 관장은 허리까지 뒤로 젖혀가며 껄껄거렸다. 진짜 폭포 소리처럼 우렁차게.

"여태 아무도 몰랐어?"

관장은 겨우 웃음을 멈추고 호흡을 가라앉혔다.

"……저거……안에 텅 비었는데."

미연이 입가를 실룩거리다가 이내 피식거렸다. 벌써 임종 체험관과는 어울리지 않는 표정이었다. 어느새 승인의 분장한 얼굴마저 가물가물했다. 영정 사진을 찍을 때 유영이 웃으라는 말 대신 먼저 짓던 미소도.

걸음을 이어가던 관장의 시선이 멀리 닿았다.

월교는 올해가 가기 전 한 차례 보수공사가 더 진행될 예정이었다. 최근 재개발 확정과 맞물리면서 다시 철거 문제가 불거진 터라 앞으로 결과가 어떻게 나올지는 좀 더 두고 봐야 했다. 지금도 월교 위를 건너는 사람들이 보였다. 그들 중 누군가 임종 체험관으로 향한다고 해도 이제 비석 뒤로 난 길을 통해 닿을 수 있다고 안내해줄 사람은 없었다. 곧 흙터로 가득한 교각이 강에 반쯤 잠긴 달처럼 보일 것이었다.

매일 밤 그래왔듯이.

언덕을 내려오자 다들 비석 앞에서 잠깐 멈칫했다. 아무짝에도 쓸모없는 돌덩어리처럼 보이는 비석은 그새 더 기울어진 듯했다. 아랫부분이 어둠에 파묻힌 탓일지도 몰랐다. 재개발 계획이 세워진 이후 오랜 논의 끝에 결국 이전해서 연구를 이어가기로 했다. 아직도 많은 사람들이 역사적 가치가 있을지도 모른다는 기대를 버리지 못했다. 연구가 끝나기 전까진 쭉 이름 없는 채로 남겨져 있을 것이었다.

풀숲을 빠져나와 모두 신호등 앞에 나란히 섰다.

도로는 새로 구성될 단지에 맞춰 확장공사 준비가 한창이었다. 이제 신호등은 따로 버튼을 누르지 않아도 작동했다. 새로 설치된 CCTV가 사람을 인식해 차량 통행이 뜸해지면 알아서 신호를 바꿔주기 때문이었다. 그래서 임종 체험관에 갈 결심을 고치기 전 늦지 않게 길을 건널 수 있었다.

이제 아무리 결심해도 소용없겠지만.

관장은 임종 체험관 쪽으로 돌아섰다. 사업 책임자를 통해 재개발 구역에 입주를 계획하는 사람들이 수군대는 얘기를 건너 들은 적이 있었다. 무슨 체험관이 있다길래 안전 체험관이나 역사 체험관 같은 건 줄 알았다고. 새집에서 새 마음으로 새출발하려는 사람들이 사는 구역에 재수 없게 임종 체험관이 웬 말이냐고. 당장 철거하라고. 흔적도 없이 말끔하게.

그 끝에 아까 관장실에서 들은 사업 책임자의 목소리가 겹쳤다.

"적어도 다음 시도를 해볼 수 있다면 마냥 실패만은 아니죠. 벌써 AI를 활용한 효과적인 프로그램이 나온걸요. 어쨌든 다행입니다."

"뭐가요?"

"다들 잘 살고 있으니까요. 앞으로도 그럴 거고."

사업 책임자가 떠난 자리에는 임종 체험 초대권 한 장이 떨어져 있었다. 업체에서 잘못 만든 초대권을 전부 관장에게 떠넘긴 건 아닌 모양이었다.

곧 본격적인 재개발이 시작될 것이었다. 말처럼 쉽게 되겠냐던 재개발이었다. 그 때문에 지역이 들썩이면서 임종 체험관은 거리낌 없이 혐오시설로 불렸다. 그러니 사업 책임자의 말처럼 아무리 검토해도 재개관은 당분간 어려울 듯했다. 어쩌면 아주 오랫동안. 그즈음 지역 뉴스에서는 인구 감소에 따른 지역 소멸 위기를 전하며 그동안 지자체에서 진행해온 사업과 함께 서둘러 내년 전망치를 내놓았다. 화면 중간쯤 리본 단지에 이어 임종 체험관이 잠깐 잡혔다.

미연은 임종 체험관이 사라진 자리에 뭐가 들어서냐고 물었을 때 들창코가 한 말이 생각났다.

이제 임종 체험관은 길이 될 것이었다.

길 끝에 뭐가 있냐고 묻자 들창코는 머리를 긁적이며 얼버무렸다.

"길이 있으니까 가다 보면 뭐든 있겠죠."

그 말에 미연은 오리엔테이션 날 모든 구성원이 모였을 때 관장이 처음으로 한 말이 떠올랐다. 여기는 다시 살고 깊이 감사하고 많이 생각하는 공간이라고.

그때 신호가 바뀌었다. 다들 동시에 한 걸음 앞으로 나아갔다. 어쩐지 이제 막 세상에서 가장 긴 임종 체험을 마친 듯했다.

작가의 말

아버지 세탁소는 끝내 문을 닫아야 했다. 삼십 년 넘게 한자리에 있던 세탁소였다. 비워줘야 할 날짜는 그다지 멀지 않았다. 담당자는 촉박한 일정에 그나마 사정을 많이 봐준 거라고 덧붙였다. 기계야 업자에게 헐값에 넘긴다고 쳐도 손님들 옷을 찾아 일일이 내주려면 얼마간 시간이 필요할 터였다. 일단 서둘러 폐업 안내문부터 써야 했다. 장부를 쓸 때마다 쥐던 펜을 들고 한참을 머뭇거리던 아버지는 어느덧 내 쪽으로 시선을 틀었다. 아무래도 네가 소설가니까 나보단 낫지 않겠냐고. 아버지의 목소리는 어딘가로 흘러가지 못한 채 내내 귓가에 맴돌았다.

반나절이면 다 쓸 거라고 장담했던 목소리와는 달리 막상 책상 앞에 앉으니 단 한 문장도 떠오르지 않았다. 가까스로 건진 문장도 어느 순간 빈틈이 보였고 엉성하기만 했다. 다시 고치고 여러 번 다듬어봐도 빈약하게만 읽혀 이내 내려앉을 것만 같았다. 밤새 겨우 완성해서 붙인 폐업 안내문은 세탁소에 묻은 커다란 얼룩처럼 보였다.

그때 문득 이야기가 필요하다는 생각이 들었다. 처음 세탁소가 문을 열고 탈수기가 힘차게 돌아갔던 날부터 여태껏 지나온 세월과 그 속에 담긴 온기를 차곡차곡 담아내고 복잡하게 얽힌 마음까지 속속들이 헤아리려면. 그래서 언젠가 소설에서 한 공간이 비워지는 과정을 그리게 된다면 그 안에 깃든 내밀한 이야기를 촘촘한 문장으로 온전히 전하고 싶었다.

이 소설을 쓰면서 틈틈이 되새긴 마음이었다.

세탁소가 허물어지는 과정에서 미용실과 양장점과 식당에 이어 낡은 가옥들과 근처에 있던 우체통까지 함께 사라졌다. 우체통이 뽑혀 나간 자리는 마치 처음부터 아무것도 없었던 것처럼 매끈하게 메워져 좀처럼 알아볼 수 없었다. 다시 설치될 줄 알았던 우체통은 여전히 빈자리로 있었다.

최근 산책하면서 더러 우체통이 없어진 자리를 발견하곤 했다. 언젠가 얼핏 우체통을 철거하는 데도 정해진 기준이 있다고 들은 적이 있었다. 하루에 세 통 이상의 편지가 들어와 있지 않으면 철거를 논의하여 결정하는 듯했다. 어쩌면 어떤 마을에서는 단 하나뿐인 우체통을 지키기 위해 동네 사람들이 돌아가면서 편지를 쓸 수도 있지 않을까 싶었다. 먼 데 살아서 일 년에 두어 번밖에 볼 수 없는 친구에게 뜬금없이. 막상 만나면 말로는 전할 수 없는 이야기를 꾹꾹 눌러 담아. 그러다 내게 소설이 우체통일지도 모른다는 짐작으로 이어졌다.

모르는 척 잊고 지내다 보면 어느 날 불현듯 없어질지도 모를.

그즈음 우체통이 사라지지 않게 하기 위해 하루도 빠짐없이 세 통의 편지를 쓰듯 매일 소설을 썼다. 누군가에게 가닿지 않고 읽히지 않아도 괜찮았다. 우체통은 변함없이 그 자리에 남아 있었고 나는 여전히 편지를 쓰고 있었으니까. 그래서 이번 수상 소식이 마치 뜻밖에 찾아온 답장처럼 느껴졌다. 실은 그동안 써왔던 편지를 빠짐없이 다 읽고 있었다고. 그러니 앞으로도 계속 편지를 보내달라는.

이 자리를 통해 세계일보사와 세계문학상 관계자분들을 비롯한 심사위원 선생님들께 깊은 감사의 인사를 드린다. 이 소설에 전해주신 따뜻한 목소리를 잊지 않고 오래 간직할 듯하다. 나무옆의자와 편집자님께도 감사드린다. 애써주신 덕분에 소설은 더 선명하고 견고해졌다.

어쩌면 우리는 오늘도 각자의 우체통을 지키기 위해 간신히 세 통의 편지를 써냈을지도 모르겠다. 앞으로 수많은 당신들이 한 문장도 허투루 쓰지 않았을 편지를 놓치지 않고 세심하게 읽어가면서 소설을 통해 답장을 보내고 싶다. 언제고 나의 답장이 당신에게 더없이 환한 빛으로 다가갔으면 좋겠다. 당신의 편지가 내게 그랬듯.

2025년 봄
전석순

추천의 말

이 소설에서 그려지는 임종 체험관은 단지 미래의 죽음을 상상하는 장소가 아니다. 자신의 현재 삶과 대결하는 공간이다. 각자의 이유를 갖고 그 공간에 도착한 네 인물의 조우는 독자로 하여금 우리 사회가 직면한 다양한 질문들과 마주치게 만든다. 그리하여 우리가 왜 죽음에 대한 이야기를 읽는지 환기시켜준다. 바로 지금의 삶을 살아가기 위해서라는 걸. 작가의 문학적 세공이 다소 무겁지만 그 적실함이 이 소설에 흥미와 힘을 실어주고 있다. **은희경**(소설가)

아주 정교하게 설계되고 조직된 소설이다. 임종 체험관의 업무를 나누어 맡고 있는 인물들의 의식과 상념을 분주히 오가는 소설의 도입부는 우리 시대의 아프고 막막한 삶의 시간들을 모아들이기 위한 속 깊은 장치다. 소설은 체험관의 네 젊은이 이야기를 밀도 있게 서서히 확장해 나가는데, 그때마다 방문객들과 함께하는 체험관의 시간은 생생한 서사의 매듭으로 피어난다. 소설에서 체험관은 이벤트의 시간을 보여주기 위한 장소가 아니다. 그곳에서 인물들은 마주하기 힘든 자신들의 이야기와 만난다. 죽음의 제의는 삶의 복합적인 거울이 된다. 끊임없이 무너뜨리려는 세상의 힘에 맞서 아픔의 호소에서 아픔의 공유로 이야기의 기울기가 조금씩 움직여 나갈 때 우리는 희망 없이 희망을 말하는 이 소설의 특별한 능력에 기꺼이 설득된다. **정홍수**(문학평론가)

'임종 체험'이라는 서사 앞에는 치명적인 허들이 놓여 있다. 혹여 아름다운 죽음을 준비하라는 이야기가 아닐까? 예행연습으로 죽음에 대한 불안이 극복될 리 없고, 더구나 아름다운 죽음이란 게 가당키나 한가. 그러면 죽음이라는 거울을 통해 삶을 일깨우자는 그렇고 그런 이야기인가? 독자는 소설에서까지 가짜 죽음을 체험할 이유가 없다. 빤한 허들을 소설이 제대로 넘지 못하면 실패할 것이다. 결론적으로 작가는 성공적인 서사를 완성했다. 소설은 이런 허들을 가뿐히 넘고 더 흥미로운 서사의 트랙으로 내달린다. 체험관을 꾸려가는 다섯 인물들이 정작 자살 위험군이고, 이들의 삶 자체가 임종 체험이

나 다름없다. 피할 길 없는 다양한 관계의 퍼즐을 소설은 집요하게 삶으로 맞춰낸다. **전성태**(소설가)

소설은 소동극으로 시작하나 싶더니 어느새 추리극으로 옮겨간다. 그렇다고 블랙코미디나 스릴러의 영역으로까지 나아가지는 않는다. 적당한 소동과 적당한 은밀함, 그 중간 어디쯤에선가 우리 개개인의 인생이 고단하게 흘러가고 있다는 것을 작가는 잘 알고 있는 듯하다. "모든 문장이 비문인 동시에 완벽하게 읽혔고 불필요한 내용이 너무 많아 산만하면서도 막상 빼고자 들면 뺄 문장은 하나도 없었다"는 소설 속 문장을 빌려 와 말한다면 비문과 불필요한 내용 속에 숨겨진 아픔을 집요하게 포착하는 것이야말로 소설가의 몫이며 이 소설은 그 모범답안으로 불릴 만하다. 단언컨대 새로운 장르의 소설이다. **하성란**(소설가)

죽으려는 마음을 이해한다는 목표 아래 펼쳐진 인물들 각각의 사연을 통해 작가는 우리 시대의 만연한, 그러나 더 충분히 다루어져도 좋을 문제들을 침착하게 드러내 보인다. 숙고하여 배치한 듯한 죽음의 의례 과정과 빈번히 교차되며 직조되는 각각의 서사를 따라가다 보면, 기울기에 따라 생과 사가 번갈아 보이는 임종 체험관의 초대장처럼 죽고자 하는 마음과 살고자 하는 마음 사이를 시계추처럼 오가는 게 삶이라는

걸 새삼 깨닫게 된다. **김유진**(소설가)

"인간은 태어나면서부터 죽음을 향해 가는 존재다." 스티븐 킹이 소설 『그린마일』에서 한 얘기다. 그래서일까. 인간은 죽음에 대해 집요하게 알고 싶어 한다. 거기에 무엇이 있는지, 거기에 도달하는 순간 무엇과 맞닥뜨리게 될지. 어쩌면 인간이 가진 독특한 인지능력과 상상력, 생의 마지막 이벤트에 대한 어찌할 수 없는 공포 때문일지도 모르겠다.

『빛들의 환대』는 이 불가해한 영역, 죽음을 체험하는 임종 체험관을 무대로 벌어지는 소동극이다. 표면적 질문이 던져지는 도입부를 통과하고 나면 즐길 거리가 풍성해진다. 주요 인물 5인에게 배부된 '초대권'이 어떤 방식으로 메인 플롯을 구축해가는지 지켜보는 즐거움, 삶과 죽음이 절묘하게 맞닿는 이야기적 쾌감……. 잘 연마된 문학적 기술을 체험하는 기쁨은 덤이겠다. 그리하여 종착역에 다다랐을 때, 사자의 공간이 결국 산 자의 길이 되는 묵직한 메시지와 마주치게 된다. **정유정**(소설가)

매일 아침 죽고 싶다고 혼잣말하던 때가 있었다. 습관처럼 죽음이란 말에 의존하며 닥치는 대로 죽음에 대한 소설을 찾아 읽었더랬다. 암울한 시절이었지만, 그런 와중에도 터득한 기준이 하나 있다. 삶의 끝에 죽음이 있다고 말하는 작품은 삼류다. 삶이 곧 죽음이라고 말하는 작품은 이류다. 죽음을 체험케 하는 작품은 일류다.『빛들의 환대』는 일류다. 삶의 끝에 죽음이 있다는 당연한 소리를 반복하지도 않고 삶이 곧 죽음이라는 관념적 진실을 설명하지도 않는다. 백 마디 말보다는 한 번의 참여가 더 깊은 깨달음을 주는 법. 머리보다 가슴보다 피부가 더 빨리 반응하는 이 소설을 조금 더 일찍 만났더라면 어땠을까. 한때의 나처럼 죽고 싶단 말을 상습적으로 내뱉는 사람이든 죽음은 생각조차 해본 적 없는 사람이든 지금 이 소설과 만난 것을 운명처럼 여기며 자신의 임종에 참여해보기를 권한다. 이렇게 정교한 죽음 체험 소설은 다시 만나기 힘들다. 다음 기회는 없을지도 모른다. **박혜진**(문학평론가)

참고 자료

김선영, 『(DVD 동영상 강의로 쉽게 배우는) 친절한 리본 & 선물포장
DIY』, 터닝포인트, 2011.

황두영, 『외롭지 않을 권리』, 시사IN북, 2020.

"'죽음 연습'으로 한해 마무리하는 사람들", 뉴스1, 2013년 12월 29일자.

"법적 가족 아니면 장례 치를 자격 미달?", 한겨레21, 2021년 10월 27일자.

신재현, "[강박증] 강박증 뇌 2편 – 확인 강박이란 무엇일까?", 정신의학
신문, 2024년 1월 31일자.

remember.hani.co.kr

제21회 세계문학상 수상작

빛들의 환대

초판 1쇄 발행 2025년 5월 15일
초판 2쇄 발행 2025년 6월 12일

지은이 전석순
펴낸이 이수철
주 간 하지순
편 집 구경미
디자인 박예진
영업관리 최후신
콘텐츠개발 전강산, 최진영, 하영주
영상콘텐츠기획 김남규
관 리 진호, 황정빈, 전수연

펴낸곳 나무옆의자
출판등록 제396-2013-000037호
주소 (10449) 경기도 고양시 일산동구 호수로 358-39 동문타워1차 703호
전화 02) 790-6630 팩스 02) 718-5752
전자우편 namubench9@naver.com
인스타그램 @namu_bench

ⓒ 전석순, 2025

ISBN 979-11-6157-225-3 03810